古典文獻研究輯刊

二六編

曾永義 主編

第19冊

古典文學與文獻論稿

霍志軍 著

國家圖書館出版品預行編目資料

古典文學與文獻論稿／霍志軍 著 -- 初版 -- 新北市：花木蘭
文化事業有限公司，2022〔民 111〕
目 4+230 面；19×26 公分
（古典文學研究輯刊 二六編；第 19 冊）
ISBN 978-626-344-009-8（精裝）
1.CST：中國古典文學 2.CST：文獻學
820.8 111009924

ISBN-978-626-344-009-8

古典文學研究輯刊
二六編 第十九冊 ISBN：978-626-344-009-8

古典文學與文獻論稿

作 者 霍志軍
主 編 曾永義
總 編 輯 杜潔祥
副總編輯 楊嘉樂
編輯主任 許郁翎
編 輯 張雅淋、潘玟靜、劉子瑄 美術編輯 陳逸婷
出 版 花木蘭文化事業有限公司
發 行 人 高小娟
聯絡地址 235 新北市中和區中安街七二號十三樓
電話：02-2923-1455／傳真：02-2923-1452
網 址 http://www.huamulan.tw 信箱 service@huamulans.com
印 刷 普羅文化出版廣告事業
初 版 2022 年 9 月
定 價 二六編 23 冊（精裝）新台幣 62,000 元

版權所有 · 請勿翻印

古典文學與文獻論稿

霍志軍　著

作者簡介

霍志軍（1969～），甘肅天水人，文學博士，天水師範學院文學與文化傳播學院教授，碩士生導師，中國語言文學一級學科碩士點中國古典文獻學學科帶頭人，入選甘肅省「飛天學者」特聘教授。現為甘肅省古代文學學會常務理事、甘肅省唐代文學學會理事、甘肅省四庫全書學會理事。近年來主要研究唐代御史與文學、隴右地方文獻等。主持國家社科基金項目「隴右地方文獻與中國文學地圖的重繪」「絲綢之路甘肅段考古發現與古代文學研究新拓展」等 2 項，國家社科基金重大項目子課題 1 項。在《文藝研究》《民族文學研究》《光明日報》等刊物發表論文 90 餘篇，主編《甘肅歷代著作集成》，著有《唐代御史與文學》《唐代御史制度與文人》《唐御史臺職官編年匯考》《隴東南民間文藝與社會生活》等 14 部。

提　　要

　　本書立足於文藝學與文獻學相結合的研究方法，分別就隴右地區遠古彩陶藝術、唐代文學與文獻、宋代文學與文獻、金元文學、器物美學與中國文論的發生學等問題進行研究。

　　本書首先對隴右地區遠古彩陶藝術進行了綜合考察，距今約 5000 年的馬家窯文化彩陶出土數量頗為豐富、彩陶色彩絢麗、紋飾極富變化又和諧一體，被公認是中國彩陶藝術的巔峰，對探索華夏文明的起源及發展具有重要意義。其次，考察了唐代張說山水詩、白居易新樂府詩、宋代士人的「金石意趣」、金元詠俠詩等文學現象，提出了新的結論和看法。再次，對西夏文學進行了綜合考察，西夏文學不僅拓展了中國文學地圖的地理範圍，而且彌補了中原文學的結構缺陷，提供了中原文學所未見的審美形式。最後，在器物美學視閾下對中國文論範疇的形成作了發生學研究。魏晉以降，大量有關製作陶器、玉器的術語，被嫁接到文學批評領域，成為古代文學批評中的「語言模子」和「思維模子」。古代文學批評家借助陶器、玉器製造，將一些難以言說的文學活動闡釋得通幽入微、酣暢淋漓，形成了富有民族特色的批評話語。美玉與美文的相互借鑒、治陶技藝與為文作詩的相互啟發，構成了中國古代文學批評的奇妙景觀，為化解當前中國文論的「失語症」提供了新的思考。

目

次

前　言

　　近幾十年來，大量考古發掘中出土文獻的問世，西方各種新研究方法的引入，使中國古典文學研究呈現出異常活躍的狀態，無論是文學理論、傳統文學批評研究，還是各個歷史時期文學現象研究，都產生了許多高質量的成果。同時不可否認，相對於每年繁多的學術論文產出，我們高質量的成果還不多。在數字傳媒、信息技術日新月異的情況之下，傳統文獻學如何實現新的突破，也是我們這一代學人應該考慮的問題。

一、文獻學在學術研究中的地位和作用

　　清代「乾嘉學派」的代表學者王鳴盛曾說過：「目錄之學，學中第一緊要事。必從此問塗，方能得其門而入。」〔註1〕研究學問，借助圖書文獻的檢索，便可按圖索驥，去探究蘊藏於圖書典籍中無限豐富的文化知識。要從事理論的研究，就要掌握研究的理論。勤奮學習的同時要講究學習方法和工具的應用。有了文獻學知識，用來指引讀書，便可以收到事半功倍的效果。清末張之洞為指導人們讀書，特地編就《書目答問》，其「略例」特意強調：「讀書知要領，勞而無功。知某書宜讀，而不得精校精注之本，事倍功半。今為分別條流，慎擇約舉，視其性之所近，各就其部求之。……凡所著錄，並是要典雅記，各適其用，總期令初學者易買易讀，不致迷惘眩惑而已」。〔註2〕告誡後學者讀書應抉擇分析，「方不至誤用聰明」，因之特推薦《四庫全書總目提要》，

〔註1〕（清）王鳴盛：《十七史商榷》卷一，上海古籍出版社2013年版。
〔註2〕（清）張之洞撰、范希曾補正：《書目答問補正》，上海古籍出版社2008年版，第3頁。

以為讀了此書，即「略知學問門徑矣」。古代學者都特別重視圖書目錄之學對學人們讀書和研究學問的指導作用。特別是在當今大數據、傳媒信息技術快速發展的情況下，有些作理論的學者認為文獻學只是一些輔助性、資料性的工作，此種看法無疑是片面的。學術史上，真正有卓越成就的大師級學者，如梁啟超、王國維、胡適之、陳寅恪、顧頡剛、錢穆、鄭振鐸、余嘉錫、嚴耕望等，都在文獻學方面有著極深的功底。

　　一般說來，在學術研究中，文獻學之功用，首先可以幫助我們瞭解學術史的發展演進線索。「目錄者，學術之史也。」章學誠所謂「辨章學術，考鏡源流」，要求一個學者首先要把握某一具體學術門類的發展史和研究史，才能「得其門而入」。其次，文獻學可以幫助我們瞭解古籍本身的情況。孟子有言：「頌其詩，讀其書，不知其人，可乎？是以論其世也，是尚友也。」（《孟子·萬章下》）〔註3〕讀書當與古人為友，不但要讀其書，還要知其人論其世。在對其作品編年的基礎上還要「繫地」，才能對古人之思想、經歷、寫作有著較為準確的把握。再次，書面文獻在後世的傳抄過程中，人或益之、人或損之，往往存在失真的情況。因此，要利用不同文獻對於文獻及史事之真偽加以考辨，這是一個學者所必備的基本功。如清代紀昀《四庫全書總目提要》，後世多有對其有補正、賡續之作，胡玉縉《四庫全書總目提要補正》《續四庫提要三種》《續修四庫全書總目提要》，余嘉錫《四庫提要辯證》等。學者利用此書時，便可相互參考、相互印證，才能保證對文獻史料的真切認識。最後，文獻學又是一門實踐性很強的學科，不僅要掌握具體的文獻學理論，還涉及政治、軍事、典章制度、歷史、地理、自然科學等各方面知識，要求觸類旁通、善於在不同的文獻中生發聯想，互相吸收、互相啟發、互相補充，才能取得較好的成績。

二、文獻學與文藝學的結合

　　「文藝學與文獻學的完美結合」是程千帆先生治學的一大特點。「拿搞文學的人來說，我們最注重的是兩個東西：一個是材料，稱作文獻學；另一個是對作品本身的藝術思考，叫作文藝學。真正好的研究成果，往往是將文獻學與文藝學兩方面相互結合、滲透、協調在一起所取得的。在材料上要考證

〔註3〕楊伯峻譯注：《孟子譯注·萬章下》，中華書局1960年版，第251頁。（以下版本號略）。

清楚，儘量使它沒有問題，靠得住；在藝術分析上，要深入到作家的內心世界，將它發掘出來，成為一般讀者可以感覺到的東西。」〔註4〕早在二十年前我在江蘇師範大學讀碩士時，業師孫映逵先生便諄諄叮囑我治學與作人相結合，文獻學與文藝學相結合。我主要從事中國古典文學研究，一直傳承著「東南學術」純雅清高的學術氣息，在文獻與文藝兩方面用力，重視文獻基本功，重視讀原著、讀舊注、讀經典作品。此次結集出版的便是我多年來研究古代文學與文獻方面的一些心得體會。

　　本書的第一個專題是關於隴右地區遠古彩陶藝術、伏羲神話傳說與華夏文明的內容。之所以有此專題，是我任教的天水師範學院地處隴右文化區，是全國出土彩陶最為豐富、集中的地區，特別是距今約 5000 年的馬家窯文化彩陶代表著中國彩陶藝術的最高成就。馬家窯文化彩陶出土數量最為豐富，占各類陶器總和的 25%～50%，在陪葬陶器中彩陶多達 80%。彩陶的大量生產，說明此期製陶的社會分工早已專業化。馬家窯文化彩陶造型最為豐富。從馬家窯類型的碗、缽、盆、罐、甕、尖底瓶、彩陶壺到半山類型的碗、盆、壺、甕、瓶、罐、盂，再到馬廠類型的單耳筒狀杯、盤形豆、短頸高腹杯等，中國彩陶器形至此已基本完備。馬家窯文化彩陶色彩最為絢麗。甘肅遠古先民在將陶器製成坯料、入窯燒製之前，在陶器的表面用特殊的顏料繪出各種圓弧和曲線的圖案，燒製後在表面形成精美的圖案。有些還在陶器的內壁也施以彩繪，顯得格外美觀。馬家窯文化彩陶紋飾以漩渦紋、水波紋、同心圓紋為主，圖案布局因器形設計，極富變化又和諧一體。甘肅隴西出土的彩陶尖底瓶，滿繪四方連續的旋紋，如擊破水面、渦點四濺，被公認是「彩陶藝術的巔峰」。甘肅天水地區又是華夏古史傳說中伏羲文化的發源地之一，境內伏羲文化資源豐富，內涵獨特。天水市經過多年開發，舉辦了三十餘屆伏羲文化節，天水市已經成為海內外華夏兒女尋根祭祖、促進華夏民族認同的重要地區之一。地方高校長期浸潤在區域文化之中，具有明顯的區域文化印痕，本身具有研究和推動區域文化發展的優勢。這種地域文化優勢，決定了地方院校的學人在科學研究中應自覺承擔起引領區域文化發展、促進區域文化創新的重任。本書中第一章「甘肅遠古文化的璀璨華章」是筆者多年來就甘肅彩陶藝術、伏羲文化等進行研究的專文。

〔註4〕程千帆：《貴在創新：關於學術論文寫作的問答》，《文藝理論研究》1996 年第
　　2 期。

　　本書的第二個專題是唐代文學與文獻研究。唐代文學一直是我投入大量精力的領域，早在上世紀八十年代，著名學者傅璇琮先生已發表專文，指出應該加強對作為「盛唐始音」的張說進行研究。〔註5〕儘管有傅先生的呼籲，然學界對張說的研究成果並不多見。事實上，長期不為論者所重的張說山水詩，是其從廟堂之高到江湖之遠的心路歷程的藝術凝聚和物化折射，表現出淒婉文學的美感特色和貶謫文學的情感特色。張說不僅開拓了山水詩的詩體形式，而且創造性地將貶謫文學的情感內涵和山水詩的抒情策略融為一體，以自然山水為載體宣洩內心憂憤，確立了「山水抒憤」範式。上世紀九十年代以來，文學經典名著的未刊評點研究逐步被學界重視，徐祖正《李青蓮全集》未刊評點本即是其中之一。中華書局版裴斐、劉善良編《李白資料彙編》不載徐祖正評點本，可見此書不易得到，尚未引起學界注意。筆者於一友人處經眼此書，徐祖正1940年批點《李青蓮全集》文字多達353條，2.4萬餘字，是稀見的民國時期李白研究未刊資料。由於這些資料都是未曾刊刻的，故其尚未被李白詩研究的大多數學者所瞭解。事實上，這些評點資料是最能揭示民國時期李白詩歌接受、傳播狀況的原始史料，其原創性、稀見性、文獻資料價值應引起學界的關注。學術界對元稹、白居易新樂府詩的研究成果已經不少，但鮮有從新聞學視角進行探討的專文。真實性、典型性、時效性、公開性，此也是白居易新樂府詩突出的特點之一，也算是對唐代文學研究的一種新的嘗試。

　　本書的第三個專題是宋代文學與文獻研究。宋人光風霽月般的精神風貌、精緻理性的文化性格、優游從容的文化心態及濃濃的書卷氣、學問氣，都在宋代「金石之學」中得以彰顯。刻碑、尋碑、拓碑、抄碑、讀碑等文化活動見諸宋代的各種文獻記載。更為重要的是，金石成為宋代士人不可或缺的生活空間，流連金石，展現了一代士人的高雅的精神生活，並塑造著宋代文人的思維方式與審美傾向。而金石自身在宋代也經歷著從物質空間到精神建構的歷程，呈現出宋人獨特的審美情趣。對於蘇軾研究，歷代論者頗多，然多集中於蘇軾詩歌與其人格的正面論述。筆者經過細緻的梳理卻發現，超脫、健朗、真率、崇道的人格特質，使蘇軾之詩格呈現出率真清新、風行水上；縱筆好罵、豪放飄逸；針砭時事、匡時濟世等的特點，也使其詩缺乏悲壯激昂之力度，飄逸不及李太白，深沉難逮杜工部。蘇軾之獨特人格，既成就了蘇軾

<hr />

〔註5〕傅璇琮：《唐詩論學叢稿》，京華出版社1999年版，第51頁。

的輝煌，又限制了蘇軾藝術成就的進一步提高，阻礙了蘇軾對自我的不斷超越，蘇軾現象具有重要啟示意義，此種觀點應該說是蘇軾研究中一個新的突破。和陶詩是宋代文學發展進程中一種很特殊的、值得注意的文化現象。宋代持續不斷的和陶熱潮，不僅說明宋人對陶淵明人格、思想的敬仰，對陶詩藝術成就的期羨，也折射出宋代人文精神的特徵。《全宋詩》編撰篳路藍縷、網羅一代文獻，允稱煌煌巨製、嘉惠學林。但因所涉文獻浩繁、錯誤難免，加之編選標準前後不一，一些詩題、詩序、詩注中出現的詩人，在《全宋詩》及《索引》未能單獨列出，詩作亦未單獨收錄，這影響到《全宋詩》的權威性。筆者平時翻檢《全宋詩》時，遇到佚詩，輒手錄之，假以時日，所積漸多，所補佚詩以供續編採擇。

　　本書的第四個專題是金元西夏文學與文獻研究。金代任俠風氣，與幽并地區胡漢雜處的地域文化和草原文明的衝擊密切相關；金源王朝的政治、軍事制度及思想領域的多元開放也有推波助瀾之功。金人詠俠詩格外激賞劉琨、祖逖等幽并豪俠，崇尚質樸剛勁的精神氣質，具有濃鬱的幽并地域特徵。金人詠俠詩以慷慨豪邁、沉雄悲壯的風格，倔強豪爽、率情任真之情感，富有特色的民族語言，豐富中國俠文學的審美特質，拓展了中國俠文學的地理範圍。由党項羌族建立的西夏是我國歷史上較有名的區域性政權之一。西夏國文學雖然不是中國文學史上的大國，但不可至今無論。西夏文學的數量較為繁富，與社會生活的關係密切，表現出由拙野質樸到繁富華美的演變軌跡。西夏文學往往因時事造文，意象優美，拓展了中國文學的地理空間，值得深入研究。

　　本書的第五個專題是在器物美學視野下對中國文論範疇的形成作了發生學研究。魏晉以降，大量有關製作陶器的術語，被嫁接到文學批評領域，成為古代文學批評中的「語言模子」和「思維模子」。陶藝和文藝相互借鑒、相互發明構成了中國古代學批評的奇妙景觀。古代文學批評家借助於「陶」將一些難以言說的文學活動闡釋得通幽入微、酣暢淋漓，形成了富有民族特色的批評話語。「陶」，這一中華先民基本的生產方式，也走向中華民族詩性思維的深處，成為其洞悉藝術世界、探索藝術奧秘的工具。援陶論文是中國古代文論的精妙所在，深化了古代文論的內涵，對古代文論的建構起到了重要作用，這樣的批評方式在世界上獨一無二，可謂東方文明的傑作。在《文心雕龍》中，存在大量援陶論文現象及由「陶」派生的文論術語，體現出劉勰獨

特的文學批評個性。在《文心雕龍》研究中，這是一個新的開拓。玉器既是禮器，也是一種物質產品。玉器的加工與生產直接關係著人類的生產經驗的出現與積累，也直接關係著審美意識的產生與發展。中國文學批評史上，「以玉喻文」是一種普遍性的批評話語。美玉與美文的相互借鑒、治玉技藝與為文作詩的相互啟發構成了中國古代文學批評的奇妙景觀。以玉喻文，折射的是中國本土的、活生生的審美經驗和詩性智慧，為化解當前中國文論的「失語症」提供了新的思考。

　　個體的成長離不開他賴以生活的文化環境、學術環境、集體環境。在多年的教學、學術活動中，不少前輩學者、師長給予我熱情的鼓勵、勸勉和幫助，使我在前行的路上不敢懈怠。近些年來，又結識了許多志同道合的中青年朋友，每次參加學術會議、活動，切磋交流，相談甚歡。截止目前，我已經招收了 30 餘名研究生，他們來自祖國各地，充滿活力、心有靈犀，師徒之間教學相長，使我受益良多。此次結集出版，我的學生孫文霞、馬曉霞完成了部分內容。本書受到花木蘭文化出版社的資助，楊嘉樂女士在百忙中精心審稿，在此謹致由衷的謝意。由於本人才學疏淺，書中錯誤，謹請廣大讀者批評指正。

霍志軍於古秦州心遠齋

第一章 甘肅遠古文化的璀璨華章

　　甘肅地區是華夏文明的發祥地之一，歷史文化資源豐厚、特色鮮明，這不僅為華夏文明起源和形成提供了重要佐證，而且為民族文化的傳承與創新增添了異彩。甘肅被稱為「絲路孔道」，是絲綢之路的「黃金段」和東西方文明交流的交匯之地。從新石器時代的彩陶文化（以馬家窯文化為代表），先周、早期秦文化（周人、秦人都發祥於隴東南），魏晉河西文化，到漢唐時代絲綢之路文化，宋遼夏金元時期的多元民族文化，共同演繹了絢麗多彩的甘肅區域文明。絲綢之路甘肅段的考古發現極大地豐富了中國文學的內涵，而且以北方民族特有的生命力，將中國文學的地圖向西北拓展，對中國文化、文學性格的形成有深遠影響，是中國文學生生不滅、發展壯大的「動力源」之一。

第一節　馬家窯時代的甘肅遠古文化

　　甘肅地區是世界上最早產生彩陶的區域之一，目前中國最早的彩陶出土於秦安縣大地灣、秦州區西山坪和師趙村 3 處新石器時代早期遺址。距今8200～6900 年之間的大地灣一期、西山坪一、二期和師趙村一期文化層中，出土陶器有銼、紡輪等生產工具和罐形鼎、盆形鼎等生活用器。以大地灣二期至四期（距今約 6500 年～4900 年）文化為代表，分別與中原仰韶文化早、中、晚期相對應。甘肅天水西山坪遺址三、四期，師趙村遺址二、三期，慶陽南佐遺址等大約 1000 處左右的仰韶文化遺存均有彩陶出土。特別是距今

約 5000 年的馬家窯文化彩陶，無論就數量、造型、色彩，還是紋飾來說，都堪稱中國彩陶藝術的高峰，折射出華夏文明發展、演進的蹣跚步伐。欲深入探討甘肅遠古文化與華夏文明的關係，就不能不對絢麗多姿的馬家窯文化彩陶予以關注。

甘肅新石器時代的文化以出土的彩陶最具代表性，從大地灣文化、仰韶文化、馬家窯文化、齊家文化至四壩、辛店、沙井文化，甘肅彩陶文化持續時間達 5000 年，其中馬家窯文化達到了中國彩陶藝術的巔峰階段。馬家窯文化是黃河上游新時期時代晚期文化，因最早發現於甘肅臨洮馬家窯遺址而得名，年代上距今約 5400～4000 年。〔註1〕主要分布於「甘肅中南部地區，以隴西黃土高原為中心，東起渭河上游，西到河西走廊和青海省東北部，北達寧夏回族自治區南部，南抵四川省北部。分布區內主要河流為黃河及其支流洮河、大夏河、湟水等。」〔註2〕從上世紀 50 年代以來，經過考古工作者發掘清理的遺址有經過發掘清理的馬家窯文化遺址有：東鄉林家、廣河地巴坪、永靖馬家灣、臨洮馬家窯、蘭州西坡坬、曹家咀、紅古王保保城、花寨子、青崗岔、土谷臺、白道溝坪、永登蔣家坪、景泰張家臺、永昌鴛鴦池、酒泉下河清、甘谷灰地兒、天水羅家溝等 24 處。出土了大量遠古時期的石器、彩陶、動植物骨骼、種子、銅器以及人類活動的遺跡，取得了豐碩的考古學成果。1988 年，甘肅臨洮馬家窯文化遺址被國務院列為第三批全國重點文物保護單位。目前學術界多認為馬家窯文化是仰韶文化廟底溝類型在黃河上游甘青地區的進一步發展。馬家窯文化彩陶以泥條盤築為主，陶質細膩，陶色以橙黃為主。紋飾多為黑彩，也有黑、紅兩色相間的線條。常見紋飾有漩渦紋、水波紋、蛙紋、舞蹈紋、鋸齒紋、葫蘆紋、四大圓圈紋、折線紋等。器形繼承了仰韶文化的缽、曲腹盆、尖底瓶，典型器形有壺、瓶、盆、缽、罐等。馬家窯文化的彩陶，器型種類豐富，紋飾富於變化，

〔註1〕 馬家窯遺址位於甘肅省臨洮縣馬家窯村麻峪溝口。1923～1924 年，瑞典考古學家安特生（Johan Gunnar Andersson，1874～1960）到甘肅、青海一帶考察，發現馬家窯遺址。為了與河南、陝西等地仰韶文化相區別，稱馬家窯遺址為甘肅仰韶文化。1944～1945 年，夏鼐先生赴甘肅進行考古研究，認為所謂甘肅仰韶文化與河南仰韶文化有諸多不同的內涵，應將臨洮馬家窯遺址作為代表，另定名稱，稱之為馬家窯文化。1961 年文物出版社出版的《新中國的考古收穫》一書中明確使用馬家窯文化這一名稱，並得到考古學界的公認。

〔註2〕 郎樹德：《彩陶》，敦煌文藝出版社 2004 年版，第 101 頁。（以下版本號略）。

創造了世界彩陶發展史的最高峰。學術界目前一般將馬家窯文化分為馬家窯、半山和馬廠三個延續發展的文化類型，分別代表早、中、晚三個發展時期，從距今約 5400 年開始至距今約 4000 年左右結束，以下對此三個文化類型分別介紹。

一、馬家窯文化形成的歷史文化背景

甘肅東南部地處黃土高原，地形以黃土丘陵地貌為主。遠古時期，這裡氣候較為溫暖濕潤，黃河及其渭河、涇河等支流蜿蜒而過，將高原切割沖蝕成大小不一、數量眾多的河谷臺地，為原始先民提供了較為適宜的生存空間。高原上肥沃的黃土地、較為充足的降雨，茂密的草地和森林，種類繁多的動植物等自然資源，為遠古人類最初的文化創造提供了良好的物質基礎。據考古發掘成果，大地灣遺址發現了 6 萬年之前人類活動的遺跡。距今約 8000 年左右的大地灣遺址中發現了我國迄今最早的糧食作物——粟，無疑說明這裡是我國旱作農業的起源地之一。遠古時期，這裡相繼產生了發達的大地灣、仰韶、馬家窯文化，在原始農業、畜牧業、建築、藝術等領域有著一系列不俗的文化創造，這也是甘肅彩陶文化所遺存的文化歷史背景。

馬家窯文化是我國新石器時代晚期黃河上游地區重要的考古學文化類型之一。關於馬家窯文化的來源問題，學界一直有安特生（Johan Gunnar Andersson）的「西來說」和中國學者的「仰韶文化西漸說」之爭。那麼，馬家窯文化究竟是如何起源的？它與仰韶文化之關係又是怎樣的呢？筆者認為人口因素、農業經濟的發展及其與狩獵、採集經濟的結合應該是甘肅地區仰韶文化過渡、分化到馬家窯文化的重要動因。

人口作為社會發展的必要條件，對人類社會的發展有著重要影響和作用。馬克思曾指出：「任何人類歷史的第一個前提無疑是有生命的個人的存在。因此，第一個需要確定的具體事實就是這些個人的肉體組織，以及受肉體組織制約的他們與自然界的關係。」〔註3〕當我們探討遠古時期文化發展時，這一科學論斷仍然是我們立論的基本依據。據統計，甘肅地區仰韶文化早期的文化遺址分布如下表一所示：

〔註3〕〔德〕馬克思、恩格斯：《馬克思恩格斯選集》第一卷，人民出版社 1972 年版，第 24 頁。

表一：甘肅地區仰韶文化早期遺址

序　號	仰韶文化早期遺址		數　量
	分布地區	遺址類型	
1	涇河上游地區	半坡類型遺址	35
2	渭河上游地區	半坡類型遺址	16
3	西漢水上游	仰韶文化早期	8
4	白龍江流域地區	仰韶文化早期	3
5	徽縣嘉陵江支流羅家河流域	仰韶文化早期	1

　　由上表統計可見甘肅仰韶文化早期的文化遺址大多分布在甘肅東南部，至於甘肅中部的洮河流域、河湟地區迄今為止尚未發現仰韶文化半坡類型的文化遺址。在甘肅地區仰韶文化中期，涇河、渭水流域目前發現的馬家窯文化遺址達 800 餘處，其中涇河流域 697 處、渭河上游地區 154 處；嘉陵江支流西漢水與白龍江流域 44 處。而洮河流域迄今發現的馬家窯文化遺址有臨潭磨溝、卓尼縣冰崖、一支川、臨洮縣寺門、馬家窯遺址等 5 處；河湟地區則發現有胡李家、肖家、白崖子、崖家坪、峽口大莊等 8 處遺址。顯示出農業開發逐漸向洮河、湟水谷地遷移的趨勢。究其原因，「當時的真實情況是甘肅東部人口過於稠密，人口壓力過大，相反，甘肅中部與青海東南部地廣人稀，幾乎沒有人口壓力。這種人口分布梯度，為仰韶文化晚期開始自甘肅東部的涇渭流域向洮湟地區的移民運動提供了根本動力。」〔註 4〕至馬家窯文化晚期，涇河上游仰韶文化晚期人類遺址銳減至 34 處；而洮河流域迄今發現的馬家窯類型文化遺址達到 133 處；青海河湟地區馬家窯類型遺址多達 265 處，較仰韶文化早期有長足的發展，顯示出馬家窯文化農業經濟重心已完全轉移至洮河中下游和河湟地區。

　　馬家窯文化彩陶為什麼能達到遠古彩陶藝術的巔峰？與馬家窯文化居民生產、生活方式是密不可分的。考古發掘顯示，馬家窯文化已經有發達的農業生產。如甘肅省東鄉林家遺址屬於馬家窯類型文化遺存，該遺址出土刀的數量多達 247 件，其中銅刀 1 件，石刀 209 件，陶刀 22 件，骨刀 5 件；〔註 5〕林家

〔註 4〕蘇海洋：《論馬家窯文化形成的動因及傳播路線》，《青海民族大學學報》2019
　　　年第 1 期。

〔註 5〕甘肅省文物工作隊、臨夏回族自治州文化局、東鄉族自治縣文化館：《東鄉林
　　　家遺址發掘報告》，《考古學集刊》第四集，中國社會科學出版社 1984 年版，
　　　第 125 頁。

遺址出土斧的數量多達 211 件；〔註6〕如此多的生產工具的可以看到當時農業
生產已經到了較高的發展水平。林家遺址早期遺址 H24，中期遺址 H48、H56、
H83、H88，晚期遺址 H19、F8、F2 中，發現了大量的糧食作物——稷，〔註7〕
也叫糜子，說明林家遺址已經廣為種植糧食作物。稷在古代中國很長一段時間
都是主要的糧食作物，我國古代稱農官為稷，「后稷教民稼穡，樹藝五穀，五穀
熟而民人育。」〔註8〕后稷成為我國農業生產之祖。社稷是古代土神和谷神的
總稱，在以農為本的古代中國是最為重要的原始崇拜物。甘肅地區仰韶文化遺
址主要分布在森林並不廣闊的黃土原區和黃土丘陵地區。馬家窯文化遺址則密
集分布於西秦嶺、太子山、祁連山北麓、隴山等地區。同時此類地區河流縱橫、
森林茂密、草地廣闊，適宜發展狩獵經濟。如青海省民和縣胡李家遺址出土動
物骨骼甚多，獵獲的野生動物多是鹿，也有羊、馬、齧齒類動物，很少見到鳥
類，幾乎見不到水生動物遺存。〔註9〕又如東鄉林家遺址中「出土的獸骨種類
和數量都較多。野生動物有鹿、野豬、羚羊、河狸、田鼠等。上層比下層發現
的多。其中，鹿的種類較多，有馬鹿、四不像鹿、麋等，是主要的狩獵對象。」
〔註10〕可見當時狩獵生活成為馬家窯文化具有代表性的生產活動之一，甘肅地
區馬家窯文化的形成，是遠古時期黃河上游發達的農耕生產與狩獵經濟相結合
的產物。

　　任何一種文化的形成都不可能是空穴來風，遠古時期，人口增長的壓力
已經使得甘肅仰韶文化遺址所生活的先民不得不逐漸遷移至人口稀少的甘肅
中部洮河流域及青海東南部地廣人稀的湟水谷地。同時，原始農業的發展及
其與狩獵經濟的結合使馬家窯文化逐漸從仰韶文化中分離出來，遠古文化也
臻較高的發展水平，達到了一個新的階段。

〔註6〕甘肅省文物工作隊、臨夏回族自治州文化局、東鄉族自治縣文化館：《東鄉林
　　　　家遺址發掘報告》，《考古學集刊》第四集，中國社會科學出版社1984年版，
　　　　第127頁。

〔註7〕甘肅省文物工作隊、臨夏回族自治州文化局、東鄉族自治縣文化館：《東鄉林
　　　　家遺址發掘報告》，《考古學集刊》第四集，中國社會科學出版社1984年版，
　　　　第154頁。

〔註8〕楊伯峻：《孟子譯注·滕文公上》，第125頁。

〔註9〕中國社會科學院考古研究所甘青工作隊、青海省文物考古研究所：《青海省民
　　　　和縣胡李家遺址的發掘》，《考古》2001年第1期。

〔註10〕甘肅省文物工作隊、臨夏回族自治州文化局、東鄉族自治縣文化館：《東鄉林
　　　　家遺址發掘報告》，《考古學集刊》第四集，中國社會科學出版社1984年版，
　　　　第154頁。

二、馬家窯類型

馬家窯文化早期的馬家窯類型距今 5400 年～4700 年，迄今發現的該類型遺址達 300 餘處，主要分布於「甘肅中南部和青海東北部、寧夏南部地區，在甘肅東部的涇、渭水上游與西漢水、白龍江流域都有不少遺存。蘭州附近及黃河沿岸西至青海的貴德盆地以及湟水、大夏河、洮河、莊浪河、祖厲河，寧夏的清水河流域與河西走廊武威以東地區均有分布。」〔註 11〕

（一）馬家窯類型的文化特徵及代表性遺址

馬家窯類型的製陶業非常發達，此期所製彩陶以泥條盤築為主，陶質細膩，陶色以橙黃為主，亦有少量夾砂陶。器表打磨光滑、質地堅硬，多繪黑彩。典型器形有壺、瓶、盆、盤，缽等飲食器為主，原始先民用作儲藏糧食的甕、罐、瓶等逐漸增多，反映出原始農業生產已經有長足的進步和發展。其中侈口長頸雙耳彩陶壺、斂口平底彩陶缽等頗具特徵。壺、罐、瓶等一般大型器物多腹部以上繪彩，少量器物通體繪彩。盆、缽類器物多里外均繪彩。常見紋飾有漩渦紋、條紋、水波紋、蛙紋，紋飾線條流暢、構圖各部分比例更加勻稱。馬家窯類型彩陶的「圖案紋樣與立體造型妥善完美地結合在一起，彩陶的圖案構成形式中採取了以點定位的方法，突破了呆板的對稱格式，圖案中的點，猶如黃河浪尖上的水珠，引領著浪濤的起伏。」〔註 12〕總之，馬家窯類型的彩陶造型豐富、紋飾絢麗、用筆流暢、布局嚴謹，向世人昭示了中華遠古先民們高超的智慧和卓越的藝術才能，為中華文明的歷史進程增添了諸多新的內涵。

馬家窯文化馬家窯類型的居址中常見較為集中的製作陶器的窯址，陶窯的火塘和窯室相互分離，比仰韶文化有明顯進步。馬家窯類型的墓葬形制多位方形或長方形坑墓，葬身有二次葬、仰身直肢葬等。馬家窯類型出土的石器主要有磨製和打製兩種形式，以磨製石器為主。磨製石器主要有鏟、刀、斧、穿孔石刀、錛等。迄今已經發掘的馬家窯類型的重要遺址有東鄉林家遺址、蘭州曹家嘴遺址、蘭州王保保城遺址、康樂邊家林遺址等。東鄉林家遺址位於甘肅省臨夏東鄉族自治縣大夏河岸邊的黃土原上，包含有馬家窯類型早、中、晚期的豐富文化遺存。該遺址 1976 年發現，1977～1978 年甘肅省博

〔註 11〕郎樹德：《彩陶》，第 104 頁。
〔註 12〕張朋川：《華夏文明絢麗的曙光——黃河彩陶》，《甘肅日報》2019 年 12 月 1 日。

物館文物工作隊和臨夏回族自治州文化局、東鄉族自治縣文化館共同進行了
發掘，發掘面積近 3000 平方米。發現馬家窯時期房屋遺跡 27 處、製陶窯址
3 處、灰坑近 1000 個，發掘和採集各類遺物 3000 餘件，其中各類工具和生活
用具 2000 餘件，以石器為主，骨器次之，也有少量的陶、蚌和角器等。林家
遺址中還出土了一件完好無缺的青銅刀，此是迄今我國國內發現最早的青銅
器，有「中華第一刀」之美稱，證明馬家窯類型時期甘肅地區的原始先民已
經開始製造和使用青銅器，「社會已進入了銅石並用時代，生產力有了很大提
高。」〔註 13〕

（二）馬家窯類型彩陶精品舉隅

　　馬家窯類型的代表性彩陶器物有甘肅定西市隴西縣呂家坪出土的旋紋雙
耳尖底瓶（圖 1），該瓶今藏甘肅省博物館，高 26.8 釐米，口徑 7.1 釐米，橙
黃色細泥陶。該陶瓶為遠古時期的汲水器，器型為小直口，細頸，長圓腹，尖
底，肩部或腹部有對稱的雙繫，用以穿繩。當瓶空時，重心靠上；汲水時，瓶
倒置水中，水便注入瓶內，使重心下移，瓶自動豎起，使用方便，充分體現了
馬家窯人的高度智慧。陶瓶施黑彩，頸部繪平行條紋，肩、腹部繪四方連續
漩渦紋，間飾著如河水四濺的渦點。該陶瓶「圖案繁密緊湊，線條流暢，構圖
嚴謹，具有強烈的動感，是一件不可多得的藝術精品。」〔註 14〕

圖 1：旋紋雙耳尖底瓶

〔註 13〕郎樹德：《彩陶》，第 105 頁。
〔註 14〕郎樹德：《彩陶》，第 110 頁。

變體蛙紋壺，高 27.5 釐米，口徑 13.5 釐米，底徑 10.8 釐米，1965 年甘肅省漳縣出土的馬家窯類型陶器，今藏甘肅省博物館（圖 2）。該陶壺為橙黃色細泥陶，施黑彩，口沿繪一圈鋸齒紋，頸部繪 5 圈平行帶紋。該陶壺令人稱奇的是，該陶壺腹部繪兩組變體蛙紋，構圖新穎，生動活潑。「蛙紋是馬家窯文化中最具代表性的紋飾之一，馬家窯文化彩陶的蛙形紋飾在不同的類型時期其表現形式是不同的，即在馬家窯類型時期蛙紋是以寫實的手法表現，半山類型時期是以意象的手法表現，而馬廠類型時期則是以抽象的手法表現。而蛙紋的這種演變過程並非偶然，它不但與當時人們的信仰、崇拜、認知水平以及社會生產力水平等有著千絲萬縷的聯繫，而且從一個側面反映了馬家窯文化不同類型時期所處的社會性質的差別——早期（馬家窯類型時期）處在母系氏族社會階段，中期（半山類型時期）是母系氏族社會向父系氏族社會的過渡時期，晚期（馬廠類型時期）則已經進入到了父系氏族社會。」〔註 15〕

圖 2：變體蛙紋壺

漩渦紋彩陶甕，高 50 釐米，口徑 18.4 釐米，1956 年甘肅永靖縣三坪出土，現藏中國國家博物館（圖 3）。該陶甕細泥紅陶，通體磨光，斂口口沿至上腹部分分別繪三層旋紋及水波紋，線條十分流暢，具有強烈的動感。「人們在改造自然的同時，也改造著人本身的自然。」〔註 16〕漩渦紋彩陶甕在黑線

〔註 15〕段小強：《馬家窯文化彩陶蛙形紋飾新解》，《蘭州學刊》2009 年第 9 期。
〔註 16〕〔德〕馬克思、恩格斯：《德意志意識形態》，人民出版社 2019 年版。

中套以紅色，構成許多旋轉的圓渦，圓渦之下加兩道水波，這是一幅表現人類與水的密切關係的圖畫，彷彿使人看到遠古先民的生活環境，令人拍案叫絕！同時，陶甕體形巨大，被譽為「彩陶之王」。

圖 3：漩渦紋彩陶甕

　　網紋彩陶束腰罐，高 18.3 釐米，口徑 15.2 釐米，底徑 7.6 釐米，1958 年永登縣杜家臺遺址出土，現藏甘肅省博物館（圖 4）。該陶器口微斂，平沿，束腰，鼓腹，平底。上腹兩側有對稱的豎鼻，下腹中部安有豎耳有一對。造型特殊，便於攜帶，明顯是遠古先民的生活用具。該陶罐施黑、白彩。口沿面繪一圈大鋸齒紋，罐身份別繪寬帶紋、平行線紋、網格紋和圓點紋，圖案精美，線條流暢和諧。不同線條、圖案的組合與變化，賦予網紋彩陶束腰罐無限的創造力和表現力，屬於馬家窯類型晚期彩陶中的精品。

圖 4：網紋彩陶束腰罐

弓弦紋彩陶鼓，長 37 釐米，大口徑 22 釐米，小口徑 12.2 釐米，1998 年
永登縣出土（圖 5）。這是一隻遠古先民使用的陶鼓，鼓的兩端各有一耳，用
於繫繩，一端為喇叭口，另一端為罐形口，喇叭口外有六個爪突，用於固定
鼓面。想必是用緊繃的獸皮做鼓面，這應是腰鼓的雛形，是迄今為止發現時
代最早的打擊樂器。今天，駐足這件原始樂器前，不由得讓人遙想史前先民
們腰懸陶鼓，伴隨著勁爆明快的陶鼓「冬冬」的節奏響起，列隊載歌載舞的
情景，那種充滿原始生命力的娛樂場面如在目前。該陶鼓屬於馬家窯文化馬
家窯類型，在中國音樂發展史、鼓文化發展史上具有重要地位，為我們認識
遠古華夏藝術提供了實物證據。

旋紋彩陶三連杯，高 12.2 釐米，口徑 5.5 釐米，底徑 9.7 釐米，1974 年
甘肅省甘南藏族自治州舟曲縣掌坪出土，現藏甘肅省博物館（圖 6）。泥質橙
黃陶。此陶器為三小杯共以圈足相聯，是馬家窯類型獨特的彩陶器型。在羌
族使用的木器中，亦有此器型，乃在多聯杯中盛青稞酒，飲者各以青稞空心
莖稈分別從中啜吸，以示親密之意。在各杯身上皆繪黑色連續旋紋，將三杯
曲繞相連，花紋與器型配置得體。三杯呈三角形分布，彼此相接，互不連通。
杯底下接高圈足。每杯外壁上繪一組漩渦紋。根據羌人等少數民族至今還保
留著的「飲咂酒」習俗，推測這件造型奇特的三聯杯可能是先民們祭祀、結
盟等儀式中盛酒的器具，飲用時借助竹管、藤枝或蘆葦稈等管狀物吸吮，以
表達同心同德、共襄大事的美好願望。

圖 5：弓弦紋彩陶鼓　　　　圖 6：旋紋彩陶三連杯

　　此外，馬家窯文化馬家窯類型的代表器物還有內彩旋紋豆（1958 年蘭州小坪子出土）、葉形紋彩陶鈴（1991 年廣河縣祁家集出土）、內彩變體人面紋盆（1996 年蘭州市王保保城出土）、條紋帶蓋彩陶罐（1996 年蘭州市王保保城出土）、旋紋彩陶瓶（1973 年蘭州市杏核臺出土）、弧邊三角鋸齒紋瓶（1974 年通渭縣出土）、內彩水波紋盆（1975 年臨夏水地陳家出土）、舞蹈紋彩陶盆（青海大通縣上孫家寨出土）、舞蹈紋彩陶盆（青海同德縣宗日遺址出土）等，都堪稱馬家窯類型彩陶中的精品，限於篇幅不再贅述。

三、半山類型

　　半山類型是馬家窯文化的中期類型，因 1924 年安特生（Johan Gunnar Andersson）首先發現於甘肅省廣河縣洮河岸邊的半山遺址而得名，距今約 4600 年～4300 年之間。作為馬家窯文化的一種文化類型，半山類型主要分布於「隴山以西的渭水上游，蘭州附近的黃河沿岸到青海貴德盆地，及黃河支流湟水、大夏河、洮河、莊浪河、祖厲河、河西走廊的永昌、武威、古浪、景泰等地區，範圍基本與馬家窯類型相同，但已逐漸西移。」〔註 17〕正好與仰韶文化中逐漸分離出馬家窯文化的歷史足跡相暗合。

（一）半山類型的文化特徵及代表性遺址

　　半山類型的陶器以紅陶為主，有少量的灰陶和白陶。半山時期遠古先民的經濟生活與馬家窯類型基本相同，然原始農業經濟更進一步發展，彩陶藝術進入鼎盛時期。各文化遺址中均有大量彩陶出土，「有的遺址中彩陶占全部陶器的 85%，最高達到 90%。」〔註 18〕半山類型的彩陶造型美觀，圖案繁縟，多以黑紅相間的線條構圖，「紋飾以旋紋、鋸齒紋、葫蘆形網紋、菱格紋為主。還有圓形紋、葉形紋、貝形紋、神人紋等。其中非常盛行的鋸齒紋是半山類型彩陶的一個最主要特徵。」〔註 19〕半山類型的彩陶紋樣中，抽象的幾何形紋樣占大多數，表明半山類型以前的一些具象紋樣，經過長期的發展，正在逐漸向抽象的幾何形紋樣過渡。半山類型彩陶器型豐富多樣，重心降低、最大徑一般在陶器腹部，顯示出彩陶作為器物更加穩固，形體比例更加協調。半山時期，鳥形壺開始出現，其腹部一般有雙耳，代表鳥的雙翼，尾部有一

〔註 17〕郎樹德：《彩陶》，第 113 頁。
〔註 18〕郎樹德：《彩陶》，第 114 頁。
〔註 19〕郎樹德：《彩陶》，第 116 頁。

小鍫代表尾翼。原始農業的進一步發展，使半山類型彩陶達到空前的繁盛，大型貯藏器壺、甕、罐等成為半山類型彩陶的主要器型。這些器型底部相對較小，底徑一般為12～14釐米，和人的頭頂直徑差不多，此種器型讓人推測遠古先民在搬運這類陶甕、陶罐時，可能是置放於頭頂上的。半山類型彩陶器型的此種變化不但反映出半山類型的製陶技術與馬家窯類型相比有了顯著提高和進步，而且反映出原始農業定居生活的進一步發展。馬家窯文化由馬家窯類型發展到半山類型，是中華文明的躍升的標誌，中華文明上升到一個新的水平。

已經發掘的半山類型的重要遺址有花寨子遺址、青崗岔遺址、地坪巴遺址、景泰張家臺早期、臨夏張家咀遺址、廣河半山遺址、廣和杜家坪遺址，永靖櫻桃山遺址、蘭州土谷臺遺址、沙井驛遺址等。花寨子遺址遺址位於甘肅省蘭州市七里河區花寨子鄉水磨溝東岸的臺地上。1977年，甘肅省博物館與蘭州市及七里河區文化館進行發掘，共清理半山類型墓葬49座，出土陶器共106件，陶土純淨細膩；墓葬大多是土坑木棺墓，單人葬，側身屈肢或二次葬，陪葬品多寡懸殊，說明花寨子遺址已經出現了社會分工和貧富分化。半山類型的早期彩陶，從紋飾和器形上都顯示出與馬家窯類型的密切關係。花寨子遺址晚期的彩陶半山類型特點異常明顯：一是器型變矮、腹徑接近器高；二是最大徑移至中部、底部變小；三是紋飾以旋紋鋸齒紋為主，紅彩比例增大。土谷臺遺址位於甘肅省蘭州市平安鎮平安村湟水北岸二級階地上，經過1977～1978年的發掘，土谷臺的出土的「隨葬陶器共570多件，器形有壺、甕、罐、瓶、缽、盆、杯、碗、盂、豆等十種，兩者之間的器物組合，仍然以壺、甕、罐、瓶、缽、盆、杯最為習見。兩者最常見的雙腹耳彩陶壺，雖然在形制上表現出一定的差異，但它比馬家窯文化的長頸瘦腹壺要接近的多。土谷臺早期墓出土的鴨形壺與鴛鴦池、蘭州華林坪馬廠墓出土的同類器物十分酷似，唯花紋不同，前者飾半山流行的漩渦紋，後者飾馬廠流行的蛙紋和網格紋。」[註20]可見蘭州土古臺遺址包含了半山和馬廠兩個類型的墓葬，對於揭示半山——馬廠類型之間的關係，提供了第一手材料。

[註20] 甘肅省博物館、蘭州市文化館：《蘭州土谷臺半山—馬廠文化墓地》，《考古學報》1983年第2期。

（二）半山類型彩陶精品舉隅

葫蘆形網紋彩陶壺，1999 年甘肅省蘭州市花寨子出土，高 46.7 釐米，口徑 12.2 釐米，底徑 16.8 釐米（圖 7）。施紅、黑彩，頸部繪網紋，肩、腹部繪六組葫蘆形網紋，間飾鋸齒紋。葫蘆形網紋彩陶壺是半山類型早期彩陶的典型器物，順著器腹直貫而下的束腰葫蘆形網紋，像並列的一扇扇屏風，該陶壺可稱作半山類型早期彩陶的代表作品。

圖 7：葫蘆形網紋彩陶壺

旋紋帶流彩陶罐，1976 年蘭州市關廟坪 1 號墓出土，現藏於甘肅省博物館（圖 8）。該陶罐小斂口、鼓腹。小口周圍飾三個鋬，中腹部為兩耳，黑紅相間的條帶於上腹部繪出 6 組漩渦紋、中腹部則為平行寬帶紋。強烈對比的色彩、簡約婉轉的構圖，盡顯華美。半山類型中期的彩陶，以壺、罐為主要器形。半山類型中期的彩陶紋飾中，旋紋的數量最多。半山類型部族的人們，生活在騰湧飛動的黃河及其支流沿岸，奔騰不息的河水孕育了半山類型時期先民的智慧，半山彩陶的旋紋就是由大江大河高度概括、抽象而成的幾何形紋樣。

圖 8：旋紋帶流彩陶罐

貝形紋彩陶罐，1999 年甘肅省蘭州市出土，現藏於甘肅省博物館（圖 9）。該陶罐高 34.5 釐米，口徑 13 釐米，底徑 13.5 釐米。罐口、頸內外繪連弧紋、波紋各一周，肩、腹繪貝紋兩周。馬家窯類型的墓葬中已經發現了海貝飾品，這類海貝是從東部沿海傳入青海、甘肅地區的，為這地區的氏族人們所珍愛，貝形紋也成為半山類型彩陶上新出現的紋飾。半山彩陶上的貝形紋一般較大，成垂掛狀並列地飾於腹部。半山類型彩陶上的貝形紋，「是人們將珍愛的裝飾品描繪在圖案中，以後又演變成幾何形花紋的例證，」〔註 21〕是遠古先民審美意識覺醒的產物。

漩渦紋彩陶罐，1999 年甘肅省蘭州市花寨子出土，現藏甘肅省博物館。該陶罐高 22.5 釐米，口徑 14.1 釐米，底徑 10.6 釐米（圖 10）。罐身施紅、黑彩，口沿內彩，有橫豎平行條紋相間排列，腹部繪紅、黑彩多條相間旋紋五組。這是一幅表現半山部族與水密切相關的圖案。花寨子遺址處於黃河沿岸水磨溝的二階臺地上，花寨子先民朝夕與水為伴，他們將水流湍急的黃河之水提煉為抽象的藝術形象，簡潔生動、特色鮮明。數千年之後，駐足於該陶罐前，感到眼前有無數旋轉的水渦和湧動起伏的波濤，形象地展示出黃河岸邊遠古先民的自然生態以及他們對黃河水的依戀，具有如「黃河母親」雕塑般的親和力。

圖 9：貝形紋彩陶罐　　　　　　　圖 10：漩渦紋彩陶罐

圓圈網格紋彩弧鳥形壺，高 22.5 釐米，口徑 8.3 釐米，底徑 9.1 釐米，1977 年蘭州市土古臺出土，現藏甘肅省博物館（圖 11）。該陶壺器型呈鳥形狀，壺口偏於一側、偏口、雙耳、短尾鋬，分別代表鳥頭、雙翅和鳥尾，造型格外奇特，在遠古彩陶器型中頗具代表性。半山部族的先民在生產勞作中，

〔註 21〕郭廉夫、丁濤等主編：《中國紋樣辭典》，天津教育出版社 1998 年版，第 72 頁。

觀察到自然界飛禽走獸地動態，從而將自然物象提煉為生動的藝術形象，該器型可能蘊含了半山部族的信仰內涵。此外，該陶壺腹部繪四圓圈，內填網格紋，是典型的半山類型晚期的四大圈旋紋，後來此種紋飾發展為馬廠類型的四大圈紋，只是斷開了連接四大圈的旋線，因此，該陶壺又是半山類型向馬廠類型過渡的標誌性器物，在彩陶發展史上具有重要地位，是一件不可多得的精品。

　　神人紋彩陶壺，該陶壺高 25 釐米，口徑 8 釐米，底徑 14.6 釐米，1999年出土於甘肅蘭州市境內，現藏甘肅省博物館（圖 12）。該陶器泥質為橙黃陶，施黑、紅彩，頸部繪菱形網格紋，肩、腹部繪二方連續的神人紋，神人呈手牽手狀態。半山類型晚期的彩陶紋飾中，神人紋逐漸增多，神人面部繪製逐漸抽象，因此，該陶壺是半山晚期彩陶中稀有的珍品。

圖 11：圓圈網格紋彩弧鳥形壺　　　　　圖 12：神人紋彩陶壺

四、馬廠類型

　　馬家窯文化的馬廠類型是繼半山類型之後發展起來的又一文化類型，也是馬家窯文化的晚期類型，距今約 4350 年～4050 年。馬廠類型因最早發現於青海省民和縣惡馬廠原而得名。馬廠類型個別地方如蘭州市土谷臺遺址等與半山類型並存，但其主流晚於半山。就地域分布範圍而言，馬廠類型分布範圍與半山類型基本上相同，只是更加向西發展，在青海省有大量分布，一直發展到了河西走廊西段的玉門一帶。

（一）馬廠類型的文化特徵及代表性遺址

馬廠類型的原始先民以經營農業為主，從馬廠類型德遺址和墓葬中出土了大量的石製、骨製生產工具。同時還出土了的紡輪、骨針，可見馬廠類型時期的紡織業有了大發展。隨著多種經濟的發展，馬廠類型彩陶的器形樣式增多，有許多新創和別致的器形，具有代表性的器型是三角網紋單耳帶鋬筒狀杯。馬廠類型的陶器以紅陶為主，有少量的灰陶和白陶，種類繁多，彩陶圖案絢麗多彩。紋飾以四大圓圈紋、變體神人紋、波折紋、回形紋、卦形紋、菱格紋和三角紋為主。由半山類型的相互連接四大圈旋紋發展為馬廠類型的斷開四大圈紋，四大圈紋成為馬廠類型彩陶壺上具有代表性的紋樣，說明了馬廠類型是半山類型的繼續和發展。起始於半山類型彩陶的神人紋，發展到馬廠類型，衍生出許多變體的樣式。在馬廠類型的早期和中期，神人紋以各種各樣的變體形式出現，如有的神人紋將頭部省略、或簡化為肢爪紋、或變為渦旋形肢爪紋等；神人紋是馬廠類型主要的彩陶紋樣之一。馬廠類型晚期，神人紋進入衰退期。連續的肢爪紋增多，最後簡化成三角折線紋。馬廠類型晚期彩陶構圖大多粗獷而鬆散，紋飾簡單、彩繪亦變得粗糙，透出些許神秘威嚴的味道，這是彩陶文化走向衰落的表現。馬廠類型的一支以青海省樂都縣柳灣遺址為代表，最後發展為齊家文化；另一支沿河西走廊向西逐漸發展，以甘肅省永昌縣鴛鴦池遺址為代表，較多吸收了游牧民族的文化特徵，逐漸演變為四壩文化，向西一直進入新疆中部。馬家窯文化馬廠類型晚期，「彩陶文化開始走下坡路，雖然出土數量很大，但器型不很規整，製作粗糙，紋飾簡單，已難同半山類型的鼎盛期相比。」〔註22〕此期玉製禮器興起，甘肅中西部與青海東南部已進入青銅時代，中華文明上升到一個新的階段。值得注意的是，彩陶流風餘韻仍綿延不絕，如馬廠類型的回形紋、折帶紋對青銅饕餮的裝飾藝術產生了深遠影響。

馬廠類型的重要遺址主要有馬廠類型的重要遺址主要有：白道溝坪遺址，位於甘肅省蘭州市黃河北岸一黃土臺地上，墓葬集中在劉家坪，已清理出陶窯12個。鴛鴦池遺址，位於甘肅省金昌市河西堡金川河西岸，已清理出半山和馬廠時期墓葬共189座，出土馬廠類型彩陶190件，彩陶紋飾以幾何紋為主，以單耳筒狀杯最具特色。柳灣遺址，位於青海省樂都縣高廟鄉柳灣村湟水北岸，遺址面積近12萬平方米，共挖掘墓葬1700多座，其中馬廠時期墓葬892座，出土了大量的馬廠時期彩陶。

〔註22〕郎樹德：《彩陶》，第125頁。

（二）馬廠類型彩陶精品舉隅

單耳帶鋬筒狀杯，泥質土黃陶。高 13.4 釐米，口徑 6 釐米，底徑 6.1 釐米，1973 年甘肅省永昌縣鴛鴦池遺址出土，現藏甘肅省博物館（圖 13）。該陶壺直口，筒形直腹、平底。器口一側至腹部有一單耳，與耳相應一側下腹部有一圓形乳突鋬，上繪黑彩人面紋。口內施紅色陶衣繪曲折紋，腹繪正倒相連山字紋與豎線紋圖案。形制別致，構圖規整。馬廠類型時期，隨著原始社會農業經濟的發展，定居生活成為主要生活方式，彩陶出現了許多新的器型，單耳帶鋬筒狀杯堪稱馬廠類型的代表性器物。

圖 13：單耳帶鋬筒狀杯

神人紋彩陶壺，高 46 釐米，口徑 18.9 釐米，底徑 11.5 釐米，甘肅省境內出土，現藏甘肅省博物館（圖 14）。該陶壺身施紅、黑彩，肩、腹部繪對稱變體神人紋、圓圈紋。神人紋，也有人稱之為蛙紋，是馬家窯文化半山類型已經出現，馬廠類型彩陶壺出現了少量的肢節或肢爪紋，這些足神人紋解體而演繹出的紋樣。神人紋彩陶壺是馬廠類型的代表性陶器。

圖 14：神人紋彩陶壺

圓圈網格紋彩陶鳥形壺，1999 年甘肅蘭州榆中縣上花鄉出土，現為甘肅省博物館收藏（圖 15）。該藏品高 22.9 釐米，口徑 8.8 釐米，底徑 8.4 釐米。壺口偏於一側，代表鳥的頭部；圓肩圓腹，下腹內收，平底，代表鳥的身體；兩側的雙腹耳代表鳥的兩翼；另一側的短尾錾代表鳥的尾部，整個陶器的器型設計符合物理特點，具有良好的穩定性。腹部繪馬廠類型典型的紋飾四大圓圈紋，內填網格紋。整個器物看起來具有飛動之勢，既便於實用，又顯得非常美觀。

圖 15：圓圈網格紋彩陶鳥形壺

石雕人面像，1973 年在鴛鴦池遺址出土，現藏甘肅省博物館（圖 16）。該石雕人面像高 3.9 釐米，寬 2.6 釐米，厚 0.8 釐米。白色帶有褐色斑點的白雲石料磨成，呈橢圓形。製法為先刻淺槽，再鑲以骨飾，眼圈鑲一白色骨環，眼睛為黑色骨珠。鼻、口為用黑色黏膠質物鑲嵌的大小不同的骨環。頂端有一圓孔，可繫繩佩戴。造型準確，神態端莊。該石雕人面像明顯是馬廠類型部族的裝飾品，已經具有精神層面的內涵。

圖 16：石雕人面像

　　人像彩陶罐，甘肅省天水市秦城區師趙村遺址出土，現藏於中國社會科學院考古研究所（圖 17）。該彩陶罐高 21.7 釐米，口徑 15 釐米。罐形為大口短頸。圓形的腹部，腹部下端向內曲收，最大鼓腹處有兩個對稱的小耳，用紅泥質陶製成。陶罐從口部至器腹中下部塗敷了一層薄薄的紅彩，俗稱陶衣。器身通體施滿黑色彩繪，口沿下部施一圈寬帶紋，頸部飾四道較細的弦紋，肩、腹部為網格紋和三角鋸齒紋。兩耳之間的腹部雕塑一人面像。人像五官端正，各部分比例適中。面部施紅色彩繪，鼻準隆突，兩道眉毛細長而向下彎曲，眼睛、嘴部深刻成小坑狀，頭頂一高聳之物似為髮髻，頭兩側用黑色顏料繪出下垂的頭髮，整個塑面似一婦女面像。製作上採用了塑、刻、繪等技法，工藝精緻。這件彩陶壺不單是一件罕見的馬廠類型藝術品，而且是整個甘肅彩陶文化中傑出的藝術珍品，它為研究當時的社會制度提供了一些重要的線索。〔註 23〕

圖 17：人像彩陶罐

第二節　馬家窯文化彩陶與華夏文明起源研究

　　甘肅是黃河文明的重要發祥地之一，境內奔騰不息的黃河、遼闊肥沃的黃土高原、綿延上千里的河西走廊上綠洲相望，孕育了眾多新石器時代和青銅時代的文化遺址，它們在華夏文明形成過程中具有開啟之功。甘肅彩陶推進了華夏文明起源研究，距今約 5000 年的馬家窯文化彩陶代表著中國彩陶藝術的最高成就，創造了多項全國之最。以馬家窯文化彩陶為代表的

〔註 23〕參見李仰松：《柳灣出土人像彩陶壺新解》，《文物》1978 年第 4 期。

甘肅彩陶對華夏文明的歷史進程增添了新的內涵，文化是歷史的縮影，時代的一面鏡子。馬家窯文化的高度發展，是新石器時期華夏文明晨曦中最絢麗的霞光，折射著中華先民在遠古時代所達到的多項文化成就，是我們探討華夏文明研究的第一手資料，它啟示人們去重新探討和更深入地認識華夏文明的真實面貌。

一、馬家窯文化絢麗的彩陶藝術

輝煌璀璨的馬家窯文化彩陶是甘肅彩陶文化的巔峰階段。馬家窯文化彩陶，無論就出土數量、彩陶器型，還是色彩紋飾等各方面來說，都空前絕後、獨樹一幟，代表著中國彩陶藝術的最高成就，也達到了世界彩陶藝術的巔峰。〔註24〕

首先，就出土數量而言，馬家窯文化彩陶迄今出土數量最為豐富，占各類陶器總和的 25％～50％，馬家窯遺址出土的陪葬陶器中，彩陶多達 80％，在中國所發現的所有彩陶文化中，這個比率是最高的。〔註25〕如 1973 年甘肅省博物館文物工作隊和廣河縣文化館先後兩次進行發掘，清理半山時期墓葬 66 座，形制均為長方形豎穴土坑墓，出土遺物 756 件，隨葬品以陶器為主，還有石器和骨珠等。出土陶器 392 件，其中彩陶的比例達 90％，每座墓一般出土 7～8 件彩陶，最多的有 17 件，最少的 1 件。〔註26〕又如 1981 年甘肅省博物館文物工作隊和臨夏回族自治州博物館、康樂縣文化館聯合對邊家林遺址進行了發掘，發掘面積 425 平方米，清理墓葬 17 座，灰坑 1 個，出土陶器 100 多件，石、骨器等近 800 件。陶器以彩陶為主。彩陶的大量生產，說明馬家窯文化時期製陶的社會分工早已專業化，出現了專門的製陶工匠師和專門燒製陶器的工坊，這無疑是遠古時期社會分工進一步發展的結果。

其次，就彩陶器型而言，馬家窯文化彩陶造型最為豐富。馬家窯文化遺址和墓葬出土的陶器分泥質和夾砂兩類，主要採用泥條盤築和捏塑法製作。根據地層堆積，分早、中、晚三期。馬家窯類型的彩陶器型主要有碗、缽、盆等飲食器為主，但儲藏器罐、甕、壺、尖底瓶等逐漸增多，瓶多為喇叭口，罐

〔註24〕《甘肅是華夏文明的重要發祥地》，《甘肅日報》2013 年 6 月 4 日。

〔註25〕段小強、溫小強：《馬家窯文化對中國史前考古的貢獻》，《甘肅聯合大學學報》（社會科學版）2006 年第 5 期。

〔註26〕 韓集壽：《廣河地巴坪「半山類型」墓地》，《考古學報》1978 年第 2 期。

為敞口，盆的口沿外卷，缽為圓唇。如馬家窯類型最具代表性的造型就是旋紋雙耳尖底瓶，不僅受熱面積又大，具有很好的生活需求和實用功能，還造型嚴謹，頗為美觀。半山類型的碗、盆、盂繼續存在，引人注目的是大型儲藏器壺、甕、瓶、罐等成為半山類型的主要器型。隨著原始社會的發展，馬廠類型的彩陶器型「有了進一步的豐富和變化，增加了一些新的器型，最具代表性的是單耳帶鋬筒狀杯」，〔註27〕盤形豆、短頸高腹杯等，中國彩陶器形至此已基本完備，與後世相比併無多大差別，可見馬家窯文化時期遠古社會的發展水平。

再次，就彩陶色彩而言，馬家窯文化彩陶色彩最為絢麗。迄今發掘的許多馬家窯文化遺存中，發現有專門製造陶器的窯場和陶窯、顏料以及研磨顏料的石板、調色陶碟等，工藝技術繁密而細膩，達到很高的技術水平。甘肅遠古先民在將陶器製成坯料、入窯燒製之前，在陶器的表面用特殊的顏料繪出各種圓弧和曲線的圖案，燒製後在表面形成精美的圖案。有些還在陶器的內壁也施以彩繪，其內彩特別發達，圖案的時代特點十分鮮明。馬家窯文化的彩陶，早期以純黑彩繪花紋為主；中期使用純黑彩和黑、紅二彩相間繪製花紋；晚期多以黑、紅二彩並用繪製花紋。其他地區新石器時代中晚期文化中的彩陶多在陶器的某一部位施彩，馬家窯文化彩陶則在陶器的表面通體施以彩繪，顯得格外美觀。

最後，就彩陶紋飾而言，馬家窯文化彩陶紋飾最為精美。馬家窯文化彩陶紋飾以漩渦紋、水波紋、同心圓紋為主，圖案布局因器形設計，極富變化又和諧一體。馬家窯文化早期的陶器彩繪為黑色，漆黑髮亮，紋飾以旋紋和弧線紋為主，線條粗健古樸；中期的紋飾以弧形並列條紋為主，線條均勻細密，活潑流暢；晚期色彩也發生變化，出現了白彩，紋飾簡化、潦草，以旋紋、平行條紋為主，色彩清淡，白彩多為輔助裝飾，黑白分明，對比強烈，是晚期的突出特點。甘肅隴西出土的馬家窯類型彩陶尖底瓶，滿繪四方連續的旋紋，如擊破水面、渦點四濺，被公認是「彩陶藝術的巔峰」。如此繁密精美的圖案構圖、紋飾彩繪，必須有發達純熟的技術工藝水平來保證，考古發掘成果表明，馬家窯文化的製陶工藝已開始使用慢輪修坯，並利用轉輪繪製同心圓紋、弦紋和平行線等紋飾，表現出了嫻熟的工藝技巧。

〔註27〕郎樹德：《彩陶》，第122頁。

二、馬家窯文化彩陶對於確定甘肅史前文化發展序列有著重要價值

　　甘肅彩陶文化的來源及發展長期以來一直存在爭議，瑞典地質學家安特生最早對馬家窯文化進行調查發掘，他將臨洮馬家窯與和政半山兩處性質不同的史前遺存合在一起，認為都屬仰韶期或仰韶文化。此前西方考古學者在中亞、西亞的廣大地區都曾發掘出大量彩陶，「而安特生後來在甘肅一帶發現較仰韶原始、又較中亞進步的彩陶」，〔註28〕似乎中國彩陶源於中亞之說是鐵證如山、無可辯駁了。以後著名考古學家夏鼐先生到甘肅、青海地區進行田野考古工作，認為甘青地區此類遺存與中原仰韶文化性質上有頗多不同，進而以馬家窯文化概括之。馬家窯文化實際上是從仰韶文化分化出來的一個地方分支。後來甘肅地區的大地灣遺址等大量考古發掘也證明，「從大地灣一期文化開始出現的彩陶與西亞兩河流域的彩陶是世界上最早的、同時創造的兩種彩陶文化。」〔註29〕甘肅彩陶並非源於中亞而是源於中原中原仰韶文化的彩陶，中國的彩陶是世界上獨立發展的、自成體系的、輝煌燦爛的彩陶文化。由此，經過考古學界的艱苦努力，目前基本上確定了甘肅史前文化的發展序列：即「大地灣一期文化→仰韶文化→馬家窯文化→齊家文化→四壩文化→卡約文化→辛店文化→寺窪文化→沙井文化」，〔註30〕其時間跨度從距今約 8000 年左右綿延至距今約 2000 多年，形成了一部完整的、長達約 6000 年的彩陶發展史。由此可見，馬家窯文化彩陶對於確定甘肅史前文化發展序列有著重要價值，進而對研究中華文明的演進發展過程必不可少。任何一部華夏文明史，都不能不以較大篇幅論述之。新石器時代，華夏文明就已形成一種「重瓣花朵」式格局，中原區好比是花心，黃河、長江流域好比是內圈花瓣，以外的華夏各文化區則是外圈花瓣。少了甘肅彩陶，華夏文明的地圖也就喪失了完整性。

三、馬家窯文化彩陶使華夏文明的內涵不斷得到豐富和充實

　　陶器是代表人類文明起源時期最重要的物質創造，因為遠古時期尚處於「結繩記事」、口耳相傳的文明初起階段。由於沒有成形的文字等書面文獻記

〔註28〕段小強、溫小強：《馬家窯文化對中國史前考古的貢獻》，《甘肅聯合大學學報》（社會科學版）2006 年第 5 期。

〔註29〕段小強、溫小強：《馬家窯文化對中國史前考古的貢獻》，《甘肅聯合大學學報》（社會科學版）2006 年第 5 期。

〔註30〕段小強、溫小強：《馬家窯文化對中國史前考古的貢獻》，《甘肅聯合大學學報》（社會科學版）2006 年第 5 期。

載，口耳相傳的內容在歷史的長河中也無從得知。那麼，遠古時期的社會狀態是怎樣的呢？幸運的是，我們從新石器時代大量的考古發掘遺址中可以得到一些信息。彩陶無疑是遠古時期考古發掘中出土數量最多、文化信息最為豐富的載體之一，因而甘肅彩陶的發展脈絡就成為判斷華夏文明起源、演進最重要的標誌之一。璀璨絢麗的馬家窯文化彩陶可謂遠古先民社會生活中的「百科全書」，馬家窯文化時期遠古社會的眾多信息從中得到歷歷展示。

　　作為一個時代的產物，遠古彩陶的發展水平是當時的社會生產力、生產關係所決定的，它絕不是孤立的存在，而是和當時的社會發展有著密切的關係。仰韶文化早期的彩陶器型主要是盆、衣鉢、碗、痰盂、瓶、壺等生活用具。仰韶時期先民主要進行漁獵生活，故「魚紋是這一時期的標誌性紋飾，在距今約 7000 年～6000 年間，魚形紋飾經久不衰地展示著它們無窮的魅力，幾乎每一個仰韶早期遺址中，都有魚紋彩陶器和陶片出土。」〔註 31〕而大地灣遺址仰韶文化晚期彩陶魚紋急劇減少，目前僅發現 1 例。〔註 32〕這反映出原始先民的已經很少從事漁獵生活、已經轉而從事定居的農業生產了。馬家窯文化的絕大部分時間裏，農業取代狩獵經濟佔據社會經濟的主導地位，定居生活達到鼎盛階段。馬家窯類型時期，「隨著人們定居生活的穩定，陶器器型也出現了新的變化，雖仍以盆、鉢、碗等飲食器為主，但儲藏器罐、甕、壺、尖底瓶等逐漸增多。」〔註 33〕如 1956 年甘肅永靖縣三坪出土的馬家窯類型漩渦紋彩陶甕，高 50 釐米，口徑 18.4 釐米，如此巨大的陶甕是用來盛儲穀物的，保存糧食不易變質。據專家測算，該陶甕能容糧在百斤以上，它的出現反映了馬家窯類型時期，遠古農業經濟已經有長足發展、收穫量已有很大增長，是原始農業經濟大發展的實物證據。半山類型時期，「大型儲藏器壺、甕、瓶、罐等成為半山類型的主要器型，這也反映了農業定居生活的進一步發展。」〔註 34〕「馬廠的器型大部分脫胎於半山類型，但有了進一步豐富和變化，增加了一些新的器型，具有代表性的是膽兒帶銎筒狀杯。」〔註 35〕青海樂都柳灣馬家窯文化半山類型（4600～4300 年）出土生活用陶種類有盆、

〔註 31〕郎樹德：《彩陶》，第 71 頁。
〔註 32〕甘肅省文物考古研究所：《秦安大地灣——新石器時代遺址發掘報告》，文物出版社 2006 年版，第 559～561 頁。
〔註 33〕郎樹德：《彩陶》，第 104 頁。
〔註 34〕郎樹德：《彩陶》，第 114 頁。
〔註 35〕郎樹德：《彩陶》，第 122 頁。

杯、瓶、單耳罐、雙耳罐、彩陶壺、長頸壺、帶嘴陶罐、小陶甕、陶壺、侈口罐、粗陶雙耳罐等，〔註36〕這些均反映出原始農業生產進一步的發展。

原始先民在日常生活和生產勞動中，面對山川河流、日月星辰、伏蛙遊魚，花葉蔓枝，自然會將其提煉為藝術形象，表現在原始彩陶中，從而形成色彩斑斕的彩陶紋飾世界。距今約 6000 年的甘肅地區的半坡類型彩陶紋樣，主要有魚類紋及魚類水族動物的各種變體紋樣。距今約 5500 年的廟底溝時期，甘肅彩陶變體魚紋成為主要的彩陶紋樣。在秦安縣大地灣的一座廟底溝類型早期房基中，山土了一對口徑為 51 釐米變體魚紋彩陶大盆，堪稱廟底溝彩陶盆紋飾的代表作品。距今約 5000 多年的石嶺下類型的彩陶紋樣中，變體魚紋已經滅跡，被水陸兩栖類的鯢魚紋及其變體紋樣取代。距今約 5400 年～4700 年馬家窯類型，紋飾逐漸繁複、圖案愈加精美，常見紋飾有漩渦紋、條紋、水波紋、蛙紋。從彩陶器型和紋飾的變化中我們可以窺探到甘肅地區遠古時期社會複雜化的進程，看到的是甘肅遠古文化演進的蹣跚步伐。

精神生活是遠古先民社會生活中不可或缺的組成部分，先民通過生產勞作，從自然界採集食物、從土地上收穫辛勤勞動的成果，他們既有成功的喜悅，也有對經歷過的各種危險的痛苦記憶，更有對社會分化的權利的恐懼，因而對自然界產生了諸如喜悅、依賴、恐懼、敬畏等心理。此種種情感不僅體現在原始信仰中，也反映在彩陶的製作中，如臨夏回族自治州博物館藏一件馬廠類型人頭器型彩陶，面部造型悲苦哀愁，特別是彩繪四行淚水，形象地反映了馬廠類型先民心理世界的一個側面。又如 2019 年 6 月份在北京舉辦的「遠古之光─馬家窯文化彩陶珍品展」中，展出的一件馬家窯類型彩陶高達 70 釐米，器型巨大，設黑彩，紋飾繪製精美，口徑上繪有人面紋。這是部落首領表示權力和尊嚴地位的象徵物，說明馬家窯類型時期已經開始出現了最原始的社會等級劃分。距今約 4350 年～4050 年。馬廠類型馬廠類型彩陶壺的圓圈紋中，出現了少量的肢節或肢爪紋，這些足神人紋解體而演繹出的紋樣，已經不僅僅是單純的藝術裝飾，許多都蘊含了遠古先民的信仰內涵，說明遠古先民已經開始建構自己的精神世界了。至殷商青銅饕餮的猙獰凌厲之美，「恰到好處地體現了一種無限的、原始的、還不能用概念語言來表達的原始宗教情感、觀念和理想，配上那沉著、堅實、穩定的器物造型，極為成功地反映了『有虔秉鉞，如火烈烈』(《詩經・商頌》)那記如文明時代所必經的

〔註36〕蘇海洋：《甘青彩陶折射的農業生態信息》，《農業考古》2019 年第 4 期。

血與火的野蠻年代。」〔註37〕可見，馬家窯類彩陶的器型、紋飾演變，都折射出馬家窯文化時期遠古社會的眾多信息，這些文化類型極大地充實了華夏文明的內涵和組成體系。

四、馬家窯文化發現的刻畫符號對探索中國文字起源具有重要意義

　　文字的成熟是人類文明形成的重要標誌之一，迄今中國最早的成熟文字甲骨文在殷商時期已經廣泛使用，可以肯定的是，殷商以前的遠古時期，中國文字經過一個相當長時期的孕育過程。2008 年，甘肅臨洮發現一件馬家窯文化半山類型彩陶，彩陶上半部是蛙神紋飾，兩側繪有類似於飛羽的翅膀，下半部繪有很大的女陰符號，而四周這些奇特的符號代表著什麼寓意呢？甘肅省馬家窯文化研究會會長王志安他提出彩陶上出現的這些獨特的符號，就是中國最早可識讀的文字「巫」字。在遠古「巫」是溝通天地的使者，這個黑彩人物很有可能就是一位部落首領或女巫，也可能就是傳說中「女媧」的原始造型。〔註38〕該件陶器上彩繪是否就是「巫」字仍值得討論，但它對探索中國文字的起源具有重要意義卻是不言而喻的。另外馬廠類型的彩陶上「出現了大量的墨繪符號，一般繪製在器物的下腹部無紋飾處，常見的「○」、「×」、「卍」、「＋」、「一」等形狀（圖 18）。這些符號可能是當時一些氏族部落的記號也可能是文字的前身。」〔註39〕柳灣彩陶上的 300 餘種符號已引起許多學者的尤其是文字學家的極大關注，這對破解漢字的最早起源有重要意義。

圖 18：馬廠類型的彩陶

〔註37〕李澤厚：《美學三書》，天津社會科學出版社 2003 年版，第 34 頁。
〔註38〕王志安：《馬家窯彩陶上發現中國最早可以釋讀的文字》，《中國文物報》2011 年 8 月 31 日。
〔註39〕郎樹德：《彩陶》，第 125 頁。

五、馬家窯彩陶文化是中國原始藝術的高峰

一般而言，甘肅彩陶的紋飾可以分為兩類：一類是具象的自然紋樣如動物、植物、人物、景物等，另一類是抽象的幾何紋樣，如條帶、寬帶、三角形、菱形、多邊形、漩渦形、圓形等。此兩類不同的紋飾均是遠古先民在對自然界具體物象觀察基礎上的成果，自然紋飾是幾何紋飾的基礎，幾何紋飾則是自然紋飾的抽象化、符號化體現。彩陶早期紋樣以自然紋樣居多，隨著文明的進步和社會複雜化的發展，自然紋樣逐漸向抽象的幾何紋樣過渡。「藝術是人類情感的符號形式的創造，」〔註40〕彩陶紋飾以點、線、面為基本元素構成圖案，又與彩陶器型之「體」融為一體，酣暢淋漓地宣洩了遠古先民的情感。點有大小、線有曲直、面有多種形狀、體有多種造型、色有紅白黑諸種顏色，如此多種因子、多種方式的圖案組合變化，賦予甘肅彩陶氣象萬千、無比豐富的審美張力，並對中華文明的歷史進程有深遠影響。

在哲學領域，彩陶所提供的各種意象成為華夏審美思維的來源之一。遠古先民從陶器虛（中空）、實（盛滿食物）的統一中抽象出對「虛」與「實」、「有」與「無」的體認；對陶器實用器具之外、還是禮器的觀省中建立起對「道」與「器」、「體」與「用」的思考等。〔註41〕胡建升先生認為「在仰韶文化的大地灣類型、廟底溝類型，與馬家窯文化的石嶺下類型、馬家窯類型，都出土了大量繪製陰陽二元結構的圖案，這些圖案與明代來知德所繪製的太極圖幾乎是相同的。……這些圖式都展示了史前文化比較成熟的陰陽觀念。」〔註42〕凡此都說明原始彩陶藝術可謂華夏審美思維起源的源頭活水。

馬家窯文化彩陶不僅蘊含著史前時期眾多神秘的社會文化信息，同時它創造了中國畫最早的形式。馬家窯文化彩陶的繪製中以毛筆作為繪畫工具、以線條作為造形手段、以黑色（同於墨）作為主要基調，奠定了中國畫發展的歷史基礎與以線描為特徵的基本形式。彩陶是中國文化的根，繪畫的源，馬家窯文化精美絕倫的畫面，就是神奇豐富的史前「中國畫」。馬家窯文化彩陶也是中國音樂舞蹈史的濫觴。1973年，甘青地區大通縣出土的馬家窯文化

〔註40〕〔美〕蘇珊・朗格：《情感與形式》，中國社會科學出版社1986年版，第51頁。

〔註41〕參見林少雄：《從史前陶器看華夏審美意識起源的哲學基礎》，《西北師大學報》（社會科學版）2000年第4期。

〔註42〕胡建升：《人文筆元：史前彩陶圖像與華夏精神》，《民族藝術》2020年第1期。

彩陶舞蹈紋盆，內壁繪舞蹈人物 3 組，每組 5 人，令人感受到遠古舞蹈強烈的節奏感。1991 年，甘肅武威市發現的彩陶舞蹈紋盆，內壁繪有兩組手拉手的舞蹈人物，每組 9 人，舞蹈人數更多。1995 年，甘青地區宗日遺址再次出土一件馬家窯文化彩繪舞蹈紋盆，內壁所繪舞蹈人物兩組，分別為 11 人和 13 人，給人一種優雅的舞蹈意境，甘青地區由此成為中國原始歌舞研究的起源地。1986 年，甘肅省永登縣出土馬家窯文化的彩陶鼓，改寫了華夏音樂史。在文學領域，彩陶是中華民族「文」觀念的原始發生點。《說文》云：「文，錯畫也，象交文。」〔註43〕馬家窯文化的一些彩陶已發現有「‖」、「×」、「○」、「≈」、「Ɛ」等符號，學界公認是華夏「文」觀念的萌生。此類符號也在甲骨文中大量出現，這是「文」觀念的進一步確立。後來包括絲織錦繡在內的各種形式的「紋」，一直強化著先民關於「文」的認識，終於形成了愈來愈豐富的文學觀念。

　　張光直先生在《考古學專題六講》曾說：「西方社會科學中一般被認為具有普遍適應性的學說主張是：文明出現的主要表現是文字、城市、金屬工業、宗教性建築和偉大的藝術。文明的出現，也就是階級社會的出現，這是社會演進過程中一個突破性的變化。造成這一變化的因素主要有：生產工具的質變，金屬器與生產手段的結合；地緣的團體取代親緣的團體，地緣關係越發重要並導致國家的產生；文字的產生；城鄉分離，城市成為交換和手工業的中心。」〔註44〕這些遠古藝術考古的重大成果，無疑大大推進了華夏文明起源研究。

六、甘肅彩陶書寫了華夏文明燦爛輝煌的第一章

　　甘肅是世界上最早生產彩陶的地區之一，「距今約 8000 年的大地灣一期彩陶與西亞兩河流域最早的彩陶年代大致相當。甘肅彩陶時間跨越 5000 年，具有自己獨立的發展體系，是中國唯一沒有中斷的彩陶文化。」〔註45〕在歷史的長河中，甘肅彩陶文化綿延數千年後沈寂於地下，直到上世紀二十年代才被重新發現。但是甘肅彩陶以其輝煌燦爛的成就，書寫了華夏文明燦爛輝

〔註43〕（漢）許慎：《說文解字》，商務印書館 1963 年版，第 185 頁。（以下版本號略）
〔註44〕張光直：《考古學專題六講》，文物出版社 1986 年版，第 14 頁。（以下版本號略）
〔註45〕《甘肅是華夏文明的重要發祥地》，《甘肅日報》2013 年 6 月 4 日。

煌的第一章，深刻地影響了華夏各種藝術形式的風格和走向。如殷商時期青銅饕餮的凌厲之美、漢代畫像石（磚）的構圖，都源於彩陶藝術的啟示。彩陶紋飾還浸潤到華夏民族傳統的繪畫、剪紙、刺繡、年畫、瓷器、建築刻畫圖案等眾多藝術形式中，今天我們仍能從中看到彩陶紋飾的痕跡。另外，燒製彩陶的過程中孕育了青銅時代的來臨，彩陶造型對後世金屬鑄造、陶瓷、雕塑等造型藝術產生了深遠影響。傳統歌舞等也源源不斷地從彩陶藝術中吸取營養。

甘肅歷史文化悠久、類型多樣、底蘊厚重，是中華人文始祖羲皇故里，為華夏文明的重要發祥地和文化資源寶庫。自上世紀發現甘肅彩陶以來，時至今日，甘肅地區彩陶仍時有發現。隨著大量新出土材料的積累，馬家窯文化彩陶的研究，越來越受學術界關注，逐漸形成為史前文化研究中的一大熱點。面向新的世紀、新的時代，在甘肅省建設「華夏文明傳承示範區」的歷史背景下，甘肅彩陶及其華夏文明起源研究必將取得更大的成果。

第三節　伏羲文化與華夏文明

在中國古史傳說系統中，伏羲氏是一位遠古時代由母系氏族向父系氏族社會，由漁獵畜牧向農耕文明進化，由野蠻向文明過渡的歷史階段的創世英雄。由於其獨特地位和非凡貢獻，遠古先民及歷代賢哲以伏羲及其文化創造活動為基礎，將眾多生產發明附會於伏羲氏身上，復經演繹加工和增益擴展，加之民間傳說、信仰的推衍流傳，逐漸形成內涵豐富的伏羲文化。因此，伏羲既是一個真實存在的人和部族首領，也是一個時代的象徵和文化符號，進而成為中華民族共同景仰的人文始祖。所以，伏羲及其時代反映了中華先民告別洪荒、肇啟文明的一個真實歷史階段。

一、伏羲及其部族的文化創造活動是中華文化的源頭活水

相傳伏羲的文化創造幾乎包括了遠古時代人類生產生活的各個方面。唐代史學家司馬貞《補史記·三皇本紀》云：「太皞庖犧氏……造書契以代結繩之政。於是始制嫁娶，以儷皮為禮。結網罟以教佃漁。故曰宓犧氏。養犧牲以庖廚。故曰庖犧。有龍瑞。以龍紀官。號曰龍師。作三十五弦之瑟。」〔註46〕其

〔註46〕（唐）司馬貞：《補史記·三皇本紀》。

餘如《周易‧繫辭下》、漢代許慎《說文解字》、三國時期譙周《古史考》、晉代王嘉《拾遺記》、清人馬驌《繹史》引《河圖挺輔佐》等古籍都有關於伏羲創始活動的書面記載，然大體不出司馬貞之記載範圍。從大量的古籍記載可以看出，伏羲氏的文化創造活動主要包括畫八卦、造書契、結網罟、取火種、造甲歷、制嫁娶、創禮樂、設九部、制九針、立占筮等創造發明，涉及社會生活中的生產工具、政治領域的典章制度、精神領域的思維方式、風俗習慣中的婚喪嫁娶等。在混沌未開、一片蒙昧的遠古時期，此種種非凡的文化創造實績猶如爝火浩浩，開啟文明之光，極大地促進了華夏文明的形成和發展，並成為中華傳統文化的基本要素。因此，伏羲氏及其部族的文化創造活動揭開了華夏文明輝煌燦爛的第一頁，是中華文化的源頭活水和永恆動力。

二、八卦是中華先民理性思維和高度智慧的結晶

相傳伏羲的文化貢獻之一是造書契、畫八卦。東漢班固《白虎通義‧號篇》云：「伏羲仰觀象於天，俯察法於地，因夫婦，正五行，始定人道；畫八卦以治天下，天下伏而化之，故謂之伏羲也。」〔註47〕伏羲氏推演八卦，是以上古伏羲部落在長期的生產實踐中，經過仰觀俯察，近取諸身，對變幻無窮的宇宙萬物變化規律初步認識的基礎上，加以艱苦思考、系統總結、概據凝練而逐漸形成的。八卦符號的基本結構由陰（--）、陽（—）二爻組成，其本質反映了宇宙萬物界最基本的兩種物質——天、地的對立統一規律，由此演繹組合出象徵天地、風雷、水火、山澤的八種符號，它們之間相生相剋、相輔相成、相互作用又互相影響。將八卦兩兩相疊，就形成六十四卦，共三百八十四爻，遂成一個變化無窮又極其縝密的龐大系統。易經理論代表著尚無文字的上古先民進行哲理邏輯思維的最高成就，體現出中華先民的高度智慧。畫八卦是伏羲最重要的文化貢獻之一，由伏羲而八卦、由八卦而《周易》的易經理論體系，是「中國方法論體系的奠基性成果」，〔註48〕成為華夏民族文化精神和哲學智慧的主要的「活水源頭」。中華先民們運用高度概括、濃縮的八卦信息符號，在論證宇宙萬物的過程中，鎔鑄並不斷錘鍊了中華民族特殊的抽象思維和邏輯推論能力。

〔註47〕（清）阮元：《十三經注疏》，中華書局1980年版，第207頁。
〔註48〕胡政平、謝增虎：《伏羲文化精神的現代意義》，《甘肅社會科學》2010年第6期。

八卦及其文化精神內滲為華夏民族自身的文化基因，深刻影響了華夏文明的精神譜系。從秦漢時期開始，人們對八卦及《周易》的興趣，逐漸從推斷吉凶的神學主旨和利用卦象、卦辭的表觀形式，轉移到用它觀察世界的辯證思維方式和宏觀把握能力上來。於是卜筮之書轉變成指導生活、分析矛盾、解釋世界的圭臬。在此基礎上，經歷代思想家、哲學家的清理批判，逐漸形成一套完整嚴密，富有民族特色和陰陽變易的邏輯理論體系，深刻影響了中華民族的思維方式和文化進程。滲透到華夏民族的哲學理論、文化心理、制度文明、生活方式等諸多領域，形成了波瀾壯闊的華夏文明。八卦理論是中華民族解釋世界認識自然、規範社會人倫的鑰匙與百科全書，既是中華民族認識世界、指導人類發展的解釋系統，也是一個操作系統。這一完整嚴密、富有民族特色的陰陽變異、和合大同的辯證思維理論和邏輯方式體系，是華夏文明區別於其他文明本質標誌之一。從此意義來講，沒有伏羲文化，何來華夏文明的發生、發展？何來中華民族精神譜系博大、雄渾而又洋溢著創造的活力？因此，八卦與易學體系，既是儒家學說、道家文化的理論基礎，又是鄉土社會巫術占筮等神秘文化的源頭活水，實乃華夏傳統文化的源泉和核心。

三、伏羲、女媧傳說是迄今所見中國先秦惟一完整的創世神話

神話是人類孩童時期的詩性智慧的表現形式之一，古代神話傳說作為文學文獻寶庫中的重要部分，一直受到人們的強烈關注，它們不但是後世文學創作的源泉，更是我們瞭解上古社會的一把鑰匙。如 1942 年出土於長沙王家祖山的楚墓帛書中，即有關於伏羲女媧神話的記載。茲據董楚平先生的釋文轉錄如下：

> 曰故（古）因熊包戲（伏羲），出自□雯（震），居於睢□。厥
> 僮口僮□□□女。夢夢墨墨，亡章弼弼。□每（晦）水口，風雨是於。
> 乃取（娶）□□子之子，曰女王出（媧），是生子四，□是亞襄而棧，
> 是各（格）參化法（度）。為禹為契，此司域襄，咎而步廷，乃上下
> 朕（騰）傳（轉），山陵丕疏。乃命山川四海，𤈦（薰、陽）氣百（魄、
> 陰）氣，以為其疏，以涉山陵、瀧、汩、溢、𡌨。未有日月，四神
> 相戈（代），乃步以為歲，是惟四時：長曰青干，二曰朱四單，三曰
> 白大木然，四曰□墨干。

千有百歲，日月夋生，九州丕㙦（平），山㪟陵備（侐）。四
神乃作，至於覆（天蓋），天旁動，扞蔽之青木、赤木、黃木、白
木、墨木之精。炎帝乃命祝融，以四神降，奠三天，□思□（保），
奠四極，曰非九天則大㪟（侐），則母敢蔑天靈，帝夋乃為日月之
行。

共攻（工）步十日四時，□神則閏，四□母思，百神風雨，辰
禕亂作，乃□日月，以傳相□思，又宵又朝，又晝又夕。〔註49〕

此則帛書的主要内容是伏羲、女媧先天地而存在，結為夫婦，生四子而
開天闢地、通九州、安山陵、協陰陽，制定日月（自然）運行規則和曆法。據
考證，長沙東郊王家祖墓葬為戰國中晚期墓葬，約為戰國中晚期之交的墓葬，
該墓出土的帛書載有伏羲、女媧事蹟，為迄今所見中國先秦惟一完整的創世
神話。它記載了伏羲、女媧、禹、契、炎帝、祝融氏、共工氏等傳說人物。說
明早在先秦時期，伏羲、女媧已被認為是華夏民族共同的創世英雄，伏羲女
媧成婚繁衍人類的故事早在先秦時期便已定型了。後來婦孺皆知的「自羲農，
至黃帝，號三皇，居上世」等觀念一直強化著此種認識。

伏羲女媧作為創始英雄和中華民族始祖的神話傳說，可謂中國文學最
初的原型或者母題，它不僅對先秦時期的人們有著重大影響，更廣泛滲透
到先秦文學發展的結構中，對後世文學有著深遠影響。不少詩人都是從中
受到啟發，來展開他們的文學活動。如屈原在《天問》中寫道：「遂古之初，
誰傳道之？上下未形，何由考之？冥昭瞢暗，誰能極之？馮翼惟象，何以識
之？明明暗暗，惟時何為？陰陽三合，何本何化？」〔註50〕再如東漢末葉
《風俗通義》云：「俗說天地開闢，未有人民，女媧摶黃土為人，劇務，力
不暇供，乃引繩泥中，舉以為人。故富貴者，黃土人也，貧賤凡庸者，絚人
也。」〔註51〕均可認為是先民先秦時期伏羲女媧神話母題的影響而產生的
詩性智慧。從中我們不難看到伏羲神話所包含的中華先民獨特的思考世界
的模式和人格精神，伏羲文化不僅是中華民族的「根」文化，也書寫了中國
文學的第一頁。

〔註49〕董楚平：《中國上古創世神話鉤沉》，《中國社會科學》2002年第5期。
〔註50〕董楚平、俞志慧：《楚辭直解》，浙江文藝出版社1997年版，第50頁。（以下
　　　　版本號略）。
〔註51〕（漢）應劭著、王利器校注：《風俗通義校注》，中華書局1981年版，第143
　　　　頁。

四、天水地區是傳說中伏羲氏的誕生地

　　伏羲傳說早在春秋戰國時代便出現於諸子之書，西漢緯書《遁甲開山圖》已有伏羲生成紀（今甘肅天水一帶）的記載。唐代司馬貞撰《三皇本紀》全面梳理相關史料，不但使伏羲的事蹟更加清晰和系統，而且完成了伏羲氏由神話傳說向歷史人物的過渡。司馬貞交代為何要補《三皇本紀》時說：「三皇已還，載籍罕備。然君臣之始，教化之先，既論古史，不合全闕。近代皇甫謐作《帝王代紀》，徐整作《三五歷》，皆論三皇以來事。斯亦近古之一證，今並採而集之作《三皇本紀》，雖復淺近，聊補闕云。」〔註52〕司馬貞首先肯定了伏羲所處的時代是比黃帝更要早的文明時代，同時，也指出《史記》以《五帝本紀》開篇，並未觸及中華文明之源，所以有補《史記》的必要。司馬貞的歷史貢獻在於其彌補了《史記》記載之不足，而將伏羲樹立為中國歷史第一人，賦予伏羲以歷史人物之形象：「太皞庖犧氏，風姓。代燧人氏，繼天而王。母曰華胥。履大人跡於雷澤，而生庖犧於成紀。蛇身人首。有聖德。仰則觀象於天，俯則觀法於地，旁觀鳥獸之文，與地之宜，近取諸身，遠取諸物。始畫八卦，以通神明之德，以類萬物之情。」〔註53〕在上引文字中，司馬貞一連用了「母」、「生」、「觀象」、「觀法」、「畫八卦」、「造書契」、「始制嫁娶」、「養犧牲」、「作瑟」、「後裔」等詞，其中「母」、「生」、「其後裔」是現實個體必有的人生經歷；「畫八卦」、「造書契」、「始制嫁娶」、「養犧牲」則是具體敘述伏羲氏的發明創造。結合起來，恰恰具有使伏羲氏人格化的意義。這就從書面文獻記載上奠定了伏羲氏「人文初祖」、「一畫開天」的歷史地位。

　　大地灣一期彩陶與西亞兩河流域最早的彩陶年代大致相當，大地灣一期文化距今7800～7300年，已經發現的彩陶彩繪符號和馬家窯文化發現的幾十種不同種類的刻畫符號，對探索中國文字起源具有重要意義。大地灣一期文化遺址中發現的炭化黍標本，證明距今7000年前大地灣先民已經種植糧食，雄辯地說明隴右地區是中國旱作農業的重要源頭之一。大地灣二期文化距今約6500～5900年，相當於仰韶文化早期。聞名於世的大地灣人頭形器口彩陶瓶，鼻、眼均雕成空洞，口微張。兩耳各有一小穿孔，頭頂圓孔做器口，腹以上施淺淡紅色陶衣，該陶瓶融實用性與藝術形為一體，隱含著原始社會圖騰

〔註52〕（唐）司馬貞：《補史記·三皇本紀》。
〔註53〕（唐）司馬貞：《補史記·三皇本紀》。

崇拜信息。我們有理由認為，此彩陶瓶外形分明是一幅遠古社會的女性形象，有可能是遠古時期女媧部落的圖騰崇拜。大地灣遺址第四期文化發現的 F901 房屋遺址，距今約 5500 年，總面積達 420 平方米，為多間複合式建築，布局規整，中軸對稱，前後呼應，主次分明，開創了後世宮殿建築的先河，是華夏文明起源的重要證據。在大地灣及其附近的文化遺址中，還出土了大量的骨鏃、骨針、刀、斧等生產、生活工具。甘谷縣西坪鄉水泉溝出土的出土仰韶文化廟底溝類型的鯢魚紋彩陶瓶，陶器表面繪製的鯢魚的頭部似人面、魚紋為鱗甲，學界多認為是「龍身人頭」的伏羲氏之雛形。天水境內西山坪、師趙村和大地灣等文化遺址的早期文化層歷史年代為距今約 8000 年～5000 年左右，其揭示的天水遠古居民社會組織形態與經濟生活方式，與伏羲傳說所反映的原始文化時代大體一致。上述考古發掘成果使伏羲造書契、演八卦、發明生產工具、結網罟、興漁獵、創嫁娶之禮等眾多文化貢獻得到了考古學上的印證，受到了考古學界的廣泛關注，也從一個側面證明天水地區是伏羲氏的誕生地。

在黃河上游的清水河、渭水流域，伏羲神話傳說自古迄今一直綿延不絕。早在春秋戰國時期，清水河流域的隴城一帶就建有專門祭祀女媧的祠堂。〔註54〕元至正七年（1347 年），元朝政府在今天水市西關創建伏羲廟，明清兩朝又多次重修，形成規模宏大的祭祀廟宇建築群，是目前國內現存規模最大的伏羲廟。明正德十一年（1516 年），明王朝頒布詔令，將秦州（天水）伏羲廟正式確定為人文始祖祭祀地。天水三陽川傳說是伏羲畫卦之所，「卦臺之有伏羲廟，由來遠矣。然文獻不足，未能詳考。就可考者而言，明嘉靖十年巡按御史方遠宜建伏羲廟於卦臺，既載《天水縣志》卷二，廟內亦存碑石。胡纘宗之《卦臺記》及《龍馬洞說》諸文，尤足參證。清順治八年，秦州游擊郭鎮都遊卦臺，見舊廟圮廢，乃捐資重建，壯麗逾前。《直隸秦州新志》卷九紀其事以資表彰，良有以也。」〔註55〕此外，天水地區還有源遠流長的民間祭祀伏羲的傳統、民間蛇禁忌、伏羲女媧傳說等非物質文化遺

〔註54〕1986 年天水市北道區放馬灘秦墓中，出土有 7 幅木板地圖。其中繪製葫蘆河的 2 號圖標有一亭形物，據張修桂《當前考古所見最早的地圖——天水〈放馬灘地圖〉研究》一文認為是女媧祠：「水經注所載女媧祠，其位置正在 2 號圖亭形物位置一致，由此亭形物無疑應為女媧祠。」見《歷史地理》第七輯。

〔註55〕霍松林：《霍松林選集》第四冊，陝西師範大學出版社 2010 年版，第 369 頁。

產,「起著地域文化凝聚力和向心力作用,是民間思想的集散地。」〔註56〕隴右地區上述有關伏羲的文獻記載、考古發掘及文化遺跡的互證,共同映證了天水地區是傳說中伏羲氏的誕生地。

綜上所述,源遠流長、內涵博大的伏羲文化是華夏文明的本源和民族文化的母體,它深深植根於中華民族的心靈深處,是凝聚中華各族、孕育民族精神、塑造國民性格、開發民族智慧、推進民族復興的「元素」和動力,具有永不枯竭的親和力、感召力和規範作用。

〔註56〕余糧才:《從儀式過程到信仰圈——黃河流域伏羲祭祀儀式考察研究》,人民出版社 2019 年版,第 240 頁。

第二章　唐代文學與文獻

　　面向新世紀的唐代文學研究，要以歷史眼光和科學精神對唐代文學進行整體觀照，努力產出高質量成果，參與世界文明的建設與對話。長期不為論者所重的張說山水詩，是其從廟堂之高到江湖之遠的心路歷程的藝術凝聚和物化折射，表現出淒婉文學的美感特色和貶謫文學的情感特色。白居易新樂府詩強調真實性、講究時效，具有明顯的新聞化傾向。徐祖正 1940 年批點《李青蓮全集》文字多達 353 條，2.4 萬餘字，是稀見的民國時期李白研究未刊資料。這些評點資料揭示出民國時期李白詩歌接受、傳播狀況的原始史料，其原創性、稀見性、文獻資料價值應引起學界的關注。

第一節　張說的貶謫文化心態及山水詩的美學追求

　　如果說唐代文學是古典文學研究的「顯學」，山水詩派無疑是唐文學研究中的「顯派」。然而在此「顯學」、「顯派」的光環下，卻有令人遺憾之缺失——作為「盛唐始音」的張說山水詩，歷經千年沈寂，至今仍處在研究的「邊緣」地位。倘讀了張說之詩，王維便不再獨領風騷，雖「羚羊掛角」亦有跡可求。山水詩從「大小謝」到盛唐諸子之間，張說是一個不可或缺的橋樑。有感於此，本節從貶謫心態、詩美積澱、詩境開拓三個層次，對其山水詩作一探討。

一、張說的貶謫文化心態

　　張說出身望族，「鷹揚虎視，英偉磊落。在諸生之中，已有絕雲霓之望矣。」

（《張說墓誌銘》）〔註1〕永昌中（689年），更以舉賢良方正第一擢入中朝，跋升清貴，名入眾耳。然少年科第並不意味其仕途的線性發展。說歷仕武后、中宗、睿宗、玄宗四朝，在波詭云譎的政壇浮沉，「升降數四，守正而見逐者一，遇坎而左遷者二。」〔註2〕貶謫心態和濟世情懷，構成張說多元人格的一體兩面，伴隨其升遷榮辱而交替出現。作為貶謫生活中一種獨特的心理，張說貶謫心態的萌動和蔓延有其特定的社會基礎、文化氛圍、價值觀念和心理機制等方面的複合動因。

（一）苦悶淵藪

獨立人格和濟世情懷，是中國士夫文人永恆之追求。先秦肇始，「乘騏驥以馳騁兮，來吾導夫先路」，屈子「帝王師」的人格精神便成千古絕唱。兩漢以降，隨漢儒經學的禁錮，現實中的依附人格又窒息著士夫文人之才氣。皇權的專制使文人們長期處於貶謫的寂寞和流遷之傷怨裏，也使他們處在這不平等的關係而托起的恐懼和憂憤裏。「信而見疑、忠而被謗」的扭曲政治與「倡優蓄之、流俗所輕」的依附人格相互交織，就為苦悶之萌動提供了豐厚養份。

從廟堂之高到江湖之遠，生活的巨大反差、人生的苦澀和心緒的悲涼是苦悶產生的現實土壤。在其合力作用下，濟世情懷轉向對儒家倫理之否定，從政熱情轉向對中朝政治之憤懣，理想追求轉向對現實人生之懷疑。就全景來看，張說的貶謫心態是種種由苦悶交織的淵藪，是一種難以名道的情緒和深層的人生憂憤。「朝遊洞庭上，縐望京華絕。潦收江未清，火退山更熱……髮白思益壯，心玄用彌拙。冠劍日苔鮮，琴書坐廢撤。」（《岳州作》）〔註3〕正是在這特殊的歷史文化語境複雜心態下，憤懣敏感且沉默多思的詩人才寫下了如此具有獨特心態與個我經歷的詩篇，我們不妨將其當作是詩人心底的私語。「然諾心猶在，繁華歲不同。孤城臨楚塞，遠樹入秦宮。誰念三千里，江潭一老翁。」（《岳州宴別潭州王熊二首》其二）〔註4〕更映證了詩人之苦悶和無奈，猶如一隻洪荒時代孤寂的小鳥，在廢墟的世界裏哀唱。

〔註1〕 （清）董誥等編，孫映逵點校：《全唐文》，山西教育出版社2002年版，第1764頁。（以下版本號略）。

〔註2〕 （清）董誥等編，孫映逵點校：《全唐文》，第1764頁。

〔註3〕 （清）彭定求等編：《全唐詩》卷八六，中華書局1960年版，第932頁。（以下版本號略）。

〔註4〕 （清）彭定求等編：《全唐詩》卷八七，第950頁。

（二）悲劇自我

悲劇是歷史的必然要求和這個要求的實際上不可能實現之間的衝突。貶謫荒野使張說的生存狀態發生深刻的變化：詩化人生轉變為風雨人生，朝廷重臣轉變為逐臣棄臣。其精神世界由自我欣賞轉變為自我的悲劇審視，由熱情於外轉變為酸楚於內，這正是悲劇自我心理形成的重要原因。加之「遷流關外，亡親愁懼，痼疾增加」的人生煎熬，時時糾纏、困繞著詩人，日益深化並鬱積於胸、漸漸凝聚成為一種悲劇自我的心理。他猶如離群索居的孤鴻，「爾家歡窮鳥，吾族賦歸田。莫道榮枯異，同嗟世網牽。黃陵浮舊渚，青草會湘川。去國逾三歲，茲山老二年。寒鴉鳴舍下，昏虎臥籬前。客淚堪斑竹，離言欲贈荃。」（《伯奴邊見歸田賦因投趙侍御》）〔註5〕「除夜清樽滿，寒庭燎火多。……至樂都忘我，冥心自委和。今年只如此，來歲知何如？」（《岳州守歲》）〔註6〕詩人在對命運無常的哀歎中，潛隱著對社會生存問題的嚴肅探詢和深刻體悟，亦折射出詩人悲劇視野里人生旅途之漫長，生存奮搏力量的微弱。如果說「晝攜狀士破堅陣，夜接詞人賦華屋」（《鄴都引》）〔註7〕在懷古歡逝中尚不失進取的銳氣，那麼，「今年只如此，來歲知何如」的吟歎已是英雄失路，萬緒悲涼了。

二、張說山水詩的詩美積澱

藝術是符號化了的人類感情形式。張說的山水詩是其人生意蘊和生存狀態的藝術凝聚和符號展現，是其貶謫心態的詩性觀照和外化折射。表現出極富審美張力的個我色彩和詩美積澱。

（一）淒婉文學的美感特色

《唐詩紀事》云：「說貶岳州後，詩益淒婉，人謂得江山之助。」〔註8〕此論頗為精到。張說山水詩的主體美感，可以概括為淒婉。古典詩論中，淒婉與婉約均屬陰柔之美，然其審美特質上仍有其異趣。婉約指詩歌內涵及表現形式的沖淡、含蓄和委曲。婉約彷彿明月鏡象般地有一種適情顧性之情趣。淒婉則不獨柔弱，更指詩歌情感內涵的悽愴、酸楚，是「憂憤於內，婉約於

〔註5〕（清）彭定求等編：《全唐詩》卷八八，第 975 頁。
〔註6〕（清）彭定求等編：《全唐詩》卷八七，第 957 頁。
〔註7〕（清）彭定求等編：《全唐詩》卷八六，第 940 頁。
〔註8〕（宋）計有功：《唐詩紀事》，上海古籍出版社 1987 年版，第 197 頁。

外」的山水抒憤。淒者,悽愴也、酸楚也,憂憤情懷、內涵沉痛是其要旨;婉者,柔弱也、纖婉也,表現柔弱、婉曲見意是其要旨。淒婉作為風格美感,主要指張說山水詩的婉約中不失憤懣,淡泊中時露沉鬱,閒適中深藏孤獨,平和中充溢哀傷。它本質是泣血心靈的呢喃,浩渺愁思的哀歌和孤寂靈魂的淺吟低唱。

開元二年至開元七年(714年～719年),張說謫居岳州達五年之久。湖湘文化中濃烈的精英文化意識,純雅清高的文化氛圍,開放多元的藝術視角、夢幻般淒迷色彩的奇山異水,都蕩滌著詩人之心胸,開拓了詩人藝術視野。對張說的創作無疑是一種深厚的精神財富和人文底蘊,也是形成詩人藝術風格的重要原因。此期間他與同時被貶的趙冬曦、梁知微、王琚等詩人相互酬唱,在湖湘一帶興起了吟詠山水的風氣,表現了較強的藝術創造力。且看其《下江南向鄂州》:「天明江霧歇,洲浦櫂歌來。綠水逶迤去,青山相向開。城臨蜀帝祀,雲接楚王臺。舊知巫山上,遊子共徘徊。」〔註9〕這首詩的意境平淡、淒清、幽峭。在婉約、淡泊、平和、閒適的山水描寫中將詩人的憤懣、沉鬱、孤獨、哀傷之情表現得酣暢淋漓。由於詩人以一種悲劇心理去審視他謫居的世界,大自然的一草一木,都會激發起天涯遊子刻骨銘心的痛楚:

忽驚石榴樹,遠出渡江來。戲問芭蕉葉,何愁心不開。微霜拂

宮桂,淒吹掃庭槐。榮盛更如此,慚君獨見哀。〔註10〕

詩歌運用對比、象徵的手法,物我雙方相契默然,隱隱欣合。詩人細膩的心理感受深深隱蔽在客觀景物中,特別隱秘和深刻完美。抒情淒苦而含蓄,充分體現了閒適中深藏孤獨,平和中充溢哀傷的美學風格。古典詩學謂之「無我之境」。「戲問芭蕉葉,何愁心不開」一聯引出李商隱的「芭蕉不展丁香結,同向春風各自愁」(《代贈二首》其一)。〔註11〕

沈宋貶謫嶺南時寫下的一批山水詩,可以視為初唐山水詩走向繁榮的一個開端。以後自神龍至開元中,山水詩大量湧現,主要由兩股潮流組成:一股是由中宗尚好遊幸而在京洛造成的遊賞別業之風,促進了以莊園為吟詠對象的山水詩;另一股則以吳越名士為代表的中下層文人描繪江南風光之山水詩,使清麗的齊梁詩風再度復興,而張說正是在結合這兩股潮流的過程中促

〔註9〕(清)彭定求等編:《全唐詩》卷八七,第956頁。

〔註10〕(清)彭定求等編:《全唐詩》卷八七,第955頁。

〔註11〕劉學鍇、余恕誠:《李商隱詩歌集解》,中華書局2004年版,第2012頁

進了山水詩表現藝術之發展。如其《送梁六自洞庭山作》：

> 巴陵一望洞庭秋，日見孤峰水上浮。聞道神仙不可接，心隨湖
>
> 水共悠悠。〔註12〕

　　這是詩人謫居岳州時的送別之作。此詩在表現上簡潔凝煉，以氣運詞的飛躍力量也極為充沛。通過在反覆錘鍊中形成的極度省淨凝練的情思與意象，營構了一幅淒婉、朦朧而又深邃的意境，讓人覺得浩渺的洞庭秋水與綿綿的愁韻情思一樣都濤濤不盡。全無「大謝」山水詩以遊蹤串聯景物之「紀遊——寫景——談玄」的三段式結構，更多地吸取了「小謝」描繪風景的情景交融藝術。此詩實則標誌著初唐以來兩股並非對立的山水詩風的融合。在唐詩發展史上，張說山水詩基本克服了初唐以來所存在的侷限與模擬、缺乏力度，尚未具「自家體段」的缺點，發展了情景交融的藝術手法，並賦予其「山水抒憤」的新的內涵，卓然獨立、自成一家。難怪胡應麟《詩藪》說：「張說巴陵之作，格調甚高，……漸入盛唐矣。」〔註13〕

　　綜而言之，張說山水詩無「大謝體」的堆積描摹之弊，也克服了「小謝體」的纖弱，缺乏力度；不似沈宋貶謫時作流浪的悲吟，更無吳越名士以山水覽勝的閒情逸致。他的詩以含蓄中深蘊至理，淡泊中深藏憂憤的神似意境而見長。

　　張說山水詩淒婉哀憐的抒情效果，是與其獨具匠心的抒情策略分不開的。具體而言，構成這種淒婉風格的藝術因子主要是：

　　一是意象之獨特。長期的貶謫生活，形成了張說的悲劇自我、灰色心理和特別敏感細緻的觀察力。疏離中朝，謫居洞庭，江南淒迷朦朧的水鄉景色便進入其審美視野。以灰色之心緒切入審美客體，更容易對一些淒冷、瑣細之象產生審美之興奮。這樣，原來所忽視甚至不屑審視的意象便構成張說山水詩的意象主體，如秋風、秋水、殘月、孤燈、絲雨、微波、青苔、輕霧、無邊的衰草、夢囈般的飛花、孤峰、淚痕成為佔據其詩的中心意象。如此淒迷之意象，非常適於表達哀怨的淒苦之音，便於抒發難以名道的憂思情緒和彷徨無依之心理感受，亦使其山水詩呈現出淒婉之詩美積澱。

　　二是見意之深婉。張說不僅能準確描繪江南水鄉輕夢般朦朧隱約的湖光山色，而且善於以隱喻，象徵等藝術手法來間接抒情，婉曲見意。隱喻或暗示感情境界，或暗示人格理想，形成了言在此而意在彼的抒情方式，在對客

<hr>

〔註12〕　（清）彭定求等：《全唐詩》卷八九，第 983 頁。

〔註13〕　（明）胡應麟：《詩藪》，上海古籍出版社 1958 年版，第 107 頁。

體之描述中，顯示出比客體本身豐富得多的內涵。因而其詩顯得含蓄蘊藉、委婉淒迷，在湖光山色之下潛湧著憂憤的波濤。如《送梁六自洞庭山作》一詩，以洞庭秋色隱喻離懷，「孤峰」明指君山、暗含對九重宮闕之思戀之情；「心隨」句言心潮隨湖水翻蕩，悠悠不息，暗寫送友人入朝而起的懷闕戀鄉的複雜心情。神仙、孤峰均為象徵性意象，和隱喻的抒情方式並用，的確做到了抒情深婉、婉曲以見意。

三是較少受形式化的干擾。張說詩中應制詩十之七八，此亦其詩為論者不重之因。然其山水之作幾乎均是貶謫期間所為。從創作心態看，不受政教化、形式化之干擾。乃「意有所結，不得通其道也。」〔註14〕這形成其山水詩自鑄其詞，絕少因襲之特點。從創作動機看，又絕無功利性的驅動。心理感受真純細膩，所謂心靈獨白，一片天籟。這種絕少功利化、形式化、政教化的干擾，對其山水抒憤特色的形成，亦是應該注意的。

（二）貶謫文學的情感特色

山水詩，實質是通過對山水領悟來抒情和詠懷。初唐及唐前山水詩，或寫「吏隱」、或談玄理，明顯特徵是山水詩風與隱逸生活之融合。張說山水詩，或寫孤寂、或抒憂憤，其明顯特徵是山水詩風與貶謫生活之結合，形成迥異於一般山水詩的情感特色。

山水詩史上，謝靈運山水詩以登臨覽勝為主，通過山水領悟來談玄理。謝朓將山水詩擴大到羈旅行役，借山水風光表現其「吏隱」心態，「即歡懷祿情，復協滄州趣。」（《之宣城郡出新林浦向板橋》）〔註15〕張說則將山水詩的觸角延伸到貶謫生活中，山水意象成為其孤寂憂憤之情的載體。「眾芳搖落盡，獨有歲寒心」（《和魏僕射還鄉》）〔註16〕；「昔記山川是，今傷人代非。往來皆此路，生死不同歸。」（《還至端州驛前與高六別處》）〔註17〕可見，張說山水詩的情感內涵和「大小謝」大相徑庭。

張說與張九齡前後拜相，貶謫經歷亦頗相似，但貶謫心態之不同，決定了其山水詩情感的各異。在初盛唐之交的特殊歷史文化語境中，九齡以守正

〔註14〕（漢）司馬遷：《史記》卷一三〇《太史公自序》，中華書局 1959 年版，第 3300頁。

〔註15〕逯欽立編：《先秦漢魏晉南北朝詩》，中華書局 1983 年版，第 1429 頁。

〔註16〕（清）彭定求等編：《全唐詩》卷八七，第 956 頁。

〔註17〕（清）彭定求等編：《全唐詩》卷八七，第 956 頁。

中和、隨緣自適的文化心態面對宦海沉浮，這種心態使其山水詩呈現委婉深秀[註18]之情感，有別於張說的「山水抒憤」。試取「二張」詩作一比較：

> 旅泊青山夜，荒庭白露秋。洞房懸月影，高枕聽江流。猿響寒煙樹，螢飛古驛樓。他鄉對搖落，並覺起離憂。（張說《深渡驛》）[註19]

> 孤鴻海上來，池潢不敢顧。側見雙翠鳥，巢在三株樹。矯矯珍木顛，得無金丸具？美服患人指，高明能神惡。今我遊冥冥，弋者何所慕？（張九齡《感遇之四》）[註20]

張說詩借白露、寒月、微茫的江濤、猿之哀鳴烘托出寒夜的淒冷寂寞。古道驛樓，流螢於黑暗中隱現一絲光亮，更表現出詩人「夜中不能寐、憂思獨傷心」之情，可謂山水抒憤。張九齡詩以「環譬設喻」的抒情方式，借「孤鴻」傳達失志賢人憂讒畏禍的恐懼和超然塵外的曠達，可謂山水逸情。賀裳《載酒園詩話·又編》云：「燕公中年淹縶江潭，曲江晚亦淪落荊楚，其詩皆多哀傷憔悴。然燕公唯切歸闕之思，曲江安止足之分。恬境自別，作者亦不自知也。」[註21]此論精到、入木三分。

總之，張說山水詩情感表現的顯著特徵，可以概括為孤寂憂憤。他的山水詩，絕無一般詩的怡然自得和山林之樂，而著重表現孤寂憂憤的情感，以思想的深度、深廣的憂憤見長。還應指出，「二張」山水詩的淵源意義，中唐劉禹錫、柳宗元更多繼承了張說「山水抒憤」的路子，宋蘇軾等則沿張九齡一路發展，於山水詩中更多寄寓無奈的曠達。

三、張說山水詩的詩境開拓

風騷淵源，標誌著古典詩學抒情範式之確立。「昔我往矣，楊柳依依，今我來思，雨雪菲菲。」（《詩經·采薇》）[註22]在今昔對比呈現出的一片蕭瑟心緒中，山水意象已萌動於中；「帝子降兮北渚，目渺渺兮愁余，嫋嫋兮秋風，

[註18] 陳建森：《張九齡的文化價值取向與詩歌的美學追求》，《文學遺產》2001 年第 4 期。

[註19]（清）彭定求等編：《全唐詩》卷八七，第 957 頁。

[註20]（清）彭定求等編：《全唐詩》卷四七，第 571 頁。

[註21] 轉引自孫映逵主編：《全唐詩流派品匯》（乙集），北嶽文藝出版社 1998 年版，第 237 頁。

[註22] 陳子展：《詩經直解》，復旦大學出版社 1983 年版，第 538 頁。（以下版本號略）

洞庭波兮木葉下。」(《湘夫人》)〔註23〕山水意象又進入文人歌詠視野;「悲哉秋之為氣也,蕭瑟兮草木搖落而變衰」(《九辯》),〔註24〕我們不但彷彿觸摸到了清秋的蕭瑟,而且似乎已聽到山水詩的小溪在古典詩學的百花園中潺潺作響了。

　　山水詩雖濫觴於先秦,形成卻在六朝。如果說謝靈運的山水詩標誌著山水風光成為古典詩學中獨立的審美意象,謝朓的山水詩則標誌著對自然風光的審美情趣已經和詩人的生活情趣密切交融。山水詩的小溪,經歷代文人的歌詠,終於匯流成河,獲得了自己獨立的文學品格。山水詩派的確立,並不意味其高峰的立即到來。它還只是古典詩學中一株幼苗,其詩體形式、內含容量都需要繼續擴充。張說以其創作上的實績,對山水詩境的開拓,頗具建設性貢獻。

(一)詩體形式之開拓

　　唐前山水詩,幾乎全為五言。張說山水詩的詩體形式,五絕、七絕、五律、七律、排律,均有佳作。詩體形式的拓展,必然導致詩歌內在蘊含量的擴充和與此相關的觀物體驗方式之變化。文體學認為,一個時代或群體選擇了一種詩類,便是選擇了一種觀察和認識的世界的方法。因為它擴充了詩的篇幅,變化了詩的結構和句式,又減少了板滯的鋪陳,增加了詩的詠歎情調和音樂性,自然也就增加了山水詩的藝術感染力。

(二)「山水抒憤」範式之確立

　　貶謫文學,其藝術本質是災難時代中人性的光輝和悲劇之美。淵源於《楚辭》,發軔於《離騷》。「離、猶遭也。騷、憂也,明己遭憂作辭也」(《離騷贊序》),〔註25〕頗為準確地界定了貶謫文學的精神實質。可以說發憤抒情是貶謫文學之共有詩心,悲劇自我是貶謫文學之共有主體寄託遙深是貶謫文學之共有手法。張說創造性地將貶謫文學的情感內涵和山水詩的抒情策略融為一體,以自然山水為載體宣洩內心憂憤。其創作上的巨大成功標誌著「山水抒憤」範式的確立,對後世詩歌創作以極大啟示。這裡試舉柳宗元詩與張說詩作一比較:

〔註23〕董楚平:《楚辭直解》,浙江文藝出版社1997年版,第32頁。(以下版本號略)
〔註24〕董楚平:《楚辭直解》,第145頁。
〔註25〕(漢)王逸:《楚辭章句》,上海古籍出版社2017年版。

除夜清樽滿，寒庭燎火多。舞衣連臂拂，醉生合聲歌。至樂
都忘我，冥心自委和，今年只如此，來歲知何如？（張說《岳州
守歲》）〔註26〕

去國魂已遊，懷人淚空垂。孤生易為感，失路少所宜。索寞竟
何事？徘徊只自知。誰為後餘者，當與此心期。（柳宗元《南澗中
題》）〔註27〕

張詩由守歲起貶謫身世之感，於是憂愁鬱積，一發而不可收，更表現出
詩人對命運無可預知的悲哀和生存奮搏力量之微弱。柳詩由出遊而觸動愁思。
正是在「獨遊」處境與「羈禽」的景況中，促生「孤生」、「索寞」之感。兩詩
都寫出了貶謫期間神情恍惚、孤寂幽清、憂憤苦悶的個我特徵，後者在技巧
上於前者頗多借鑒。適應貶謫文學淒婉美感、憂憤情感的表現需要，張說對
「大小謝」山水詩模式提出了挑戰，對傳統山水詩進行了「重寫」和全新再
創造。「山水抒憤」範式的確立，既標誌著山水詩從「大小謝」向盛唐諸公的
發展，又標誌著山水詩審美主體由齊梁纖佻型人格向儒家崇高型人格的回歸。
張說以其創造性的寫作實踐，大大開拓了山水詩境，將山水詩視野由單純的
描山摹水延伸到廣闊的社會生活；大大擴充了貶謫文學的情感蘊含密度，為
孤寂憂憤的被貶文人指出向上一路。

總之，山水詩從大、小謝到盛唐諸子之間，存在一個不可或缺的中間環
節，那就是張說。盛唐氣象，張說實有引導之力也。我們只看到文化政策上
張說對盛唐氣象的導引作用，還未能結合初盛兩唐之交時期士夫文人的文化
心態和詩歌的美學追求及其演變來認識張說對盛唐氣象的開創作用，這不僅
使我們白白喪失了一份審美感受，亦不利於唐詩的整體把握。

第二節　徐祖正《李青蓮全集》未刊批點輯錄

上世紀九十年代以來，文學經典名著的評點逐步被學界重視，形成了文
學評點研究的熱潮。具體到李白詩的評點而言，仍然有一些未刊評點本未能
發現，徐祖正《李青蓮全集》未刊評點本即是其中之一。中華書局版裴斐、劉
善良編《李白資料彙編》不載徐祖正評點本，可見此書不易得到，尚未引起

〔註26〕（清）彭定求等：《全唐詩》卷八七，第957頁。
〔註27〕（唐）柳宗元：《柳宗元集》卷，中華書局1979年版，第1192頁。

學界注意（圖19）。筆者於一友人處經眼此書，徐祖正批點《李青蓮全集》多達353條，2.4萬餘字。本文擬對這一批點本的基本情況作一介紹，並輯錄徐氏全部批點內容，以饗學界同仁。

圖19：徐祖正批點《李青蓮全集》書樣

一、徐祖正批點《李青蓮全集》述略

徐祖正（1894～1978），字耀辰，號實中，江蘇崑山人，活躍於二十世紀二、三十年代的文化界，與魯迅、周作人、郁達夫等交往甚密，現代文學家、藏書家。清宣統元年，徐祖正進入上海商務印書館當學徒，三年後回鄉，支持西北鄉農民組織「結福土地」，掀起了7月11日數千災民到巴城鎮的搶糧事件，事敗後遭到清政府通緝，離家出走，參加了武昌起義。同年冬，東渡日本考入京都帝國大學外文系留學，受業於廚川白村等知名教授。1922年回國，任教於北平女子師範大學，後因支持進步學生運動而被解職。抗戰期間，徐祖正受校同人託付，保護學校遺留財產，留任北師大校長。抗戰勝利後，徐祖正執教於張家口外語學院。解放後，徐祖正任北京大學東方語言文學系教授，西方文學系主任等職，1978年5月逝世，享年83歲。

徐祖正批點《李青蓮全集》，所用版本為乾隆庚辰（二五）年刊，寶笏樓藏版。該書扉頁標明「《李青蓮全集》新增附錄四卷，王琢崖輯注，乾隆庚辰三月竣工，寶笏樓藏版。」書之扉頁、書內嵌有「崑山徐氏之書」「曜辰捧讀」「徐祖正印」「祖正」印等多方，此是徐祖正藏書的特點之一。〔註28〕徐祖正

〔註28〕參見董馥榮《徐祖正駱駝書屋所藏「閩閫叢珍」》，《文獻》2007年第2期。

藏《李青蓮全集》之扉頁有徐先生端正小楷書寫的藏書題記（圖20）：

> 此乾隆庚辰（二五）年所刻，偶檢邵亭書目第十二卷，有云道
> 光初翻刻者，係劣本云云，是則偶獲之佳本也已。
>
> 乙酉端午前六日，祖正誌。

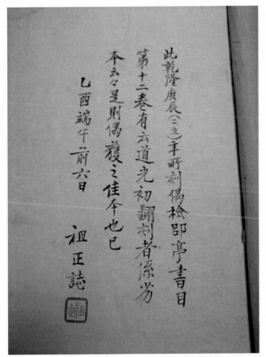

圖20：徐祖正批點《李青蓮全集》手跡

乙酉年，即1945年，徐祖正志在1945年陰曆4月卅日。乾隆庚辰，即乾隆二十五年（1760年）。萬曼《唐集敘錄》云「清代有王琦《李太白詩集注》三十六卷，乾隆己卯（1759年）刊。」〔註29〕其實即是清代王琦注本，萬曼注乾隆己卯（1759年）刊，其竣工在乾隆庚辰三月。

徐祖正評點《李青蓮全集》的時間，從其評點內容可以考證出來。如在《李青蓮全集》卷二十《九日登山》「題興何俊發，遂結城南期。」徐祖正眉批云：

> 「題興何俊發」二句，是同遊有此州別駕也。「靈仙如彷彿」二
> 句，辭意已盡。「古來登高人」以下是第二首，不當作一篇。看致「玉
> 笛」「霜絲」與下「歌舞」犯復，而「知」字且重一韻，庚辰七月直
> 次。

〔註29〕萬曼：《唐輯敘錄》，中華書局1980年版，第86頁。

作一篇看亦可，細看前是即席，正面後是酒闌人散，「玉笛」「霜絲」是侑客觴，「齊歌」「起舞」則送客撤俎也，重韻古不忌。九月復識。

「庚辰七月」，即 1940 年 7 月。此即徐祖正批點《李青蓮全集》的具體時間。

由於徐祖正評點《李青蓮全集》的資料都是未曾刊刻的，故其尚未被李白詩研究領域中的大多數學者所瞭解。事實上，這些評點資料是最能揭示民國時期李白詩歌接受、傳播狀況的原始史料，其原創性、稀見性、文獻資料價值應引起學界的關注。

二、徐祖正批點《李青蓮全集》輯錄

茲將徐祖正批點《李青蓮全集》情況輯錄如下：

《李青蓮全集》卷首

徐祖正題志一則，已見上引。

《李青蓮全集》卷一

《大鵬賦並序》：「悔其少作，未窮宏達之旨，中年棄之。」眉批：「序文法多率意。」

「多將舊本不同」眉批：「『多將』，字有訛誤。」

「偉哉鵬乎，此之樂也。……而斥鷃之輩，空見笑於藩籬。」眉批：「此賦似乎費辭，讀至此，乃舉前文，一切空之，蓋仍是一本色李白耳。後來韓公《二鳥》未便覺意氣未平至，劉誠意《二鬼》詩過於憤鬱，失風人之體矣。」

《擬恨賦》：「昔者屈原既放，遷於湘流。……及夫李斯受戮，神氣黯然。……歎黃犬之無緣。」眉批：「略舉秦漢數事，便將患難富貴兩種人大概言之，足以囊括一切，不然則恨人恨事不可勝數，雖萬言，猶有掛漏也。」

《惜餘春賦》賦首總批：「為惜春而賦，轉似有憾於春者，惜之至也。」賦末總批：「若斷若續，每於轉韻變相騷人之遺，非徐庾以下所及。」

《愁陽春賦》：「春心蕩兮始波，春愁亂兮如雪。」眉批：「不是見春始愁，有前乎此者也。」

「若使春光可攬而不滅兮，吾欲贈天涯之佳人。」夾批：「孤臣孽子不忘君父之作。」

《劍閣賦》：「咸陽之南，直望五千里，見雲峰之崔嵬。前有劍閣橫斷，

倚青天而中開。」眉批：「聲勢壯甚。」

　　《明堂賦》總批：「萬象神宮，千古醜之。以李翰林之適性遺榮，不應為金輪刻畫、取譏後世。初讀疑屬偽作，再三讀之非李不能有此盛氣。豈其少年之作、其中有不能自持者耶？然學作賦者，非讀李賦無以尋其門徑。蓋揚、馬全以浮膩巧沁為體，非但有道君子所不取，即文士亦當以不食馬肝置之。李則純以氣行，天真未漓，不可與浮薄之才同日而語也。得李之氣以運揚馬之。」

　　《大獵賦》：「土囊煙陰。」注：「宜都佷山縣有山，山有穴，口大數尺為風井。」眉批：「『風井』字亦新。」

　　「內以中華為天心，外以窮髮為海口。」眉批：「盡力開拓。」

　　「蟭螟飛而不度」注：「《列子》：『江浦之間生麼蟲，其名曰蟭螟。』」眉批：「『麼蟲』未經人用。」

　　「窮遐荒，蕩林藪，……掃封狐於千里，捩雄虺之九首。」眉批：「結字之法，胎於《騷》，盛於揚、馬，昌黎以之入詩，太白仍以入賦，信乎文章不可無臨摹也。」

　　「別有白猵、飛駿，……牙若錯劍，鬣如叢竿。……射猛羭，透奔虎。」眉批：「才致淋漓，何大以肆。」

　　「思騰裝上獵於太清，所恨穹昊於路絕。」眉批：「奇句。言欲上獵於天，而恨其不可階升也，忽渺茫也。」

　　「解鳳皇與鸑鷟兮」眉批：「『解』，弛縱也，旋歸也。」

　　「使罔象掇玄珠於赤水，天下不知其所如也。」眉批：「浩渺無際。」賦末總批：「雖亦不免為揚、馬之靡文複沓，而首尾尚有真氣蟠屈，以此備格，亦何可少？」

《李青蓮全集》卷二

　　《古風》其十九詩末總批：「此詩真飄飄有凌雲氣。」

　　其二十詩末總批：「千迴萬轉，沉鬱頓挫。」

　　其二十二：「嫋嫋桑柘葉。萋萋柳垂榮」眉批：「『嫋嫋』雖是風吹木動之貌，然桑柘葉終不可以稱『嫋嫋』。」

　　其三十：「大儒揮金椎，琢之詩禮間。蒼蒼三珠樹，冥目焉能攀？」眉批：「奇。『大儒揮金椎』二句，只是言上綠酒青蛾中人，一旦失去富貴而死，任人播弄，冥目無知，焉能攀見三珠樹？」

「琢之詩禮間」注:「《莊子》:『儒以詩禮發冢。』」眉批:「謂發冢之盜也。偽儒以詩禮取富貴,亦猶是耳。」

「蒼蒼三珠樹」蕭士贇注:「此太白感時憂世之作,……借儒術以行其竊取之心。」眉批:「此解甚善,然非必即作者之意。」

其三十一詩末夾批:「大奇之作,無首無尾。『平原裏』蓋誤記,『平舒』為『平原』也。」

其三十四:「群鳥皆夜鳴」眉批:「『群鳥皆夜鳴』下即接『借問此何為?』」

「千去不一回。投軀豈全生。」眉批:「此上接『白日曜紫微』四句,然後接『如何舞干戚』。」

其三十五:「一揮成斧斤」眉批:「『斧斤』應作『風斤』。」

其三十七:「遠身金殿旁」眉批:「『遠』應作『側』。」

其四十二:「搖裔雙白鷗。鳴飛滄江流。」眉批:「飄然而來,屹然而止,五十九首皆然。此更清雋有味。」

其四十六:「一百四十年。國容何赫然。」眉批:「橫甚。」

「峨峨橫三川」眉批:「此『三川』當是淫渭客。」

「當塗何翕忽,失路長棄捐。獨有揚執戟,閉關草太玄。」眉批:「趙孟之所貴,趙孟能賤之。獨有自守之士,超出榮辱之外。」

其五十四:「倚劍登高臺。悠悠送春目。」眉批:「『春目』直貫通篇,並窮途慟哭,亦在目中。」

其五十五:「一笑雙白璧,再歌千黃金。……安識紫霞客,瑤臺鳴素琴。」眉批:「魏晉以下承用之語,李杜未嘗不用之。但其意勝則詞如己出,且必變化出之耳。」

其五十六總批:「如此詩淺直,則不足把玩矣。」

其五十七:「六翮掩不揮。……一向黃河飛。」眉批:「『揮』,舒展也;『向黃河飛』,謂暢飲也。」

「飛者莫我顧,歎息將安歸。」眉批:「饑鳥因依,盡物之理,感人之情,文之至也。」

《李青蓮全集》卷三

《遠別離》:「堯舜當之亦禪禹」眉批:「忽出此語,大奇,所以明其非為皇英而作也。」

《公無渡河》:「箜篌所悲竟不還」蕭士贇注:「詩謂洪水滔天,……其亦

可哀而不足惜也矣。」眉批：「此說非也。正以此人不量時勢才力而強欲濟世，遂以身殉，深憫之也。」

《蜀道難》：「爾來四萬八千歲」眉批：「『爾來』謂開國以來。」

《梁甫吟》：「何況壯士當群雄！」眉批：「『何況』句下接後『手接飛猱搏雕虎』二句，所謂壯士者如此。」

「手接飛猱搏雕虎，側足焦原未言苦。」眉批：「『手接飛猱搏雕虎』言其抱負；『側足焦原未言苦』言其足以遺大投艱，故欲獻之明主也。連用屭韻，鬱勃淋漓，故斷不可如錯簡割置後文。」

「猰貐磨牙競人肉，騶虞不折生草莖。智者可卷愚者豪，世人見我輕鴻毛。」眉批：「『猰貐』二句，言人類之不同。凶人自不容善類，那得不為所輕如鴻毛乎？『知者可卷』承『騶虞』句，『愚者豪』承『猰貐』句。」

《飛龍引二首》其二：「紫皇乃賜白兔所搗之藥方」眉批：「奇方。」

「後天而老凋三光，下視瑤池見王母。」眉批：「王母不能卻老，三光亦有時凋，而此人乃巋然獨存乎？」

《天馬歌》：「天馬來出月支窟，……神行電邁躕慌惚。」眉批：「以上統言天馬之本領。」

「天馬呼，飛龍趨，……但覺爾輩愚。」眉批：「『天馬呼』一段是言得志之時，氣色輝赫，卑視凡馬，即召見脫靴、供奉金鑾時之李翰林也。」

「天馬奔，戀君軒，……誰採逸景孫。」眉批：「『天馬奔』一段言其落魄而奔，雖有戀主之心，而已去君門萬里矣，即賜金放還之李白也。」

「伏櫪銜冤摧兩眉」夾批：「『兩』當作『河』。」眉批：「『河眉』者，狀其闊也。」

「嚴霜五月凋桂枝，伏櫪銜冤摧河眉。」眉批：「『嚴霜五月凋桂枝，伏櫪銜冤摧河眉』，明是坐永王璘事後詩也。白既得宋若思昭雪之始得出獄，又代若思作薦己疏，所謂『請君贖獻』云云，非無據矣。」

《行路難三首》詩末總批：「《行路難》三篇，如巫峽斷猿，每逢進而益哀，實天下之奇作。」

《上留田行》：「蓬科馬鬣今已平」眉批：「『科』如科頭之『科』。」

《前有樽酒行二首》：「看朱成碧顏始紅」眉批：「『看朱成碧』本嵇康視丹如綠。」

《上雲樂》：「撫頂弄盤古，推車轉天輪。」眉批：「奇。」

「誰明此胡是仙真。」眉批：「惟張九齡能知此胡是仙真，故苦諫不止。」

「老胡雞犬，鳴舞飛帝鄉」眉批：「更奇，此乃比衣冠之從賊者。」

「北斗戾，南山摧。」眉批：「『戾』轉戾，傾斜也。」

詩末總批：「此明是借文康比喻安史也。洗兒宮中，易置邊吏，豈不視明皇如父母而寔摩頂玩弄之，至於鬥戾山摧而後已也。」

《夷則格白鳩拂舞辭》：「闕五德，無司晨，胡為啄我葭下之紫鱗。鷹鸇雕鶚，貪而好殺。」眉批：「末數韻為在高位而不為君養人，掊擊善類，如李林甫、楊國忠之徒，罵得極暢。」

《日出入行》：「草不謝榮於春風」眉批：「『草不謝榮於春風』，本劉公幹『子不謝生於父母』。」

「逆道違天，矯誣實多。」眉批：「此亦指當時權倖力可回天者而言。」

《胡無人》：「履胡之腸涉胡血。懸胡青天上，埋胡紫塞傍。」眉批：「懸之青天，謂恩遇隆重。確切安祿山，亂臣賊子人人得而誅之。履腸涉血，不啻太白手刃祿山。」

《北風行》：「燕山雪花大如席，片片吹落軒轅臺。」眉批：「每獨此二句，雖盛夏覺寒風偪身，酒懷似海。」

「倚門望行人，念君長城苦寒良可哀。」眉批：「又能作此婉膩。」

「遺此虎文金鞞靫」眉批：「《說文》：『鞞，刀室也。』《詩》鞞琫〔註30〕有『琕琫容刀鞘』也。古之言『鞞』，猶今之言『鞘』。」

《李青蓮全集》卷四

《獨漉篇》：「神鷹夢澤，不顧鴟鳶。為君一擊，鵬搏九天。」眉批：「通首規撫古詞，不應既出本意，後復出此喻，就使原本有此，亦成附贅，可刪也。」

《楊叛兒》：「烏啼隱楊花，君醉留妾家。博山爐中沉香火，雙煙一氣凌紫霞。」眉批：「極婀娜之致，不書之味。」

《雙燕離》：「雙燕復雙燕，雙飛令人羨。」眉批：「惻楚之音，敦厚之旨。」

《山人勸酒》：「浩歌望嵩嶽，意氣還相傾。」眉批：「意氣相傾，打合勸酒，有不即不離之妙。此二句境地胸情，如海天空闊，杜工部『白鷗沒浩蕩，

〔註30〕《詩經・大雅・公劉》：「維玉及瑤，鞞琫容刀。」《詩經》並無《鞞琫》篇，此處「鞞琫」為作者記憶之誤。

萬里誰能馴？」庶足為敵。」

《鞠歌行》：「奈何今之人，雙目送飛鴻。」眉批：「末二句甚屬牽綴無理，此亦後來所增，無疑應刪。」

《荊州歌》：「撥穀飛鳴奈妾何」眉批：「布穀鳴於五月，為失時矣。」

《古有所思》詩末總批：「戀闕愛君之心，愴然欲絕。」

《久別離》：「東風兮東風，為我吹行雲使西來。待來竟不來，落花寂寂委青苔。」夾批：「如國色臨風，飄飄欲去。」

《白頭吟二首》其一：「相如作賦得黃金」眉批：「忽轉入相如身上，不測。」

其二總批：「前作『此時阿嬌正驕妒』，突接似與上不聯，故改為此本，竟坐實卓氏之《白頭吟》，文氣乃得一串耳。古意正不以貫串為工，究不如《其一》之託諷深遠。」

《採蓮曲》：「日照新妝水底明，風飄香袂空中舉。」眉批：『日照新妝』一聯，為此曲絕唱，實無人能過之。」

《司馬將軍歌》：「手中電曳倚天劍，直斬長鯨海水開。」眉批：「激昂亢壯，太白提筆真如長劍倚天。」

「身居玉帳臨河魁，……將軍自起舞長劍。」眉批：「愈閒愈橫。」

《長干行二首》其二詩末夾批：「雖有輕逸之致，而筆意平弱，多肉少骨，信乎其非李作也。」

《古朗月行》：「小時不識月，呼作白玉盤」。眉批：「起必超超」。

「大明夜已殘」眉批：「比之盧全詩，誰為敦厚？必有能辨之者。」

《白紵辭三首》其一王琦注：「鮑照《白紵辭》……太白此篇句法，蓋全擬之。」眉批：「白全擬其句法，然正似不及。」

《鳴雁行》「畏逢矰繳驚相呼」眉批：「『繳』音『札』。」

《李青蓮全集》卷五

《門有車馬客行》詩末總批：「此亦必『安史』亂後詩也。」

《怨歌行》：「薦枕嬌夕月，卷衣戀春風。」眉批：「『薦枕嬌夕月』二句，稍有致，餘亦平平耳。」

《塞下曲六首》其三：「功成畫麟閣，獨有霍嫖姚。」夾批：「落句即一將功成萬骨枯之意，非誇美也。」

其五：「邊月隨弓影，胡霜拂劍花。」眉批：「烹煉精勁。」

《宮中行樂詞八首》其八總批：「雖是奉詔而作，亦復類桓譚琵琶矣。金屋紫薇、繡戶紗窗、青樓綠樹之屬迭見，遂為後綺語之祖，此李不及杜也。」其八蕭士贇評：「太白詩用意深遠，非洞悟《三百篇》之旨趣，未易窺其藩籬。……『玉樓巢翡翠，金殿鎖鴛鴦』，是諷其玉樓、金殿不為延賢之地。……言在於此，意在於彼，正得譎諫之體。」眉批：「皆傅會穿鑿，不知詩者之言。」

《清平調詞三首》其一總批：「此首從貴妃說起，言其人之如花也。」

其二總批：「此首從花說起，言花之似人也。『可憐』，憐愛之謂。」詩末夾批：「『枉斷腸』謂此花現承雨露，不似巫山入夢，而醒即失之也。『那得』有刺譏壽王事。假使太白既不得已而為俳優，又復隱含譏刺，豈復成人？謂巫山神女不如此花之豔，惟漢宮飛燕得相比耳，亦通。」

其三「名花傾國兩相歡，長得君王帶笑看。」眉批：「花與人雙收，歸到明王『倚闌干』，應轉『笑看』二字。」

《秦女卷衣》詩末夾批：「此乃以怨女故姬自況，不待推索而可知也。」

《東武吟》：「白日在高天，……聲價凌煙虹。」眉批：「元宗之於李白，原屬千載一時。若因讒廢而忘其初恩，亦豈血性男子所忍出乎？」

「寶馬麗絕景，錦衣入新豐」眉批：「『絕景』，馬行疾也。」

「才力猶可倚，不慚世上雄。」眉批：「倔強得妙。」詩末總批：「敘恩遇處十分濃至，馬惜錦障，士感知己，情理固然。彼鄙夫庸福，反無一字紀恩。留世用人者，亦可知所抉擇矣。」

《短歌行》：「勸龍各一觴」眉批：「『勸龍一觴』所謂肆為誕辭者也。」

《空城雀》：「身計何戚促」眉批：「『戚』與『蹙』通。」

《李青蓮全集》卷七

《襄陽歌》總批：「注已見前《襄陽曲》，曲亦歌也。」

《西岳雲臺歌送丹邱子》：「翠崖丹谷高掌開。」眉批：「巨靈擘山已用此，又出高掌。」

「丹邱談天與天語」眉批：「題曰《送丹邱子》，則丹邱固李並世人也。而此引用本朝故事，又似丹邱別自一人。細按文義，並不似注中所述之人。蓋同時道士曾被明皇顧問，而復送還山。李在翰林時作詩送之耳。不可以其名之同，混相稱引。」

《元丹邱歌》總批：「《送丹邱子》之後又出此篇，而筆意飛動折旋、含蓄不盡。此蓋是太白本色。前作乃後人因此題詩而偽造送別一篇，無疑也。

不知據此詩，丹邱乃隱於嵩山，非西華。而通體亦係慕想而不可得見之辭，豈復勞爾送耶？俗士不解文義，偽為《送元丹邱》而引用之。丹邱又係高祖時人，種種不可通。」

《扶風豪士歌》：「東方日出啼早鴉，城門人開掃落花。」眉批：「『東方日出』二句，寫出避亂人忽得生地之樂。」

「明日報恩知是誰。撫長劍，一揚眉，清水白石何離離。」眉批：「『知是誰』下接此數韻，明其為捨我其誰也。」

「清水白石何離離，……橋邊黃石知我心。」眉批：「『清水白石』即有如白水之意，或以為喻寶劍之光亦可。『黃石知心』，祇謂此心如石，不可搖動耳。注非。」

《同族弟金城尉叔卿燭照山水壁畫歌》：「祇將疊嶂鳴秋猿」眉批：「『祇將』二字訛誤，須查別本。」

《梁園吟》：「人生達命豈暇愁，……吳鹽如花皎白雪。」眉批：「借語作引，一氣數轉，皆自然流出。」

「昔人豪貴信陵君，……梁王宮闕今安在？」眉批：「先信陵，後孝王，自然之序。」

詩末總批：「想必是句句實事，此公段不肯無端造謊也。讀之幾欲流涎，為彼其氣所感動故耳。」

《東山吟》：「酣來自作青海舞，秋風吹落紫綺冠。彼亦一時，此亦一時，浩浩洪流之詠何必奇。」眉批：「李多奇藻，如『青海舞』『紫綺冠』，皆不知所出。」詩末夾批：「後五句最佳，浩浩洪流，直是誤記，作謝詩，然正不礙。」

《笑歌行》：「趙有豫讓楚屈平」眉批：「豫讓、屈平拉雜攬入，非惡札而何？」

「甯武子，朱買臣，叩角行歌背負薪。」眉批：「寧武與買臣，不倫之極。」

《悲歌行》詩末夾批：「以上二詩（指《悲歌行》《笑歌行》，筆者注），誠屬俳優俗調，坡老別裁偽體，斷其非李作，良是。」

《李青蓮全集》卷八

《秋浦歌十七首》其十四：「爐火照天地，紅星亂紫煙。【注】爐火，楊注以為煉丹之火，蕭注以為漁人之火。」眉批：「漁火近是。」

其十七：「波濤一步地，了了無語聲。」眉批：「此卻是暗用故實，當考。」

《當塗趙炎少府粉圖山水歌》：「洞庭瀟湘意渺綿」眉批：「『渺綿』或是

『綿渺』，以避後重韻，然古人不忌也。」

「征帆不動亦不旋」眉批：「『旋』應作去聲。」

「深林雜樹空芊綿」眉批：「『綿』字重韻。」

「若待功成拂衣去，武陵桃花笑殺人。」眉批：「如此等收法，亦未脫應酬氣。」

《峨眉山月歌送蜀僧晏入中京》總批：「峨眉月，細讀亦復少味。」

《青溪行》：「向晚猩猩啼，空悲遠遊子。」眉批：「猩啼如嬰啼，故足墮遊子之淚，語最惻楚。」

《酬殷明佐見贈五雲裘歌》：「頓驚謝康樂，詩興生我衣。襟前林壑斂暝色，袖上雲霞收夕霏。」眉批：「又出康樂詩，喧雜甚矣。襟前、袖上添二字，硬扯入衣，太白必不似此庸陋。」

《李青蓮全集》卷九

《見京兆韋參軍量移東陽二首》其一：「潮水還歸海，流人卻到吳。」眉批：「潮水猶知歸海，而身卻反在吳，去君門遠矣，能不下孤臣之淚耶？」

《玉真公主別館苦雨贈衛尉張卿二首》其二：「何時黃金盤，一斛薦檳榔。」眉批：「『何時黃金盤，一斛薦檳榔。』亦屬猥鄙，無氣量之言。」

《溫泉侍從歸逢故人》總批：「二詩（指此詩與《駕去溫泉宮後贈楊山人》，筆者注）皆有自誇榮遇、沾沾之意。然我車子笠，誼不能忘，猶見古處，毋庸備論也。」

《贈裴十四》：「身騎白黿不敢度」眉批：「『身騎白黿不敢度』之類，皆屬漫天造謊，白詩中最下者。忽而玉山，忽而黃河，尤非倫次。」

《雪讒詩贈友人》總批：「《雪讒》詩，怨思抑揚，其在賜金放還之時乎？中間指及褒妲，似乎太盡，故末以妄談天殛自矢，而欲明如子野離婁者。察其忠誠，亦可悲矣。」

《贈清漳明府侄聿》：「我李百萬葉」眉批：「起太廓，亦近套。」詩末總批：「平仄轉轉，用韻前後停勻，亦應世通行之作，非能過人也。」

《贈華州王司士》總批：「只四語耳，似乎氣盛之極，然起二句卻是套子。」

《贈崔侍御》總批：「此詩中間尚有間泛習氣，而首尾警拔可誦，異乎他作。」

《贈嵩山焦煉師》：「時餐金鵝蕊」眉批：「『金鵝蕊』，桂也，見《桂陽志》。」

「鳳吹轉綿邈」眉批：「『邈』，莫角切，讀如『忽』。」

《贈嵩山焦煉師》詩末總批：「李受道士籙其詩，凡涉神仙事者，皆可廢也。此《贈煉師》又當別論，然非清新如『蘿月』一聯，吾亦弗取。」

《口號贈楊徵君》：「不知楊伯起，早晚向關西。」眉批：「關西以比長安，謂不知何時可仍至京師也，亦招隱士之意，非直語關西事。」

《上李邕》詩末夾批：「此詩或初見李邕時作。北海老輩，名重一時，故先以此催折之，亦情所有而詩亦不惡，未可斷為贗作也。」

《贈張公洲革處士》總批：「如此篇直是不須復拜。」

《李青蓮全集》卷十

《憶襄陽舊遊贈馬少府巨》：「高冠佩雄劍，長揖韓荊州。」眉批：「高古曠蕩，不愧逸才。」

《訪道安陵遇蓋還為予造真籙臨別留贈》：「清水見白石，仙人識青童。」眉批：「起亦奇。」

「黃金滿高堂，答荷難克充。」眉批：「言無可答其厚施。」

《贈別從甥高五》：「黃金久已罄，為報故交恩。」眉批：「豪句傑氣。」

「與爾共飄颻」眉批：「微語可思。」

「對飯卻慚冤」眉批：「謂不能具賓客禮，寂寞相對，實非我素心如此，故曰慚冤。」

「生事多契闊」眉批：「『生事多契闊』謂不事生產而漂泊在外久也。」

詩末總批：「求杜之沉鬱頓挫於白集，了不可得。此作饒有沁味，而其豪儁處乃覺倍有精光。至於『天地一浮雲』云云，狂奴故態，所當分別觀之。」

《贈裴司馬》詩末夾批：「集中贈人詩多作比體，故古情獨往，脫盡蹊徑而路亦少闊矣。」

《敘舊贈江陽宰陸調》：「邀遮相組織，呵嚇來煎熬。君開萬叢人，鞍馬皆辟易。告急清憲臺，脫余北門厄。」眉批：「『脫北門厄』，史不傳其事，據『邀織〔註31〕遮相組織』至此六句，乃是道逢橫逆而陸調奔訴法司，以出之也。須記備考。」

《草創大還贈柳官迪》：「才術信縱橫，世途自輕擲。」眉批：「謂有縱橫之才，而為世所輕擲，文自明。」

《贈崔司戶文昆季》總批：「通體清順，言亦有序。」

〔註31〕織：當為作者筆誤。

「豈伊箕山故」眉批：「『箕山故』謂箕山之故人。」

「欲折月中桂，持為寒者薪。」眉批：「奇句。」

「垂恩倘丘山，報德有微身。」眉批：「倘肯垂邱山之恩，自不忘報。上五字謂之約束法，藏曲折於短句，而義自明。杜甫『獨能無意向樵漁』，句下自有一『乎』字在，皆弄筆如丸，他家未嘗有也。」

《遊溧陽北湖亭望瓦屋山懷古贈同旅》：「遊子託主人，仰觀眉睫間。目色送飛鴻，邈然不可攀。長籲相勸勉，何事來吳關？」眉批：「此六句乃詩之所由作，細按而後知也。蓋其時，所主之人必有辭色不善之處，而李與同旅寄食於彼，不得不低眉相依。因思古之貞義而不可復見，為可慨也。目送歸飛鴻，狀主人傲客之況耳知。此則首尾貫注、曲折皆明。凡此等詩中細事，作者不自注，古亦不傳，俗子講詩，皆耳食不求文義，雖脫簡刊誤之易推，尚不能辨，況欲其見及無字句處乎？尚友之難，由通才之少也。」

《醉後贈從甥高鎮》：「馬上相逢揖馬鞭，客中相見客中憐。」眉批：「橫空而來。」

「欲邀擊筑悲歌飲，正值傾家無酒錢。」眉批：「此段只承無酒錢，不得快飲之意，一往真率可愛。」

「且將換酒與君醉，醉歸托宿吳專諸。」眉批「辭終語益壯。」詩末總批：「李詩衝口說出處最宛好，不似贗作之託，為大言，至易辨也。」

《李青蓮全集》卷十一

《贈武十七諤》：「笑開燕匕首，拂拭竟無言。」眉批：「用事切合。」

「精誠合天道，不愧遠遊魂。」眉批：「落句含蓄不盡。『遠遊魂』，白自謂也。謂如此即事不濟，亦足報師恩矣。」

《獄中上崔相渙》：「羽翼三元聖，發輝兩太陽。」眉批：「非代宗也。元、肅二帝，合玄元皇帝而三耳。代宗未立，不得稱聖。然二語本不成詩，疑此詩亦偽。」

《中丞宋公以吳兵三千赴河南軍次尋陽脫余之囚參謀幕府因贈之》：「獨坐清天下，專征出海隅。」眉批：「壯麗。」

「殺氣橫千里，軍聲動九區。」眉批：「用亞夫事。」

詩末總批：「此詩莊煉近杜，乃其最精心之作，崔宋於公有恩等耳。故知前詩率意，為偽託也。」

《流夜郎贈辛判官》「函谷忽驚胡馬來，……我愁遠謫夜郎去。」眉批：

「才說『函谷胡馬』，下突接夜郎，有是文理乎？謫夜郎有許多世事在中間，豈容復提『安史』初？」

「何日金雞放赦回？」眉批：「只想一赦而止，前面亦只敘向者酕豢庸庸之狀，可謂全無肝膈。」

《流夜郎贈辛判官》詩末總批：「亂時即提，亦不過如『草動塵起』足矣。此詩吾亦疑偽，不知舉世以為何如也。」

《贈易秀才》總批：「六韻近體，似此整齊者絕少。」

「少年解長劍，投贈即分離。」眉批：「不知其託興所在，讀來自覺超妙郁致。」

《經亂離後天恩流夜郎憶舊遊書懷贈江夏韋太守良宰》：「天上白玉京，十二樓五城。」眉批：「此即比明皇降輦恩遇，非癡語也。」

「天地賭一擲」夾批：「承理亂情說。」

「歌鐘不盡意，白日落昆明。」眉批：「此初出京，韋餞送之也。」

「十月到幽州，戈鋋若羅星。」眉批：「讀此詩，知白初放還山，曾遊燕地。」

「心知不得語」眉批：「『心知不得語』是實話。貴重如張曲江、親昵如楊國忠，且不得語。」

「蹉跎不得意，驅馬還貴鄉。逢君聽絃歌，肅穆坐華堂。」眉批：「此言自燕還後，復來就韋。而韋是時不知為何官，據文應是縣宰。」

「歡娛未終朝，秩滿歸咸陽。祖道擁萬人，供帳遙相望。」眉批：「謂韋秩滿入京，亦用『祖帳』，不嫌復前，古人多如此，然韓、杜無之。細思究不必相犯，要非以此見長，何苦爾耶。」

「白骨成丘山，蒼生竟何罪？」眉批：「『白骨成丘山，蒼生竟何罪？』與前『君王棄北海，掃地借長鯨』相呼應，鬱勃蒼涼。」

「函關壯帝居，國命懸哥舒。長戟三十萬，開門納凶渠。」眉批：「開門納乾祐者，非翰也。然翰時已降矣，罪豈容別坐乎？」〔註32〕

「公卿奴犬羊」眉批：「『奴』作『如』。」

「一忝青雲客，三登黃鶴樓。顧慚禰處士，虛對鸚鵡洲。」眉批：「寫將至夜郎道也，時猶在江夏，而便作此語，見來舡而有觸也。」

〔註32〕此段中，「翰」即哥舒翰，「乾祐」即安史賊將崔乾祐。見《舊唐書·哥舒翰傳》。

「清水出芙蓉，天然去雕飾。」眉批：「經口熟讀來彌新。」

「謂我不愧君」眉批：「以感愧意束住前文。」

「青鳥明丹心」夾批：「『明』一作『問』。」

「五色雲間鵲，飛鳴天上來。傳聞赦書至，卻放夜郎回。」眉批：「飛動。視此四句，李白實至夜郎，足以證明云。」

「桀犬尚吠堯，匈奴笑千秋。」眉批：「兩京未復，安史未平也。」

「飲馬空夷猶」眉批：「此『飲馬』是用《南史》檀道濟在，豈令胡馬至此？後有《江夏贈韋冰》詩『胡雛飲馬天津水』是也。」

《博平鄭太守自廬山千里相尋入江夏北市門見訪卻之武陵立馬贈別》：「救趙復存魏，英威天下聞。」眉批：「何必為爾許大冒？」

《江上贈竇長史》：「漢求季布魯朱家，楚逐伍胥去章華。」眉批：「『漢求季布魯朱家，楚逐伍胥去章華』，習氣可厭。『去章華』尤屬信口湊集。」

「聞道青雲貴公子，……別欲論交一片心。」眉批：「前首鄭太守曰貴公子，此於竇長史亦曰貴公子；前對鄭自比三千客，此對竇亦云三千客。李雖落魄，亦金閨舊人，何至不見石面若此？此稍稍知文意，有廉恥者所不欲出諸口，而謂清狂如白忍為之乎？至於『相約相期、別欲論交』云云，則口尤乳臭，夫人而能辨之矣。」

《贈王漢陽》：「天落白玉棺，王喬辭葉縣。」眉批：「『天落白玉棺，王喬辭葉縣』，開口便說鬼話。」

《江夏贈韋南陵冰》詩末夾批：「此詩未脫狂奴故態，然骨氣高奇，自非贗作。」

《贈潘侍御論錢少陽》：「雖無二十五老者，且有一翁錢少陽。」眉批：「用僻事出少陽，有聲色。」

《流夜郎半道承恩放還兼欣克復之美書懷示息秀才》總批：「竟體平正簡練。」

「悲作楚地囚，何日秦庭哭？遭逢二明主，前後兩遷逐。」眉批：「不悲為楚囚，而悲囚之不得為國別展謀策，即詩人控于大邦。誰因誰極之旨，可謂赤心歷歷矣。」

《贈張相鎬二首》其一：「佐漢解鴻門，生唐為後身。」眉批：「『佐漢解鴻門，生唐為後身』，比於鴻門，已自不切，又不能對一語，似此斗酒百篇，真欲貽笑千古。」

「昔為管將鮑，……百代思榮親。」眉批：「『管將鮑』不成語。百代期榮親，與今之沿門唱曲何異？」

「枯槁驚常倫」眉批：「『枯槁驚常倫』不成語。」

《李青蓮全集》卷十二

《贈宣城宇文太守兼呈崔侍御》：「白若白鷺鮮，清如清唳蟬。」眉批：「竟體平蕪無色，起處興會較遠。」

「轉背落雙鳶」眉批：「寓言耳，何必如此饒古？」

「鳴鳳托高梧，凌風何翩翩。」眉批：「一韻用至四十餘，李集所少，然細按首尾，可以無作。」

《贈宣城趙太守悅》：「趙得寶符盛，山河功業存。三千堂上客，出入擁平原。」眉批：「動從遙遙華冑說起，竟成套子。就使非俗子偽託，亦此公陋處，不足迴護。」

「溟海不振盪，何由縱鵬鯤。」眉批：「又數十韻，細觀亦可無作。」

「所期要津日」夾批：「玄津白。」

《贈從弟宣州長史昭》總批：「此詩雖無甚異人，而結體甚堅，拓境亦遠，枝辭無枝葉，尚見作手一斑。」

「飄然忽相會」眉批：「將亦與也。」

《於五松山贈南陵常贊府》：「為草當作蘭，為木當作松。」眉批：「化作如許大冒。」

「虞卿棄趙相，便與魏齊行。海上五百人，同日死田橫。」眉批：「虞卿尚近田橫愈遠矣。人有以此責朋友者乎？此之謂狂易。」

《自梁園至敬亭山見會公談陵陽山水兼期同遊因有此贈》：「我隨秋風來，瑤草恐衰歇。」眉批：「清逸之氣，樸人自然見好。」

「渡江如昨日，黃葉向人飛。」眉批：「『渡江如落日，黃葉向人飛』淡妙。」

「水國饒英奇，潛光臥幽草。」眉批：「出落自爾楚楚，偽作者無不作一筆吞，故易辨也。」

「稠疊千萬峰，相連入雲去。」眉批：「恍如在目。」

「何當移白足，早晚凌蒼山。且寄一書札，令予解愁顏。」眉批：「只似白話而妍妙整齊，超超入勝。此等詩可以神會，難以言傳。」

《贈友人三首》其三：「立產如廣費，……歲酒上逐風。」眉批：「『立產

如廣費』中有訛字,『歲酒上逐風』同。」詩末夾批:「此三首初看意頗輕之,再三讀乃覺其語高旨潔深,未易可棄。」

《贈錢徵君少陽》:「如逢渭水獵,猶可帝王師。」夾批:「落句正為老解嘲,非誇大語。」

《贈宣州靈源寺仲濬公》「解領得明珠。……高談出有無。」眉批:「『領』應作『頷』。『出有無』謂非有,亦非無也。」

《贈黃山胡公求白鷳並序》:「聞黃山胡公有只白鷳,蓋是家雞所伏。」夾批徐氏改「伏」為「哺」。」序末夾批:「序好詩平常,大概只以白字生情,雖有幽致而未大。」

「我願得此鳥,玩之坐碧山。」眉批:「坐碧山對面,照轉白字。」

《登敬亭山南望懷古贈竇主簿》:「汰絕目下事,從之復何難。」眉批:「沉鬱頓挫。」

《經亂後將逃避地剡中留贈崔宣城》:「雙鵝飛洛陽,五馬渡江徼。」眉批:「鬱勃環瑋,使事亦冷。」

「卻坐青雲叫」眉批:「押『叫』字新。」

「水石遠清妙」眉批:「『清』一本作『青』。」

《李青蓮全集》卷十三

《寄弄月溪吳山人》「待我辭人間」眉批:「『待』號訛誤字。」

《夕霽杜陵登樓寄韋繇》:「思君達永夜,長樂聞疏鐘。」眉批:「拍杜陵清韻絕致。」

《夜宿龍門香山寺奉寄王方城十七丈奉國瑩上人從弟幼成令問》:「桂枝坐蕭瑟,棣華不復同。」眉批:「題中人一一泄清出。」詩末夾批:「『玉斗』一聯,亦樸中之麗,唯此公多有。」

《淮陰書懷寄王宗成》總批:「按:通首李白自同州之淮陰,而王亦遞自長安來也。」

「中流鵝鸛鳴」眉批:「鵝鸛,鳴櫓聲也。」

「暝投淮陰宿,欣得漂母迎。」眉批:「既與王會,旋即別去。謂王別我去,則無可因依,故投漂母喻所主之得其人也。」

《淮陰書懷寄王宗成》詩末總批:「呂居仁語錄:『太白詩如沙墩至梁苑,二十五長亭之類,皆氣蓋一世,熟味之,自不褊淺矣。』呂評甚善。」

《寄韋南陵冰余江上乘興訪之遇尋顏尚書笑有此贈》:「南船正東風,北

船來自緩。」眉批：「起妙極，與『馬上相逢揖馬鞭』同。」

「一日劇三年。乘興嫌太遲，」眉批：「言若早訪之，當與共尋顏尚書耳。」

《禪房懷友人岑倫》：「嬋娟羅浮月」眉批：「真起去套好。」

「寶劍終難托，金囊非易求。」眉批：「寶劍難託，謂知己難得。金囊，即青囊，謂尋真又不遇也。」

《禪房懷友人岑倫》詩末總批：「逐句摘出，俱類漢魏樂府，所以雖無深意，讀來自覺古雅。」

《李青蓮全集》卷十四

《下尋陽城泛彭蠡寄黃判官》：「浪動灌嬰井，尋陽江上風。」眉批：「蹴空而起，令人如見。」

「相思俱對此，舉目與君同。」眉批：「舉目相同而不得相見，故有此寄，倒裝相思則含蓄不盡，順下則索然矣。」

《春日歸山寄孟浩然》總批：「排律既不似李音響，詩意亦全與孟不涉，疑有誤。」詩末夾批：「起四句破題春日歸山，中五韻坐實山字，後二句結寄字，從來此公無此整齊。」

「愧非流水韻，叨入伯牙弦。」眉批：「自居伯牙政，以鍾期目浩然耳。『寄』字亦出，不必黏定浩然，然後為切。但浩然高士，一語不提，故可疑也。」

《早春寄王漢陽》：「聞道春還未相識，走傍寒梅訪消息。」眉批：「衝口直出，其情一往而深。」

「美人不來空斷腸。預拂青山一片石，與君連日醉壺觴。」眉批：「謂子既不來，我當便往，『青山一片石』謂漢陽也。前詩（指《江夏寄漢陽輔錄事》，筆者注）云『青山漢陽縣』。」

《江上寄巴東故人》：「漢水波浪遠，巫山雲雨飛。」眉批：「『波浪遠』，從此去也；『雲雨飛』，從彼來也。」

「西落此中時」眉批：「『中時』字硬而急。」

《宣州九日聞崔四侍御與宇文太守遊敬亭余時登響山不同此賞醉後寄崔侍御》：「九卿天上落，五馬道旁來。」眉批：「忽為太守補作此首，近乎老世故酬應之作，可以毋庸。」

《早過漆林渡寄萬巨》：「嶺峭紛上幹，川明屢回顧。」眉批：「上千回顧，皆謂山川之勢。」

《三山望金陵寄殷淑》總批:「題曰『望金陵』而其辭毫不涉金陵,是不可曉。」

《李青蓮全集》卷十五

《秋日魯郡堯祠亭上宴別杜補闕范侍御》:「我覺秋興逸,誰云秋興悲。山將落日去,水與晴空宜。」眉批:「『山將落日去』自是好語,但不應開口云爾,與秋興逸反隔,而且不留『雲歸碧海』一聯之地,故可商也。然李詩意到即書,固不肯為此拘拘也。震於其名而不攻其病,亦非真知詩者也。」

《別魯頌》總批:「從華胄說入,本此公套子習氣,因其筆力奇崛,遂一例得傳。」

《夢遊天姥吟留別》總批:「此篇全是賦體,所謂騷人之清深。只『世間行樂亦如此』一句,便見此詩之為憶舊恩而作也。其句法錯用騷體,亦此意。」

「云青青兮欲雨,水澹澹兮生煙。」眉批:「出力寫夢境,意辭並勝。」

《魏郡別蘇明府因北遊》總批:「草草便得一首,殊無可取。」

《留別西河劉少府》:「閑傾魯壺酒」眉批:「魯壺酒,惡甚。」

「隨波樂休明」眉批:「『隨波樂休明』,亂奏不堪。」

《潁陽別元丹丘之淮陽》:「悠悠市朝間,玉顏日緇磷。」眉批:「數語自出性靈。」

「我有錦囊訣,可以持君身。」眉批:「『我有錦囊訣』云云,狂奴故態,到眼欲嘔。」

《留別廣陵諸公》總批:「此首略有倫次,亦非佳作。」

《感時留別從兄徐王延年從弟延陵》:「天籟何參差,噫然大塊吹。」眉批:「為徐王作此語,便與大冒(帽)不同。」

「大臣小喑嗚,謫竄天南垂。」眉批:「以疏間親,古今同慨。」

「泣別目眷眷,傷心步遲遲。」眉批:「深情苦調真骨肉,肺腑之憂。」

《留別金陵諸公》:「海水昔飛動,三龍紛戰爭。」眉批:「此亦所謂大冒(帽)子也。」

「詩騰顏謝名」眉批:「自起至名字凡六韻,只了得『金陵』二字,亦太費辭矣。」

「若攀星辰去」眉批:「『若攀星辰去』亦屬空廓。」

《金陵酒肆留別》總批:「如此小詩,乃臻神品,勝前大篇,猶雲霄之距途泥也。」

《金陵白下亭留別》總批：「絕倫逸致。」

《李青蓮全集》卷十六

《送王屋山人魏萬還王屋》：「卷舒入元化，跡與古賢並。」眉批：「籠蓋全篇。」

「頗驚人世喧」眉批：「以上了王屋山人。」

「東浮汴河水」夾批：「『東』作『宋』。」

「飄飇浙江汜，揮手杭越間。」眉批：「吳越地廣，分數層焉。」

「回瞻赤城霞」夾批：「已過天台，故曰回瞻。」

「側足履半月。……亭空千霜月。」眉批：「月字重韻，以前『半月』是說橋，義不同也。」

「縉雲川谷難」眉批：「『難』即《蜀道難》之『難』。」

「卻思惡溪去」夾批：「補題。」

「岌嶢四荒外，曠望群川會。雲卷天地開，波連浙西大。」眉批：「即敘樓中所見，以收吳越，筆力雄大。」

「稍稍來吳都，徘徊上姑蘇。」夾批：「回路遞入廣陵。」

「回橈楚江濱」眉批：「此楚江，即『三楚』之『楚』，謂吳、會所謂楚尾吳頭。」

「知非儓儗人」眉批：「『儗』音魚記切，宜去聲。『儓儗』欺也，又卻顧不前之意。」

「徒干五諸侯，不致百金產。」眉批：「五諸侯，謂所歷郡伯之地幾五處，而資斧不給，故欲其謁江寧宰為歸裝計耳。且知我憂君屬託之辭也。」

《送族弟凝之滁求婚崔氏》《送友人遊梅湖》總批：「以上二詩，豈能使人叫好？蓋其草草不堪，至此亦云極矣，而無識者猶欲效其體而為之。」

《單父東樓秋夜送族弟沈之秦》：「捲簾見月清興來，疑是山陰夜中雪。」眉批：「白詩凡言月，無不佳者。」

「屈平憔悴滯江潭，亭伯流離放遼海。折翮翻飛隨轉蓬，聞弦墜虛下霜空。」眉批：「心在魏闕，又復望而卻顧，無語不真。」

「他日誰憐張長公」眉批：「張長公，謂沈也。」

《魯城北郭曲腰桑下送張子還嵩陽》詩末夾批：「觀《單父》《魯城送別》二篇，才見太白逸氣。少陵猶班固，李則馬也。」

《李青蓮全集》卷十七

《魯郡東石門送杜二甫》總批:「前後四句出,他人必倒轉用,獨李杜偏如此說。杜『更為後會知何地,忽漫相逢是別筵』,亦此法。」

《灞陵行送別》:「紫闕落日浮雲生。」眉批:「『闕』疑作『閣』,即『溪煙初起日沉閣』之『閣』。」

《送程、劉二侍郎兼獨孤判官赴安西幕府》:「天外飛霜下蔥海,火旗雲馬生光彩。胡塞清塵計日歸,漢家草綠遙相待。」眉批:「後四句只求言秋去春還,奏功速耳,卻換得爾許奇拔。」

《送侄良攜二妓赴會稽,戲有此贈》詩首總批:「天然。」

《送裴十八圖南歸嵩山二首》總批:「二詩語氣含吐似有深意。」

《同王昌齡送族弟襄歸桂陽二首》詩末總批:「自《送賀監歸四明》至此二章,語意皆是在翰林時送行之作,故興趣甚高,無衰颯氣。」

「終然無心雲,海上同飛翻。」眉批:「雙關。」

《送梁公昌從信安北征》:「起舞蓮花劍。」眉批:「蓮花用《吳越春秋》薛燭語,非謂劍首也。」

《送崔度還吳,度故人禮部員外國輔之子》題下夾批:「大抵此詩太白在燕之時作,故有發端四句,或崔度自燕歸亦未可知。」

眉批:「觀此,知其篤於朋友,方不負題中故人之子四字。」

《送祝八之江東賦得浣紗石》:「若到天涯思故人,浣紗石上窺明月。」眉批:「以西施自況,特因客越在先故耳。」

《送侯十一》總批:「侯嬴朱亥事,太白屢用之,輒不佳。此等卻非偽作,乃其習氣也。」

《金陵送張十一遊再遊東吳》:「去國難為別,思歸各未旋。」眉批:「實爬層遞轉換照,應唯杜最佳,此亦不讓。」

《送紀秀才遊越》:「海水不滿眼,觀濤難稱心。」眉批:「奇氣。」

「送爾遊華頂」眉批:「『華頂』,借用。」

《送長沙陳太守二首·其二》詩末夾批:「貪用長沙定王事,遂不得不用『莫小二千石』救轉,此謂才多為患。」

《送楊燕之東魯》:「我固侯門士。」眉批:「『我固侯門士』不似太白語。」

《送蔡山人》詩末夾批:「此當是送其出山,故有『燕客躍馬』之語,落句乃勉以還山也。」

　　「燕客期躍馬，唐生安敢譏。」眉批：「《送侯十一》便將『侯嬴』衍至四句；《送長沙太守》便云『定王垂舞袖』；《送楊燕》便云『關西楊伯起』，率作三四句；吾只於通首氣味，別其真贗而已。若『張翰黃花句，風流五百年』，何嘗不好？蓋《張十一遊東吳》，則題所應有也。『燕客期躍馬，唐生安敢譏』，為蔡山人微言刺譏政爾，入妙。豈得以皮相作一例觀乎？」

　　《送殷淑三首·其二》總批：「（其一、其二，筆者注）二詩相生。」

　　「流水無情去，征帆逐吹開。」眉批：「『逐吹開』即是上有風，風口。」

　　《送殷淑三首·其三》：「痛飲龍笻下，燈青月復寒。」眉批：「『痛飲龍笻下』又是接上首落句。『燈青月復寒』是從早至夜，又留一日也。」

　　《送岑徵君歸鳴皋山》詩末總批：「當是兩首，光武有天下，是為自己還山作。引落句乃總結岑徵君。然以己之遭遇比嚴光，亦屬不倫。」

　　「登高覽萬古，思與廣成鄰」眉批：「『鄰』字重韻。」

《李青蓮全集》卷十八

　　《江上送女道士褚三清》：「吳江女道士，頭戴蓮花巾。」眉批：「琪花瑤草，忽地到眼，妙極絕之作。」

　　《送友人入蜀》：「且說蠶叢路，崎嶇不易行。」眉批：「一起便欲貫注全篇，此以氣勝者。」

　　《送鞠十少府》：「碧雲斂海色，流水折江心。」眉批：「『流水折江心』，大而勁。」

　　《與諸公送陳郎將歸衡陽》總批：「前後用韻，中間散行數語，不多著墨，齊梁人小文往往有此。」

　　「我有延陵劍，君無陸賈金。」眉批：「沉鬱頓挫。」

　　《宣城送劉副使入秦》：「君攜東山妓，我詠北門詩。」眉批：「方序餞別，不應復有『東山』云云。」

　　《涇川送族弟錞》：「涇川三百里，若耶羞見之。」眉批：「臨摹選太肖，反覺興趣不長。若得如起四句，引而伸之，當自成其為李白也。今則了不異人，不必白始能之也。」

　　《五松山送殷淑》：「秀色發江左，風流奈若何？仲文了不還，獨立揚清波。」眉批：「『風流奈若何』乃是倒裝語，謂仲文不還也。『獨立揚清波』謂殷淑能繼其風流。」

　　《登黃山凌歊臺送族弟溧陽尉濟充泛舟赴華陰（得齊字）》：「鸞乃鳳之族，

翱翔紫雲霓。」眉批:「似乎奇律,卻是此公習氣」。

「空手無壯士,窮居使人低。」眉批:「『空手』二句,白此謂也。」

《李青蓮全集》卷十九

《酬談少府》:「一尉居倏忽」眉批:「『居倏忽』謂不久即仙去,偪奇可愛。」

《五月東魯行答汶上翁》:「五月梅始黃,蠶凋桑柘空。魯人重織作,機杼鳴簾櫳。」眉批:「起四語全無照應,此真詩之興體。」

「下愚忽壯士,未足論窮通。」眉批:「『下愚忽壯士,未足論窮通』,必是答其來書中語。不見原作,故不能尋其端委。大概是汶上君勸其出山,答之如此耳。」

《早秋單父南樓酬竇公衡》:「遙帷卻卷清浮埃」眉批:「『卻卷』,倒卷也。」

《山中問答》總批:「此等口熟久矣,究亦何當好來!」

《答友人贈烏紗帽》:「領得烏紗帽,全勝白接䍦。」眉批:「白話寫真自妙。」

《答長安崔少府叔封遊終南翠微寺太宗皇帝金沙泉見寄》:「早行子午關,卻登山路遠(一作『卻歡山路遠』,一作『頗識關路遠』。)」夾批:「『卻登山』作『頗識關』。」眉批:「『登』字與『行』字相犯也,『歡』則更非,應從注後句。」

「滅燭乃星飯」眉批:「星飯獨造。」

「人煙無明異」眉批:「『異』字誤,應作『晦』。」

《贈李十二》詩末總批:「此似白初遊齊魯時作,其意全在用世觀,起迄數語可知。」

《以詩代書答元丹丘》:「青鳥海上來」眉批:「『青鳥』衍至八句,細思可省,通首亦甚松薄。」

《金門答蘇秀才》總批:「清氣如拭,卻亦少味。」

《酬坊州王司馬與閻正字對雪見贈》:「風水如見資,投竿佐皇極。」眉批:「一篇又畢矣,竟無佳處。」

《酬中都小吏攜斗酒雙魚於逆旅見贈》:「雙鰓呀呷鰭鬣張,撥剌銀盤欲飛去。」眉批:「鮮新活潑,此真謫仙矣。」

《酬岑勳見尋就元丹丘對酒相待以詩見招》:「褰予未相知,茫茫綠雲垂。」眉批:「『未相知』謂不知其對酒長嘯,非謂不知其人也。」

「憶君我遠來，我歡方速至。」眉批：「承接處多有未安，『憶君我遠來』二句，尤費解說。」

《答從弟幼成過西園見贈》：「此情難具陳」眉批：「『此情難具陳』，太白必不為此無聊語。」

《酬裴侍御對雨感時見贈》：「楚邦有壯士，鄢郢翻掃蕩。」眉批：「『楚邦有壯士』云云，大抵即題中『感時』二字著實處，但未詳裴御史何如事耳。通體氣格蒼鬱，知非偶然。」

《酬崔侍御》：「嚴陵不從萬乘遊，歸臥空山釣碧流。自是客星辭帝座，元非太白醉揚州。」眉批：「自命嚴陵，亦覺誇大。末語尤不倫，大有醉意。」

《玩月金陵城西孫楚酒樓達曙歌吹日晚乘醉著紫綺裘烏紗巾與酒客數人棹歌秦淮往石頭訪崔四侍御》眉批：「俗不可耐。」總批：「穢雜不成文理。」

「捲簾出揶揄」夾批：「『揶揄』（音）『葉由』。」

《江上答崔宣城》總批：「此詩亦不知所謂。」

《答叔侄僧中孚贈玉泉仙人掌茶》：「仙鼠如白鴉，倒懸清溪月。茗生此中石，玉泉流不歇。」眉批：「惟清故老，未有不清而能老者，如此詩豈能贗作？即此序亦未易能。而妄人乃欲以烏紗、綺裘之語冒為太白，不自知其開口便俗也。」

《張相公出鎮荊州尋除太子詹事余時流夜郎行至江夏與張公去千里公因太府丞王昔使車寄羅衣二事及五月五日贈余詩余答以此詩》眉批：「只平平敘來，自覺酸楚動人。」

《答裴侍御先行至石頭驛以書見招期月滿泛洞庭》：「巴陵定遙遠」眉批：「巴陵突如。」

《答高山人兼呈權顧二侯》：「虹霓掩天光，……開元掃氛翳。」眉批：「看是何等烹煉！何等結束！」

「運闢英達稀，同風遙執袂。」眉批：「是高士出場。」

「雙萍易飄轉，獨鶴思凌厲。明晨去瀟湘，共謁蒼梧帝。」眉批：「一總有力，『雙萍』謂權顧，『獨鶴』謂高山人，『共』字並結自己謁蒼梧帝，所謂知我其天者也。怨而不怒，可以怨矣。」

《答杜秀才五松山見贈》：「路逢園綺笑向人，兩君解來一何好。」眉批：「『兩君』謂『園綺』解，別也。」

《至陵陽山登天柱石酬韓侍御見招隱黃山》詩末總批：「篇終矣，味同嚼

蠟。」

《酬崔十五見招》:「長吟字不滅，懷袖且三年。」眉批:「神色飛動，謂當如古之置書懷裏，三年不滅也。優才真色，非獨用情所感。」

《答王十二寒夜獨酌有懷》:「君不能狸膏金距學鬥雞，坐令鼻息吹虹霓。」眉批:「以下皆後人偽作以附益之。」

「孔聖猶聞傷鳳麟，董龍更是何雞狗。」眉批:「蕭士贇曰:『按此篇造意用事，顛倒錯亂，覺悟倫理。董龍一事，尤為可笑。決非太白之作，乃元儒所謂五季間學太白者所為耳，具眼者自能別之，今釐而置諸卷末。』此評近是而未盡，蓋不知此詩之為以狗尾續貂也。評者獨舉董龍一事以斷其非白作，亦屬未當。蓋以使事龐雜多有之，而未始無才氣、或者五代間人託之。古人以舒其憤鬱，亦未可知。總之，自『君不見』以下毋論工拙，而『酣暢古情』之後必不容更有後文。其前數句，……故余為別而白之。」

詩末總批:「《王十二詩》題為『寒夜獨酌有懷』，懷者，懷李白，非懷古也。故白詩云『懷余對酒夜霜白』是也。妄者誤訛『有懷』字，而以白詩為未足，遂續上『君不見』無數間文浪墨。試思『且須酣暢萬古情』下豈復容增益一字耶？通篇只以月寫寒夜，所言霜冰皆皆月也，所言星斗亦月之烘托。寫寒夜真是滿目寒意，對此豈能不對酒？豈能不懷人？」

《李青蓮全集》卷二十

《尋魯城北范居士失道落蒼耳中見范置酒摘蒼耳作》總批:「此詩全學《選》意。」

「雁度秋色遠，日靜無雲時。」眉批:「十字興起，便有詩友之意。」

「入門且一笑，把臂君為誰。」眉批:「『君為誰』者，戲語。」

「此席忘朝饑」眉批:「忘饑飽也。」

《東魯門泛舟二首》其二:「若教月下乘舟去，何啻風流到剡溪。」眉批:「一事兩用，此公斷不如此才儉。」

《秋獵孟諸夜歸置酒單父東樓觀妓》:「傾暉速短炬，走海無停川。冀餐圓丘草，欲以還頹年。」眉批:「似與題全沒干涉，而獵興酒懷大動，其氣魄已直貫至清曉，方來旋。」

《遊泰山六首》總批:「《遊泰山六首》皆潔淨，然是此公習氣，不必深論。」

《秋夜與劉碭山泛宴喜亭池》:「空天交相宜」眉批:「『空天交相宜』，不

成語。」

《與從侄杭州刺史良遊天竺寺》：「弄水窮清幽」眉批：「空薄無味。」

《同友人舟行》總批：「此篇色澤較古。」

《下終南山過斛斯山人宿置酒》：「暮從碧山下，山月隨人歸。」眉批：「古淡有至味，李詩包有韋孟，人皆不曉。」

《邯鄲南亭觀伎》：「歌鼓燕趙兒，魏姝弄鳴絲。」眉批：「才云『趙燕兒』，不應迭出『魏姝』起十字，必有訛誤。」

《春陪商州裴使君遊石娥溪》：「解榻時相悅」眉批：「『解』，解其懸。」

《秋浦清溪雪夜對酒客有唱鷓鴣者》詩末總批：「清麗超妙之作，有首有尾，無首無尾。」

《與周剛清溪玉鏡潭宴別》：「千峰照積雪，萬壑盡啼猿。」眉批：「大極。」

「迴作玉鏡潭，澄明洗心魂」眉批：「一拓一收，筆力雄健。」

「為余謝蘭蓀」眉批：「『謝蘭蓀』謂去蘭蓀而他適，愧謝之也。收玉鏡潭、並收周剛大家，總不曾薦騎無歸。」

《遊秋浦白笴陂二首》其一：「人來有清興，及此有相思。」眉批：「末二句不解。」

其二「白笴夜長嘯，……飛來碧雲端。」眉批：「即目寫意，不煩別尋閒話，此為真風疋（雅，筆者注）。一意塗澤乃是全無心肝，豈曰詩人？」

《宴陶家亭子》：「若聞絃管妙」眉批：「若聞絃管，謂無絃管而一如有之，亦妙！所謂山水清音。」

《泛沔州城南郎官湖並序》總批：「著意在序，詩特韻之，以便傳唱。凡以序冠詩，作如是觀。」

《陪侍郎叔遊洞庭醉後三首》其三總批：「意在句外，興落杯中。」

「剗卻君山好，平鋪湘水流。巴陵無限酒，醉殺洞庭秋。」眉批：「剗山鋪水，欲盡化而為水也。欲盡化而為水者，視水如酒也。」

《夜泛洞庭尋裴侍御清酌》：「遇憩裴逸人」眉批：「『遇』應作『過』。」

《陪族叔刑部侍郎曄及中書賈舍人至遊洞庭五首》其三（洛陽才子謫湘川）總批：「諸本俱作四首，而無此篇。締看用『西』『笑』，李詩常有。然調覆首章，又以元禮自比，俱似可以無作。」

《與南陵常贊府遊五松山》：「安石泛溟渤，……靈異可並跡，澹然與世閒。」眉批：「泛海似與題無關，『靈異可並跡』二句，尤屬與上、下不屬。」

《九日登山》：「題興何俊發，遂結城南期。」眉批：「『題興何俊發』二句，是同遊有此州別駕也。『靈仙如彷彿』二句，辭意已盡。『古來登高人』以下是第二首，不當作一篇。看致『玉笛』『霜絲』與下『歌舞』犯復，而『知』字且重一韻，庚辰七月直次。作一篇看亦可，細看前是即席，正面後是酒闌人散，玉笛霜絲是侑客觴，齊歌起舞則送客撒俎也。重韻古不忌。九月復識。」

「胡人叫玉笛」眉批：「『吹』作『叫』，亦少見。」

「連山似驚波，合沓出溟海。」眉批：「緊承『猶可待』來言眼前有不可待之勢。」

《九日龍山飲》總批：「《九日》詩長短四篇，以此為第一。」

《九月十日即事》：「菊花何太苦，遭此兩重陽？」眉批：「前詩云『因招白衣人，笑酌黃花菊』；又『攜壺酌流霞，搴菊泛寒榮』；皆取餐菊意，故曰『何太苦也。』然語油滑，不足傳誦。何如《九日龍山飲》作之考致乎？」

《陪族叔當塗宰遊化城寺升公清風亭》：「化城若化出，金榜天宮開。」眉批：「題應如此起。」

《李青蓮全集》卷二十一

《登峨眉山》：「平生有微尚，歡笑自此畢。」眉批：「微語可思。」

《登單父陶少府半月臺》：「令人思鏡湖」眉批：「無端。才入本鏡湖，反撇去本位，老杜並無此率筆。」

《早望海霞邊》總批：「雖亦此公故態，然或有託，且喜不煩。」

《登邯鄲洪波臺置酒觀發兵》：「請纓不繫越，且向燕然山。風引龍虎旗，歌鐘昔追攀。」眉批：「『歌鐘昔追攀』疑有誤，方說『請纓向燕然』，不得雜入和戎，且與『風引龍虎旗』全然不屬，應再考。」

《秋日登揚州西靈塔》總批：「題堅則手滑，看此作句烹字煉，可知原作不浪使才彰情。今人學李，一味疏野荒誕肆，何哉？」

《登金陵冶城西北謝安墩》：「胡馬風漢草」眉批：「『風漢草』，鍊字。」

《望廬山瀑布二首》其一：「初驚河漢落，半灑雲天（一作『半瀉金潭』）裏。」眉批：「『瀉金潭裏』是，蓋俯視如此。」

「且得洗塵顏。且諧宿所好，」眉批：「兩『且』字連用，義別。」

《望廬山五老峰》：「九江秀色可攬結，吾將此地巢雲松。」眉批：「創意盛氣，讀熟便不覺耳。」

《江上望皖公山》：「清晏皖公山」眉批：「狀奇秀，只『清晏』二字讚語

妙足矣。」

《鸚鵡洲》：「芳洲之樹何青青，……岸夾桃花錦浪生。」眉批：「筆若遊龍旋床，銳入微透。」

《九日登巴陵置酒望洞庭水軍》：「九日天氣清，登高無秋雲。」眉批：「開口便有廓清賊氛之意。」

「造化闢川嶽，……旌旆何繽紛。」眉批：「三四至九十，皆實寫登巴陵所見及其懷抱，以下乃及『望』字。」

「白羽落酒樽」眉批：「『白羽落酒樽』，自然過渡。」

「酣歌激壯士」眉批：「入後鼓音愈振，酣適非常。」

「握齱東籬下，淵明不足群。」蕭士贇注：「用武之時，儒士必輕。太白此言，其以淵明自況乎？」眉批：「注非。此乃太白志在殲賊，故作壯語，豈屑屑但作東籬人耶？」

總批：「駐軍洞庭，蓋永王已有異志而白不知，可憫歎也。史稱是時東南財賦，盡積江陵，永王日費鉅萬，養勇士萬人，故軍容之盛如此，然庸知其非不以此敵王愾，大有為乎？固未可以事後論人。」

《秋登巴陵望洞庭》總批：「沉著纏綿，此必註誤後作遷客時詩，想見宅心忠愛。不知者乃謂其以淵明自況，觀其遇禍後尚不肯為握齱語，況從軍時乎？」

「去鳥向日邊」眉批：「『去鳥向日邊』，始終不忘君也。」

「郢人唱白雪，越女歌採蓮。聽此更腸斷，憑崖淚如泉。」眉批：「『郢人』四句，蓋痛永王璘私恩也。當時肅宗急取大物，致啟璘，保據江東之志，非徒群小禍之，亦帝有以啟之耳。觀於張、李一言之讒，而建寧賜死，骨肉之恩薄矣。永（王）即不解兵柄，其能免乎？況璘雖不道，未始非太白知己，託為吳楚之囚。憑崖一哭，情所必至，較諸蔡中郎，為渾涵多矣。」

「郢人唱白雪，越女歌採蓮。」眉批：「郢人唱《白雪》而屈原放，越女歌《採蓮》而夫差囚，以視前此『白羽落酒』『戰鼓相聞』，〔註33〕風物迴殊，雖欲不腸斷，得乎？」

《登巴陵開元寺西閣贈衡嶽僧方外》總批：「通首清新，倒寫題緒亦變。」

「明湖落天鏡，香閣凌銀闕。」夾批：「『湖』作『朝』」。眉批：「『明朝

〔註33〕李白此詩之前一首《九日登巴陵置酒望洞庭水軍》有「白羽落酒樽，……戰鼓遙相聞」之句。

猶言明發，非謂明日也。」

《秋登宣城謝朓北樓》：「人煙寒橘柚，秋色老梧桐。」眉批：「『寒』字最奇，然試易一字，即不似橘柚矣，此其所以妙也。『微雲淡河漢，疏雨滴梧桐』，寫禁省靜曠；『人煙寒橘柚，秋色老梧桐，』寫水國蒼鬱；皆畫不能到也。」

《望木瓜山》：「早起見日出，暮見棲鳥還。客心自酸楚，況對木瓜山。」眉批：「見日出，見鳥還，不見一人也。山有瓜名而不可食，對之何益？」

《登廣武古戰場懷古》：「撫掌黃河曲，嗤嗤阮嗣宗。」蕭士贇注：「此非太白之詩也，詩中語意錯亂，用事失倫。」眉批：「斷非白詩，亦是。但所辨不在無識，徒以用筆直率，了無可采。」

《李青蓮全集》卷二十二

《安州應城玉女湯作》：「地底爍朱火，沙旁歊素煙。」眉批：「鍊句鍊字。」

「精覽萬殊入」眉批：「『覽』應作『攬』。」

「散下楚王國，分澆宋玉田。可以奉巡幸，奈何隔窮偏。」眉批：「大筆淋漓。」

《之廣陵宿常二南郭幽居》：「暝色湖上來，微雨飛南軒。故人宿茅宇，夕鳥棲楊園。還惜詩酒別，深為江海言。明朝廣陵道，獨憶此傾樽。」眉批：「是何等細潤幽秀、沉著纏綿！」

《夜下征虜亭》：「江火似流螢」夾批：「『江火』作『紅火』。」

「月明征虜亭，……江火似流螢。」眉批：「似屬『篆未成』，『紅火』亦有誤。」

《下途歸石門舊居》詩末夾批：「此亦未必太白真筆，特其辭氣不失雅道。『不知何處得雞黍』癡人呆語要之，李斷不出此也。細看通體筋骨弛懈，出自庸手無疑。」

《客中作》：「蘭陵美酒鬱金香，……不知何處是他鄉。」眉批：「興到之筆，固宜雅俗同賞，雖非其至要，如巧笑美目大和尚，亦不以為怪矣。」

《奔亡道中五首》：「函谷如玉關，幾時可生還？」眉批：「洛陽陷賊，函谷路斷，故云云。」

《自巴東舟行經瞿塘峽》：「天上獨挂銀漢，人間獨見蒼梧，瀛海足以知其意之所寄矣。一結覺孤臣遷客，淚下如雨。」

《早發白帝城》總批：「此首及下篇雖皆遊楚蜀作，故類敘於此。然與上篇愁思之音迥別，蓋其瀟灑歡適，形於字外行間。」

「兩岸猿啼不盡」眉批：「『盡』一本作『住』，『住』字好。」

《夜泊黃山聞殷十四吳吟》：「朝來果是滄洲逸，酤酒醍盤飯霜栗。」眉批：「醍醐佛語也。詩多作酒用，或作漿用，未有稱『醍盤』者，此但以況味之美耳。《楞伽經》『酥酪醍醐』，名為上味，則亦漿類矣。裴休《禪源序》云『融餅盤釵釧為一金，攪酥酪醍醐為一味，』分□□□□，亦非此之證。」

《宿鰕湖》：「雞鳴發黃山，暝投鰕湖宿。」夾批：「神氣接上篇。」

《王右軍》總批：「《王右軍》作亦偽。」

《上元夫人》：「手提嬴女兒」眉批：「忽入『嬴女』，甚無謂。」

「眉語兩自笑」眉批：「『自』疑當作『目』。」

詩末總批：「妄言妄聽，自屬無礙。特為立題製詩，則非笨伯不為，曾是此公肯出此耶？」

《蘇臺覽古》《越中覽古》總批：「二詩傳誦殆遍，其實只尋常意境，不必白始能為也。然氣息不羌，故非贗託。」

《商山四皓》：「陰虹濁太陽」眉批：「『陰虹濁太陽』，恐有心胸人亦不忍為此言。」

「一行佐明聖」眉批：「『一行佐明聖』，不知以明聖為高帝耶？為惠帝耶？」

「功成身不居，舒卷在胸臆。」眉批：「可謂大不曉事人。」

「飛聲塞天衢」眉批：「飛聲塞天衢，直爾寂寞了事，亦覺可憫。」

《過四皓墓》：「」我行至商洛，……蕪沒四墳連。」眉批：「此猶有意，俗筆便無此頓挫。」

「紫芝高詠罷，……哀哉信可憐。」眉批：「可知其非惑於神仙者。」

《峴山懷古》總批：「峴山不及松子，亦避熟之法，然與其用『弄珠』，終不若『墮淚』之為切也。」

《經下邳圮橋懷張子房》：「報韓雖不成，天地皆振動。潛匿遊下邳，豈曰非智勇。」眉批：「用史渾化，亦是本色應有語。」

《秋夜板橋浦泛月獨酌懷謝朓》：「漢水舊如練，霜江夜清澄。長川瀉落月，洲渚曉寒凝。」眉批：「『漢水淨如練』以下三句皆水，李不應如此窘束。出板橋亦了無意色，徒費墨瀋耳。」

《入彭蠡經松門觀石鏡緬懷謝康樂題詩書遊覽之志》總批：「即用謝韻，並用其詩中語，正題中緬懷之意。」

「漾水向東去，漳流直南奔。空濛三川夕，回合千里昏。」眉批：「『必得漾水』云云四句，方不負是洞庭氣象。」

「吾將學仙去，冀與琴高言。」眉批：「末句應用前『羽化出囂煩』，以免突出琴高，反溷卻謝公也。」

《姑孰十詠·謝公宅》：「惟有清風閒，時時起泉石。」眉批：「然則此清泉豈容不消受也耶？要之非人，如謝公亦不能消受也。」

《姑孰十詠·桓公井》：「桓公名已古，廢井曾未竭。」眉批：「所謂井渫不食，為我心惻。」

《李青蓮全集》卷二十三

《月下獨酌四首》其一總批：「對此題便應思如何方不負題，而其詩之妙始見。」

「對影成三人」夾批：「忽然三人。」

「月既不解飲，影徒隨我身。」夾批：「依舊是獨。」

「我歌月徘徊」夾批：「實寫三人。」

「醉後各分散」夾批：「有聚散妙。」

《月下獨酌四首》其二夾批：「偽作。」總批：「已脫卻月夜，並無『獨』字，何謂其二耶？且前首、落句已經盡意，亦不容更有其二也。直是酒鬼混話耳。」

《春日獨酌二首》其一總批：「仿陶似覺太蹈襲故跡。」

其一、其二總批：「二詩皆尋常語，人以其滑順，膾炙之，吾則正以此為嫌。」

《青溪半夜聞笛》：「吳溪隴水情」眉批：「吳溪非隴水也，而有隴水之情。若作『清』，更謬。」

《日夕山中忽然有懷》：「月銜樓間峰，泉漱階下石。」眉批：「著眼在『樓間』、『階下』二字。」

「素心自此得，真趣非外惜。」眉批：「見得水月與此身，親暱之至也。」

「鼯啼桂方秋，風滅籟歸寂。」眉批：「鼯啼風滅，此題中忽然之因。」

《醉題王漢陽廳》：「我似鷦鴣鳥，南遷懶北飛。時尋漢陽令，取醉月中歸。」眉批：「月中歸抱鷦鴣，無痕。」

《嘲王歷陽不肯飲酒》：「地白風色寒，雪花大如手。」眉批：「李詩用意多在言外，如此詩起手十字乃用一身之力，蓋當此時而不飲，真癡漢也。若

非如此起語，則以下滑口殊甚，何足傳耶？」

《春滯沅湘有懷山中》詩末總批：「此等皆是以文法入詩，抵得一篇小序。」

《李青蓮全集》卷二十四

《效古二首》其一：「人馬本無意，飛馳自豪雄。」眉批：「寫富貴，直寫其神，蓋在人目中看出耳。」

「早達勝晚遇，羞比垂釣翁。」眉批：「詩有意在句外者，如此詩落句是也。若曰：『我固知早達勝晚遇矣，而其如不可必得，何哉？』」

《擬古十二首》其一蕭士贇評：「此篇傷窮兵黷武，行役無期……」眉批：「此評非。太白之時，無所謂窮兵黷武也。蓋亦有恨於君臣朋友之間耳。」

其三：「後來我誰身」眉批：「『後來我誰身』，拙句。」

其五：「無事坐悲苦，塊然涸轍鮒。（鮒，古本作『魚』，蕭氏以『魚』字重上一韻，當作『鮒』，音蒲無疑，今從之。）」眉批：「此說亦通，但重韻於《古風》，政自不礙。」

其八：「飲酒入玉壺，藏身以為寶。」眉批：「殊無此意，只是寫老懷愁，思極幽咽繚戾之情，豈真謂神仙可學哉？」

其十二：「去去復去去，辭君還憶君。」眉批：「予然後浩然有歸志，予雖然，豈捨王哉？」

《感興八首》其二蕭士贇評：「《高唐》《神女》二賦，乃宋玉寓言以成文章。《洛神賦》，則子建擬之而作。後世之人如癡子聽人說夢，以為誠有其事。太白知其託詞，而譏其傷大雅，可謂識見高遠矣。」眉批：「誰不知道是寓言，太白亦非譏子建好色，不過謂人生遇合有命，好色與好富貴無異，悟到之言。而讀者認為替神女辨誣，並譏曹不雅，是又一癡人也。」

其八：「烏得薦宗廟，為君生光輝。」眉批：「『為君生光輝』，痛哭而題賢者何負於人國哉？」

《寓言三首》其二：「區區精衛鳥，銜木空哀吟。」眉批：「此為孤臣逐客而發。」

其三：「長安春色歸，……託夢遼城東。」眉批：「自歎其動植之不如也。軟語柔情，讀來歎絕。」

其三蕭士贇評：「此閨思詩也，良人從軍，滔滔不歸，感時觸物而動懷人之思者歟？綠楊、海燕，以起興也；婉然《國風》之體，所謂『聖於詩』者，此哉！」眉批：「此評是。」

《感遇四首》其三總批:「富不如貧,貴不如賤,寓意深遠,非遊仙詩也。」

《上崔相百憂章》總批:「此首尚可,徒以有此自責之辭,至下首則心竅全迷矣。」

「星離一門,草擲二孩。」眉批:「『星離、草擲』二句,究不可曉,當是狀其時。」

「屈法申恩,棄瑕取材。冶長非罪,尼父無猜。」眉批:「避難亡命流離之況,蓋紀實也。」

《萬憤詞投魏郎中》總批:「百憂萬憤,以此摹李,似乎可信。但乞哀之中,又加荒謬,悖如『舜昔禪禹,伯成耕犁。德自此衰,吾將安棲。』不知何指?反似諷當時內禪之事。雖唐人詩多無禁忌,然處太白之時,蒙最難湔洗之跡,而為此言,得非自速其死耶?白雖狂愚,不至是也。甚乃子胥鴟夷、彭越醢醯,拉雜攬入,更屬無謂。若以自況,則不但不切,亦無恥甚矣。可斷其為偽作無疑。」

《聽蜀僧濬彈琴》:「餘響入霜鐘」眉批:「『餘響入霜鐘』,切僧彈。」

《觀博平王志安少府山水粉圖》:「遊雲不知歸,日見白鷗在。」眉批:「雙關自佳。」

《白胡桃》總批:「此胡桃即櫻桃也。」

「紅羅袖裏分明見,白玉盤中看卻無。」眉批:「似太雕鏤,然不傷纖。」

《南奔書懷》詩末總批:「《荊州賊平臨洞庭言懷之作》比永王璘為巴蛇,此乃更以天人比璘,不應南奔時猶作此語。又篇末忽出『感遇明主恩』云云,不惟文義不屬,度彼時正無此懷情懷。」

《李青蓮全集》卷二十五

《題元丹邱山居》總批:「凡為元丹邱而作者,都似可以無作。即云非偽,亦習氣之累。」

《白田馬上聞鶯》:「蠶老客未歸,白田已繰絲。」眉批:「豪俊極矣,又筆筆相生,豈若前後諸篇之疏率鄙淺、不堪注目耶?故李集之真贋最易辨也。」

《寄遠十二首》其五總批:「此詩一作《大堤曲》,起云『漢水臨襄陽,花開大堤暖。佳期大堤下』云云。」題下夾批:「既別有題,此何以攬入《寄遠十二首》之中?應再考。」

「吹我夢魂斷」眉批:「『斷』作『散』。」

「天長音信短」眉批：「『短』作『斷』。」夾批：「『短』字無理，應從別本。」

《寄遠十二首》其十一：「相思黃葉落，白露濕青苔。」眉批：「人皆有慣用之調。此調亦此君家數。然偽託寫欲亂真，究不能也。」

《代別情人》：「風吹綠琴去」眉批：「『綠琴去』誤，定當作『綠綺琴』也。」

《學古思邊》眉批：「『學古』字衍。」

《折荷有贈》：「涉江玩秋水，愛此紅蕖鮮。……佳人彩雲裏，欲贈隔遠天。」眉批：「此詩已見二十四卷《擬古十二首》中，『玩』作『弄』；『紅蕖』作『荷花』；『佳人』作『佳期』；重作散（『散』當為『刪』筆者注）。」

《秋浦寄內》「結荷捲水宿」眉批：「『捲』疑當作『倦』。」

《示金陵子》：「落花一片天上來」眉批：「即以『落花』比金陵子。」

第三節　白居易新樂府詩的新聞性取向

二十世紀的白居易新樂府詩研究，曾出現過較大的曲折和爭論。有些學者指出，白居易新樂府詩是「偉大的現實主義作品」另一些學者則指出，白居易的新樂府「僅從稽政著眼」、題材十分狹窄，而且「立意不新不深」，讀之了無條味，不能不說是藝術上的失敗。〔註34〕為什麼對白居易新樂府詩評價出現迥然不同的價值評判？是一個複雜的學術問題。我們反思回顧二十世紀的中國文學研究，無論是肯定還是貶抑否定者，都沒有從其詩新聞化價值方面去剖析，從而亦就不能深刻、準確地把握白居易新樂府詩的真正價值，所得結論，均欠公允，難以使人信服，恐怕也是一重要原因。有鑑於此，本文試從新聞視角切入，對白居易新樂府詩作一全新的闡釋，以期新樂府詩研究格局的改良。

一、白居易新樂府詩的創作歷程

關於新樂府詩的討論，是二十世紀學界研究的熱點之一。圍繞中唐是否有一個「新樂府運動」，學者們展開了熱烈的討論，其中具有代表性的是葛曉

〔註34〕關於對白居易新樂府的爭論，參見杜曉勤：《二十世紀隋唐五代文學研究》，北京出版社2001年版，第1026～1032頁。

音、王運熙二先生。葛曉音梳理了新樂府詩的緣起及演變過程，做出了切合實際的結論，認為元和四年，李紳、元積、白居易出於進諫的需要和教化的目的，創作了一批「新題樂府」和「新樂府」組詩，確立了「新樂府」的名稱。

「以時事入詩，自杜少陵始。」〔註35〕杜甫「《悲陳陶》《哀江頭》《兵車》《麗人》等，凡所歌行，率皆即事名篇，無復倚傍。」（元積《樂府古題序》）〔註36〕此種「即事名篇，無復依傍」的創作態度給中唐詩人張籍、王建、元積、白居易等以豐富的啟示。白居易在其《新樂府序》提出「為君、為民、為物、為事而作，不為文而作」；「文章合為時而著，歌詩合為事而作」（《與元九書》）〔註37〕的創作原則，以滿腔熱情關注著時事政治，深入持久地將富有典型性的社會現象納入到詩歌創作中來，使其詩歌創作躍上一新的臺階。唐王朝「安史之亂」後，各種社會問題叢生，白居易「自登朝來，年齒漸長，閱事漸多，每與人言，多詢時務；每讀書史，多求理道，始知文章合為時而著，歌詩合為事而作。是時皇帝初即位，宰府有正人，屢降璽書，訪人急病。僕當此日，擢在翰林，身是諫官，月請諫紙。啟奏之間，有可以救濟人病，裨補時闕，而難於指言者，輒詠歌之，欲稍稍進聞於上。上以廣宸聽，副憂勤；次以酬恩獎，塞言責；下以復吾平生之志。」（《與元九書》）〔註38〕「救濟人病，裨補時闕」，正說明白居易詩歌創作以詩諫諍、干預現實的動機。處在「拾遺補闕」之位上的白居易，對民生有太多的關注，遂自覺扮演起了一個「記者」的角色，對時事作及時的記錄，甚至是報導——以詩歌為載體。正因如此，較之正史，新樂府詩表現了一種新的歷史觀，是一部活生生的、形象的「焦點訪談」式的社會史。

因為新樂府詩紀錄、報導的對象是時事，就要求詩人必須深入生活，走近現場，觀察研究社會生活，關注社會生活中正在發生的重大事件。通過親身觀察、目擊身受，來調查研究和積累素材，繼而才從事創作。從這個意義上來說，他和現代新聞記者的寫作情況頗多相似之處。從新聞視角審視，白居易新樂府詩之特點有四：一是創作數量密集，其揭露中唐社會弊端的廣度

〔註35〕（明）胡震亨：《唐音癸籤》，上海古籍出版社1957年版，第228頁。

〔註36〕（清）彭定求等編：《全唐詩》卷四一八，第4604頁。

〔註37〕謝思煒：《白居易詩集校注》，中華書局2006年版，第267頁。（以下版本號略）。

〔註38〕陳友琴編：《白居易資料彙編》，中華書局1962年版，第71頁。

和深度是空前的。張戒《歲寒堂詩話》云：「元、白、張籍、王建樂府，專以道得人心中事為工」，堪稱的評。③這一點僅從詩題即可看出，如《七德舞》《海漫漫》《賣炭翁》《上陽白髮人》《胡旋女》《新豐折臂翁》《司天臺》《捕蝗》《城鹽州》《馴犀》《蠻子朝》《縛戎人》《驪宮高》《兩朱閣》《西涼伎》《紅線毯》《杜陵叟》《繚綾》《賣炭翁》《時世妝》《陵園妾》《鹽商婦》《井底引銀瓶》《隋堤柳》等，都廣泛地反映了中唐社會生活的方方面面。二是形成了自己獨特的寫作範式，白居易自述新樂府詩「凡九千二百五十二言，斷為五十篇。篇無定句，句無定字，繫於意，不繫於文。首句標其目，卒章顯其志，詩三百之義也。」〔註39〕如寫縛戎人「自云鄉管本涼原，大曆年中沒落蕃。一落蕃中四十載，遣著皮裘繫毛帶。……自古此冤應未有，漢心漢語吐蕃身。」〔註40〕令人鞠一把同情之淚。其次是揭露和批判精神，像新聞聚焦一般，將讀者引入中唐社會的各個層面，各個角落。如《杜陵叟》中揭露貪官污吏的胡作非為：「禾穗未熟皆青乾。長吏明知不申破，急斂暴徵求考課。典桑賣地納官租，明年衣食將何如。剝我身上帛，奪我口中粟。虐人害物即豺狼，何必鉤爪鋸牙食人肉？」〔註41〕讀後憤怒之情，不可遏抑。寫賣炭翁「可憐身上衣正單，心憂炭賤願天寒」，〔註42〕非有生活的親身經歷、真情實感，不能寫就如此的篇章。再次是以小序的形式強化詩的主旨和「卒章顯其志」的寫作方式，明確無誤點明其新樂府的價值評判，主題分外突出，故而能產生轟動性的新聞效應。四是時事信息量很大，白居易新樂府詩蘊涵著豐富的史料信息，諸如中唐府兵、徭役制度、救災救荒制度、宮市制度，宮廷制度以至音樂、舞蹈、繪畫，民眾生活等等，涉及都是社會的諸多方面。

　　為什麼白居易新樂府詩能達到如此成就？白居易既有深刻的下層社會生活之感受，「家貧多故」，這使他對中唐時期的國家政治、社會狀況有者深刻之瞭解。擔任諫官之後，白居易「擢在翰林，身是諫官，月請諫紙。啟奏之間，有可以救濟人病，裨補時闕，而難於指言者，輒詠歌之，欲稍稍遞進聞於上。上以廣宸聽，副憂勤；次以酬恩獎，塞言責；下以復吾平生之志。」（《與元九書》）〔註43〕受唐代諫官崇高使命感的驅使，使白居易拿起如椽巨筆，以

〔註39〕謝思煒：《白居易詩集校注》，第 267 頁。
〔註40〕謝思煒：《白居易詩集校注》，第 351 頁。
〔註41〕謝思煒：《白居易詩集校注》，第 389 頁。
〔註42〕謝思煒：《白居易詩集校注》，第 393 頁。
〔註43〕（清）董誥等編，孫映達點校：《全唐文》卷六七五，第 4067 頁。

通俗易懂、便於流傳的詩歌形式，反映了當時上至宮廷，下至黎民百姓的社會生活的各個方面，形成了其新樂府詩廣泛而深刻的文化內涵，這正是白居易新樂府詩的價值所在。

二、以新聞為詩：新樂府詩的一大開拓

新聞就是新近發生的事實的報導，「客觀外界業已過去的變化，人們也需要瞭解，藉以認識事物發展的來龍去脈，從中吸取有益的經驗。但這不是新聞的使命，而是歷史所擔負的任務。新聞和歷史的區別正在於時間。歷史是昨天的新聞，新聞是明日的歷史。」〔註44〕白居易被貶江州後，自述「自拾遺以來，凡所遇、所感，關於美刺興比者；又自武德迄元和，因事立題，題為『新樂府』者，共一百五十首，謂之諷諭詩。」（《與元九書》）〔註45〕可見，白居易寫作新樂府詩有著強烈而明顯的干預社會現實的目的。白居易的新樂府詩，記錄中唐社會正在發生的歷史事實，不僅數量豐富、反映社會生活面廣，而且典型性、時效性、傳播性均很突出，以詩干政的新聞化傾向格外突出，主要表現在以下幾方面：

（一）白居易新樂府詩特別強調真實

「真實性是新聞的生命，所謂新聞的真實性，是指新聞報導反映客觀事物的準確度，是新聞最本質的特徵。」〔註46〕新聞寫作要用事實說話，離開了事實，新聞也就失去了根本。在《新樂府序》中，白居易總結自己的寫作時說：「其事核而實，使採之者傳信也。」〔註47〕無疑可以當作是中唐社會之「新聞」。

首先，白居易新樂府詩強調以報導為詩。白居易的新樂府詩類似於今天的時事報導，表現了新樂府與其他詩歌的一個重大區別。《新樂府》是白居易「元和四年為左拾遺時作」。大部分以諷刺時政為主題，並從現實社會「紛繁的各類真人真事中選取最具典型的事物」〔註48〕有著嚴整的體系。白居易有意識地採集事實，比較全面地、系統地反映各種社會問題和時政弊端。早在

〔註44〕中國人民大學新聞系編：《新聞學論集》，中國人民大學出版社1981年版，第69頁。（以下版本號略）。

〔註45〕（清）董誥等編，孫映達點校：《全唐文》卷六七五，第4067頁。

〔註46〕葉春華：《新聞採寫編評》，復旦大學出版社1996年版，第3頁。

〔註47〕謝思煒：《白居易詩集校注》，第267頁。

〔註48〕蔡銘澤：《新聞學概論新編》，暨南大學出版社1999年版，第10頁。

元和初所作《策林》中，白居易就表現出重寫實、尚通俗、強調諷喻的傾向：「今褒貶之文無核實，則懲勸之道缺矣；美刺之詩不稽政，則補察之義廢矣。……俾辭賦合炯戒諷喻者，雖質雖野，採而獎之。」詩的功能是懲惡勸善，補察時政，詩的手段是美刺褒貶，炯戒諷喻，所以他主張：「立采詩之官，開諷刺之道，察其得失之政，通其上下之情。」⑦他反對離開內容單純的追求「宮律高」「文字奇」，更反對齊梁以來「嘲風雪、弄花草」的創作傾向。白居易新樂府詩追求一種轟動效應。在《新樂府序》中，他明確指出詩的標準是：「其辭質而徑，欲見之者易諭也；其言直而切，欲聞之者深誡也；其事核而實，使採之者傳信也；其體順而肆，可以播於樂章歌曲也。」〔註49〕這裡的「質而徑」「直而切」「核而實」「順而律」，分別強調了寫作的及時客觀，議論直白顯露，寫事須絕假純真，時效性強，便於傳播。也就是說，詩歌必須既寫得真實可信，又淺顯易懂，才算達到了極致，這和今天我們對新聞的要求是一致的。如白居易的《紅線毯》，寫的是宣州地方官用「紅線毯」進貢的事，揭露了地方官不顧民眾生活困苦，一味逢迎皇帝的行徑，同時也暴露了最高統治者僅為個人的享樂而浪費人力物力的奢靡行為。詩中細敘紅線毯的織造過程和特色，正是為了反襯統治者的奢侈浪費。詩中最後兩句「一丈毯，千兩絲；地不知寒人要暖，少奪人衣作地衣！」〔註50〕問題提的相當尖銳。真正體現了新樂府詩揭露時弊的效果。

其次，白居易的新樂府詩有較強的現場感。所謂現場感是指作為事件目擊者的詩人，依據親身見聞，逼真地重建事件及其環境，使受眾有身臨其境之感。作品要有現場感，那就必須實錄，而不是所謂的藝術概括，更不是藝術虛構。試看其《賣炭翁》：

賣炭翁，伐薪燒炭南山中。滿面塵灰煙火色，兩鬢蒼蒼十指黑。賣炭得錢何所營？身上衣裳口中食。可憐身上衣正單，心憂炭賤願天寒。夜來城外一尺雪，曉駕炭車輾冰轍。牛困人飢日已高，市南門外泥中歇。翩翩兩騎來是誰？黃衣使者白衫兒。手把文書口稱敕，回車叱牛牽向北。一車炭，千餘斤，宮使驅將惜不得！半匹紅紗一丈綾，係向牛頭充炭值！〔註51〕

〔註49〕謝思煒：《白居易詩集校注》，第 267 頁。
〔註50〕謝思煒：《白居易詩集校注》，第 384 頁。
〔註51〕謝思煒：《白居易詩文校注》，第 393 頁。

　　史載「宦者主宮中市買，謂之宮市。……置白望數十百人於兩市及要鬧坊曲，閱人所賣物，但稱宮市，則斂手付與，真偽不可復辨。無敢問所從來及論價之高下者……名為宮市，其實奪之。」〔註52〕從這裡可看出「宮市」禍害的範圍及程度。然而，在萬千的事例中，作者單單抓住賣炭翁被搶的事件來反映這一事實，使其更富有代表性。兩鬢蒼蒼的老翁，幾乎喪失了勞動能力，為了活命，不得不困苦地掙扎著——伐薪燒炭。尤其在冰天雪地裏，他「衣正單」，卻「願天寒」，簡直貧窮到了骨子裏。無緣大慈、同體大悲，對於弱者的同情乃是人類普遍的良知和同感。然而騎著五花馬、翩翩而來的黃衣使者，他們不僅毫無惻隱之心，反而蠻橫地搶奪走了他那賴以生存的一車木炭。詩人選取這樣的令人警醒的事實，再現了中唐社會下層民眾生活的辛酸，深刻地揭露了封建統治者及其爪牙搜刮民脂民膏，把人民推入無衣無食困境的滔天罪行。

　　再次，新樂府詩中融入了許多訪談的內容。真正的新聞是記者「跑」出來的，新聞工作者要弄清事實的真相，必須對當事人或知情者進行採訪談話。《與元九書》說：「自登朝來，年齒漸長，閱事漸多，每與人言，多詢時務」，〔註53〕這便是白居易具體的採訪實踐。問方是事實真相的追問者，而答方是當事人或知情者。如《新豐折臂翁》中，新豐縣大量徵兵是新聞「採訪」所得，「問翁折臂來幾年？兼問致折何因緣？」從這兩句可看出詩人是事實真相的追問者，「公云：貫屬新豐縣，生逢聖代無征戰；慣聽梨園歌管聲，不識旗槍與弓箭。無何天寶大徵兵，戶有三丁點一丁……應作雲南望鄉鬼，萬人冢上哭呦呦。」〔註54〕回答問題的老翁則是當事人和知情者。這首詩寫一位八十八歲的老翁為逃避窮兵黷武的戰爭，二十四歲時自用大石槌折一臂。「此臂逝來六十年，一肢雖廢一身全。至今風雨陰寒夜，直到天明痛不眠。」〔註55〕借老翁之口對不義戰爭進行了強烈的譴責。又如《秦中吟》中的《輕肥》：「意氣驕滿路，鞍馬光照塵。借問何為者，人稱是內臣。……是歲江南旱，衢州人食人！」〔註56〕從「借問何為者，人稱是內臣。」兩句就反映出了採訪談話的事實真相的追問者及知情者。「據史書記載，元和三年冬至四年春，江南大

〔註52〕（後晉）劉昫：《舊唐書》卷一四〇，中華書局 1975 年版，第 3830～3831 頁。（以下版本號略）。

〔註53〕（清）董誥等編：《全唐文》卷六七五，第 4066 頁。

〔註54〕謝思煒：《白居易詩文校注》，第 309 頁。

〔註55〕謝思煒：《白居易詩文校注》，第 309 頁。

〔註56〕謝思煒：《白居易詩文校注》，第 174 頁。

旱。白居易曾和翰林學士李絳聯名上書，請求減免災區的租稅。這首又題為
《江南旱》的《輕肥》詩，就是這時寫的。江南大旱與「輕肥」，本來就是尖
銳對立的生活現象：遇到大旱的自然災害、民不聊生、流離失所，普通民眾
生活在水深火熱之中；而統治者卻是窮奢極欲、鋪張浪費。作者在關懷江南
旱災、痛心於「人食人」的慘象的同時，深刻揭露了內廷宦官不管人民死活、
窮奢極欲、豪華糜爛的生活，揭示出中唐時期封建統治者與人民之間的貧富
不公、尖銳對立。

（二）新樂府具有典型性的特徵

　　新聞是「選擇」的學問，既要提煉主題，又要選用材料。新聞主題貴在
明確，具有新鮮的時代特徵；新聞選材不在多而在精，要善於抓取、選擇最
能揭示事物本質的有個性的材料，善於選擇能深化主題的最具表現力的事實
等來加以描寫和反映。出於干預現實政治的目的，白居易非常善於從眾多的
材料中選擇富有代表性的人物或事件，構成「特寫」的題材，通過個別反映
一般，堅持「一吟悲一事」。這「一事」決不是漫無抉擇的任何一件事，而是
從現實社會發生或存在的各類真人真事中選取最為典型的事件。白居易觀察
社會的犀利目光，幾乎遍及到每一個角落，敏銳地發現大大小小各種各樣的
問題，如《新樂府》詩中，詩人或諷刺橫征暴斂，或反對「黷武」的戰爭，或
揭露豪門貴族奢侈浪費，或揭發貪官污吏魚肉人民的罪行，或為掙扎在下層
的婦女鳴不平……為突出主題，他「首句標其目，卒章顯其志」，〔註57〕並直
接在題下用小序注明詩的美刺目的，這就類似今天的新聞標題，有主標題、
副標題。如《賣炭翁》小序是「苦宮市也」；《上陽白髮人》小序是「愍怨曠
也」；《杜陵叟》小序是「傷農夫之困也」；《繚綾》小序是「念女工之勞也」；
《紅線毯》小序是「憂蠶桑之費也」。僅從這些小序就可看出白居易新樂府詩
是針砭時弊，關心民瘼之作，反映的均是有關國計民生的種種普遍性的社會
問題，唐代乃至整個封建社會都極具典型意義。

　　封建帝王為了滿足他們荒淫腐朽的生活享受，經常從民間強選女子入宮，
供他們役使。白居易對這種不人道的做法十分反感，元和四年（809年）三月，
他以諫官的身份，特意給唐憲宗上了一封《請揀放後宮內人》的奏章。序為
「愍怨曠也」的《上陽白髮人》與奏章相互映證，更可看出白居易新樂府詩

〔註57〕謝思煒：《白居易詩文校注》，第267頁。

寫作的目的。上陽，即洛陽的上陽宮，是眾多行宮裏的一處；「白髮人」是無數宮女中的一個，也是幽閉終生、年歲最高的一個宮女。作者寫這位白髮宮女如何被哄著勸著入了皇宮，如何見妒被打入冷宮，幽閉之後如何地孤苦寂寞，嫌「夜長」可「天不明」，嫌「日遲」可「天難暮」，在如煎如熬的歲月中她漸漸地喪失了記憶，喪失了希望，以至「春去秋來不記年」了。因為與外界隔絕，不知人世的發展變化，她仍然保持著四十多年前初入宮時的裝飾，顯得怪模怪樣。「小頭鞋履窄衣裳，青黛點眉眉細長。外人不見見應笑，天寶末年時世妝。」〔註58〕這是多麼地滑稽可笑，又多麼地辛酸可憐.作者通過她反映了宮女們的悲慘遭遇，有力地揭露了統治者的罪惡。

《秦中吟》中的《重賦》《傷宅》兩首詩也是極其典型的。《重賦》這首詩是針對地方官吏在「兩稅」之外肆意勒索、向皇帝「進奉」所謂「羨余」而寫的。詩中的「我」，是被剝削的農民。作者讓農民自己出面，傾吐了「幼者形不蔽，老者體無溫」的遭遇，控訴了「潛我以求寵，斂索無冬春。……里胥迫我納，不許暫逡巡。……奪我身上暖，買爾眼前恩」〔註59〕的罪行，更增加了詩的藝術感染力。《傷宅》反映的是唐代的一些權貴竟相建造豪華宅第，風氣奢侈的社會現實。《舊唐書·馬璘傳》云：「天寶中，貴戚勳家，已務奢靡；而垣屋猶存制度。……及安史大亂之後，法度隳弛，內臣戎帥，竟務奢豪：亭館第舍，力窮乃止，時謂『木妖』。馬璘之第，經始中堂，費錢二十萬貫，他室降等無幾。」〔註60〕白居易的《傷宅》詩，就是為了揭露這種現象而作的。「主人此中坐，十載為大官。廚有腐敗肉，庫有朽貫錢。」〔註61〕其生活之豪華腐朽，令人吃驚。白居易想到被剝削的勞動人民，提出了那個尖銳問題：「豈無貧賤者，忍不救飢寒？」並以「不見馬家宅，今作奉誠園」作結，向達官貴人敲響了警鐘。諸如此類的例子均證明，白居易的新樂府詩通過典型突現事物本質。唯其如此，對腐朽勢力的揭露就愈見深刻有力，從而產生強烈的社會效果。

（三）新樂府具有很強的時效性

新聞很講究時效，時間性很強，新聞價值越高，傳播效果越好。時效性：新聞很講究時效，時間性越強，新聞價值越高，傳播效果越好。「新聞之新，

〔註58〕謝思煒：《白居易詩文校注》，第 298 頁。

〔註59〕謝思煒：《白居易詩文校注》，第 157 頁。

〔註60〕（後晉）劉昫：《舊唐書》卷一五二，第 4067 頁。

〔註61〕謝思煒：《白居易詩文校注》，第 162 頁。

不僅是指事實是新近發生的，而且也是指事實有新意。」〔註62〕所有新聞，都是向社會公開的廣泛的傳播的，它要求知道的人越多越好。白居易新樂府詩非常講究創作的時效性，獲取素材後便及時整理書寫，決不推拖遲疑。白居易《秦中吟》序云：「貞元、元和之際，予在長安，聞見之間，有足悲者，因直歌其事，命為《秦中吟》。」〔註63〕這段小序有三層內容：一是取材於「聞見之間」，具有生活的真實性；二是感發於「有足悲者」，具有鮮明的傾向性；三是「直歌其事，具有時效性強的特點。不僅《秦中吟》如此，其整個新樂府詩的創作均是這樣。

　　從白居易新樂府詩的傳播效果也足以其時效性很強、傳播非常迅速。白居易《與元九書》云：「凡聞僕《賀雨》詩，而眾口籍籍，已謂非宜也。聞僕《哭孔戡》詩，眾面脈脈，盡不悅矣。聞《秦中吟》，則權柄豪貴近者相目而變色矣。聞《樂遊原》寄足下詩，則執政柄者扼腕矣。聞《宿紫閣村》詩，則握軍要者切齒矣。」〔註64〕在印刷技術還很落後、大量文字依賴手抄進行傳播的當時，其詩能造成如此強烈的反響，不僅說明他的詩寫作及時，傳播也相當迅速。新聞的另一特點是公開性。所有新聞，都是向社會公開的廣泛傳播的，它要求知道的人越多越好。白居易的新樂府有著同樣的創作心理，它恐怕人們讀不懂，限制了詩的傳播和影響，因而力求通俗平易的風格。「其辭質而徑，欲見之者易諭也。其言直而切，欲聞之者深誡也。其事核而實，使採之者傳信也。其體順而肆，可以播於樂章歌曲也。」〔註65〕正由於他努力追求通俗平易的風格，其詩擁有極其廣泛的讀者，以至老嫗能解。這樣，就更促使它公開化，擴大其流傳和影響。「二十年間，禁省、觀寺、郵候牆壁之上無不書，王公妾婦、牛童馬走之口無不道。至於繕寫模勒，炫賣於市井，或持以交酒茗者，處處皆是。其甚者，有至於盜竊名姓，苟求自售。」（元積《白氏長慶集序》）〔註66〕不僅國內流傳頗廣，甚至日本、高麗等地也爭相抄寫販賣其作品。以後契丹國王也譯其詩詔群臣解。所謂「自篇章以來，未有如是流傳之廣者」，〔註67〕誠非虛語也。

〔註62〕中國人民大學新聞系編：《新聞學論集》，第69頁。
〔註63〕謝思煒：《白居易詩文校注》，第154頁。
〔註64〕（清）董誥等編，孫映達點校：《全唐文》卷六七五，第4067頁。
〔註65〕謝思煒：《白居易詩集校注》，第267頁。
〔註66〕（清）董誥等編，孫映達點校：《全唐文》卷六五三，第3918頁。
〔註67〕（清）董誥等編，孫映達點校：《全唐文》卷六五三，第3918頁。

三、結論

以上我們從真實性、典型性、及時性、公開性等方面論述了新樂府詩的新聞性。正是由於這一點，新樂府才具有深厚持久的生命和魅力。因為它書寫時事，反映社會上的重大事件和突出問題，都是人們普遍關心和注意的。加上它寫作及時，內容新鮮，時效性強，將筆觸投向人們關心的社會熱點上，達到了諷諭詩「上以補察時政、下以泄導人情」的目的。同時，白居易在新樂府詩寫作中，善於選擇真實而典型的人物、事件來描寫民生之困、生活之艱，深刻有力地揭露統治者的罪惡和弊端，很好地發揮了新聞干預社會現實的作用。張保健先生論述杜甫詩歌的新聞性曾說，杜甫「以其記者的敏銳，史家的公正，詩人的才華，秉筆直書，為民代言，完美地做到了文學、歷史與新聞的和諧統一，達到了三者有機結合的至高境界，為後人絕難企及，成為當之無愧的『詩史』和『詩新聞』。」〔註68〕這段話是針對「詩史」杜甫而言的，對白居易新樂府詩同樣時適用的。

文學的教化功能，是古代士人一直追求的崇高目標，即使是文學具備了獨立身份的自覺時代，其教化作用並未因此而淡化。中唐以前的文學多從理論上強調詩的「興、觀、群、怨」，倡導「宗經」、「徵聖」，很少有意識地從創作中踐行《詩經》的美刺精神。縱然有些作家如顧況、元結等作品近似擬《詩經》和漢樂府，但篇幅較短，系統性不強，模仿的痕跡過於明顯，反而失去了應有的社會和政治效果。中唐時期，元積、白居易等詩人以前所未有的熱情和力度介入文學領域，導致一種新詩體——新樂府的產生。這是一段足以引發多重思考的史實，也是中國文學發展史上一種重要的文學現象。這些詩作傳達出的明顯的新聞化傾向，不僅豐富了古典詩學的百花園，拓展了古典詩歌的表現手法，更可以使我們瞭解唐代詩人的諫諍意識與文學意識相融合的特徵。

第四節　唐代摩崖《靈巖寺記》箋證

《靈巖寺記》摩崖石刻位於甘肅省永靖縣炳靈寺，此摩崖張維《隴右金石錄》失載，今見於張思溫《積石錄》，陳尚君《全唐文補編》卷三三據《積

〔註68〕張保健：《論杜甫詩的新聞性》，《北京大學學報》（社會科學版）1994年第4期。

石錄》補錄，國內學者亦曾有論述。〔註69〕然錄文間有訛誤，論述過於簡單，諸多問題未能解決。因此，對此摩崖尚有重新箋證之必要。

一、《靈巖寺記》摩崖錄文

　　《靈巖寺記》摩崖石刻位於永靖縣炳靈寺第 147 和 148 窟之間外崖壁上，高 1.32 米、寬 0.98 米，楷書陰刻，共 30 行，首題「靈巖寺記」，正文尾題「開元十九年春三月龍集辛未六□□」。學界關於此摩崖之錄文、考證等，時有訛誤，如摩崖云「隴右節都支度營田副大使……鄯州都督上柱國□守珪」，張思溫《積石錄》、王萬青《炳靈寺石窟摩崖碑刻題記考釋》均作「□中珪」，誤。據《舊唐書》卷一〇三《張守珪傳》，張守珪開元十九年任鄯州都督，仍充隴右節度使。摩崖「□守珪」，即張守珪。又如「功德僧靈巖寺主無量」，張思溫《積石錄》作「王」，誤。據摩崖文意，當為「主」。其他如斷句等亦間有錯誤。陳尚君《全唐文補編》卷三三雖據《積石錄》補錄該摩崖文字，然「使御史大夫上柱國魏縣開國侯崔琳」以下 700 餘文字未錄，〔註70〕其有關「魏季隨」的作者小傳亦過於簡略，不夠完整。張思溫《積石錄》僅對崔琳事蹟作了考證，事實上，該摩崖可考者還有長孫元適、張守珪、王誗、魏季隨等多人。凡此種種，不一而足。今在先賢時彥基礎上，重新錄文如下：

> 靈巖寺記
>
> 副使膳部郎中魏季隨文
>
> 　　鍾羌不庭，虐亂西鄙，歲踐更辛，毒於年久。開元皇帝大憐黔黎，子□□□□□□□□□□□□□□□謀爾孫，式敬惟暢，德跡潛訓，化融滋草，顯神欽開，且已百祀。洎開元歲，邊守不□，度□□或金以□心□□□□□闢道洽，而意拒壞制兵羅，而形束干戈。日□徵委□□人衽金以亂□□勒□□□□□□□□□□□□□以稽顙求□巖而厥角，君臣聚謀，北面爭拜，首道推長，來懷以賓。體挈擢以步息□□□□□□□□□□□王因忘怒，念其姻舊之戚，許以自新之惠。思所以還□□王命奉鴻休，克難其人，異國□□□□□□□□□□□□之於御史大夫清河崔公，公德而武，禮而文，

〔註69〕如吳景山、李永臣：《甘肅唐代涉藏金石目錄提要》，《西北民族大學學報》（哲社版）2012 年第 3 期；王萬青：《炳靈寺石窟摩崖碑刻題記考釋》，《敦煌學輯刊》1989 年第 1 期；張思溫：《積石錄》，甘肅民族出版社 1989 年版。

〔註70〕陳尚君輯校：《全唐文補編》上冊，中華書局 2005 年版，第 384 頁。

英果而謀獲，勇沈而大度，故天下之人，一拜再拜□□□貴也。謂智□蜀□襟謀任啟。鼎命臨重，夷修隴於康莊；精誠感深，遍遙躔於衽席。□國□以長□□□□□□□□天闕□雲門，龍堂洞開，了絕人境，斫巖石以層構，抱河灣而削壁。月梵清宇，花莚散香，肅記正□□□□天知以露清。乃解親體之服，節充腸之膳。減囊橐以輕賚，收金贖以懲愆。美利甘誘，骨扣□□□□□□□□□□□乎？去真宇，理軺軒，恃緣結以除妄，得疑破而安適。步自川遠，慕於山幽。林巒暗空，飛來度□□□；□□□□，□□天而攢立。盧洞潛廬，中屑窣而有聲；澄澤閟陰，下□睢以無涯。松□千古，鶯花一春，自鳳闕開□□□□□□□混成屏翠。爰命書佐，紀之巖楹。時開元十九春三月龍集辛未六□□。

使御史大夫上柱國魏縣開國侯崔琳，判官鴻臚寺丞王攸，判官鴻臚寺主薄□□，判官晉州參軍李渾，判官勝州參軍崔顯，別奏左衛率府長上折衝景遊營，右清道率府中侯茹真，□□鴻臚典客令賀忠慶鄴州兵曹參軍陸玄昭，吏部選任齊參，吏部選王承先，吏部選張謙，兵部□□□芝，吏部選許庭國，吏部選唐慈，吏部選李淡然，吏部選裴惟謨，吏部選王鏗，吏部選何獻鼎，□□□州沁□府折衝毗樓，河南府鞏洛府別將鄭過庭，涇州涇陽府別將盧胥，殿中尚藥直長邰金□，□州金□府別將康思睞，儌四品孫金修禮，五品孫喬邊尋，四品子權儒，品子趙子琪，雲騎尉□□俊，一品孫長孫元適，五品孫思欽，進士張茂琪，五品孫姚曰遷，五品孫李如玉，國子監□□□少通，品子裴忠晦，品子康胡子，品子趙令望，品子樂崇暉，輕車都尉孟耀之，品子呂芳琛，品子□光國，四品子馬駿，品子楊聿，上柱國呂孝瓊，品子張嘉慎，御史臺令史楊庭誨，司勳令史趙□祥，都官令史□賓王將作監府史王陛進，鴻臚寺府史衛如琳，鴻臚寺府史王曰屯，鴻臚寺府史□□□，鴻臚寺府史王蘭，鴻臚寺府史巨承貴，太常寺府賈昂、常可意、張如玉、王□子、□伏寶。

和蕃使正議大夫行內侍上柱國塗玄琛，判官朝儀郎行內省宮闈局令上柱國□□□，雲騎尉緋魚袋康承獻，飛騎尉杜意，儌霍順義，上柱國陳思問，品子王鳳佚，三衛□守□□上柱國史元信，奏事使

送和吐蕃使遊騎將軍上柱國趙仁堪，隴右文□營田副使經略軍司馬王允。

隴右節度支度營田副大使雲麾將軍右羽林將軍□（兼）御史中丞檢校鄯州都督上柱國□守珪，朝散大夫使持節河州諸軍事試河州刺史兼知平夷五門守捉及當州營田使上柱國王諝，檢校大夫功德僧靈巖寺主無量，都檢校大夫功德官權知河州安鄉縣令上柱國□□，行尉王警獻。

二、《靈巖寺記》箋證

靈巖寺

北魏酈道元《水經注》卷二引《秦州記》：「河峽岸傍有二窟。一曰唐述窟，高四十丈。西二里有時亮窟，高百丈、廣二十丈，深三十丈，藏古書五笥。」〔註71〕唐釋道世《法苑珠林》載：「晉初河州唐述谷，在今河州西北五十里，渡鳳林津，登長夷嶺，南望名積石山，即禹貢導河之極地也。群峰競出，各有異勢，或如寶塔，或如層樓，松柏映岩，丹青飾岫，自非造化神功，何因綺麗若此。南行二十里，得其谷焉。鑿山構室，接梁通水，繞寺花果、蔬菜充滿，今有僧住。有石門濱於河上，鐫石文曰：『晉泰始年之所立也』。寺東谷中，有一天寺，窮探處所，略無定址，常聞鐘聲，又有異僧，故號谷為『唐述』，羌雲鬼也。所以古今諸人入積石者，每逢仙聖，行住恍惚，現寺現僧。」〔註72〕

按：炳靈寺石窟位於甘肅永靖縣西南 35 公里黃河北岸小積石山峽谷中，唐李吉甫《元和郡縣圖志》云：「積石山，名唐述山，今名小積石山，在枹罕縣西北七十里。」〔註73〕炳靈寺在唐前概稱作「唐述谷寺」、或「唐述窟」。炳靈寺所處的河州（今臨夏）一帶漢以前為古羌族地，西漢武帝元鼎五年（前112 年）置縣，後改枹罕縣，屬隴西郡，設護羌校尉，屬羌漢雜居之地。羌人呼鬼曰「唐述」，炳靈寺最初之名可能和羌族宗教信仰有關。唐代炳靈寺曰「靈巖寺」，道世撰《法苑珠林・敬塔篇・感應緣》云：「河州靈巖寺佛殿下亦有舍利」。《法苑珠林》成書於唐高宗總章元年（668 年），至遲唐初已有「靈巖寺」

〔註71〕（北魏）酈道元：《水經注》，時代文藝出版社 2001 年版，第 12 頁。
〔註72〕（唐）釋道世玄惲撰：《法苑珠林》，文淵閣四庫全書本。
〔註73〕（唐）李吉甫：《元和郡縣圖志》，文淵閣四庫全書本。

之名。張楚金撰《靈巖寺記》摩崖、魏季隨撰《靈巖寺記》摩崖均稱「靈巖寺」。「炳靈寺」一名見於史載最早為宋代李遠《青塘錄》：「河州渡河至炳靈寺，即唐靈巖寺也。」〔註74〕

　　　　副使膳部郎中魏季隨文

　　《唐尚書省郎官石柱題名考》卷二三《膳部郎中》云：「《新表·魏氏東祖後》：『武后相玄同孫、著作郎悟子季隨，膳部郎中。』」〔註75〕又《御史臺精舍題名考》卷二「碑陰題名」〔監察御史並內供奉〕載魏季隨：「見《郎官》膳中補。」〔註76〕

　　　　　鍾羌不庭，虐亂西鄙，歲踐更卒，毒於年久。

　　張思溫《靈巖寺記》按語云：「記文首言『鍾羌不庭』，拓本『鍾』字不清，惟就石審視，確然無疑。『鍾羌』事見《後漢書·西羌傳》。又《水經注·河水》云，『河水又東逕允川歷大榆、小榆谷北，羌迷唐，鍾存之所居也。』其地亦與炳靈寺差近。惟開元十九年前史未紀鍾羌事，應即影指吐蕃耳。」〔註77〕

　　按：唐與吐蕃軍事對峙由來已久。貞觀十五年（641）松贊干布向唐求婚不得，遂攻打松州，唐兵予以反擊，這是唐蕃戰爭的最早文字記載。高宗龍朔二年（662）十二月，蘇海政討龜茲、疏勒時，弓月部引吐蕃來援，「海政以師老，不敢戰，遂以軍資賂吐蕃，約和而還。」〔註78〕這是吐蕃與唐在西域發生軍事對峙最早的記錄。咸亨元年（670），吐蕃在大非川又大敗唐軍。《舊唐書》卷八三《薛仁貴傳》載：「咸亨元年，吐蕃入寇，又以仁貴為邏娑道行軍大總管，率將軍阿史那道真、郭待封等以擊之。……比至烏海，吐蕃二十餘萬悉眾來救，邀擊，待封敗走趨山，軍糧及輜重並為賊所掠。仁貴遂退軍屯於大非川。吐蕃又益眾四十餘萬來拒戰，官軍大敗，仁貴遂與吐蕃大將論欽陵約和。」〔註79〕「開元二年（714）秋，吐蕃大將坌達焉、乞力徐等率眾十餘萬寇臨洮軍，又進寇蘭、渭等州，掠監牧羊馬而去。……自是連年犯邊，

〔註74〕（元）陶宗儀：《說郛》卷三五《青塘錄》，涵芬樓排印本。
〔註75〕（清）勞格、趙鉞著，徐敏霞、王桂珍點校：《唐尚書省郎官石柱題名考》，中華書局1992年版，第914頁。
〔註76〕（清）趙鉞、勞格撰，張忱石點校：《唐御史臺精舍題名考》，中華書局1997年版，第70頁。
〔註77〕張思溫：《積石錄》，甘肅民族出版社1989年版，第43頁。
〔註78〕（宋）王欽若：《冊府元龜》卷四四九，中華書局1960年版。
〔註79〕（後晉）劉昫：《舊唐書》卷八三《薛仁貴傳》，第2782～2783頁。

郭知運、王君㚟相次為河西節度使以捍之。」〔註80〕《靈巖寺記》云「虜亂西鄙，歲踐更卒，毒於年久」，即指多年來唐與吐蕃的軍事衝突。

　　　　開元皇帝大憐黔黎

　　《舊唐書》卷八《玄宗紀》：「先天二年……十二月庚寅朔，大赦天下，改元為開元。」〔註81〕

　　　　洎開元歲，邊守不□，度□□或金以□心□□□□□閒道洽，
　　而意拒壞制兵羅，而形束干戈。

　　《舊唐書》卷一〇三《張守珪傳》：「（開元）十五年，吐蕃陷瓜州，王君㚟死，河西恟懼。以守珪為瓜州刺史、墨離軍使，領餘眾修築州城。……守珪縱兵擊敗之，於是修復廨宇，收合流亡，皆復舊業。守珪以戰功加銀青光祿大夫。」〔註82〕又《舊唐書》卷一九六上《吐蕃上》：「（開元）十七年，朔方大總管信安王禕又率兵赴隴右，拔其石堡城，斬首四百餘級，生擒二百餘口，遂于石堡城置振武軍，仍獻其俘囚於太廟。於是吐蕃頻遣使請和。」〔註83〕又見《新唐書·吐蕃傳》《資治通鑒》卷二一三。玄宗開元以來，唐在北至瓜州，南至今甘肅省甘南藏族自治州臨潭縣的漫長疆界上對吐蕃作戰逐漸佔據上風，在此情況下，吐蕃頻繁遣使求和。

　　　　曰□徵委□□人祉金以亂□□勒□□□□□□□□□□□□
　　　　□以稽顙求□嚴而厥角，君臣聚謀，北面爭拜，首道推長，來懷以
　　　　賓。

　　此段文字殘缺不全，然其意仍可知，指吐蕃向唐王朝請和事。《舊唐書》卷一九六上《吐蕃上》：開元十七年（729）「吐蕃頻遣使請和，忠王友皇甫惟明因奏事面陳通和之便，……上然其言，因令惟明及內侍張元方充使往問吐蕃。惟明、元方等至吐蕃，既見贊普及公主，具宣上意。贊普等欣然請和，……令其重臣名悉獵隨惟明等入朝。上表曰：『外甥是先皇帝舅宿親，又蒙降金城公主，遂和同為一家，天下百姓，普皆安樂。……外甥以先代文成公主、今金城公主之故，深識尊卑，豈敢失禮。又緣年小，枉被邊將讒拘鬥亂，令舅致怪。……謹遣論名悉獵及副使押衙將軍浪些紇夜悉獵入朝，奏取進止。……

〔註80〕（後晉）劉昫：《舊唐書》卷一九六上《吐蕃上》，第5228頁。
〔註81〕（後晉）劉昫：《舊唐書》卷八《玄宗紀上》，第172頁。
〔註82〕（後晉）劉昫：《舊唐書》卷一〇三《張守珪傳》，第3194頁。
〔註83〕（後晉）劉昫：《舊唐書》卷一九六上《吐蕃上》，第5230頁。

如蒙聖恩，千年萬歲，外甥終不敢先違盟誓。」」〔註84〕《唐會要》卷九七《吐蕃》：「（開元）十七年，復遣使來朝，詔忠王友皇甫惟明及內侍張元方使於吐蕃。惟明既見贊普及公主，皆欣然請和，盡出貞觀以來敕書，以示惟明，及遣其重臣名悉獵隨惟明入朝。」〔註85〕

王因忘怒，念其姻舊之戚，許以自新之惠。

《舊唐書》卷一九六上《吐蕃上》：「（開元）十八年十月，名悉獵等至京師，上御宣政殿，列御林仗以見之。……上引入內宴，與語，甚禮之，賜紫袍金帶及魚袋。」〔註86〕《唐會要》卷九七《吐蕃》：開元十八年，吐蕃「遣其重臣名悉獵隨惟明入朝。……及引入賜宴，與語，甚禮之。」〔註87〕

御史大夫清河崔公，公德而武，禮而文，英果而謀獲，勇沈而大度，故天下之人，一拜再拜□□□貴也。

清河崔公，即崔琳，時任鴻臚卿兼御史大夫、和吐蕃使。《舊唐書》卷一九六上《吐蕃上》：「（開元）十八年十月，名悉獵等至京師，……詔御史大夫崔琳充使報聘。仍與赤嶺各豎分界之碑，約以更不相侵。」〔註88〕《唐會要》卷九七《吐蕃》：開元十八年，吐蕃「遣其重臣名悉獵隨惟明入朝。……詔御史大夫崔琳充使宣諭，與赤嶺各豎分界之碑，約不相侵。」〔註89〕又見《新唐書》卷二一六上《吐蕃上》。《全唐文》卷三〇《命崔琳使吐蕃詔》：「吐蕃向化，遣使入朝，既懷舊恩，請繼前好。今緣公主在彼，又復蕃客欲還，使於四方，必資德望。鴻臚卿崔琳，久歷朝序，備曉政途，好謀而成，臨事能斷，俾銜國命，以赴蕃庭。宜令持節引入吐蕃使，所司準式發遣。」〔註90〕《冊府元龜》卷六五四：「崔琳為鴻臚卿，玄宗開元十九年，以奉使入吐蕃，特加御史大夫，寵之也。」〔註91〕

龍堂洞開，了絕人境，斫岩石以層構，抱河灣而削壁。月梵清宇，花莚散香，……松□千古，鶯花一春。

〔註84〕（後晉）劉昫：《舊唐書》卷一九六上《吐蕃上》，第5230～5231頁。
〔註85〕（宋）王溥：《唐會要》，上海古籍出版社2006年版，第2053頁。
〔註86〕（後晉）劉昫：《舊唐書》卷一九六上《吐蕃上》，第5231頁。
〔註87〕（宋）王溥：《唐會要》，上海古籍出版社2006年版，第2054頁。
〔註88〕（後晉）劉昫：《舊唐書》卷一九六上《吐蕃上》，第5231頁。
〔註89〕（宋）王溥：《唐會要》，上海古籍出版社2006年版，第2054頁。
〔註90〕（清）董誥等編、孫映逵點校：《全唐文》，山西教育出版社2002年版，第201頁。
〔註91〕（宋）王欽若：《冊府元龜》卷六五四，中華書局1960年版。

靈巖寺為隴右名剎，扼關隴吐蕃之咽喉，當唐蕃古道之要衝，此段文字寫靈巖寺的絕佳風景。唐代張鷟《遊仙窟》曾描述靈巖寺勝景：「若夫積石山者，在乎金城西南，河所經也。……僕從汧隴，奉使河源。嗟命運之迍邅，歎鄉關之渺邈。張騫古蹟，十萬里之波濤；伯禹遺蹤，二千年之阪磴。深谷帶地，鑿穿崖岸之形；高領橫天，刀削岡巒之勢。煙霞子細，泉石分明，實天上之靈奇，乃人間之妙絕。目所不見，耳所不聞。……行至一所，險峻非常。向上則有青壁萬尋，直下則有碧潭千仞。古老相傳云：『此神仙窟也，人跡罕及。』」〔註92〕宋人李遠《青塘錄》：「河州渡河至炳靈寺，即唐之靈巖寺也。貞元十九年，涼州觀察使薄承祚所建。寺有大閣，附山七重，中有像，刻山石為之，百餘尺。環寺皆山，山悉奇秀，有泉自石壁中出，多臺榭故基及唐人碑碣。」〔註93〕可參證。

> 爰命書佐，紀之岩楹。時開元十九春三月龍集辛未六□□。

《舊唐書》卷八《玄宗紀》：「開元十九年正月，遣鴻臚卿崔琳如吐蕃報聘……二月甲午，以崔琳為御史大夫。三月乙酉朔，崔琳使於吐蕃。」〔註94〕《唐會要》卷九七《吐蕃》：「……詔御史大夫崔琳宣諭，於赤嶺各樹分界之碑，約不相侵。」〔註95〕

> 使御史大夫上柱國魏縣開國侯崔琳，……一品孫長孫元適，……和蕃使正議大夫行內侍上柱國塗玄琛，……隴右文□營田副使經略軍司馬王允。

崔琳事蹟見上考。長孫元適，兩《唐書》無載，生平事蹟不詳，其姓名僅見於《靈巖寺記》摩崖。《靈巖寺記》云「一品孫長孫元適」，當為長孫無忌之後。《元和姓纂》卷七河南洛縣（陽）長孫氏：「元翼，宣州刺史。」〔註96〕《新表二上》長孫同。長孫元翼、長孫元適當為兄弟，係通議舍人長孫延之子，太宗相長孫無忌曾孫。玄宗寵信宦官，故「和吐蕃使」以內侍塗玄琛領之。

> 隴右節都支度營田副大使雲麾將軍右羽林將軍□（兼）御史中丞檢校鄯州都督上柱國□守珪。

〔註92〕李時人編校：《全唐五代小說》，陝西人民出版社1998年版，第130頁。

〔註93〕（元）陶宗儀：《說郛》卷三五引《青塘錄》，涵芬樓排印本。

〔註94〕（後晉）劉昫：《舊唐書》卷八《玄宗紀》，第196頁。

〔註95〕（宋）王溥：《唐會要》，上海古籍出版社2006年版，第2054頁。

〔註96〕（唐）林寶撰、岑仲勉校記：《元和姓纂》，中華書局1994年版，第1076頁。

　　張守珪，時任鄯州都督、隴右節度支度營田副大使。《舊唐書》卷一〇三《張守珪傳》：「張守珪，陝州河北人也。……（開元）十五年，吐蕃陷瓜州，王君㚟死，河西恟懼。以守珪為瓜州刺史、墨離軍使，領餘眾修築州城。……守珪縱兵擊敗之，於是修復廨宇，收合流亡，皆復舊業。守珪以戰功加銀青光祿大夫。……明年，遷鄯州都督，仍充隴右節度。二十一年，轉幽州長史、兼御史中丞、營州都督、河北節度副大使。」〔註97〕

　　按：張守珪為盛唐著名將領。高適《燕歌行》序云：「開元二十六年，客有從御史大夫張公出塞而還者，作《燕歌行》以示適，感征戍之事，因而和焉。」〔註98〕此御史大夫張公，即指營州都督、河北節度副大使張守珪。《舊唐書》本傳云「二十一年，兼御史中丞」，據《靈巖寺記》摩崖，張守珪開元十九年即為隴右節都支度營田副大使兼御史中丞。則此摩崖可補《舊唐書》記載之誤。《舊唐書》的粗疏，乃古今史學界所共識，僅以張守珪為例，即可窺知一二。

　　　　朝散大夫使持節河州諸軍事試河州刺史兼知平夷五門守捉及
　　當州營田使上柱國王誚。

　　王誚，時任河州刺史。《唐代墓誌彙編》寶曆〇一八《王府君墓誌》：「唐故山南東道節度隨軍試太僕寺丞上柱國王府君公諱敬仲，曾祖朝散大夫使持節河州諸軍事試河州刺史諱誚，夫人滎陽鄭氏。」〔註99〕

　　按：郁賢皓《唐刺史考全編》卷三三「河州（安鄉郡）」云：「敬仲卒寶曆二年三月廿一日，享齡六十八。其曾祖刺河疑在開元中。」〔註100〕據《靈巖寺記》摩崖可知，王誚任河州刺史在開元十九年，可補《唐刺史考全編》之不足。

三、《靈巖寺記》的文獻價值

　　炳靈寺依其特殊的地理位置成為古絲綢之路上的一處佛教聖地，也是唐蕃古道上一處重要的交通樞紐。《靈巖寺記》摩崖記載了唐蕃關係、唐代使府制度、文學發展的相關情況，值得我們重視。

〔註97〕（後晉）劉昫：《舊唐書》卷一〇三《張守珪傳》，第3194頁。
〔註98〕（清）彭定求等編：《全唐詩》卷二一三，第2213頁。
〔註99〕周紹良主編：《唐代墓誌彙編》，上海古籍出版社1992年版，第2092頁。
〔註100〕郁賢皓：《唐刺史考全編》，安徽大學出版社2000年版，第448頁。

（一）唐蕃關係的歷史見證

炳靈寺處在青藏高原和黃土高原的過渡地帶，在唐代有漢、羌、匈奴、吐谷渾、吐蕃、党項等眾多民族雜居於此。唐蕃關係是唐與周邊少數民族關係中最為重要的關係之一。從唐初開始，隨著唐蕃戰事的頻繁，唐蕃關係的日益加強等因素，唐蕃古道逐漸繁榮起來。河州（炳靈寺屬河州轄境）為唐帝國與吐蕃用兵之重鎮，炳靈寺為唐蕃之間來往的必經之地，因而留下了大量有關唐蕃關係的史料，如：炳靈寺第 169 窟東壁 12 號龕壁畫旁墨書題記：「佛弟子□秦州隴城縣防秋健兒郭思□□□□□檢校□□一心供養佛，故記之。」炳靈寺當唐蕃古道之要衝，也是當時「防秋健兒」駐紮之要地。炳靈寺第 64 龕上方有唐高宗儀鳳三年（678）張楚金撰《靈巖寺記》，記載唐代炳靈寺的盛景：「直至滄海，唯此石門最為險狹，……上吐雲霓。初入寺門石時狹……岩峭峥削成萬仞……戊寅九月乙卯朔廿七辛巳朝請大夫兼刑部侍郎張楚金……」炳靈寺下寺區中段第 54 龕題記：「大唐永隆二年閏七月八日，隴右道巡察使行殿中侍御史王玄策，敬造阿彌陀佛一軀並二菩薩。」王玄策為唐代傑出的外交活動家，從貞觀十七年（643）至麟德二年（665）曾四次出使天竺。特別是魏季隨撰《靈巖寺記》摩崖，記載了出使的原因及炳靈寺的盛況，所記年月、官職悉與史合，當為崔琳出使吐蕃時經此地所刻。「當時唐、蕃往來必於此渡河橋，經鄯州，過日月山，故開元以前石窟屢有題記。自廣德二年（764）吐蕃入大震關，取蘭、河、鄯、洮等州，隴右地盡亡。永泰、大曆間（765～779）戶部尚書薛景仙與吐蕃使者論泣陵來往聘問，吐蕃請境鳳林關。直至大中三年（849）吐蕃將尚延心始以河、渭州來歸，此地淪於吐蕃八十餘年，其間雖有信使往來，但不見刻石紀事矣。」〔註101〕為我們研究唐蕃關係提供了十分寶貴的實物資料。

（二）保存了唐代「和吐蕃使」的第一手資料

使職是唐代官制研究中的重要內容，據何汝泉先生統計，唐代使職多達 168 之多。〔註102〕關於唐代使職的研究，早在唐人李肇《唐國史補》已經開始。宋人王溥《唐會要》、元代胡三省注《資治通鑑》，清人王鳴盛、錢大昕等均有深入研究。進入 20 世紀以來，著名學者嚴耕望、何汝泉、寧志新、杜文玉諸先生亦有精到論述。然在唐代眾多的使職中，學界多注意軍事、財經類

〔註101〕張思溫：《積石錄》，甘肅民族出版社 1989 年版，第 41 頁。
〔註102〕寧志新：《隋唐使府制度研究（農牧工商編）》，中華書局 2005 年版，第 89頁。

的使職，而對禮儀類的「和吐蕃使」等關注不夠，至今尚未出現研究「和吐蕃使」的專文。《靈巖寺記》摩崖對「和吐蕃使」使府人員的記載頗為詳細，可謂迄今所見唐代最為完備的「和吐蕃使」的文獻：「題名……皆各部、臺、寺與內侍省官員，……又有送使將軍、司馬，應率兵卒護衛，可知其規模之盛大。唐世重資蔭。故從者品子、品孫甚多。轄地之節度、刺史、令、尉與寺僧五人亦列銜名於後。」〔註103〕不但可補正史記載之不足，也為我們研究唐代使府制度的發展演變提供了第一手資料。

（三）魏季隨為唐代文壇新見作家

魏季隨，兩《唐書》無傳，生平事蹟不詳，《全唐文》《全唐詩》及韓理洲《新增千家唐文作者考》均不載其作品。綜合《靈巖寺記》及其他材料，知魏季隨為魏玄同之孫，曾任監察御史、主客員外郎，開元十九年（731）任膳部郎中、和吐蕃副使。同時，他也是一位博學能文之士，作有《靈巖寺記》，為唐代文壇新增一名文學家。

魏季隨之祖父魏玄同為武后時期宰相，「則天臨朝，遷太中大夫、鸞臺侍郎，依前知政事。」〔註104〕後因周興誣陷被殺，臨刑前，「玄同歎曰：人殺鬼殺，有何殊也，豈能為告人事乎！」有著剛正的氣節。今《全唐文》卷一六八存魏玄同《請吏部各擇僚屬疏》一篇，《全唐詩補編・續拾》卷七收其詩一首。可見，魏季隨家族為初盛唐時期文學世家，《靈巖寺記》摩崖對唐代文學家族的研究亦有一定貢獻。

（四）《靈巖寺記》摩崖與崔氏文學家族

崔氏為唐代望族，無論在士族演進、政治影響，還是文學發展方面，都對有唐一代有重要影響。崔琳家族在開元年間已有「三戟崔家」之稱，崔琳為初唐名臣崔義玄之孫、崔神慶之子。《舊唐書》卷七七《崔義玄傳》云：「開元中，神慶子琳皆至大官，群從數十人，趨奏省闥。每歲時家宴，組佩輝映，以一榻置笏，重疊於其上。開元、天寶間，中外族屬無緦麻之喪，其福履昌盛如此。東都私第門，琳與弟太子詹事珪、光祿卿瑤俱列啟戟，時號『三戟崔家』。琳位終太子少保。」〔註105〕《新唐書》卷一○九《崔義玄傳》云：「神

〔註103〕張思溫：《積石錄》，甘肅民族出版社1989年版，第41～42頁。

〔註104〕（後晉）劉昫：《舊唐書》卷八七《魏玄同傳》，第2853頁。

〔註105〕（後晉）劉昫：《舊唐書》卷七七《崔義玄傳》，第2691頁。

慶子琳，明政事，開元中，與高仲舒同為中書舍人。侍中宋璟親禮之，每所訪
逮，嘗曰：『古事問仲舒，今事問琳，尚何疑？』累遷太子少保，天寶二年卒。」
〔註106〕據《靈巖寺記》摩崖可知，崔琳在當時文壇具有廣泛的交遊圈，所與
交遊之人，不少是兼有政治與文學雙重身份的人物，這對其文學創作勢必有
重大影響。又胡可先《唐九卿考》卷八「鴻臚寺」崔琳條〔註107〕未錄《靈巖
寺記》摩崖材料，則此可補《唐九卿考》之不足。

　　綜上所述，《靈巖寺記》摩崖對於唐蕃交通、唐代官制、唐代民族關係、
文學發展等研究均具有重要意義。宋元以來隴右封閉的文化生態，反而使該
地一些歷史文物得到較好保護。唐代文史研究，若只注重書面文獻記載的材
料，對於還原歷史的真實情況多少有些「徒勞」，恰恰是這些文物道出了有關
歷史真實的原生態狀況。

〔註106〕（宋）歐陽修等：《新唐書》卷一〇九《崔義玄傳》，中華書局 1975 年版，
　　　　第 4097 頁。
〔註107〕郁賢皓、胡可先：《唐九卿考》，中國社會科學出版社 2003 年版，第 435 頁。

第三章　宋代文學與文獻

「華夏民族之文化，歷數千年之演進，造極於兩宋之世。」〔註1〕宋代是中華文化發展中的一個重要階段。宋代經濟繁榮、商業發展，特別是城市經濟有著進一步的發展，江湖綠林社會、俗文化等迅速興起。天水一朝實行強幹弱枝、崇文抑武的基本國策；在思想領域，儒釋道三教融通並形成宋明理學。由此種種複雜因素之作用，中國文化漢唐時代的雄渾氣象一變而為宋代精緻內省、徐紆從容的文化性格。以士大夫人格精神而言，宋朝士大夫承擔了較之唐人更深的人生責任，同時，他們更深入地探尋內在的個體生命意義，追求在道德節制之下的人生自由。宋代文學也進入「結束鉛華歸少作，屏除絲竹入中年」的時代，少了一些晉唐詩中的明麗旖旎，而多了些許滄桑深沉的意態。在宋型文化背景中成長起來的宋代士人，個體意識不像唐人那樣張揚、舒發，人生態度趨向理智、平和、穩健和淡泊，超越了青春的躁動，而臻成熟之境。

第一節　宋人的「金石意趣」和宋代隴右石刻

宋代士人普遍具有一種「金石意趣」，宋人光風霽月般的精神風貌、精緻理性的文化性格、優游從容的文化心態及濃濃的書卷氣、學問氣，都在金石之學中得以彰顯。刻碑、尋碑、拓碑、抄碑、讀碑等文化活動見諸宋代的各種文獻記載。更為重要的是，金石成為宋代士人不可或缺的生活空間，流連金

〔註1〕陳寅恪：《金明館叢稿二編》，上海古籍出版社 1980 年版，第 245 頁。

石、樂而忘返，展現了一代士人的生活常態，並由此塑造著宋代文人的思維方式與審美傾向。而金石自身，在宋代也經歷著從物質空間到精神建構的歷程，呈現出宋人獨特的審美情趣。因此，對宋人「金石意趣」所蘊含的精神價值以及石刻文學進行綜合性研究是很有必要的。

一、宋代士人的「金石意趣」

「刻於金石，以為表經。」〔註2〕由于石刻體積巨大、質地堅硬，有著持久的文化傳播效益，故一直成為中國文獻重要的載體之一。先秦以來，學者們在石刻文獻的製作、利用、傳播等方面已經做了一些基礎工作，並對石刻文體有了一定辨析。陸機《文賦》云：「詩緣情而綺靡，賦體物而瀏亮。碑披文以相質，誄纏綿而悽愴。」〔註3〕顯然早在魏晉南北朝時期，石刻文學作為一種文體已經進入古代文論家的視野。然真正學術意義上的金石學卻始自宋代，「金石學自宋代形成體系以來，包羅萬象，幾乎就是古代文物學的代稱。特別是具有銘文的古代文物，如甲骨、青銅器、磚瓦、簡牘、璽印、錢幣、石刻等等，都是傳統金石學的主要研究對象。」〔註4〕宋代石刻的適用範圍在唐代基礎上有了更廣泛的普及，民間的各種應用石刻日益增多，石刻文獻滲透到社會文化生活的多個方面。那麼，宋代文人對「金石」究竟具有一種什麼樣的態度呢？

首先，宋代學者對先秦至五代的石刻文獻進行了全面、系統的研究，研究規模之大，參與者之多，涉及範圍之廣，所獲成就之高，無不遠邁前代。宋代學者在石刻文獻的編目著錄、考證題跋、錄文考釋、纂字注音等諸多方面都有開創性的貢獻。歐陽修《集古錄》共收近 400 條石刻題跋；曾鞏集錄古今篆刻，撰寫《金石錄》達 500 餘卷；趙明誠、李清照夫婦酷愛收藏金石，其《金石錄》共 30 卷，收北宋及前朝歷代石刻 1900 餘種。宋人黃伯思《東觀餘論》專門對金石文字加以考證。董逌《廣川書跋》共 10 卷，前 4 卷記述周、秦鍾鼎器、權量銘文及《詛楚文》《嶧山銘》等石刻文字共 75 種，皆詳加考辨；第 5 卷記漢代金石銘文及石刻，共 27 種；第 6 卷記魏、晉、南北朝至隋代碑帖 38 種，其中多數為鍾繇、王羲之、王獻之、智永等名家作品。此

〔註2〕（漢）司馬遷：《史記》卷六《秦始皇本紀》，中華書局 1959 年版，第 247 頁。
〔註3〕（梁）蕭統編、（唐）李善注：《文選》卷一七，巴蜀書社 2002 年版，第 523 頁。
〔註4〕趙超：《中國古代石刻概論》，中華書局 2019 年版，第 1 頁。

外，吳曾《能改齋漫錄》、沈括《夢溪筆談》、洪邁《容齋隨筆》等筆記亦涉及大量石刻研究的內容。這些著述不僅使當時的學界形成了一種取石刻文獻與紙本文獻進行互證的學術風尚，而且還為後世的學者開闢了一塊新的研究領域。

其次，就文學創作來說，唐代、宋代文人有關「金石」的詩歌數量存在巨大差異。據筆者統計，唐人以「碑」為詩題的詩作僅 43 首，宋人則達 241 首；唐詩中的「金石」意象共出現 108 次，許多還是以金石喻堅貞之志，如「當時心比金石堅，今日為君堅不得」，並未作為吉金石刻來對待，宋詩中「金石」意象出現則達 723 次；唐詩中「石刻」意象出現不到 10 次，僅有無名氏《廣陵古青冢石刻》《河中石刻》，李商隱《韓碑》等 5 首詩，宋詩中「石刻」意象出現多達 127 次，且內容極為豐富。如「百金不憚買墨本，摩挲石刻今見之」（《過浯溪讀中興碑》），是宋人讀碑生涯的生動體現；「紅心草葬舊金釵，黃陵廟成新石刻」（《詩送韓簡伯學官於臨浦呈勸其重修西子祠》），可謂宋人刻碑行為的具體彰顯；「徐公精筆老生神，石刻猶能妙奪真」，猶能表現出司馬光觀賞碑刻書法的文人趣味；「敗壁龕石刻，歲月不可尋」（《遊山光寺》），宋代文人那種面對石刻文字的悠長趣味，是唐人所沒有的。如果將唐、宋文學中關於「金石」詩歌的內涵進行比較，則更可見出唐、宋文人對「金石」各異的書寫狀況。

唐人有關石刻的詩作，頗具代表性的當數王建的《香印》：

閒坐燒印香，滿戶松柏氣。火盡轉分明，青苔碑上字。〔註5〕

作者在詩中有意凸顯了與石刻古碑相伴而生的自然美景，青苔石刻更加強化了一種疏野的山林氣質，彌漫著山林之趣與塵世相疏的高蹈出世情懷，至於古碑上的文字，倒不是詩人關注的重點。

再細細品味宋人有關金石的詩歌，則包含著別具特色的文人情趣。如孫邁《遊齊山寺尋陳鴻斷碑》：

萬木參天繞寺籬，一聲孤磬徹江湄。樓邊已失陳鴻記，亭上猶存杜牧詩。細雨乍經岩溜響，嫩苔長積石橋危。知予好古心常切，僧與前山覓斷碑。〔註6〕

〔註5〕（清）彭定求等編：《全唐詩》卷三〇一，第 3421 頁。

〔註6〕傅璇琮等主編：《全宋詩》卷一，北京大學出版社 1998 年版，第 254 頁。（以下版本號略）。

王邁《紹興戒珠寺讀右軍祠堂碑》：

> 先祠石刻摩挲久，華胄遙遙企慕勞。字古似觀秦急就，詞幽如讀楚離騷。不誇絕藝臨池學，只羨清風誓墓高。更有山居須問訊，擬攜方士鍊金膏。〔註7〕

劉克莊《陳景升頃遺餘化度寺碑甚佳闕後三行歸自龍溪始為余補足記以絕句》：

> 端平曾歎闕三行，淳祐重來為補亡。收拾一碑勞十載，此生凡事不須忙。〔註8〕

唐代陳鴻著有傳奇《長恨歌傳》，宋人孫邁看到唐人陳鴻斷碑，「好古心常切，前山覓斷碑」，無疑是宋人書齋生涯的拓展了。王邁面對古碑刻王羲之書法，「字古似觀秦急就，詞幽如讀楚離騷」，那種久久摩挲、研讀的悠長情懷令人嚮往。劉克莊遊化度寺，見「碑甚佳闕後三行」，歸則「補足」殘句，人文氣息與讀書趣味彌漫全詩。這裡，我們看到石刻作為一種生活方式始終伴隨著宋代文人，成為其日常生活的重要組成部分之一。

正如歐陽修《六一居士傳》所云：「吾家藏書一萬卷，集錄三代以來金石遺文一千卷，有琴一張，有棋一局，而常置酒一壺，以吾一翁，老於此五物間。」〔註9〕到了宋代，文人們對書、金石、琴、棋、酒格外偏愛，宋代士人較少關注那些原本可能與金石相伴而生的自然美景，脫去了唐人與金石相伴的山林氣質，無論是刻碑、尋碑、拓碑、抄碑、讀碑，還是面對青苔斷碑、如獲至寶的興致，突顯的是宋代士人沉迷於金石的高雅趣味，我們不妨稱之為宋人的「金石意趣」——它包含著對石刻古碑的獨特審美取向，對文人雅事的沉迷，以及對金石學的熱愛。尤能表現出宋代文人此種「金石意趣」的，是李清照的《金石錄後序》：

> 右《金石錄》三十卷者何？趙侯德父所著書也。取上自三代，下迄五季，鍾、鼎、甗、鬲、盤、彝、尊、敦之款識，豐碑、大碣，顯人、晦士之事蹟，凡見於金石刻者二千卷，皆是正偽謬，去取褒貶，上足以合聖人之道，下足以訂史氏之失者，皆載之，可謂多矣。……

〔註7〕傅璇琮等主編：《全宋詩》卷五七，第35766頁。

〔註8〕傅璇琮等主編：《全宋詩》卷五八，第36198頁。

〔註9〕（宋）歐陽修著、李逸安點校：《歐陽修全集》，中華書局2001年版，第634頁。

余建中辛巳，始歸趙氏。時先君作禮部員外郎，丞相時作吏部侍郎。侯年二十一，在太學作學生。趙、李族寒，素貧儉。每朔望謁告出，質衣，取半千錢，步入相國寺，市碑文果實歸，相對展玩咀嚼，自謂葛天氏之民也。後二年，出仕宦，便有飯蔬衣練，窮遐方絕域，盡天下古文奇字之志。日就月將，漸益堆積。丞相居政府，親舊或在館閣，多有亡詩、逸史、魯壁、汲冢所未見之書，遂力傳寫，浸覺有味，不能自己。後或見古今名人書畫，一代奇器，亦復脫衣市易。嘗記崇寧間，有人持徐熙牡丹圖，求錢二十萬。當時雖貴家子弟，求二十萬錢，豈易得耶？留信宿，計無所出而還之，夫婦相向惋悵者數日。

後屏居鄉里十年，仰取俯拾，衣食有餘。連守兩郡，竭其俸入，以事鉛槧。每獲一書，即同共勘校，整集簽題。得書、畫、彝、鼎，亦摩玩舒卷，指讁疵病，夜盡一燭為率。故能紙札精緻，字畫完整，冠諸收書家。余性偶強記，每飯罷，坐歸來堂烹茶，指堆積書史，言某事在某書、某卷、第幾頁、第幾行，以中否角勝負，為飲茶先後。中即舉杯大笑，至茶傾覆懷中，反不得飲而起。甘心老是鄉矣。

……至靖康丙午歲，侯守淄川，聞金寇犯京師，四顧茫然，盈箱溢篋，且戀戀，且悵悵，知其必不為己物矣。……十二月，金人陷青州，凡所謂十餘屋者，已皆為煨燼矣……昔蕭繹江陵陷沒，不惜國亡，而毀裂書畫。楊廣江都傾覆，不悲身死，而復取圖書。豈人性之所著，死生不能忘之歟？或者天意以余菲薄，不足以享此尤物耶？抑亦死者有知，猶斤斤愛惜，不肯留在人間耶？何得之艱而失之易也！〔註10〕

《金石錄》乃李清照與夫趙明誠所著，收錄上自三代、下迄五代之金石拓本共三十卷。李清照在《序》中追敘夫婦二人共同辛勤搜集、考據金石書畫，後又散失於靖康變亂之際的經過，其中既有「食去重肉，衣去重彩，首無明珠翡翠之飾，室無塗金刺繡之具」而搜集金石的歡欣愉悅，又有遭罹變故、石散人亡的悲痛傷悼。由李清照把玩金石、研讀石刻文字所激發出的獨特審美愉悅，可以觸摸到宋人對碑石生涯的無比摯愛，「愍悼舊物之不存，乃作後

〔註10〕朱東潤主編：《中國古代文學作品選》中編第二冊，上海古籍出版社 2002 年版，第 351～352 頁。

序，極道遭罹變故本末」，〔註11〕存亡之感，淒然言外，生動地折射出宋代文
人與金石難以割捨的特殊心境。

　　總之，作為一個異常鮮明的文化符號，「金石」集中體現著宋代士人的文
人情趣與人文情懷。有宋一代，碑石與書齋相類似，均成為士人不可或缺的
生活、藝術空間，並塑造著宋人的思維方式與審美取向。而金石自身，也在
宋代文學的書寫中成為具有獨特情韻的審美對象，其形式和內涵與宋前文學
大不相同。宋人「金石意趣」所表露的真情真趣、文化內涵，值得關心中國文
學的人們重視。

二、宋人「金石意趣」的形成動因

　　宋代士人對金石具有難以割捨的熱愛之情，文人們足跡遍及全國各地，凡
是有石刻摩崖之處，幾乎均有宋人之足跡，他們旁搜遠紹、對先秦至五代時期
留存的金石、出土的金石文物等的搜集。整理花費了大量精力。宋代石刻文獻
研究全面興盛，其收錄之全、研究規模之大、涉及範圍之廣等都是空前的，並
取得了較高的學術成就。宋代金石學的繁榮有著深刻的社會歷史文化原因。

（一）「金石意趣」凸顯出宋代士人沉迷於金石的高雅趣味，洋溢
著靈動的人文氣息

　　宋代士人的文化身份較之唐人發生重大變化，「即大都是集官僚、文士、
學者三位於一身的複合型人才——士大夫。宋代士大夫往往具有強烈的政治
使命感，以從政為己任，以吏能相激勵。……總體上看，宋代士人普遍以國
家棟樑自居，養成參政議政的素質，意氣風發地發表政見，」〔註12〕敢於著
書立新、標新立異。這種滌蕩舊學，敢立新說的做法不僅在當時的學術思想
上引起了強烈的震動，激勵更多的學者在學術研究中進行新的嘗試，而且為
後來辨偽學在清代的全面振興創闢了途徑，準備了條件。與唐代的知識群體
相比較，宋代士人似乎對那些承載著古代文化信息的出土歷史文物、金石文
玩更加鍾愛，視若珍寶。宋人趙希鵠《洞天清錄序》云：「唐張彥遠作《閒居
受用》，至首載齋閣應用而旁及醃醯脯差之屬。噫！是乃大姥姥總督米鹽細務
者之為，誰謂君子受用如斯而已乎？人生一世，如白駒過隙，而風雨憂愁，
輒居三分之二，其間得閒者才三之一分耳，況知之而能享用者又百之一二，

〔註11〕（宋）洪邁：《容齋隨筆》，上海古籍出版社 1978 年版，第 667 頁。
〔註12〕郭英德：《光風霽月：宋型文學的審美風貌》，《求索》2003 年第 3 期。

於百一之中，又多以聲色為受用。殊不知吾輩自有樂地，悅目初不在色，盈耳初不在聲。嘗見前輩諸老先生多畜法書、名畫、古琴、舊硯，良以是也。明窗淨几羅列，布置篆香居中，佳客玉立相映。時取古人妙跡，以觀鳥篆蝸書，奇峰遠水。摩挲鍾鼎，親見商周。端硯湧岩泉，焦桐鳴玉佩。不知人世所謂受用清福，孰有踰此者乎？」〔註13〕此段話已經將宋代士人嚮往的高雅清純的文化生活闡釋得淋漓盡致了。宋代名山大川、寺廟古蹟、郵驛旅途，碑刻摩崖多有，特別是那些碑刻集中的山水名勝之地，便成為宋人經常光顧之地。南宋周晉《清平樂》詞曰：「圖書一室，香暖垂簾密。花滿翠壺薰研席，睡覺滿窗晴日。手寒不了殘棋，篝香細勘唐碑。無酒無詩情緒，欲梅欲雪天時。」〔註14〕凡此，均可謂道盡了宋代士人流連於讀碑之中的清歡。

（二）宋代「新學」興起，疑古懷古之風盛行。

北宋王朝自立國以來，吸取唐末藩鎮割據、宦官專權導致亡國的歷史教訓，實行「強幹弱枝、守內虛外」的基本國策，雖保持了社會基本面的穩定，卻也導致北宋時期冗官、冗兵、冗費之弊。宋仁宗慶曆年間（1041～1048）參知政事范仲淹、樞密副使富弼等提出改革措施，史稱「慶曆新政」。「新政」雖然以失敗告終，然以此為契機，一種疑古思潮卻在整個社會流行起來，創新精神深入人心。宋人批評時政、好發議論，許多傳世文獻有諸多失載、疑誤需要校勘訂正，石刻文獻因其保留了歷史的第一手資料，自然受到宋人的格外重視。他們紛紛走出書齋，遊覽名山大川，讀碑題詩，蔚為風氣。如蘇軾《題西林壁》云：「橫看成嶺側成峰，遠近高低各不同。不識廬山真面目，只緣身在此山中。」〔註15〕王安石與友人遊褒禪山，路遇古代殘碑，遂發感慨：「距洞百餘步，有碑僕道，其文漫滅，獨其為文猶可識，曰『花山』。今言『華』如『華實』之『華』者，蓋音謬也。」（《遊褒禪山記》）〔註16〕

宋型文化是學術型的文化，宋人學問淵博，政治與學術相結合、官僚與學者相結合，是宋代士人普遍追求的人生境界。歐陽修、劉敞、呂大臨都是淵博的學者，北宋嘉祐六年（1061年），劉敞出任永興軍路安撫使，關中地區

〔註13〕（宋）趙希鵠：《洞天清錄》，影印文淵閣四庫全書本。
〔註14〕唐圭璋編：《全宋詞》，中華書局 1965 年版。（以下版本號略）
〔註15〕周裕鍇、張志烈、馬德富校注：《蘇軾全集校注》，河北人民出版社 2012 年版。
〔註16〕（宋）王安石：《王文公文集》，上海人民出版社 1974 年版。

歷史古蹟頗多，出土文物頻見、流散石刻所在多有。劉敞利用自己任職的機會，在政事之餘多方搜尋，先後收集到先秦青銅器 10 多件，劉敞請工匠摹勒刻石、拓片，考訂文字，終於撰成《先秦古器記》一卷，此是宋代搜集金石文獻較早的專著。是書雖已失傳，然從歐陽修《集古錄》中仍可窺其大略。呂大臨（1042 年～1092 年），字與叔，京兆藍田（今陝西藍田）人，北宋著名金石學家，出生於關中地區的文學世家。呂大臨一生醉心於金石之學，對北宋時期宮廷和私家收藏的古代銅器、玉器、鼎、鬲、簋、爵等青銅器留存情況系統收錄，元祐七年（1092 年），終於撰成《考古圖》10 卷，對後世金石學有深遠影響。經過宋人的多方收集金石資料，不但為後世保留下來相當可觀的文獻資料，更奠定了金石學——這一傳統國學獨立研究的領域，使原本的文人雅士的手中玩物成為學術研究的重要內容。中國金石學的發生、演變、成熟，宋儒實道夫先路者。

（三）教育的普及及社會平均知識水平的普遍提高

宋代「宣紙」製造技術有長足進步，相傳曹氏一支由中原輾轉遷徙到安徽涇縣小嶺後，開始了全面系統地以青檀皮為原料製作宣紙的歷程。《小嶺曹氏宗譜》云：「涇，山邑也，故家大族，往往聚居山谷間，至數千戶焉。曹為吾邑望族，其源自太平再遷至小嶺，生齒繁夥，分徙一十三宅，然田地稀少，無可耕種，以蔡倫術為生業，故誦讀之外，經商者多，人物富庶，宛若通都大邑。」〔註 17〕活字印刷技術在宋代成熟，泥活字的發明與發展，使傳統雕版印刷技術實現了跨越式發展。沈括《夢溪筆談》卷一八《技藝》：「板印書籍，唐人尚未盛為之。五代時始印五經，已後典籍皆為板本。慶曆中，有布衣畢升，又為活板。其法用膠泥刻字，薄如錢唇，每字為一印，火燒令堅先設一鐵板，其上以松脂、蠟和紙灰之類冒之。欲印，則以一鐵範置鐵板上，乃密布字印，滿鐵範為一板，持就火煬之；藥稍熔，則以一平板按其面，則字平如砥。若止印三二本，未為簡易；若印數十百千本，則極為神速。常作二鐵板，一板印刷，一板已自布字，此印者才畢，則第二板已具，更互用之，瞬息可就。」〔註 18〕宋代社會造紙技術進一步提高，活字印刷技術開始出現並成熟，使得

〔註 17〕 《小嶺曹氏宗譜》，影印文淵閣四庫全書本。
〔註 18〕 （宋）沈括：《夢溪筆談》卷一八《技藝》，上海書店出版社 2009 年版，第 153 頁。

書籍由貴族社會的專利品飛入尋常百姓家，教育的成本大幅降低，教育更加普及及，宋代社會平均知識水平普遍提高。「孤村到曉猶燈火，知有人家夜讀書」（晁沖之《夜行》），〔註19〕已是宋代知識群體的普遍狀況。據統計，北宋一代共開科 69 次，取進士 19281 人，諸科 1631 人，合計為 35612 人，如加上特奏名及史料缺載者，總計 6100 人。相比較唐代每科二三十人大大增加。「在文化教育普及的社會環境中，讀書成為宋代士人的基本生活方式，這與唐代士人好遊歷形成鮮明的對照。……在作品中洋溢著濃鬱的書卷氣和學問氣，充滿著濃厚的人文旨趣。」〔註20〕在一個崇文重教、文化普及的社會，至少有兩點值得注意：一是隨著交通的發達，宋代士人的活動地域較以前大為拓展。一些外省籍文化名人在隴右地區有任職經歷者，或因公差至隴右者，或往隴右遊歷者，自己往往撰寫相關石刻文字。宋人的治學視野及寫作興趣日益廣泛，精通輿地博物之學者頗受時人重視和推崇。一些文化名人、知名人士往往在社會上形成「名人效應」，地方人士邀其撰文者亦不在少數，他們撰寫的石刻在隴右地區多有，如宋翰林學士、刑部尚書陶穀撰文《重修回山王母宮頌》（在今涇川縣）；范仲淹撰文的《狄梁公祠碑》（慶曆年間刻石，在隴東寧縣），宋代著名理學家張載撰文《大順城碑》（慶曆年間刻石，在今慶陽地區），穆衍撰文《范仲淹祠堂記》（紹聖年間石刻，今佚，在慶陽地區存碑文）；《黃庭堅書雲亭宴集詩》（在慶陽市）等，二是大量無名氏石刻作品出現，如《宋龍興寺佛舍利磚銘文》，武山灘歌古鎮北宋摩崖石刻等，隴右境內無名氏摩崖石刻所在多有。隨著宋代社會平均知識文化水平的提高，民間讀書識字者顯著增多，民間無名氏撰文的石刻、摩崖多有出現便是順理成章之事。宋人具有濃鬱的書齋意趣，刻書、藏書、讀書風氣盛行，一些金石文獻的拓片在文人群體異常流行，宋代文人視若珍寶。宋人學問淹博，許多學者既是金石學家，也是著名書法家，如「蘇、黃、米、蔡」都是婦孺皆知的書法家。他們學書的過程中，往往注意臨摹歷代金石碑刻，論述書法源流、評論書法優劣，書法學習、書學理論與石刻文獻研究之間存在著雙贏互長之關係，這些也是宋人金石意趣的重要動因。

〔註19〕傅璇琮等主編：《全宋詩》第 21 冊，北京大學出版社 1998 年版，第 13893 頁。（以下版本號略）。

〔註20〕郭英德：《光風霽月：宋型文學的審美風貌》，《求索》2003 年第 3 期。

三、宋代隴右石刻文獻的成就與貢獻

宋代河西地區當時為西夏、金所佔領，石刻主要集中在隴東南一帶。隴東南地區為秦嶺餘脈，境內氣候溫潤，雨量充沛，岩壑鋪秀，歷史、人文景觀眾多。宋代士人普遍的「金石意趣」、宋代一些士人如陶穀、游師雄、晁補之、王韶等中原人士親臨隴右，多尋奇探勝、憑弔遺跡。宋代隴右當地人士對家鄉風物亦情有獨鍾，珍愛有加，多行諸於筆端，遂使宋代隴右石刻文獻繁多起來。

（一）石刻文獻數量豐富，內容全面

宋代文人對自然山水的審美欣賞成為其社會活動中的重要組成部分。宋人遊覽足跡遍及幽山奇景、人跡罕至之絕勝佳境，尋奇探勝、陶冶情操，或將自然山水賦予一定的人格內涵，或在自然風光中參悟人生真諦，或視自然山水為樂志怡情的對象。宋代隴右石刻幾乎包羅隴右山川名勝及人文景觀，包括天水、慶陽、金城蘭州、平涼、隴南、臨夏等隴右廣闊地域。其中《麥積山摩崖石刻》、正寧縣《承天觀碑》《天水縣三清閣碑》《仇池碑記》、姚莘《鳳凰山閔雨碑》等石刻頗具代表性。如《重修武安君祠堂記碑》云：「秦以虎吞諸侯，力併天下。雖曰地得百二，而資累世之勳。蓋亦爪牙有助焉。方是時，得白起忠節使之將，授以兵柄而不疑。起□□時，建功出奇無窮，遂共定大業。及以拒命見忌而卒不容於世。秦之父老莫不悲憐其志，往往立廟以祀。弓門實隴右之地，有遺祠在山谷口，距城才五六里。年祀寢遠，無碑刻可尋；風雨弗葺，堂宇隳圮，鞠為茂草，過者興歎。會廟側之居人因得請於邑，欲從就城郭而安妥之。前為邑者雖許之而弗能事。鉅鹿魏公既下車，政事已修，因講及祠廟荒廢而弗完者，吏民爭白之公。即日鳩工選徒，計土木之費而補其缺，擇爽塏之地而棲其像。越七月五日而廟成，士女酥會而大落之。遂乞文於安定劉果。果既辱佐公治而親目其事，故具始末俾刻諸石云。紹聖四年七月五日，前主簿劉果。主簿兼冶坊堡張千之右班殿直監酒稅劉昭，崇儀□弓門寨兵馬都監魏誠立石，華亭楊寶刊。」〔註21〕此碑北宋紹聖四年即1097年。作者劉果，《全宋文》卷二七八六卷有載，小傳云「紹聖間為秦州清水主簿。」〔註22〕這些石刻的內容十分豐富、涉及隴右地區的歷史、人物、自然

〔註21〕該碑於1975年張家川自治縣弓門鎮出土，現藏張家川縣博物館。
〔註22〕曾棗莊、劉琳主編：《全宋文》第129冊，上海辭書出版社、安徽教育出版社2006年版，第163頁。（以下版本號略）。

地理等眾多方面，可以說，隴右地區悠久的歷史文化和多姿多彩的自然風光在宋代石刻中得到全方位展示。

（二）助石刻文獻研治文史

宋代文人醉心於金石，見意於篇籍，常常在石刻文獻中進行考證。宋代士人的「金石意趣」突破了專門考證文字之習氣，結合實地進行考察，成為中國古代考古學史上的重要一筆。如北宋翰林學士、刑部尚書陶穀《重修回山王母宮頌》記述隴右涇川縣源遠流長的西王母傳說，在整個宋代文學中都可謂上乘的碑刻作品。西王母故事傳說歷史悠久，唐代詩人李商隱詩云：「瑤池阿母綺窗開，黃竹歌聲動地哀。八駿日行三萬里，穆王何事不重來。」〔註23〕北宋翰林學士、刑部尚書陶穀撰寫的《重修回山王母宮頌》：

> 王母事蹟其來久矣，名載方冊，理非語怪。西周受命之四世，有君曰王滿，享國五十載，乘八馬，宴瑤池，捧王母之觴，乃歌黃竹；西漢受命之四世，有君曰帝徹，享國亦五十載，期七夕，會甘泉，降王母之駕，遂薦仙桃。周穆之觀西極也，濯馬潼，飲鴰血，踐巨搜之國，乃升弇山，故汲冢有《穆天子傳》。〔註24〕

作者首先記述西王母神話之由來及其發展、演進之脈絡，使我們對西王母故事的演進有一個清晰的線索，也從一個側面說明隴右地方文化的源遠流長。次述傳說中西王母的風采：「湘靈鼓瑟，虞舜二妃也；黃姑有星，天河織女也。或楚詞所傳，或巫咸所記，猶能編祀典，配嚴祠。簫鼓豆籩，豫四時之享，犧牲玉帛，陪百神之祭。豈若王母為九光聖媛，統三清上真，佩分景之玉劍，納玄瓊之鳳舃，八琅仙璈以節樂，九色斑鱗而在馭。嘯詠則海神鼓舞，指顧則嶽靈奔走，輔五帝於金闕，較三官於絳河，位冠上宮，福流下土，則回中有王母之廟，非不經也。」〔註25〕再述修建西王母宮的盛舉：「齊莊有感，盼蠁如答。申命主者，鳩工繕修，薙蔓草於庭除，封值嘉樹，易頹簷於廊廡，綈構宏材，丹青盡飾於天姿，繡藻增嚴於羽帳。雲生畫棟，如嗟西土之遙，水閱長川，若訝東溟之淺，容衛既肅，精誠在茲。何須玉女投壺，望明星於太華；

〔註23〕（清）彭定求等編：《全唐詩》卷五三九，第6182頁。

〔註24〕張維：《隴右金石錄》，中國西北文獻叢書編輯委員會編《中國西北文獻叢書》第183卷，影印民國三十二年（1943）甘肅省文獻徵集委員會校印本，第418頁。（以下版本號略）。

〔註25〕張維：《隴右金石錄》，第418～419頁。

瑤姬感夢，灑暮雨於陽臺。合徵幼婦之詞，庶盡上真之美。」〔註26〕碑文敘事井然，條理清楚，文采富豔精工，真是一篇美妙絕倫之文字。

（三）描寫隴右山水形勝

宋人在金石文字中，往往用愉悅的心情和繽紛的筆觸將當地風情刻入碑中，由此，宋代石刻文學開拓出一片嶄新的天地，也賦予「金石」這一剛硬、拙重之物以新的感情。如《天水縣三清閣碑》寫道：「天水，國郡也，山環合而集，水交流而清，風醇俗厚，自梁抵秦，凡邑無出其右者。秀氣所鍾，在西北一山，勝狀為邑之最。出邑北右折百餘步，據山之趾，曰靈仙觀。《耆舊傳》云『太上老子化胡西返而留於此』，因以名焉。」〔註27〕此段文字，先從天水周圍的地理環境寫起，次敘人文風俗，條例清晰，寫景優美，可謂融匯地理與文學的典範之作。

仇池山在今甘肅省西和縣南，因山峰絕壁之上竟有充盈的泉水，故名仇池。《水經注》云：「漢水又東南逕瞿堆西，又屈逕瞿堆南，絕壁峭峙，孤險雲高，望之形若覆唾壺，高二十餘里，羊腸蟠道三十六回。……山上豐水泉，所謂清泉湧沸，氣潤上流者也。」〔註28〕漢獻帝建安中，氏族首領楊駒率眾在此建仇池國，綿延二百餘年，現存故城遺址。唐代詩人杜甫寓居隴右時期曾作詩云：「萬古仇池穴，潛通小有天。神魚今不見，福地語真傳。近接西南境，長懷十九泉。何時一茅屋，送老白雲邊。」〔註29〕宋紹興四年（1134）刻石的《仇池碑記》是宋代隴右地區著名石刻，受到後世學者的重視：

> 自兩儀肇判，混氣既分，融而為川瀆，結而為山岡。禹別九州，
> 莫高山大川，積石、龍門、彭蠡、震澤、砥柱、析城、太華、衡山
> 之名著，故名山大川載於記載，班班可考。仇池福地，本名圍山，
> 開山謂之仇夷。上有池，古號仇池。當戰國時，漢白馬氏所居，晉
> 系胡羌，唐籍成州。逮我宋朝，隸同谷。背蜀面秦，以其峭絕險固，
> 衣襟武都，帶西康，相互結茅儲粟，以為形勝鎮戎之地。……觀其
> 上土下石，屹然特起，界於蒼、洛二谷之間；有首有尾，其形如蛙，

〔註26〕張維：《隴右金石錄》，第419頁。
〔註27〕張維：《隴右金石錄》，第563～564頁。
〔註28〕（北魏）酈道元著；陳橋驛校證：《水經注校證》，中華書局2007年版，第481頁。
〔註29〕天水杜甫研究會編：《杜甫隴右詩注譯與評析》，華夏文化藝術出版社2012年版，第51頁。（以下版本號略）。

　　丹岩四面，壁立千仞。天然樓櫓，二十四隘；路若羊腸，三十六盤。
周圍九千四十步，高七里有奇，東西二門，泉九十九，地百頃，農
夫野老耕耘其間。……雲舒霧慘，常震山腰；朝輝夕陰，氣象萬千。
當其上，群谷環翠，流泉交灌，集而成池，廣陰數畝。……且神魚
聞名於上古，麒麟瑞於盛世，有長江窮谷以為襟帶，有群峰翠山麓
以為繡藻。雖無瓊臺珠閣，流水桃花，其雄峻之狀，壯麗之觀，即
四明、天台、青城、崆峒亦未過此。〔註30〕

　　碑文先寫仇池山的地理位置，次描述仇池山異常險要的地勢地形，再從
仇池山的地貌形狀、關隘、道路、泉水等方面一一交代，文末記述登臨仇池
山所見之景。此類金石文獻，一次次地書寫著因宋代士人對立石、刻碑生涯
的摯愛而獲得的精神性滿足和愉悅。

（四）敘寫隴右歷史人物：史傳文學的新拓展

　　來自大自然的石頭，有著堅硬的材質，其載體的厚重，往往給人沉穩凝
重的感覺，它能替脆弱的生命記錄下印跡，保存住前人曾經的所思所想。正
如龔自珍所云：「石在天地之間，壽非金匹也，其材巨形豐，其徙也難，則壽
侔於金者有之。」這說明石刻可以傳之久遠，有很強的生命力。宋代隴右地
區今平涼、慶陽、天水一帶處於宋與西夏、宋與金的戰爭對峙地帶，出現了
許多精忠報國的愛國義士，宋代隴右石刻中紀人物的文章較多，如宋哲宗紹
聖年間，慶州的知州穆衍撰寫的《范公仲淹真贊碑》云：「奕奕如神，儼儼如
山。仁義道德，盡於顏間。大忠皋夔，元勳方召。以贊中樞，以尊嚴廟。佑我
仁祖，格以皇天。是敬是虎，不傾不騫。雖慶有祀，邦民或斯。慶山可夷，茲
堂巍巍！」〔註31〕高度評價了范仲淹卓越的政治、軍事才能和抗擊西夏的歷
史功績。再如《世功保蜀忠德之碑》係南宋嘉泰三年（公元1103年）為紀念
當年抗金名將吳挺所立。吳挺字仲烈，南宋抗金名將吳璘第五子，德順軍隴
幹（今甘肅靜寧縣）人。吳挺青年時即從其父參加抗金戰鬥，身先士卒、屢立
奇功。孝宗朝，吳挺坐鎮陝甘翊衛巴蜀，後任利州（今四川廣元市）西路安撫
使，兼知利州，以抗敵備邊。南宋光宗紹熙四年（1193年）因積勞成疾卒於
興州（今陝西略陽），葬於成州（即今成縣），終年五十五歲。碑文詳盡記述了

〔註30〕成縣志編纂委員會：《成縣志》，西北大學出版社1994年版，第934頁。（以
　　　　下版本號略）。
〔註31〕張維：《隴右金石錄》，第419頁。

南宋與金在隴右一帶的戰事：「紹興三十一年，虜亮渝盟，盛兵渭上。信武順王（璘）以四川宣撫使總三路兵討之，將以公（挺）攝興州。公固請曰：『所願自試軍前，乘時以建功業。』王壯之，即以為中軍統制，俾出師經略秦中。」〔註32〕南宋紹興「三十二年，公被檄同都統制姚仲，率東西兩路兵攻德順城，金人左都監擁師由張義堡駐摧沙，會平涼援兵亦至，大酋合喜繼遣萬戶背奴孛董等益精甲來，至鳳翔與之合。賊估眾自驕，仲營六盤，公獨率兵趨瓦亭。虜望公陳軍肅整，鎧甲戈鋋旭日，氣已奪，號我軍曰『天兵』，公冒矢石，摧鋒陷堅，士皆奮死力。虜窘不支，盡捨騎操短兵鬥，公麾別將旁出，悉奪其馬，虜大奔潰，我師追北，碟血三十餘里，斬首萬計，軍裝器杖，委棄山積，及生縛千戶耶律九斤字董，他戎酋二百三十七人。當是時，虜幾只輪不返，公威名大震。」〔註33〕《吳挺碑》紀吳挺生平及隴右宋金戰爭，洋洋灑灑達8000餘字，既再現了當時的戰爭環境，又將吳挺的卓著戰功、保家衛國的忠貞之節突出地表現出來，碑文敘事條理清晰，紀人生動傳神，足以表現其人的精神風貌。該碑比《宋史·吳挺傳》1300字多出7000餘字，更為詳盡，且早於《宋史》記載，後人修《宋史》可能參考了《吳挺碑》的內容。

宋代「金石」詩歌塑造出了一個既與其他生活場所有別、又與唐詩中的「金石」呈現相異的士人生活空間，從而大力凸顯了「金石」所獨具的文學審美意蘊。「書齋」詩歌在宋代的湧現與繁盛，可謂在詩歌史上奠定並發展了一種新的題材類型。「書齋」詩歌既是一種對詩歌題材的拓展，也是對詩歌審美精神的開拓。它集中地呈現著士人獨有的生活狀態，同時又最為直接地展現著宋詩的「書卷氣」風貌。它在詩歌史上的開拓性地位不容小覷。

第二節　蘇軾人格對詩格的制約

「從噴泉裏出來的都是水，從血管裏出來的都是血。」〔註34〕在有宋一代諸多傑出的文學家中，蘇軾之所以成為非常特殊的一位，原因即在於蘇軾有著卓爾不群的創作個性，而蘇軾與眾不同的創作個性正源於其獨特的人格風采，蘇軾之人格對其詩格有著明顯的制約作用。

〔註32〕碑石現存今成縣博物館。
〔註33〕碑石現存今成縣博物館。
〔註34〕魯迅：《魯迅全集》，人民文學出版社1981年版，第544頁。

一、蘇軾之人格特點

所謂人格，即「個體在對人、對事、對己等方面的社會適應中行為上的內部傾向性和心理特徵。表現為能力、氣質、性格、需要、動機、興趣、理想、價值觀和體質等方面的整合，是具有動力一致性和連續性的自我，是個體在社會化過程中形成的心身組織。」〔註35〕人格由一系列特質（具有動力一致性和連續性的個別特點）有機組合而成，特質是人格的細胞。獨特的家庭背景、鄉風習俗及人生閱歷，鑄就了蘇軾別具一格的人格特質。

（一）超脫，蘇軾人格之核心特質

在蘇軾的文化心理結構中，儒、釋、道思想均有影響。友朋山林之樂、山水田園之趣、哲理禪機的參悟，都成為其精神上的補充。「夜闌風靜穀紋平，小舟從此逝，江海寄餘生。」〔註36〕蘇軾既不像「身在江湖之上，心居乎魏闕之下，」在工麗山水詩中消磨個體的謝靈運，也不同於隱身獨善，在田園詩中自我退避的陶淵明，不論處江湖之遠或居廟堂之高，蘇軾均以自己的心靈為出發點，實現對現實人生的超越，進而把生活當作能夠體悟生存意義感悟生命本體的活動。其《水調歌頭‧明月幾時有》就是一個很好的例證，在這首詞裏，作者從瓊樓玉宇、高處不勝寒的幻想中轉向對現實人生的觀照，雖然命途多舛、坎壈不遇、遭貶處窮，生活中的種種苦難依然難掩他對生活的熱愛。蘇軾的人生思想，根植於儒家的積極入世精神，同時又吸收了釋、道思想中的注重本體自覺、超越世俗功利的有益成分。他以儒家嚴正的思想對待現實和自己、以道家的超脫與曠達安頓自我的思想與情感、以釋家的智慧感受生活。無論落魄通達，蘇軾都能以超脫的心境來對待。以一顆平常心對待一切變故，「回首向來蕭瑟處，也無風雨也無晴。」〔註37〕晚年他被放逐到更為荒遠的嶺南，許多人把嶺南當作是不歸之路。韓愈貶潮州時，曾淒涼地哀歎：「知汝前來應有意，好收吾骨瘴江邊。」〔註38〕然而蘇軾來到了惠州卻吟到：「白頭蕭散滿霜風，小閣藤床寄病容報導先生春睡足，道人輕打五更鐘。」（《縱筆》）〔註39〕悠然自得地酣

〔註35〕車文博：《當代西方心理學新辭典》，吉林人民出版社 2001 年版，第 287 頁。

〔註36〕鄒同慶、王宗堂：《蘇軾詞編年校注》，中華書局 2002 年版，第 467 頁。（以下版本號略）。

〔註37〕鄒同慶、王宗堂：《蘇軾詞編年校注》，第 356 頁。

〔註38〕（清）彭定求等編：《全唐詩》卷三四四，第 3859 頁。

〔註39〕（宋）蘇軾著、（清）馮應榴輯注：《蘇軾詩集合注》，上海古籍出版社 2001 年版，第 965 頁。（以下版本號略）

然入夢。投荒天之涯、海之角的海南，他依然滿不在乎：「他年誰作輿地志，海南萬里真吾鄉。」(《吾謫海南子由雷州被命即行了不相知至梧乃聞》)〔註40〕

（二）健朗，蘇軾性格之核心特質

蘇軾一生浮沉宦海、屢受蹭蹬、顛沛流離、略無寧日。昨日還是五馬使者，今日忽成烏臺案犯；今天尚為東坡野人，明日則為翰林學士，後日又復成為天涯罪人。造化如此捉弄人，似乎存心要考驗蘇軾定力如何。人們最欣賞的不是蘇軾的兼濟之功，而是其解脫之方。他平心靜氣地接受命運的安排、從容灑脫地走完艱難的人生之旅，給後人留下了一個曠達自適的人格典範。

蘇軾天生就是樂觀主義者，他的人格中含有大量的達觀品質和辯證思想。他不因宦海經歷而自暴自棄，不因生活顛簸就怨天尤人。永遠以一份靜心來面對世間的得失進退、以智者之胸懷來化解人生的悲歡離合。這一切正如他的詩句：「枝上柳棉吹又少，天涯何處無芳草。」〔註41〕「蘇東坡是一個不可救藥的樂天派……比中國其他的詩人更具有多面性天才的豐富感、變化感和幽默感，智慧優異，心靈卻像天真的小孩──這種混合等於耶穌所謂蛇的智慧加上鴿子的溫文……蘇東坡有魅力，正如女人的風情、花朵的美麗於芬芳，容易感受，卻很難說出其中的成份。」無論生活怎樣令他失望，他從未放棄對生活的熱愛和嚮往。得意時，他啟智慧之門，靜心處世，能觀己過；失意中，他度三生之苦，苦樂隨緣，應付自若。

（三）真率，蘇軾情感之核心特質

家庭背景是成就蘇軾「真率」品格的重要因素。人之童年經歷足可影響個體之一生。早在少年時代，蘇洵就注意到了蘇軾、蘇轍兩兄弟性格的不同。他在《名二子》一文裏解釋了給兩個兒子取名的緣由：「輪、輻、蓋、軫，皆有職乎車。而軾獨若無所為者。雖然，去軾，則吾未見其為完車也。軾乎，吾懼汝之不外飾也。天下之車莫不由轍，而言車之功，轍不與焉。雖然，車僕馬斃，而患亦不及轍。是轍者，善處乎禍福之間也。轍乎，吾知免也矣。」〔註42〕蘇軾性格豪放不羈，鋒芒畢露，確實「不外飾」。結果一生屢遭貶斥，

〔註40〕（宋）蘇軾著、（清）馮應榴輯注：《蘇軾詩集合注》，第385頁。
〔註41〕唐圭璋編：《全宋詞》，第300頁。
〔註42〕曾棗莊：《蘇軾評傳》，四川人民出版社1981年版，第3頁。

差點被殺頭。北宋時，四川一帶的學術水準遠高於宋王朝平均水平，這對生於斯、長於斯的蘇軾產生了深刻影響。寬鬆的社會文化環境、純雅清高的學書氛圍，也促進了其「真率」品格的生長。

（四）崇道，蘇軾人生觀之核心特質

理學思想的砥礪、徵聖情懷的激發，宋代士大夫「為天地立心、為生民立命、為往聖繼絕學、為萬世開太平」的理念在蘇軾的文化心理建構中，有舉足輕重的作用。蘇軾對自己所鍾愛的事業、追求的目標，義無返顧、全身心投入，早在其青少年時代，就已初露端倪。科舉得志，成為蘇軾以身殉國的開始。面對宋王朝立國以來的嚴重流弊，他提出了自己的政治改革設想。在任人與任法，厚風俗與急財利等問題上，蘇軾與王安石、司馬光等人形成了很大分歧。蘇軾的改革設想以其經歷的實踐為基礎，比較重視措施的可行性。尤其是主張不要加重農民負擔，而從減少浪費，節省開支方面緩解政府的財政困難，是有其歷史進步意義的。在王安石深受專任，新法派小人伺機陷害的時候，蘇軾批評新法的缺失，不僅冒著與得勢的新法推行者為敵的政治風險，還冒著觸忤皇帝可能招致殺身之禍的生命危險。《宋史・蘇軾傳》載：「王安石相神宗，改為免役。司馬光為相，知免役之害，不知其利，欲復差役，軾曰：『差役、免役，各有利害。免役之害，掊斂民財，斂聚於上而下有錢荒之患。差役之害，民常在官，不得專力於農，而貪吏猾胥得緣為奸。此二害輕重，蓋略等矣。』光不以為然。軾又陳於政事堂，光忿然。軾曰：『昔韓魏公刺陝西義勇，公為諫官，爭之甚力，韓公不樂，公亦不顧。軾昔聞公道其詳，豈今日作相，不許軾盡言耶？』」〔註43〕北宋黨爭中朝臣分立兩派、相互傾軋，政局異常複雜。儘管如此，蘇軾仍獨立不懼、勇往直前、慨然以治國平天下為己任。

即使當蘇軾在朝難以容身，不得已外任杭州通判時，也未影響他惠民之政的信心。元祐四年，蘇軾以龍圖閣學士二度到杭州擔任太守，到任不久，適逢大旱，饑荒瘟疫並作，百姓愁苦萬分。蘇軾立即上表，請求朝廷減免本路上供米三分之一。在此期間，他多次檀粥施捨農民，建造病坊，配製良藥，開河濬湖、興修水利，築起南北徑 3 公里的一條長堤，杭人稱「蘇公堤」。由於蘇軾在杭州有德於民，深得民心，以至杭州地區「家有畫像，飲食必視，又作生祠以

〔註43〕（元）脫脫：《宋史》卷三三《蘇軾傳》，中華書局 1977 年版，第 10804 頁。（以下版本號略）。

報」(《宋史・蘇軾傳》)〔註44〕崇道,無疑是蘇軾人格中一個顯著的核心特質。

二、蘇軾之詩格特徵

世人常曰「習慣成自然」,而特質則是對多數特殊習慣進行整合的結果,此習慣更具有一般性。「特質組織一個人的完整的人格結構,由此引發人的行為和思想,它除了反應刺激而產生行為外,也能主動地引導行為。……特質引導行為,它使一個人的行動有指向。」〔註45〕蘇軾的人格特質,深刻製約著他的詩歌風格。蘇軾別具一格的人格風範,既成就了蘇軾的輝煌,也阻止了蘇軾的進一步輝煌和發展。

(一)率真清新,風行水上

「真率」人格,使蘇軾的詩歌創作也呈現出鮮明的「真率」風格——生活中的真、善、美,他熱情歌頌;現實中的假、惡、醜,他無情貶斥。蘇軾堅決不做生活的冷漠旁觀者,勇為時代潮流的弄潮兒。蘇軾自道其作詩的體會:「好詩衝口誰能擇,俗子疑人未遣聞。」〔註46〕「率真」是蘇詩所特有的,它表現為種種新穎獨特的感受、巧妙妥帖的比喻、出人意料的聯想等等。蘇軾是「一個不可救藥的樂天派,一個偉大的人道主義者,……一個月夜徘徊者,一個詩人、一個小丑。」〔註47〕友朋詩酒之樂、山水田園之趣、哲禪機的參悟,都是他精神上的補充,無論何時,他都會有一種灑脫快意的人生。譬如蘇軾在《和子由澠池懷舊》中以「雪泥鴻爪」〔註48〕比喻人生,《和錢安道寄惠建茶》中用若干歷史人物的性格比似茶的滋味;以「朱唇得酒暈生臉,翠袖卷紗紅映肉」〔註49〕形容海棠的色彩與質感;以「若把西湖比西子,淡妝濃抹總相宜」〔註50〕表現對西湖美景的感受。《寄吳德仁兼簡陳季常》中「忽聞河東獅子吼,拄杖落手心茫然」〔註51〕之化用佛典,《李思訓畫長江絕島圖》中的「舟中賈客莫漫狂,小姑前年嫁彭郎」〔註52〕之化用民間故事,無不妙

〔註44〕 (元)脫脫:《宋史》卷三三《蘇軾傳》,第 10814 頁。
〔註45〕 陳仲庚:《人格心理學》,遼寧人民出版社 1987 年版,第 55 頁。
〔註46〕 (宋)蘇軾著、(清)馮應榴輯注:《蘇軾詩集合注》,第 965 頁。
〔註47〕 林語堂著、宋碧雲譯:《蘇東坡傳》,臺北市遠景出版事業公司版,第 1 頁。
〔註48〕 (宋)蘇軾著、(清)馮應榴輯注:《蘇軾詩集合注》,第 90 頁。
〔註49〕 (宋)蘇軾著、(清)馮應榴輯注:《蘇軾詩集合注》,第 1001 頁。
〔註50〕 (宋)蘇軾著、(清)馮應榴輯注:《蘇軾詩集合注》,第 404 頁。
〔註51〕 (宋)蘇軾著、(清)馮應榴輯注:《蘇軾詩集合注》,第 1269 頁。
〔註52〕 (宋)蘇軾著、(清)馮應榴輯注:《蘇軾詩集合注》,第 485 頁。

想成趣，觸處生春，不同凡俗。

「真率」人格，使蘇軾人格缺乏執著、堅毅的人格追求，缺乏杜甫「窮年憂黎元，歎息腸內熱」的博大胸懷和悲壯、慷慨激昂的人格力度。蘇軾的詩歌創作如風行水上一般，「常行於所當行，常止於不可不止」，〔註53〕形成以率真清新為基調的多樣化風格，但同時使得蘇詩缺乏悲壯和慷慨激昂的力度。他有一肚子才學，也難免要拿到詩裏來賣弄，有時用典超常的密集，讓人讀得目瞪口呆。還有些詩，是明顯寫得粗率不用心的。雖然他才華橫溢，天賦過人，多少冲淡了這些缺點，但畢竟對詩歌的形象性會造成損害。

（二）縱筆好罵，豪放飄逸

熙寧黨爭激發了蘇軾強烈的參政意識，參政意識導致了其縱筆「好罵」的創作風格；因「好罵」遭致烏臺之勘。烏臺之勘後的黃州之貶，則使他悲哀「此身非我有」，轉而祈取自我生命的實在性，寓物任真，寓悲哀於曠達，呈現出嶄新的藝術境界，即所謂「在閩黃州正坐詩，詩因遷謫更瑰琦。」〔註54〕蘇軾的「好罵」風格，始於熙寧初，主要是「罵」宰相王安石及其變法革新之舉。如其《送劉道原歸覲南康》云：「晏嬰不滿六尺長，高節萬仞陵首陽。青衫白髮不自欺，富貴在天那得忙……自言靜中閱世俗，有似不飲觀酒狂。衣巾狼亟藉又屢舞，傍人大笑供千場。交朋翩翩去略盡，惟吾與子獨彷徨。」〔註55〕這是蘇軾在王安石變法期間諸多「以快一朝之忿」〔註56〕的作品之一。紀昀在首肯該詩「風力自健，波瀾亦闊。惟激訐處太多，非詩品耳。」〔註57〕又如蘇軾《趙昌四季》詩，紀昀評曰：「此結太露，亦太激，以其時論之，亦不應作此語。」〔註58〕反映出紀昀對蘇軾的觀點並不認同。熙寧四年，蘇軾出典杭、密、徐諸州，因「見事不便於民者，不敢言，亦不敢默視也。緣詩人之義，託事以諷，庶幾有補於國」〔註59〕故多任性而發，縱筆「好罵」之作。如七律《和劉道原見寄》，以「群烏」比新黨：「獨鶴不須驚夜旦，群烏未可辨

〔註53〕郭紹虞主編：《中國歷代文論選》第二冊，上海古籍出版社 2001 年版，第 307 頁。

〔註54〕（宋）王十朋撰：《梅溪王先生文集·後集》卷一五。

〔註55〕（宋）蘇軾著、（清）馮應榴輯注：《蘇軾詩集合注》，第 234 頁。

〔註56〕（宋）黃庭堅：《豫章黃先生文集》卷二六，四部叢刊本。

〔註57〕（清）紀昀：《蘇文忠公詩集·紀文達公評本》卷六，影印道光十四年刻本。

〔註58〕（清）紀昀：《蘇文忠公詩集·紀文達公評本》卷四四。

〔註59〕（宋）朋九萬：《東坡烏臺詩案》「送劉述吏部」條。

雌雄」，〔註 60〕七古《送杭州杜威陳三椽罷官歸鄉》，以「月啖蝦蟆行復皎」〔註 61〕比喻新法改革就像月蝕那樣不會長久，均典型地體現縱筆好罵的創作風格。

蘇軾是宋型文化中孕育而成的文官政治之代表。理學思想之砥礪、徵聖情懷之陶冶、士大夫的承擔精神和宋儒的憂患意識是貫穿蘇軾一生的。儘管其不同的人生階段，憂患意識亦隨政治境遇而變化。當憂患精神上升時，超越意識便下降。反之，在野貶謫之際，超越意識上升，憂患意識便退而降其次。這樣，蘇軾的一生便在承擔和超脫的相激相蕩，雙重擠壓下生活。這帶給他無盡的精神痛苦，無論怎樣解脫，「世網嬰我故」，他都無法象天才的李白那樣飄逸、狂放和縱姿，形之於詩，蘇軾詩文也很難達到李白般的飄逸。

（三）針砭時事，匡時濟世

蘇軾論詩強調「有為而作」，以達到「濟世」、「救時」的目的。他曾說：「昔吾先君適師，與卿大夫遊，歸以語軾曰：『自今以往，文章其日工，而道將散矣。士慕遠而乎近，貴華而賤實，吾以見其兆矣。』以魯人鳧繹先生之詩文，皆有為而作，精悍確苦，言必中當世之過。鑿鑿乎如五穀必可以療饑，斷斷乎如藥石必可以伐病，其遊談以為高，枝詞以為觀美者，先生無一言焉。」〔註 62〕蘇軾的意圖十分明確，寫詩就要充分發揮詩歌的社會功能，有所勸誡，有補於世。不能一味得粉飾現實，阿諛奉承。蘇軾在向哲宗皇帝申述自己因詩獲罪的原因時說：「昔先帝召臣上殿，訪問古今，敕臣今後遇事即言。其後臣屢論事，未蒙旅行，仍復作詩文，寓物託諷，庶兒流傳上達，感吾聖意。」〔註 63〕這說明蘇軾確實有意繼承風、騷以來的現實主義精神，提倡充分發揮文學的社會功能，以揭發流弊，拯時救世。

然而，宋代士大夫「以先天下為己任」的崇道承擔精神在現實的政治實踐中卻遇到極大的挫折。變法改革發展至後期，黨同伐異，文誅筆伐。初出茅廬時「喜怒好罵」的蘇軾，面臨日益高壓的政治空氣和貶謫處荒之窮迫處境，不僅禁若寒蟬，其心態迅速轉向「欲搏忠直之名，又畏禍及」〔註 64〕的

〔註 60〕王文誥、孔凡禮編：《蘇軾詩集》，中華書局 1982 年版，第 331 頁。（以下版本號略）。

〔註 61〕王文誥、孔凡禮編：《蘇軾詩集》，第 510 頁。

〔註 62〕（宋）蘇軾：《蘇軾文集》，中華書局 1999 年版，第 313 頁。（以下版本號略）

〔註 63〕（宋）蘇軾：《蘇軾文集》，第 2827 頁。

〔註 64〕轉引自沈松勤：《北宋文人與黨爭》，人民出版社 1998 年版，第 271 頁。

惴惴不安之中。政治行為亦由「兼濟」退為「獨善」。蘇軾不是仁者在苦難中的追求，而是智者在苦難中的超越。他以順處逆、以理化情。無論多麼沉重之打擊，他都能以「亦無風雨亦無晴」的智慧化解之。曠達、超脫使蘇軾既缺乏杜工部「獨向亂離憂社稷，直將歌哭老風塵」的執著，又沒有杜甫「以飢寒之身而懷濟世之心、處窮迫之境而無厭世之想」〔註65〕的深刻。限制了蘇軾文學成就的進一步提高，蘇軾只能是蘇軾，他不可能超過杜甫，儘管他站在前人的肩膀上。

三、「蘇軾現象」的啟示

「成也蕭何，敗也蕭何」。蘇軾鮮明的人生特質，既成就了蘇軾詩壇偉業，也阻礙了蘇軾的進步之路，使其成為中國文學史上毀譽最強的作家之一。探討蘇軾人格與詩格漸間的相互關係，對今天的作家而言，也是頗有啟示意義的。

人格即風格，人品的高下決定著文品。作詩為文，固須別材別趣，亦須博學共文，懷匡濟志，始能卓爾不群。一個作家要想有所建樹，那麼，他必須做到：

一要注重涵養卓爾不群的人格。只要擁有與眾不同的人格，就能具有卓爾不群的文格，人格個性的缺失，必定導致文格個性的迷失。蘇軾之所以能形成別具一格的詩格，奧秘之一就在於他有著個性鮮明的人格。另一方面，正是蘇軾率真健朗之性格，使其難臻杜甫的深沉博大，從而也難臻「鳳凰涅槃」之境。

二要有高尚的人格。只有人格高尚，才能達到文格高尚。就總體而言，一切真正無愧於時代的文學大家，無不是胸懷大志、放眼天下的高潔之士，遠如屈原，近如魯迅，莫不有一顆強烈的憂國愛民之心。蘇軾之所以能寫出曾經一度眾聲喝彩的詩歌，原因之一在於他有著「出新意於法度之中，寄妙理於豪放之外」的崇高創作目的。

三要善於保持自己獨特的人格。人不能離群索居，作家也不例外。作家人格在面向現實世界時，必定會遭遇社會對它的巨大修剪功能，面對來自社會的強大修正力，作家能否保持自己獨特的人格，這是一個嚴峻的考驗。特

〔註65〕中國社會科學院文學研究所編：《中國文學史》，人民文學出版社 1962 年版，第 404 頁。

立獨行的魯迅曾有過「兩間餘一卒，荷戟獨彷徨」的苦悶。如果首鼠兩端、文丐競奔，則必然巫風大暢、迷信盛行、應制文學鋪天蓋地。

第三節　宋代和陶詩的文化內涵和審美風貌

「冠蓋滿京華，斯人獨憔悴。」〔註66〕也許是為了彌補陶淵明生前的寂寞，後人多有追和陶淵明的詩作，其中尤以宋人為最。宋代和陶詩是一種很特殊的、值得注意的文學現象。和陶者中，既有身居要位的政治家，也有窮愁潦倒的士子；既有遺民詩人，也有隱士、詩僧等。這種現象不僅表明陶淵明詩無與倫比的藝術價值及宋人對其強烈的認同感，更為重要的是，和陶，代表了對某種文化的歸屬，標誌著對某種身份的認同，表明了對某種人生態度的選擇。

宋代和陶詩的資料很多，可惜至今尚未得到系統的整理，對其研究也僅限於蘇軾等個別作家身上，至於系統全面的宋代和陶詩研究，尚是一片空白。本文在對宋代和陶詩資料廣泛搜集的基礎上，進行初步的梳理和論述，為宋代文化的研究提供一個有趣之個案。

一、和陶：宋代一種獨特的文學現象

所謂「同聲相應，同氣相求」，詩詞唱和是中國文人之間一唱一和、雙向互動的文學創作活動。唱和之外，尚有對古人作品追和的現象。蘇轍《追和陶淵明詩引》云：「古之詩人有擬古之作矣，未有追和古人者也，追和古人則始於東坡。」〔註67〕王質《雪山集》卷十一《和陶淵明歸去來兮辭序》亦云：

> 元祐諸公，多追和柴桑之辭，自蘇子瞻發端，子由繼之，張文潛、秦少游、晁无咎、李端叔又繼之。崇寧崔德符、建炎韓子蒼又繼之。居閒無以自娛，隨意屬辭，姑陶寫而已，非自附諸公也。〔註68〕

可見蘇軾是文學史上第一個大量創作和陶詩的作家。哲宗元祐七年（1092）謫居揚州時期，蘇軾作有《和飲酒二十首》、其後貶謫惠州、儋州期

〔註66〕天水杜甫研究會編：《杜甫隴右詩注譯與評析》，第 124 頁。
〔註67〕（宋）邵浩：《坡門酬唱集》，影印文淵閣四庫全書本。
〔註68〕（宋）王質：《雪山集》卷一一，影印文淵閣四庫全書本。

間，蘇軾一直未停止和陶詩寫作，作有和陶詩共 109 首。《詩林廣記》前集卷一引《冷齋夜話》云：「東坡在惠州，盡和淵明詩。黃魯直在黔南聞之，作詩云：『子瞻謫嶺南，時宰欲殺之。飽吃惠州飯，細和淵明詩。彭澤千載人，子瞻百世師。出處雖不同，風味略相似』。」〔註69〕對蘇軾和陶詩創作給予高度評價。與僅僅閱讀、模擬陶淵明詩不同，蘇軾在追和陶詩的過程中拉近了自己和陶淵明之距離，更深切地理解了陶淵明的思想、感情和人格，也使陶詩之價值得到最大體現。

蘇軾崇尚陶潛沖淡淳樸之詩風，其《題淵明飲酒詩後》云：「『採菊東籬下，悠然見南山。』因採菊而見山，境與意會，此句最為妙處。近歲俗本皆作『望南山』，則此一篇神氣都索然矣。古人用意深微，而俗士率然妄以意改，此最可疾。」〔註70〕然此還只是對陶詩沖淡風格的欣賞。蘇軾中年遭烏臺詩案、晚年更是一貶再貶、歷盡坎坷，「元祐詩人在意氣之爭和畏禍心理的互動中，力圖為自己營構一個可供心靈優游的藝術世界」，〔註71〕這一現實「觸媒」激活了蘇軾對陶淵明的歷史記憶。陶淵明高潔傲岸、自然淡泊的隱士人格，深深契合蘇軾遭貶處窮時憂樂兩忘、隨遇而適的人生理念。出於黨爭中排遣情累的需要，蘇軾對陶淵明態度亦發生重大轉變，紹聖四年，蘇軾初到儋耳，即致書蘇轍云：「吾於詩人，無所甚好，獨好淵明之詩。淵明作詩不多，然其詩質而實綺，癯而實腴。今曹、劉、鮑、謝、李、杜諸人皆莫及也。」〔註72〕曾被東坡稱為「詩人以來，一人而已」的杜甫，至此已讓位於此前聲名並不顯赫的陶潛。蘇軾的和陶不是偶然的，而是其晚年心靈趨於平淡的主要表現形態之一。

蘇軾的和陶詩在北宋就引起了詩壇廣泛的注意，在蘇軾和陶之同時，蘇轍起而響應作有多首和陶詩；稍後，晁補之、張耒、秦觀作有追和《歸去來兮辭》等；晁補之、張耒追和《飲酒》等；宋人邵浩編《坡門酬唱集》收有他們的和陶之作。蘇軾及蘇門學士掀起的這場和陶熱潮，以及宋人對和陶詩的熱烈響應，對於確立陶淵明的文學地位起了積極作用。眾所周知，陶淵明生前寂寞，其文學價值並沒有得到足夠的承認。經顏延之撰《陶徵士誄並序》對

〔註69〕（宋）惠洪：《冷齋夜話》，影印文淵閣四庫全書本.
〔註70〕張志烈、馬德富、周裕鍇主編：《蘇軾全集校注》河北人民出版社 2010 年版，第 346 頁。（以下版本號略）。
〔註71〕沈松勤：《北宋文人與黨爭》，人民出版社 1998 年版，第 309 頁。
〔註72〕張志烈、馬德富、周裕鍇主編：《蘇軾全集校注》，第 8653 頁。

陶淵明進行揄揚，梁代蕭統為其編文集並為之撰序，〔註73〕唐人對陶淵明的接受，更看重其詩歌成就，陶潛的人格精神內涵尚未得到充分體認。至宋代，經蘇軾等人的努力，陶淵明才真正奠定了其在中國詩歌史上第一流詩人的地位。在陶詩接受史上，蘇軾和陶的作用尤其不可低估，如果說，南朝顏延之、蕭統為我們發現了一位偉大詩人，那麼，蘇軾則為我們確立了陶淵明在中國文學史、文化史上的大師地位。

　　經過蘇軾及蘇門學士的共同努力，宋代和陶詩創作終於形成一種風氣，眾多詩人如李之儀、吳提句、李彭、王安中、顏夷仲、周紫芝、陳與義、李綱、王之道、吳芾、郭印、楊萬里、范成大、釋德洪、張栻、趙蕃、藤岑、陸游、陳造、朱熹、周必大、于石、方回、戴表元、舒岳祥等，均加入到和陶詩創作中來。有宋一代，和陶詩創作熾熱盛繁烈，筆者對宋代和陶詩進行了全面搜集，茲列表二如下：

表二：宋代和陶詩統計表

序號	詩人	和陶詩	數量	資料出處
1	蘇軾	《和飲酒》《和歸園田居》《和止酒》等	109	《坡門酬唱集》〔註74〕
2	蘇轍	《和飲酒》《和歸園田居》《和遊斜川》等	47	《坡門酬唱集》
3	秦觀	《和歸去來兮辭》等	1	《坡門酬唱集》
4	李之儀	《讀淵明詩效其體十首》	10	《全宋詩》卷967〔註75〕
5	晁補之	《飲酒二十首同蘇翰林先生次韻追和陶淵明》	20	《全宋詩》卷1122
		《和歸去來兮辭》	1	《全宋詩》卷1122
		《次淵明飲酒詩並序》	20	《全宋詩》卷1159
7	李黼	《和人九日詩》	1	《全宋詩》卷1203
8	釋德洪	《次韻吳提句重九》	1	《全宋詩》卷1330
9	吳提句	《重九》	1	《全宋詩》卷1330

〔註73〕李劍鋒：《元前陶淵明接受史》，齊魯書社2002年版，第85頁。
〔註74〕（宋）邵浩：《坡門酬唱集》，影印文淵閣四庫全書本。
〔註75〕除非特別注明，表中資料均見傅璇琮等主編《全宋詩》，北京大學出版社1997年版。

10	蘇過	《小斜川並引》	1	《全宋詩》卷 1351
		《次淵明正月五日遊斜川韻》	1	《全宋詩》卷 1351
11	李彭	《讀西京雜記十三首次淵明讀山海經韻》	13	《全宋詩》卷 1382
		《予夏中臥病起見落葉因取陶淵明詩「門庭多落葉，慨然知己秋」賦十章遣興》	10	《全宋詩》卷 1389
12	王安中	《顏夷仲有次韻少無適俗韻詩少逸既和不可不賦》	1	《全宋詩》卷 1392
13	顏夷仲	《次韻少無適俗韻》	1	《全宋詩》卷 1392
14	宇文虛中	《又和九日》	1	《全宋詩》卷 1432
15	李光	《東坡載酒堂二詩蓋用淵明〈始春懷古田舍〉韻遂不見於後集余至蟾始得真本因追和其韻》	2	《全宋詩》卷 1422
16	周紫芝	《渡彼南用斜川韻》	1	《全宋詩》卷 1515
		《歸彼北用斜川韻》	1	《全宋詩》卷 1515
17	李綱	《和陶淵明歸園田六首並序》	6	《全宋詩》卷 1550
		《次韻和淵明飲酒詩二十首》	2	《全宋詩》卷 1550
		《次韻和歸去來集字十首》	1	《全宋詩》卷 1551
		《得梁溪家問足慰遠懷因和淵明答龐參軍之作》	1	《全宋詩》卷 1560
		《和淵明歸園田居六首》	6	《全宋詩》卷 1559
		《影贈形》	1	《全宋詩》卷 1553
		《影答》	1	《全宋詩》卷 1553
		《神釋》	1	《全宋詩》卷 1553
		《次韻淵明九日閒居》	1	《全宋詩》卷 1558
		《霜降木落獨松柏蒼然顏色好因和淵明榮木篇以見義》	1	《全宋詩》卷 1559
		《和歸鳥篇》	1	《全宋詩》卷 1559
		《和勸農篇》	1	《全宋詩》卷 1559
		《秋雨初霽天高氣清遊山間意欣然樂之因和淵明遊斜川詩以紀其事》	1	《全宋詩》卷 1559
		《後重九半月菊始開因思東坡言菊花開日即重陽取酒為之一醉隨和淵明己酉歲九月九日之作》	1	《全宋詩》卷 1559
		《和淵明擬古九首》	9	《全宋詩》卷 1559

		《和淵明採菊東籬下二首》	2	《全宋詩》卷 1550
		《余來湖外家問不通者累月因和淵明停雲篇以遣懷》	1	《全宋詩》卷 1559
		《余築室梁溪之上三年而後手植花木甚眾遭值世故未嘗得安居其間歲暮羈旅慨然念之因和淵明時運詩以見意》	1	《全宋詩》卷 1559
		《讀東坡和淵明貧士詩寄諸子侄云重九俯邇樽俎蕭然今余亦有此歎因次其韻將錄寄梁溪諸弟以發數千里一笑》	1	《全宋詩》卷 1558
18	陳與義	《同左通老用陶潛還舊居韻》	1	《全宋詩》卷 1746
		《同通老用淵明獨酌韻》	1	《全宋詩》卷 1746
		《諸公和淵明止酒詩因同賦》	1	《全宋詩》卷 1735
19	王之道	《次韻徐伯源九日閒居追和淵明》	1	《全宋詩》卷 1809
20	徐伯源	作有和陶詩，原詩已佚，見「王之道」條	1	《全宋詩》卷 1809
21	王侄	《追和斜川詩二首並序》	2	《全宋詩》卷 1905
		《追和陶淵明九日閒居詩》	1	《全宋詩》卷 1908
22	吳芾	《和陶停雲》	1	《全宋詩》卷 1956
		《和陶示周續之企謝景夷韻寄朱元晦》	1	《全宋詩》卷 1956
		《和陶〈與殷晉安別〉韻送陳順之赴官》	1	《全宋詩》卷 1956
		《乍晴與客登眺和陶〈和胡西曹〉韻》	1	《全宋詩》卷 1956
		《和陶〈悲從弟仲德〉韻哭陳澤氏》	1	《全宋詩》卷 1956
		《和陶阻風於規林韻寄陳時中二首》	2	《全宋詩》卷 1956
		《和陶始作鎮軍參軍經曲阿韻哭陳能之》	1	《全宋詩》卷 1956
		《和陶赴假還江陵夜行途口韻寄江朝宗》	1	《全宋詩》卷 1956
		《和陶乙酉歲九月九日》	1	《全宋詩》卷 1956
		《和陶〈庚戌歲九月中於西田獲旱稻〉》	1	《全宋詩》卷 1956
		《和陶〈丙辰歲八月中於下潠田舍穫〉》	1	《全宋詩》卷 1956
		《和陶詠貧士七首》	7	《全宋詩》卷 1956
		《和陶詠二蔬韻》	1	《全宋詩》卷 1956
		《和陶〈讀山海經十三首〉韻送機簡堂自景星岩再住隱靜》	1	《全宋詩》卷 1956
		《和陶〈勸農〉韻勉吾鄉之學者》	1	《全宋詩》卷 1956
		《和陶〈命子〉韻示縈調官》	1	《全宋詩》卷 1956
		《和陶〈歸鳥〉》	1	《全宋詩》卷 1956

		《和陶〈形贈影〉》	1	《全宋詩》卷 1956
		《和陶〈神釋〉》	1	《全宋詩》卷 1956
		《和陶〈輓歌詞〉三首》	1	《全宋詩》卷 1956
		《和陶〈桃花源〉》	1	《全宋詩》卷 1956
		《和陶〈影答形〉》		《全宋詩》卷 1965
23	鄭耕老	《和敬夫斜川韻》	1	《全宋詩》卷 1991
24	郭印	《和淵明韻贈耕道》	1	《全宋詩》卷 1663
		《再和淵明韻贈耕道》	1	《全宋詩》卷 1663
25	王十朋	《送送胡正字（憲）分韻得來字》	1	《全宋詩》卷 2028
26	范成大	《和陶〈榮木〉》		《全宋詩》卷 2242
27	陸游	《和陳魯山十詩以「孟夏草木長，繞屋樹扶疏」為韻》	10	《全宋詩》卷 2154
28	楊萬里	《和淵明歸去來兮辭》	1	《全宋詩》卷 2317
29	周必大	《陶淵明乙酉重九詩一首某以此年此日舟次吉水距永和才一程耳輒用其韻先寄二兄十三兄並呈提舉七兄》	1	《全宋詩》卷 2326
30	朱熹	《伏蒙某官寵示和陶見寄舊作伏讀歎仰又感知待期許之意蓋非一日率意次韻少見謝臆伏惟矜憐有以教之》	1	《全宋詩》卷 2389
		《比與鄰曲諸賢修舉歲事攜壺石馬追補斜川之遊而公濟適至飲罷首出和陶之句以紀其勝輒亦用韻酬答兼呈諸同遊者請共賦之》	1	《全宋詩》卷 2391
		《正月五日欲用斜川故事結客載酒過伯休新居風雨不果，二月五日始克踐約坐間陶公卒章二十字分韻，熹得中字賦呈諸同遊者》	1	《全宋詩》卷 2391
31	張栻	《正甫還長沙復用斜川日和陶韻為別》	1	《全宋詩》卷 2416
		《止酒》	1	《全宋詩》卷 2416
		《用陶靖節斜川詩韻見貽亦復同賦以謝》	1	《全宋詩》卷 2416
32	陳造	《和陶淵明二十首》	20	《全宋詩》卷 2422
		《和陶淵明歸園田居六詩》	6	《全宋詩》卷 2424
		《程帥和陶二詩見憶次韻》	2	《全宋詩》卷 2424
		《次程帥和陶韻》	1	《全宋詩》卷 2424
		《李伯成食甘豆粥和淵明詩分寄次韻》	1	《全宋詩》卷 2423

33	宋朝老	許及之《跋宋朝老再和陶淵明歸去來辭》	1	《全宋詩》卷 2444
34	許及之	《綸子效靖節止酒體賦筠齋余亦和而勉之》	1	《全宋詩》卷 2444
35	薛季宣	《止齋和七五兄次淵明止酒詩韻》	1	《全宋詩》卷 2469
		《又讀陶靖節詩即次前韻效其體》	1	《全宋詩》卷 2469
36	程洵	《榮木和陶靖節韻》	1	《全宋詩》卷 2500
37	藤岑	《和陶淵明飲酒詩》	20	《全宋詩》卷 2553
38	趙蕃	《和陶淵明乞食詩一首並序》	1	《全宋詩》卷 2622
		《和陶淵明乙酉歲九日詩一首》	1	《全宋詩》卷 2622
		《重九才四日爾風雨如此病臥殊亡聊小兒輩取酒飲予且索作詩強和淵明九日閒居一首》	1	《全宋詩》卷 2622
		《九日用陶靖節乙酉歲韻》	1	《全宋詩》卷 2622
		《晦日用陶靖節臘日韻》	1	《全宋詩》卷 2616
		《東坡在惠州窘於衣食以重九近有樽俎蕭然之歎和淵明貧士七詩今去重九三日爾僕以新穀未升方絕糧是憂至於樽俎又未暇計也因誦靖節貧士及坡翁所和者輒復用韻》	7	《全宋詩》卷 2616
		《壽以九月十一日行莫令君領客攜具泛舟餞之吐蕃用九日韻作詩要莫及徐丞同賦以送潘》	1	《全宋詩》卷 2640
39	張鎡	《重九日病酒不飲而園菊已芳薄暮吟繞亦有佳興因和淵明九日閒居詩一首聊見響慕之意云》	1	《全宋詩》卷 2681
40	王阮	《和陶詩六首》	6	《全宋詩》卷 2656
41	蘇洞	《用陶乙酉歲九月九日韻》	1	《全宋詩》卷 2843
		《和陶九日閒居》	1	《全宋詩》卷 2843
42	戴栩	《寄題林上舍真意堂用其原和淵明韻二首》	2	《全宋詩》卷 2945
43	張侃	《客有誦唐詩者又有誦江西詩者因再用斜川舊日韻》	1	《全宋詩》卷 3112
44	宋伯成	《席上有舉東坡集歸去來字成詩十首醉中戲續一首》	1	《全宋詩》卷 3181

45	葉茵	《乙酉生日敬次靖節先生擬輓歌辭三首》	3	《全宋詩》卷 3186
		《庚午生日再擬去歲輓歌辭》	1	《全宋詩》卷 3186
		《晚年闢地為圃用東坡和靖節歸園田居六首》	1	《全宋詩》卷 3187
		《乙酉九日次靖節是歲是日韻》	1	《全宋詩》卷 3188
46	高斯德	《九日會客面岳亭以採菊東籬下悠然見南山分韻得採字詩》	1	《全宋詩》卷 3229
47	釋文珦	《依韻酬葛秋岩陶體四首》	4	《全宋詩》卷 3318
48	劉敞	《追和淵明貧士詩七首》	7	《全宋詩》卷 3422
49	舒岳祥	《停雲詩並序》	1	《全宋詩》卷 3435
		《丙子兵禍自有宇宙寧海所未見也予家二百指餁石將罄避地入剡貸粟而食解衣償之不敢以淵明之主望於人也因讀淵明乞食詩和韻書懷呈達善亦見達善燒痕橋中有陶公乞食顏公乞米二帖跋尾也》	1	《全宋詩》卷 3435
		《子瞻在惠州以十月初吉作重九和淵明己酉九月九日韻余去年以此日奔避萬山今日則有間矣有野人饋菊兩叢對之歎息因繼韻陶蘇之後》	1	《全宋詩》卷 3435
50	黃文雷	《和陶》	5	《全宋詩》卷 3448
51	方回	《九日用淵明韻二首》	2	《全宋詩》卷 3489
		《以採菊東籬下悠然見南山為韻賦十首》	10	《全宋詩》卷 3496
		《雜興十二首》	12	《全宋詩》卷 3503
		《擬詠貧士七首並序》	7	《全宋詩》卷 3489
52	牟巘	《東坡九日樽俎蕭然有懷宜興高安諸子侄和淵明貧士七首余今歲重九日有酒無肴而長兒在宜興諸兒蘇杭溧陽因輒繼和》	7	《全宋詩》卷 3510
		《希年初度老友王希直扁舟還訪夙誼甚厚既以十詩實用淵明採菊東籬下語五章云每歲思親不持⋯⋯輒和韻》	10	《全宋詩》卷 3514
		《侍軒院叔過山廬意行甚適夜過半乃知醉臥山中而親友或去或留因借淵明詩運暮春篇一笑》	1	《全宋詩》卷 3511
53	方一夔	《偶閱淵明開歲古詩因和其韻》	1	《全宋詩》卷 3529
		《和淵明雜詩奈何五十年韻》	1	《全宋詩》卷 3529

54	愈德鄰	《暇日飲酒輒用靖節韻積二十首》	20	《全宋詩》卷 3546
55	蒲壽宬	《舶使王會溪太守趙見泰九日領客枉顧山中賦採菊東籬下悠然見南山韻十首》	10	《全宋詩》卷 3576
56	方鳳	《和陶淵明九日閒居韻》	1	《全宋詩》卷 3619
57	戴表元	《和陶乞食》	1	《全宋詩》卷 3641
		《自居剡源少遇樂歲辛巳之秋山田可擬上熟吾貧庶幾得少安乎乃和淵明貧士》	7	《全宋詩》卷 3641
58	趙友直	《歸園田居和陶淵明韻》	1	《全宋詩》卷 3661
59	于石	《次韻劉和德賦淵明》	1	《全宋詩》卷 3675
		《和淵明詩》(《飲酒》其五)	1	《全宋詩》卷 3675
60	仇遠	《乙巳歲三月為溧陽校官上府經烏剎橋和陶淵明韻》	1	《全宋詩》卷 3678
61	黎庭瑞	《九日和陶》	1	《全宋詩》卷 3706
62	趙處澹	《追和陶淵明詠貧士》	1	《全宋詩》卷 3784
63	釋覺範	《和歸去來分辭》	1	《石門文字禪》〔註76〕

　　袁行霈統計宋人和陶者不過十餘人，〔註77〕筆者考得宋代和陶詩作者至少達百餘人，至今姓名可考者仍有 63 人之多。宋代和陶詩創作方式多樣，既有一人追和陶詩者，還有多人追和之情況，如朱熹《正月五日欲用斜川故事結客載酒過伯休新居風雨不果，二月五日始克踐約坐間陶公卒章二十字分韻，熹得中字賦呈諸同遊者》詩，從詩題來看，當時即有二十人同時追和陶詩；從高斯德《九日會客面岳亭以採菊東籬下悠然見南山分韻得採字詩》來看，當時是十人分韻追和陶詩，可見宋人和陶的盛況。宋代和陶詩作者身份也呈現多元化，有著名政治家、著名詩人、隱士、詩僧、遺民等。他們從陶詩中各取所需，或以義理相發明、或尋同調以自勵，陶淵明就像一面鏡子，宋人的精神面貌、人格氣度和生命情趣，都通過追和陶詩得以彰顯。

二、宋代和陶詩的文化內涵

　　和陶，鎔鑄了宋人對陶潛人格、思想的敬仰，對陶詩藝術成就的期羨，也折射出宋代不同歷史時期人文精神的消長與更迭。將這些予以揭示，可進一步挖掘宋代和陶詩深刻的文化內涵。

〔註76〕（宋）僧惠洪撰：《石門文字禪》，影印文淵閣四庫全書本。
〔註77〕袁行霈：《論和陶詩及其文化意蘊》，《中國社會科學》2003 年第 6 期。

首先，我們會注意宋代政治家的和陶之作。李綱，字伯紀，號梁溪居士，為南宋抗金主戰派的代表。「宣和七年，……時金人渝盟，上禦戎五策，又刺臂血上疏論內禪，其議乃決。」〔註78〕他居相位雖只七十日，其謀數不見用，依然以中興之業為己任，「平生主戰，負天下重望，屢起屢蹶」，是一位正氣凜然的政治家。兩宋之交，李綱因主張抗金有多次被貶的經歷。顛沛流離的貶謫生活中對陶詩精神有了真切、深刻的體會：「予家梁溪，粗有田園可歸，方謀築室惠山下，娛意泉石，忘懷世味，貶謫官羈束，未獲遂心。因讀陶淵明《歸田園》詩，嘉其辭旨平淡高遠，次韻和之以寓意也。」（《和陶淵明歸田園六首》）〔註79〕李綱佩服陶潛正氣凜然、不屈服於強權的人格氣節，他的和陶詩融合了自己恬然自足的人生理想而具有深刻的文化內涵。

范成大，字致能，號石湖居士，宋高宗紹興二十四年（1154年）進士，初授戶曹，歷任監和劑局、處州知府等，曾以假資政殿大學士出使金朝，不畏強暴，幾近被殺，不辱使命而歸，可見其剛正不阿的性格。范成大早年喪父，家境貧寒，有躬耕田畝的生活經歷，又仰慕陶潛「不戚戚於貧賤、不汲汲於富貴」的高尚人格，他追和陶詩也就不難理解了。「薰風南來，木榮於茲。木榮幾時，黃落從之。逝其須臾，坐成四時。」（《榮木並序》）〔註80〕其和陶詩表現出隨緣任化的人生態度，也反映了宋朝士大夫「儒道合一」的人生情懷。

作為理學家的朱熹酷愛陶詩：「作詩須從陶、柳門庭中來，乃佳。不如是，無以發蕭散沖淡之趣，無由到古人佳處。」〔註81〕朱熹的和陶詩胸次超然、意境渾厚，既有陶詩自然平淡之風，亦有宋人悠然物外的心境，與陶淵明詩中的蕭散之趣是相通的。「玄景雕暮節，青陽變暄風。忽尋斜川句，感此勝日逢。駕言當出遊，一寫浩蕩胸。雲物疑異候，淒迷久連空。今朝復何朝，頓覺芳景融。」（《用陶公卒章二十字分韻，熹得中字賦呈諸同遊者》）〔註82〕全詩描寫勝日出遊的所見所聞，一派天朗氣清之象。明人陳敬宗評價朱熹說：「晉之陶、唐之韋、柳，沖澹典則，得溫柔敦厚之遺意焉，亦足以興衛風雅無忝矣。然自蘇、李以後，千有餘年之間，作者固多，而或失之綺麗，或失之巧

〔註78〕曾棗莊等主編：《全宋文》第 169 冊，第 1 頁。
〔註79〕傅璇琮等主編：《全宋詩》，第 17598 頁。
〔註80〕傅璇琮等主編：《全宋詩》，第 25751 頁。
〔註81〕（宋）羅大經：《鶴林玉露》，中華書局 1983 年版。
〔註82〕傅璇琮等主編：《全宋詩》，第 27620 頁。

密，無復唱歎之遺音，可慨也！後宋晦庵朱先生以道統之學，上承先聖，下開後人，於注釋經傳之餘，時時發諸詠歌。眾體悉備，而尤粹於五言，蓋出入漢、魏、陶、韋之間，而興致高遠則或過之。蘊淡薄之味於大羹玄酒之中，揚淳古之音於朱弦疏越之外，誠曠代之稀聲也。」（《宣德本晦庵先生五言詩鈔後序》）〔註83〕可謂的評。

其次，是宋代一些隱士、遺民的和陶詩。如果說唐型文化「相對開放、相對外傾、色調熱烈」，那麼，宋型文化則是「相對封閉、相對內斂、色調淡雅。」〔註84〕佛學的空寂、道家的虛境，深刻影響著宋人的文化心理建構。宋代文士的思考無意禪定，卻不自覺地進入了禪定的狀態。「縱浪大化中，不喜亦不懼。應盡便須盡，無復獨多慮。」（《神釋一首》）〔註85〕陶淵明在世俗生活中體現出的高懷逸趣，深得宋代隱士的追慕。這些隱士不遺餘力地尋找陶淵明與自己人生情趣的相似處，並以之作為修身蓄志的榜樣。釋文響《依韻酬葛秋岩陶體四首》其二云：「大化無端倪，至道絕馮杖。委身於一靜，足以去群妄。死生亦寄耳，遐齡豈吾望。」〔註86〕該詩兼具陶詩及宋代隱士風範，表明自己委運任化的人生態度，顯示出對陶淵明人格精神的高度理解與認同。

宋元易代之際，異族入侵、國家覆亡、政權的更迭、社會動盪引起漢族士人地位的極度下滑。遺民詩人有著強烈的正統意識、和故國難以割捨的情感記憶，在思想行為上與新朝政權或官方文化有一定疏離乃至抗拒，他們敬仰陶淵明安貧固窮、「不為五斗米折腰」的氣節，也創作了大量和陶詩，此類作品以和《詠貧士》與《乞食》最為著名。

戴表元，南宋末以兵亂歸剡。次年三月，元兵南下，避難天台、鄞縣。祥興二年（1279年）復返里，輾轉鄞縣、杭州等地，生計益艱，以授徒賣文為生，其《和陶乞食》云：「脫身得一飽，激烈陳歌詩。不如魯侯仁，借貸英雄材。嗟餘亦有作，欲向誰同貽。」〔註87〕在和陶中摻入遺民的身世之感。舒岳祥，字景薛，一字舜侯，人稱閬風先生，浙江寧海人，1256年中進士，授奉化尉。宋亡後，舒岳祥隱匿鄉里執教，為赤城書堂長。與奉化戴表元、鄞縣

〔註83〕郭齊箋注：《朱熹詩詞編年箋注》，巴蜀書社2000年版，第945頁。

〔註84〕馮天瑜：《中華文化史》，上海人民出版社1990年版，第634頁。

〔註85〕袁行霈：《陶淵明集箋注》，中華書局2003年版，第67頁。（以下版本號略）

〔註86〕傅璇琮等主編：《全宋詩》，第39542頁。

〔註87〕傅璇琮等主編：《全宋詩》，第43644頁。

袁桷等交往甚密。舒岳祥崇尚陶潛安貧固窮的人格節操，對陶詩愛不釋手，自覺地以其為師：「淵明不可及，適意惟所之。無食不免乞，折腰竟乃辭。主人必義士，知心如子期。」〔註88〕遺民詩人舒岳祥筆下的陶淵明並非單純的隱士，而是不仕二姓的遺民典型，其和陶詩實質上是借陶潛以表現自己終於舊朝的高潔人格。

南宋末年趙蕃和陶詩，更是交織著複雜難言的人世滄桑之感，其《和陶淵明乞食詩一首》序曰：

> 自八月以來，日以抱衣易米為事，衣且竭矣，米卒亡術可繼。
> 因讀東坡《和陶乞食詩》……，則知東坡之貧，蓋不至於陶，而陶雖貧，猶有可乞食之家，僕今縱慾乞食，將安之耶？〔註89〕

「陶雖貧，猶有可乞食之家」，而自己「今縱慾乞食，將安之耶？」其中流露的故國之思、身世之感不是很明顯嗎？以上這些遺民詩人的人格多有與陶淵明相近者，宋元異代之際，他們都堅守自己的人生準則，不肯同流合污，也不肯屈己干人，其和陶詩的詩便是這種性格的真實體現。

最後，是宋代一些著名詩人的和陶詩。宋人喜和陶，是與宋代詩學的審美理想分不開的。自然平淡作為詩歌審美理想，是在宋代確立並成為宋人的理論自覺。「作詩無古今，唯造平淡難。」是宋人普遍的藝術追求。陶詩「質而實綺、腰而實腴」，語言質樸無華，意蘊含蓄深遠。崇尚「蕭散沖淡」之美的宋人自然奉陶詩為圭臬，慕陶、詠陶、和陶，也就在情理之中。

陳與義，南北宋之交的傑出詩人，「江西詩派」代表作家。陳與義經歷靖康劇變、顛沛流離，閱盡了人世滄桑，故能寫出不少寄託遙深的詩篇，其和陶詩頗得靖節先生之神髓：「紛紛吏民散，遺我以兀然。悄悄今夕意，鳥影馳隙間。……何妨暫閱世，謀行要當先。西齋一壺酒，微雨新秋還。蛛網閃明晦，葉聲餞歲年。呼兒具紙筆，錄我醉中言。」（《同通老用淵明獨酌韻》）〔註90〕《宋書》本傳說其詩「體物寓興，清邃紆餘，……上下陶、謝、韋、柳之間。」〔註91〕正指出了陳與義詩歌創作追慕陶潛的特點。

陸游論詩主平淡，去雕琢，「雕琢自是文章病，奇險尤傷氣骨多。」〔註92〕

〔註88〕傅璇琮等主編：《全宋詩》，第 40901 頁。
〔註89〕傅璇琮等主編：《全宋詩》，第 30472 頁。
〔註90〕傅璇琮等主編：《全宋詩》，第 19528 頁。
〔註91〕（元）脫脫：《宋史》，中華書局 1975 年版，第 13130 頁。
〔註92〕郭紹虞主編：《中國歷代文論選》，上海古籍出版社 1979 年版，第 203 頁。

這與陶淵明的沖淡詩風有著天然聯繫。在追求自然平淡之美上,陸游與陶潛有著高度的精神默契,可謂異代知音。其和陶詩才能得「靖節之情景」,臻卓然不群之境。陸游《和陳魯山十詩以孟夏草木長,繞屋樹扶疏為韻》云:「杜門殊省事,百巧輸一粗。燒香淨掃地。袖手了朝暮。」〔註93〕詩作頗有陶潛平易沖淡之美,給人的啟迪是多方面的。

梅曾亮論及唱和詩時曾說:「疊韻之巧,盛於蘇黃;和韻之風,流於元白。矜此難能,竟於碎義。是猶削足適履,屈頭便冠,此又一弊也。」(《柏筧山房詩集序》)〔註94〕梅氏之評亦可挪移來評價和陶詩。有時,和陶詩過於雕章琢句,意欲爭勝,不免流於遊戲。但更多情況下,文學創作中的逞才使氣,卻是一種有益的競爭。後世詩家明知陶詩不可超越而依然堅持不懈地創作和陶詩,實際上反映了後世詩人對陶淵明傑出的藝術才力既推崇又忌妒、既折服又欲超越的文化心理,進一步印證了陶詩的輝煌成就和深遠影響。

總之,宋代和陶者身份各異,他們或引陶淵明為同調,從陶詩中尋求新的精神資源藉以自勵;或通過和陶,以療救自己心靈之缺憾;或折服陶詩的藝術成就,創作了大量和陶詩,當然也有一些遊戲之作。正是宋代眾多詩人的共同參與,才鑄就了宋代和陶詩異彩紛呈的繁榮局面,從不同側面顯示出陶淵明在後世的巨大影響。

三、宋代和陶詩的審美風貌

陶詩經過和陶者的再創作,使原詩的意義發生轉移,而有了另外一種神秘的美。和陶詩自有它獨特的情韻,只不過我們找不到合適的闡釋角度,使其長期游離於我們的研究視野之外。因此,當考察分析宋代和陶詩時,我們既要看宋代和陶者從陶淵明那裡接受了些什麼,又要審視和陶詩相對於原詩有何創新與突變,在這種雙向的考察中,我們將對宋代和陶詩獲得一種全新的體認。

(一)和陶詩主題的拓展

宋人和陶詩,除極少數詩人的和陶帶有遊戲性質不論,大多數和陶者的創作態度是嚴肅認真的,他們中間不乏精彩、優秀的篇章。陶淵明《勸農》主要言農業之興和農耕之樂,表現出對上古生民抱樸含真、傲然自足田園生活

〔註93〕傅璇琮等主編:《全宋詩》,第 24252 頁。
〔註94〕舒蕪:《中國近代文論選》,人民文學出版社 1959 年版,第 25 頁。

的嚮往，其《勸農》其二云：

> 哲人伊何？時維后稷。贍之伊何？實曰播殖。舜既躬耕，禹亦
> 稼穡。遠若周典，八政始食。〔註95〕

蘇軾《和勸農》詩作於貶謫海南期間，深刻反映了當時海南地區生民生之艱苦，該首和陶詩的主題與陶潛原詩是不同的。在此不妨將蘇軾《和勸農》詩引出以供對照：

> 海南多荒田，俗以貿香為業，所產杭稌不足於食，乃以薯芋作
> 粥糜以取飽，予既哀之，乃和淵明《勸農》詩以告其有知者。……
> 天禍爾土，不麥不稷。民無用物，怪珍是殖。播厥薰木，腐余是穡。
> 貪夫污吏，鷹鷙狼食。〔註96〕

這首和陶詩，有對「天禍爾土，不麥不稷」的黎人的同情，希望他們墾荒種稻，改善自己的生活；更有對「鷹鷙狼食」的「貪夫污吏」的指斥。蘇轍《和勸農》小序亦云：「子瞻和淵明詩六章，哀儋耳之不耕。予居海康，農亦甚惰，其耕者多閩人也。然其民甘於魚鰍蟹蝦，故蔬果不毓；冬溫不雪，衣被吉貝，故藝麻而不績，生蠶而不織，羅紈布帛，仰於四方之負販。……予居之半年，凡羈旅之所急，求皆不獲。故亦和此篇，以告其窮，庶或有勸焉。」〔註97〕兩人的和陶詩均表現出對民生疾苦的深深同情，對陶詩「農耕之樂」主題也是進一步的拓展。

還有一些詩人，其和陶詩只是借陶詩原韻任意書寫自己想表達的內容。如程洵，南宋詩人，朱熹內弟，從朱熹學，家有「道問學齋」，朱熹為之易名為「尊德性齋」。程洵博覽群籍，尤喜陶詩，其《榮木和陶靖節韻》云：

> 我卜我居，遊息在茲。有榮者木，日封植之。本根既固，發生
> 以時。……維人之生，孰木孰根。惟皇降衷，天理俱存。是曰成性，
> 道義之門。欽斯承斯，大化已敦。嗟彼世人，自安淺陋。德不圖新，
> 惡或念舊。有干惟祿，有惟富。孰能毅然，不為利疚。我懷師訓，
> 罔敢失墜。匪道曷從，匪義曷畏。聖門雖遠，率焉以冀。庶幾疲駑，
> 久亦告至。〔註98〕

〔註95〕袁行霈：《陶淵明集箋注》，第34頁。
〔註96〕（宋）邵浩：《坡門酬唱集》，影印文淵閣四庫全書本。
〔註97〕（宋）邵浩：《坡門酬唱集》，影印文淵閣四庫全書本。
〔註98〕傅璇琮等主編：《全宋詩》，第28900頁。

這首和陶詩，突破了陶潛《榮木》的主題，一派隱逸之士的高蹈出世情懷躍然紙上。全詩的主題較之陶潛原詩有了進一步的拓展。

（二）和陶詩風格的突破

作詩固難，和陶詩創作尤為不易。和陶詩既要有自己有完整的內容，還要與陶詩音韻一致。和陶詩創作要出新，不僅要求和陶者對陶潛詩歌章句爛熟於胸，還須步陶詩原韻作詩，無疑更增添了創作的難度。高明的和陶者，既得陶淵明詩之神韻，又具有自己的獨特風格。試看蘇軾的《和擬古》：

> 有客扣我門，繫馬庭前柳。庭空鳥雀噪，門閉客立久。主人枕書臥，夢我平生友。忽聞剝啄聲，驚散一杯酒。倒裳起謝客，夢覺兩愧負。坐談雜今古，不答顏愈厚。問我何處來，我來無何有。〔註99〕

蘇軾此詩既得陶潛原詩之神韻，又表達出自己曠達、詼諧的人生觀。舒岳祥評價道：「自唐以來，效淵明為詩者皆大家，王摩詰得其清妍，韋蘇州得其散遠，柳子厚得其幽潔，白樂天得其平淡。正如屈原之騷，自宋玉、景差、賈誼、相如、子雲、退之而下，各得其一體耳。東坡蘇氏和陶而不學陶，乃真陶也。」〔註100〕所謂「和陶而不學陶」者，即指不但抒詩人之情，還「得古作者之意」，正體現出蘇軾和陶詩的獨創性風格。

（三）和陶詩藝術技巧的創新

奇與正，是中國詩學理論中常用的一對批評範疇，明代謝榛《四溟詩話》云：「正而無奇，則守將也；奇而無正，則鬥將也。……譬之詩，發言平易而循乎墨繩，法之正也；發言雋偉而不拘墨繩，法之奇也。平易而不執泥，雋偉而不險怪，此奇正參五之法也。」〔註101〕和陶詩的創造性，異於文學創作的原創性而帶有再生性的特質。若只是模擬陶詩、手法單一，則索然寡味。故宋人和陶詩創作常以「破正求奇」來產生出人意料的「陌生化」效果。宋人和陶詩中不乏此方面的典範之作。先來看宋人兩首和陶《歸去來兮辭》。

蘇軾《歸去來集字十首》：

> ……命駕欲何向，欣欣春木榮。世人無往復，鄉老有逢迎。雲

〔註99〕（宋）邵浩：《坡門酬唱集》，影印文淵閣四庫全書本。

〔註100〕（宋）舒岳祥：《閬風集》，影印文淵閣四庫全書本。

〔註101〕（名）謝榛：《四溟詩話》，影印文淵閣四庫全書本。

　　外流泉遠，風前飛鳥輕。相攜就衡宇，酌酒話交情。……雲岫不知

遠，巾車行復前。僕夫尋老木，童子引清泉。矯首獨傲世，委心還

樂天。農夫告春事，扶老向良田。〔註102〕

　　耳熟能詳的陶淵明《歸去來兮辭》，經蘇軾妙手點化，衍生出別樣的風味，生發出另一完整的、全新的意境，真可謂化尋常為神奇。楊萬里《和陶淵明歸去來兮辭》則融陶潛《歸去來兮辭》原韻與屈騷傳統與一體，呈現出深邃婉麗、幽隱曲折的情調：

　　歸去來兮，平生懷歸今得歸。……捐水蒼兮今佩，反芰制兮昨

衣。戀豈援夫太紫，分敢踰於少微。……剏先人兮弊廬，有一壑兮

一丘。後千尋兮茂林，前十里兮清流。〔註103〕

　　蘇軾《歸去來集字》十首中所有字均源於陶潛《歸去來兮辭》，楊萬里則是對陶淵明《歸去來兮辭》的追和之作。與陶潛原文相比，堪稱各具風神、異曲同工。聞一多曾經說：「恐怕越有魄力的作家，越是要戴著腳鐐跳舞才跳得痛快。跳舞的不怪腳鐐礙事，只有不會作詩的才感覺得格律的縛束。」（《詩的格律》）〔註104〕聞先生的這番話，正說明和陶詩創作的艱辛，非具非凡才力者不能為之。

　　宋人和陶，是一種自覺的、有目的的文化行為，它本質上是宋代詩人在陶淵明身上尋找文化對應物。宋代和陶詩攜帶著陶詩的基因，在宋代文學的根莖上獲得了新的審美價值。陶詩在宋代被不斷追和，說明這個文化符號在中華文化的演進中被不斷強化和認同。一個作家的作品，在中國文學的歷史進程中，能贏得代代讀者的熱愛，其中必有其長盛不衰、經得起歷史檢驗的原因，正是在此意義上，研究宋代和陶詩不但對陶詩接受史來說必不可少，也可為研究中華文化提供一個新的視角。

第四節　《全宋詩》補遺

　　傅璇琮先生等主編的《全宋詩》編撰篳路藍縷、網羅一代文獻，允稱煌煌巨製、嘉惠學林。但因所涉文獻浩繁、錯誤難免，加之編選標準前後不一，

〔註102〕傅璇琮等主編：《全宋詩》，第9566頁。
〔註103〕傅璇琮等主編：《全宋詩》，第27950頁。
〔註104〕聞一多：《聞一多全集》第二冊，湖北人民出版社1993年版，第139頁。

一些詩題、詩序、詩注中出現的詩人，在《全宋詩》及《索引》未能單獨列出，詩作亦未單獨收錄，應作為佚詩看待。茲舉其佚詩 11 首 43 句，新見詩人 9 家，以供續編採擇。

一、詩序中的佚詩

1. 沈鵬＊〔註105〕：《雪詩》：願將高士曲，來入舜綺彈。

《全宋詩》卷一三四八廖剛《再和》詩序：「沈鵬《雪詩》云『願將高士曲，來入舜綺彈』，因再和。」〔註106〕按：據詩序，沈鵬係宋代詩人，《全宋詩》未收錄。

2. 帛道猷：連峰數千里，修竹帶平津。雲過遠山騽，風來梗荒榛。茅茨隱不見，雞鳴知有人。閒步踐其徑，處處見遺薪。始知百世下，亦有上皇民。

《全宋詩》卷一三四九惠洪《追和帛道猷一首並序》：「山陰帛道猷詩寄道一，有相招之意。曰：『連峰數千里，修竹帶平津。……始知百世下，亦有上皇民。』政和六年正月十日，余已定居九峰，而超然輩皆在，已無所羨，特味猷詩，追繼其韻，使諸子和之。」〔註107〕按：惠洪，宋代著名詩僧，精通佛學、長於詩文、著述頗豐，以《冷齋夜話》知名。帛道猷，係惠洪友人。

3. 羅修撰父：吾閭仙桂作叢榮，紫陌先登歷幾春。昨夜月娥親付與，黃金榜上第三人。

《全宋詩》卷一六四三陳淵《代朝宗弟和餞行二首並序》：「鄉人羅公修撰未第時，其父夢有授之詩云：『仙桂作叢榮，紫陌先登歷幾春。昨夜月娥親付與，黃金榜上第三人。』」〔註108〕

4. 方知仁＊：寒梅吾故人，歲必以文會。宛墨尚可覆，未知凡幾醉。晚乃得此詩，山靈以為醉。置身風月上，出語色香外。駕言孤絕處，壞枝委顛沛。懸崖折披竹，斷澗強病檜。窮交僅如此，過是藐無輩。碧眼苦好奇，於焉有深嗜。迎長得一花，以為時可笑。遂若天下春，筆頭頓生氣。我屬閉關日，一枝偕窶寐。敢賀微陽來，尚虞堅冰至。結束果何在，飄零初不計。政恐負歲寒，或為識者唁。

〔註105〕帶＊號為《全宋詩》新見作者
〔註106〕傅璇琮等主編：《全宋詩》卷一三四八，第 15413 頁。
〔註107〕傅璇琮等主編：《全宋詩》卷一三四九，第 15453 頁。
〔註108〕傅璇琮等主編：《全宋詩》卷一六四三，第 18382 頁。

《全宋詩》卷一九六〇杜範《方山和篇再和韻》詩序：「方山叔祖，諱知仁，字文仲，文公門人。方山詩：『寒梅吾故人，歲必以文會。……政恐負歲寒，或為識者唱。』」〔註109〕按：方知仁，字文仲，宋代詩人，《全宋詩》未收錄。

5. 方知仁＊：孤根要先覺，一花已後會。而況萬香中，晚乃誇狂醉。東皇兆羣物，無物居其最。對梅欲著語，當在梅之外。君看龍蛇蟄，中有江河沛。其元陽復雷，其真歲寒檜。於梅觀此妙，眼力憐湛輩。無能根本求，僅為香色嗜。一元無識者，孤真可知矣。君獨邃玄機，命筆開風氣。奇哉天根詞，與世呼夢寐。

《全宋詩》卷一九六〇杜範《方山有求轉語之作並用韻二章》詩序：「方山詩：『孤根要先覺，一花已後會。……奇哉天根詞，與世呼夢寐。』」〔註110〕按：方知仁，字文仲，宋代詩人，《全宋詩》未收錄。

6. 子蒼＊：窮如老鼠穿牛角，拙似鱔魚上竹竿。

《全宋詩》卷二〇〇八胡仔《足子蒼和人詩》序：「子蒼《和人詩》云『窮如老鼠穿牛角，拙似鱔魚上竹竿。』……因足成一章。」〔註111〕按：子蒼，《全宋詩》為收錄，今錄其詩，為宋代新見詩人。

7. 王昌齡：詩書滿腸腹，應笑帶經人。

《全宋詩》卷二〇一六王十朋《用前韻酬昌齡弟詩》云：「王昌齡詩云『詩書滿腸腹，應笑帶經人。』」〔註112〕按：王昌齡係王十朋弟，宋代詩人。

8. 張大轄＊《挽先人詩》：玄鰤隨鉤誠養親。

《全宋詩》卷二〇二九王十朋《孝感井》詩序：「…張大轄秘書《挽先人詩》云：『玄鰤隨鉤誠養親。』」〔註113〕按：張大轄，宋代詩人，與王十朋同時，《全宋詩》未收錄。

9. 無名氏：入堂無復見雙親，建此來寧似在神。

《全宋詩》卷二〇二九王十朋《如在亭》詩序：「先人葬大父母於東山，其旁有詩云『入堂無復見雙親，建此來寧似在神。』」〔註114〕

〔註109〕傅璇琮等主編：《全宋詩》卷一九六〇，第 15265 頁。
〔註110〕傅璇琮等主編：《全宋詩》卷一九六〇，第 15265 頁。
〔註111〕傅璇琮等主編：《全宋詩》卷二〇〇八，第 22529 頁。
〔註112〕傅璇琮等主編：《全宋詩》卷二〇一六，第 2260 頁。
〔註113〕傅璇琮等主編：《全宋詩》卷二〇二九，第 22752 頁。
〔註114〕傅璇琮等主編：《全宋詩》卷二〇二九，第 22752 頁。

10. 蘇軾《漱玉亭》：月出飛橋東。

《全宋詩》卷二〇三三王十朋《飛橋》詩序：「讀東坡《漱玉亭》詩，至『月出飛橋東』句，想像佳境。」〔註115〕

11. 孫介《惜月》：年止十二月，月唯十二圓。蟾輪嗟易缺，人事苦難全。貧病愁忙夜，風雲雨雪天。上逢冰鑒滿，得酒且邀宴。

《全宋詩》卷二〇五三孫介《丁未仲夏賞月》詩序：「頃予乾道三年丁亥五十四歲，仲呂望夕，居家小飲，曾賦《惜月》詩云『年止十二月，月唯十二圓。蟾輪嗟易缺，人事苦難全。貧病愁忙夜，風雲雨雪天。上逢冰鑒滿，得酒且邀宴。』今寓海陵，已七十四，……忽焉恰二十載，可謂事不偶然，……輒用元韻以抒私喜，同座之人不可不庚和也。」〔註116〕

12. 無名氏：眼前雖有還鄉路，馬上曾無放我情。

《全宋詩》卷二一五三曾季貍《秦女行》詩序云：「靖康間，有女子為金人所掠，自稱秦學士女在道中題詩云『眼前雖有還鄉路，馬上曾無放我情。』」〔註117〕

13. 無名氏：把筆頭已白，見書眼猶明。

《全宋詩》卷二四二四陳造《謝程帥袁制使》詩序：「安撫程丈詩筒不乏，近袁丈、制帥附寄蜀書五部，以『把筆頭已白，見書眼猶明』為韻以謝。」〔註118〕

14. 張績：夢隨影瘦溪橫月，詩與香深竹擁門。有月嬋娟來伴住，無人寂寞為誰香。醉餘釵擁橫枝睡，夢破香隨淺笑來。

《全宋詩》卷二六五二張績《梅》詩序云：「余往歲和任子淵《梅花》詩有云云。」〔註119〕按《全宋詩》本卷有張績《梅》詩，此詩未單列出，應作佚詩。

二、詩題中的佚詩

1. 無名氏：夜涼疑有雨，院靜似無僧。

《全宋詩》卷八〇三蘇軾《少年時嘗過一村院見壁上有詩云「夜涼疑有雨院靜似無僧」不知何人詩也宿黃州禪智寺寺僧皆不在夜半雨作偶記此詩故

〔註115〕傅璇琮等主編：《全宋詩》卷二〇三三，第22798頁。

〔註116〕傅璇琮等主編：《全宋詩》卷二〇五三，第23077頁。

〔註117〕傅璇琮等主編：《全宋詩》卷二一五三，第24245頁。

〔註118〕傅璇琮等主編：《全宋詩》卷二四二四，第27992頁。

〔註119〕傅璇琮等主編：《全宋詩》卷二六五二，第31081頁。

作一絕》。〔註120〕

2. 萬大年＊：剩栽桑柘教妻蠶。

《全宋詩》卷二〇一八王十朋詩《貧家連歲蠶荒今年尤甚妻孥有號寒之患每欲以酒自寬酒惡竟不能醉拙於生事殊可笑也表弟萬大年家蠶熟酒醇有足樂者因思舊詩有「剩栽桑柘教妻蠶」句遂和以寄之》，〔註121〕知是詩為萬大年之作。按：萬大年，王十朋表弟，宋代詩人，《全宋詩》未收錄。

3. 張安國：平生我亦詩成癖，卻悔來遲不予編。

《全宋詩》卷二〇三二王十朋詩《安國讀酬唱集有「平生我亦詩成癖，卻悔來遲不予編」之句，今欲編後集得佳作數》，〔註122〕知是詩為張安國詩。

4. 何德獻：斷橋截鐙亦堪憐，始信人間別有天。微見兵機第一義，朱播暫席廣文氈。

《全宋詩》卷二〇三三王十朋詩《予自饒易夔以七月九日行饒人遮道挽留易轎由間道而去提點何德獻相追不及以詩見寄云「斷橋截鐙亦堪憐，始信人間別有天。微見兵機第一義，朱播暫席廣文氈」因次其韻》。〔註123〕

5. 羅江東＊：芳草有情皆疑馬，好雲無處不遮樓。

《全宋詩》卷二一六五陸游《綿州魏成縣驛有羅江東詩云「芳草有情皆疑馬好雲無處不遮樓」戲用其韻》。〔註124〕按：羅江東，宋代詩人，《全宋詩》未收錄。

6. 汪聖權：不分桂籍一毫月，枉踏槐花十八秋。

《全宋詩》卷三一九九方岳《汪聖權自開壽域作小亭…有詩云「不分桂籍一毫月，枉踏槐花十八秋。」其志亦可悲也已，為題曰桂穴而繫之詩》。〔註125〕按：《全宋詩》汪聖權條未收此詩。

7. 范仲淹：雲飛過江去，花落大城東。

《全宋詩》卷三七〇六黎廷瑞《春社……以范文正公「雲飛過江去，花落大城東」分韻得雲字》，〔註126〕知是詩為范公詩。

〔註120〕傅璇琮等主編：《全宋詩》卷八〇三，第9300頁。
〔註121〕傅璇琮等主編：《全宋詩》卷二〇一八，第22625頁。
〔註122〕傅璇琮等主編：《全宋詩》卷二〇三二，第22789頁。
〔註123〕傅璇琮等主編：《全宋詩》卷二〇三三，第22792頁。
〔註124〕傅璇琮等主編：《全宋詩》卷二一六五，第24317頁。
〔註125〕傅璇琮等主編：《全宋詩》卷三一九九，第38316頁。
〔註126〕傅璇琮等主編：《全宋詩》卷三七〇六，第44502頁。

三、詩注中的佚詩

1. 晁无咎：短棹孤飛誇寥廓，洪濤高臥看星辰。

《全宋詩》卷九三七引《演山先生文集》卷三「八月仙楂偶相送，寥廓孤飛誰與共？」自注：「无咎夢乘扁舟泛海，波濤在舟之上，舟行如飛，仰視天漢星辰甚明。因得句云『短棹孤飛誇寥廓，洪濤高臥看星辰。』」

2. 潘玢＊：滿城風雨近重陽。

《全宋詩》卷一三〇六謝逸《重陽示萬同德》詩注：「潘玢有『滿城風雨近重陽』句。」〔註127〕按：潘玢，宋代詩人，《全宋詩》未收錄。

3. 范覺民：稻揩聊以當沙堤。

《全宋詩》卷一三四七詩注：「莊綽《雞肋編》卷上：『高宗南幸，舟方在海中，每泊近岸，執政必登舟朝謁，行於沮洳，則躡芒鞋。……參政范覺民曰：稻揩聊以當沙堤。』」〔註128〕

4. 曹希蘊《墨竹詩》：最愛小軒岑寂夜，月移清影上東牆。

《全宋詩》卷一四二五《再蒙自然使君寵和竹詩率爾為謝》自注：「曹希蘊作《墨竹詩》云『最愛小軒岑寂夜，月移清影上東牆。』」〔註129〕

5. 無名氏：一鳩鳴午寂，雙燕語春愁。

《全宋詩》卷二〇〇八引胡仔《苕溪魚隱齋叢話》：「陳傳道嘗於彭門壁間見書一聯云『一鳩鳴午寂，雙燕語春愁。』」〔註130〕

6. 孫子尚＊：中原回首尚胡塵，世事徒警日月新。羈旅不堪頻作別，壯懷雖在已甘貧。南來求友傳三益，西去論心有幾人。別後夢魂何處是，只應來往慎江濱。

7. 姜大呂：左原消息杳無聞，令我愁懷似亂雲。多病廢詩兼廢酒，青春孤我亦孤君。要同學問文章樂，無奈東西南北分。況是一簾殘雨後，落花飛絮兩紛紛。

8. 劉方叔：須知失馬事，莫廢獲麟書。

按以上均見《全宋詩》卷二〇一六王十朋《懷劉方叔兼簡全之用前韻》詩注。按：孫子尚，南宋詩人，《全宋詩》未收錄。〔註131〕

〔註127〕傅璇琮等主編：《全宋詩》卷一三〇六，第 14847 頁。
〔註128〕傅璇琮等主編：《全宋詩》卷一三四七，第 15396 頁。
〔註129〕傅璇琮等主編：《全宋詩》卷一四二五，第 16424 頁。
〔註130〕傅璇琮等主編：《全宋詩》卷二〇〇八，第 22529 頁。
〔註131〕傅璇琮等主編：《全宋詩》卷二〇一六，第 22605 頁。

9. 劉方叔：山北山南春雨足，漠漠柔柔秀如沃。農家荊婦幾時歸，西疇獨自驅黃犢。

　　《全宋詩》卷二〇一六王十朋《感懷》詩注：「劉方叔昔書一絕於後云『山北山南春雨足，漠漠柔柔秀如沃。農家荊婦幾時歸，西疇獨自驅黃犢。』」〔註132〕

10. 民諺：百步無輕擔。

　　《全宋詩》卷二〇一八王十朋《過百度嶺》詩注：「諺云『百步無輕擔』。因借其語。」〔註133〕

11. 王十朋：《應和顏范祠堂詩》：鐵面金華誰氏子，要須相與嗣前塵。

　　《全宋詩》卷二〇三一王十朋《題何子應金華書院圖》詩自注：「予《應和顏范祠堂詩》云『鐵面金華誰氏子，要須相與嗣前塵。』」〔註134〕

12. 范仲淹：試憑高閣望，五老夕陽開。

　　《全宋詩》卷二〇三二王十朋《次韻安國讀楚東酬唱集》詩自注：「范文正公詩：『試憑高閣望，五老夕陽開。』」〔註135〕

13. 無名氏女：君看江上千竿竹，不是男兒淚斑斑。

　　《全宋詩》卷二〇三五王十朋詩注：「世傳婦人詩云：『君看江上千竿竹，不是男兒淚斑斑。』」〔註136〕

14. 陳讜：淵源師老杜，體制陋西崑。

　　《全宋詩》卷二〇四二王十朋《贈陳教授正仲讜》詩注：「正仲贈予詩云：『淵源師老杜，體制陋西崑。』」〔註137〕按：據詩題，陳讜，字正仲。

15. 凌雲禪師＊：三十年來尋劍客，幾逢落葉幾抽枝。自從一見桃花後，直至如今更不疑。

　　《全宋詩》卷二〇七六洪适《宿廣潤寺書命上人凌雲庵》詩注：「凌雲禪師因桃花悟道，有偈曰『三十年來尋劍客，幾逢落葉幾抽枝。自從一見桃花後，直至如今更不疑。』」按：凌雲禪師，《全宋詩》未錄其詩。〔註138〕

〔註132〕傅璇琮等主編：《全宋詩》卷二〇一六，第22605頁。
〔註133〕傅璇琮等主編：《全宋詩》卷二〇一八，第22621頁。
〔註134〕傅璇琮等主編：《全宋詩》卷二〇三一，第22774頁。
〔註135〕傅璇琮等主編：《全宋詩》卷二〇三二，第22789頁。
〔註136〕傅璇琮等主編：《全宋詩》卷二〇三五，第22824頁。
〔註137〕傅璇琮等主編：《全宋詩》卷二〇四二，第22954頁。
〔註138〕傅璇琮等主編：《全宋詩》卷二〇七六，第23429頁。

16. 范仲淹：半雨黃花秋尚健。

《全宋詩》卷三〇一三史鑄《黃菊二十首》詩注：「凡菊中言霜露者甚多，至於言雨者，惟王龜齡稱范文正公有句云『半雨黃花秋尚健』云。」〔註139〕

〔註139〕傅璇琮等主編：《全宋詩》卷三〇一三，第 35888 頁。

第四章　幽并豪俠氣：金元西夏
文學與文獻

　　「金用武得國，無以異於遼，而一代製作能自樹立唐、宋之間，有非遼世所及，以文不以武也。」[註1] 金源王朝雖然立國時間僅有 120 年，但仍然有著不同於唐宋的獨特成就。「借才異代只是金代文學的起點，影響金代文學發展的因素還有：統治者對儒家思想的大力推崇，科舉制度的廣泛實行，各級各類學校的普遍設立，女真等少數民族文人的崛起，儒釋道等多種思想的並存，南北政權的對立與交往，多元文化的排拒與融合，北方民族性格與文化傳統等。」[註2] 元朝是中國歷史上一個特殊的時代，蒙古鐵騎橫掃歐亞，所向披靡，建立起中國歷史上一個地域空前廣闊的封建王朝。由於王朝橫跨歐亞，故中外交通相當發達，國際貿易往來十分頻繁。城市的繁榮為雜劇和南戲的發展奠定了物質基礎，元代統治者的文化政策，又使的元代文學呈現出自己的獨特面貌，本章對金元時期的文學與文獻進行論述。

第一節　金代詠俠詩的文化內涵及審美追求

　　近幾十年來，學界對金源文學的研究已經創獲良多，積澱了相當成果，然對金代詠俠詩卻至今無多關注，甚而混跡於邊塞詩中。事實上，金源文學

〔註1〕　（元）脫脫等：《金史》卷一二五《文藝傳上》，中華書局 1987 年版，第 2712頁。
〔註2〕　方銘：《中國文學史·遼宋夏金元卷》，長春出版社 2013 年版，第 3～4 頁。

挾裏著北方游牧民族勇武強悍的個性，又得幽并豪俠氣的陶染滌蕩，其詠俠詩不僅得幽并地域的山川之助，更在漢文化與北方民族文化相互融合中，「改寫」了傳統詠俠詩的內容，顯示出獨特的審美特徵，為北雄南秀、異彩紛呈的中華文化增添了新的因子，注入了新的活力。因此，對金代詠俠詩從宏觀上進行搜集整理和研究，不但能夠填補金源文學研究領域的一個空白，而且對金代詩歌風格的形成、文人時代精神以及俠文化在金代的傳承與發展均具有重要價值。有鑑於此，本文從元好問《中州集》，〔註3〕薛瑞兆、郭明志編纂《全金詩》，〔註4〕閻鳳梧、康金聲主編《全遼金詩》〔註5〕金代史料筆記、傳奇小說中搜集整理出近百首詠俠詩，並試圖以俠文化和歷代詠俠詩為參照作一宏觀考察。

一、草原文明衝擊下金人詠俠詩的創作

金人詠俠，是中國俠文學史上一個十分獨特的文化、文學現象，有著深刻複雜的社會歷史文化原因。其中既有自先秦以來俠文化的薰陶和漢唐詠俠文學的傳承，更源於幽并地區粗獷強悍地域文化的滲透，源於女真族勇武彪悍民族性格的驅動。同時，金源王朝思想控制的寬鬆，金與遼、宋之間長期的戰爭也有推波助瀾之功。可以說，金代詠俠詩是在傳統俠文化中孕育，又受幽并地域民風滌蕩、在草原游牧文明與中原農耕文明的交流融合中綻放的花朵。

從地域民風來看，金代詠俠詩作家主要集中在燕趙大地。燕趙大地與蒙古高原毗鄰，境內溝壑縱橫。此種半農半牧的自然環境，漢與戎狄雜居、融合的人文環境，加之中原王朝與游牧民族在幽燕一帶的戰爭與爭奪，使燕趙地區民風以好勇尚武著稱。「晉居深山之中，戎狄之與鄰，而遠於王室，王靈不及。」〔註6〕先秦時期的鮮卑、氐、羌等民族，以游牧射獵和強健勇猛見長，逐漸使此地形成粗獷悍厲、勁悍質木、果敢勇猛的區域文化性格，成為先秦時期遊俠活動的一片沃土。先秦時期，晉國俠士豫讓；燕國燕丹、田光、荊軻、高漸離；魏國之侯贏、朱亥等；都曾生活於此。燕趙古稱多慷慨悲歌之

〔註3〕（金）元好問：《中州集》，中華書局1959年版。（以下版本號略）

〔註4〕薛瑞兆、郭明志編：《全金詩》，南開大學出版社1995年版。（以下版本號略）

〔註5〕閻鳳梧、康金聲主編：《全遼金詩》，山西古籍出版社1999年版。（以下版本號略）

〔註6〕（清）阮元：《十三經注疏》，中華書局1980年版，第2078頁。

士，「自古號多豪傑，名於圖史者往往皆是」，就是這個道理。

魏晉以降，幽燕地區是匈奴、羯、鮮卑族南下中原的必經之地，因而成為農業文明與游牧文明、漢文化與北方少數民族文化交流碰撞、融合薈萃的舞臺和擴散傳播的橋樑。漢胡文化的雙向交流互補，既為幽燕區域文化不斷注入新鮮血液和異質養料，又在北方游牧文明漢化進程中使幽并文化得到重塑與改造。幽并地區以尚氣任俠馳名的文化傳統和該地漢、胡雜處環境相疊加，逐漸形成了幽并文化粗獷悍厲、果敢勇猛的文化氣質。曹植筆下「仰手接飛猱，俯身散馬蹄。狡捷過猴猿，勇剽若豹螭」〔註7〕的幽并遊俠形象；祖逖聞雞起舞、志在恢復，劉越石仗劍策馬、清剛之氣；正是當地任俠尚武風氣的生動體現。幽燕地區「作為與北方少數民族對峙、衝突的前沿，最先最強烈地感受到游牧文化那粗致強悍的原始生命力的震盪滲透，這對遊俠的崛起並代代無絕，顯然構成了重要影響。或者說，這種民族對抗本身，就是遊俠崛起的一個主要動力。」〔註8〕

從民族性格而言，女真族以遊獵為生，生性蠻勇好鬥。女真族實行「猛安謀克」制度以來戰鬥力大爭，先滅遼國、繼克北宋，建立起與南宋王朝劃江並峙的大金帝國。當女真鐵騎破遼攻宋、席捲整個北中國之地時，就為傳統中原文化注入了威猛強悍之氣。史載，完顏亮欲進攻南宋，命畫工「圖臨安之城邑及吳山西湖之盛」，他自己「於吳山絕頂貌己之狀，策馬而立」，且大筆疾書：「萬里車書盡會同，江南豈有別疆封。提兵百萬西湖上，立馬吳山第一峰！」〔註9〕完顏亮等女真上層乃一代梟雄，他們為金代文壇帶來了雄豪勇猛的殺伐之氣，無疑對金代任俠風氣無疑有推動作用。

女真族剛健勇猛的民族性格為中原文化注入了新的活力。在女真族統治下，北方游牧民族那種勇武強悍的個性，便這樣借助其政治優勢，向金代社會強力滲透。金源王朝，整個被中國遼闊曠遠的大地上彌漫著一種質實貞剛、粗獷雄豪的尚武精神，實與北方游牧民族強悍勇武的民族個性密切相關。這可以從近幾十年來的考古發掘中得到明證。1996 年，甘肅省清水縣出土的金代畫像磚《獲獵圖》《出獵圖》中，彪悍強勁的獵人與獵犬的生動情態就是金

〔註7〕逯欽立：《先秦漢魏晉南北朝詩》，中華書局 1983 年版，第 432 頁。（以下版本號略）

〔註8〕汪湧豪、陳廣宏：《遊俠人格》，長江文藝出版社 1996 年版，第 239 頁。

〔註9〕薛瑞兆、郭明志編：《全金詩》第一冊，第 356 頁。

代隴右地區民間任俠風氣的反映。南宋洪邁《夷堅志補》中「解洵娶婦」記載
了宋靖康、建炎年間，金兵大舉南侵，解洵流落幽并地區與一位俠女結婚，
後解洵忘恩負義，俠女殺死解洵的故事。這種情節結構，與游牧民族不受嚴
格的禮教約束的兩性倫理觀念有著深刻的內在聯繫。今存殘本《劉知遠諸宮
調》，描寫西突厥沙陀部人劉知遠貧困交加，離家出走，與李三娘結親，投軍
太原，發跡變泰的故事，從中也可見金代社會江湖世界游民群體的任俠風氣。

從現實淵源來看，金與遼、宋等國之間戰爭頻繁。幽并為古燕趙之地，
漢、胡長期雜處，民以慷慨悲歌、任俠尚氣馳名。特別是長城內外的「燕雲十
六州」地區，從 913 年至 1368 年的長達 455 年間，一直被非漢族統治，是漢
民族與匈奴、鮮卑、羯、突厥等少數民族交相衝突最激烈的地方。又是各割
據政權的中心，給此地的彪悍民風以極大的激發。影響著金代詩人的生活理
想和審美取向，為金代詠俠詩創作提供了精神動力和豐富生動的題材。

金人任俠，在不同歷史時期呈現出階段性不同。女真貴族以馬上得天下，
建元收國之初，統治者忙於滅遼克宋，無暇偃武修文，因而金初文學主要是
借才於異代。由宋入金的詩人吳激、宇文虛中等頗有俠義氣概，他們承晉唐
任俠傳統，多有詠俠詩創作。吳激本是北宋著名詩人，使金被留，曾任金翰
林待制。其《雞林書事》詩云：「兔穎家工縛，鮭腥俗嗜餐。騎兵腰玉具，府
衛挾金丸。」〔註 10〕描繪了金初俠風的情況。金初詩人趙慹《擬古》詩云：
「翩翩誰家兒，曉獵開紅旌。雕弓插白羽，怒馬懸朱纓。」描寫金初遊俠少年
馳騖逐獵、挾彈走馬之生活。

金世宗大定（1161 年）之後，金朝由「海內用兵，寧歲無幾」的征伐動
亂年代進入「投戈息馬，治化休明」時期。金源王朝國力的強盛和女真族彪
悍勇武的民族性格相合拍，使金代詩人以「醉袖舞嫌天地窄，詩情狂壓海山
平」的氣概推動金人詠俠詩進入新的境界。遊俠人格中高揚著時代精神。王
寂《題季札掛劍圖》具體地描繪了金人心目中的俠義觀念：

季札貴公子，軒軒氣凌雲。平生會心少，四海一徐君。相逢適
所願，情話如蘭薰。徐君顧長劍，意欲口不云。季子心許之，誓將
歸獻芹。駐節不容久，驪駒促輕分。〔註 11〕

季子好任俠，重信義，一諾千金，故深得後世俠義之士的讚譽。「駐節不

〔註 10〕薛瑞兆、郭明志編：《全金詩》第一冊，第 72 頁。
〔註 11〕薛瑞兆、郭明志編：《全金詩》第一冊，第 377～378 頁。

容久，驪駒促輕分。」異常清晰地表明金代中期的俠風。

　　金代北方游牧民族逐漸深入中原文化腹地，這一民族遷移過程也改造了他們自身的文化構成。王寂《信陵》詩讚美：「信陵豪貴氣凌雲，折節屠兒意已勤。一挫雄兵四十萬，殺降絕勝武安君。」〔註12〕詩序云：「丁巳，次新市，投宿於民家。其家亦頗好事，壁間畫齊、魏、趙、楚四公子。予為各賦一絕句。」這條材料顯示出金代民間的任俠風氣。元德明《貴公子詠》云：高堂紅燭鼓聲齊，舞遍纖腰月未西。一曲纏頭一雙錦，驊騮空自惜障泥。」〔註13〕這些貴族俠少聚結成群，任俠使氣，成為金代社會中期一種時尚。

　　貞祐南渡，河朔板蕩，鼓鼙聲震，天穿地裂。崛起於漠北的蒙古鐵騎吞併了北中國大好河山，並隨時可能南下中原，對金源王朝構成強大軍事威脅。此種風雲際會，與魏晉異代之際，匈奴、氐、羌、羯、鮮卑族南下的威脅幾多相似。李汾、辛願、閻治中等金代詩人本來生活在雲、朔之地，浸潤胡風；史載辛願，「性野逸，不修威儀。……劇談豪飲，旁若無人。」〔註14〕雷淵「為人軀幹雄偉，髯張口哆，……遇不平則疾惡之氣見於顏間，或嚼齒大罵不休，雖痛自懲創，然亦不能變也。」〔註15〕元好問更是北魏代拓跋鮮卑的後裔，有著北方少數民族豪健英傑的氣質。異族入侵、大兵壓境、金室衰微的客觀現實，自然喚醒了金源詩人對劉琨、祖逖等幽并豪俠的歷史記憶，內心強烈的民族感情驟然昇華。金末任俠風氣亦驟然升溫，類多感慨悲壯之音。

　　從思想文化淵源來看，馬背上起家的女真貴族對思想控制並不嚴格。「有金一代實行比較開放的文化政策，全面學習漢族文化，崇尚儒學，建學校興科舉，接受多種宗教並存，各種思想文化兼容並蓄、百家爭鳴。」〔註16〕尤其是北方草原文化與中原農耕文化的交流融合，呈現出一種「漢胡互化」的特色，多了一份剛健、豪放之美，傳統任俠精神也藉此獲得了更為宏闊的視野。女真人原來信奉薩滿教，進入中原以後，很快從漢人和契丹人那裡接受了佛教和道教。金朝統治者在崇尚佛教的同時，也尊崇道教，允許道教發展，出現了全真道、真大道、太一道等新的道派。金朝統治者對這幾個道派均予

〔註12〕薛瑞兆、郭明志編：《全金詩》第一冊，第455頁。

〔註13〕薛瑞兆、郭明志編：《全金詩》第一冊，第271頁。

〔註14〕（金）元好問：《中州集》，第484頁。

〔註15〕（金）元好問：《中州集》，第314頁。

〔註16〕陳永國：《論金代思想文化領域的開放與專制政策》，《滿族研究》2004年第4期。

以保護，允許其發展。思想領域的多元開放，無疑為金代任俠風氣提供了良好的條件。

諸因素中，游牧民族的「胡風」值得注意。女真族入主中原後在遼、宋舊地推行大力推行「胡俗」，對北中國漢文化的影響更為廣泛和深入。范成大使金途中，發現汴京百姓「久習胡俗，態度嗜好與之俱化。最甚者衣裝之類，其制盡為胡矣。自過淮以北皆然，而京師尤甚。」〔註17〕說明北方少數民族文化已經普遍滲入到漢文化之中，並在充實和改造著漢文化，為漢文化注入新的活力。「北方游牧民族那種勇武強悍的個性，便這樣借助其政治優勢，向漢族文人的創作中滲透。」〔註18〕凡此，為金代詠俠詩創作提供了強大的精神動力和豐富題材。

最後，金人詠俠詩也是從文學傳統中走出來的。自司馬遷傳遊俠到魏晉六朝詠俠詩勃興以來，詩人在詩歌中為遊俠大唱讚歌已形成了一個進步的文學傳統，那就是借俠客形象來抒發寒士的人格寄託和生活理想。金代文人既有樂觀向上的豪邁精神，又有冀遇求知、懷才不遇的壘塊，因此借俠寄情就成為時代的創作風氣。而司馬遷《史記》中所表現的遊俠精神，六朝文人在詠俠詩中塑造的遊俠形象和他們火熱的生命追求，就成為金人詠俠詩的創作源頭和精神上可貴的資量。

可見，金代任俠風氣的形成與發展，既有幽并地區胡漢雜處的地域文化和俠文化的長期積澱的因素，又受到該地區連年不斷的邊塞戰爭的激發。同時，金代政治、軍事制度及思想領域的多元開放也為金代俠風之發展提供了良好的條件。

二、金人詠俠詩拓展了中國俠文學的文化內涵

隨著女真族勢力如秋風掃落葉一般向被中國拓展，一些身上流動著北方少數民族血液，又深得漢文學精髓的詩人如元好問、完顏亮等崛起於詩壇，第一次在中華民族史冊上佔據重要地位，成為金代文學的一個重要特徵。與江南相比，北方風氣粗獷、人之氣質渾厚，發為文章，則散發著豪健英傑之氣，類皆華實相扶，骨力遒勁，一掃柔弱浮靡之風。他們並不僅僅滿足於對傳統俠義題材的延續與吸收，而是以自己特有的精神氣度「改寫」傳統詠俠

〔註17〕（宋）范成大：《攬轡錄》，影印文淵閣四庫全書本。
〔註18〕胡傳志：《北方民族政權與遼金文學》，《民族文學研究》2003 年第 1 期。

詩，從而深刻地改變了金代文學的格局和特質。

（一）金人「改寫」傳統詠俠詩

並豪俠氣是金人詠俠詩的核心和主體。從某種程度來講，金人任俠精神的特徵就是幽并豪俠精神。「幽并豪俠」的形象，三國時期已有先例。曹植《白馬篇》中「白馬飾金羈，連翩西北馳。借問誰家子，幽并遊俠兒」〔註19〕的幽并豪俠形象，「突出俠的精湛超群武藝，頌揚俠的勃發生命和張揚個性，俠的形象呈現出理想化的傾向」，〔註20〕洋溢著一種樂觀、昂揚的理想主義色彩，可以說是傳統詠俠詩的主體內容，歷唐宋不減。

金人詠俠詩中，詩人一一坦現并州少年的豪俠氣概。有的寫他們彪悍粗獷、聞雞起舞：「君不見并州少年作軒昂，雞鳴起舞望八荒，夜如何其夜未央。賣刀賣劍未討厭早，腰金騎鶴非所望。」（元好問《雪後招鄰舍王贊子襄飲》）〔註21〕有的寫他們粗獷強悍、勇不可當：「男兒重意氣，結髮早從戎。當為世豪，死當為鬼雄。驚沙射人面，日暮來悲風。」（趙秉文《和淵明擬古九首》其二）〔註22〕此外，李汾、祝簡、辛願、閻治中等詩人均有此類詩作。這些詩中，往往以狂風怒吼、飛沙走石的惡劣環境，來襯托并州少年橫戈馬上、橫江鬥蛟、蕩平戰亂的任俠形象，更多草原文明粗豪彪悍的氣概，與傳統詠俠詩中幽并少年理想化的傾向是迥然不同的。這絕非單純地對傳統詠俠詩的傳承，而是夾雜著北方少數民族勇武豪邁的氣度，是金代詩人充滿主體性、創造性地對俠客的重新闡釋。它的渾然天成而又慷慨蒼茫的格調，與「中州萬古英雄氣」一脈相承。

金人詠俠詩有一種「幽并豪俠氣」，似乎是前人的一種共識。幽州在今北京大興和河北涿縣一帶，并州在今山西太原及汾水中游地區。幽并為古燕趙之地，漢胡長期雜處，民以任俠馳名，多慷慨悲歌之士。《中州集》《金史》等文獻中亦有此方面的大量記載：

> 李汾，「曠達清壯，好以節氣自許。磊落清壯，有幽并豪俠慷慨歌謠之氣。」〔註23〕

〔註19〕逯欽立：《先秦漢魏晉南北朝詩》，第 432 頁。

〔註20〕陳叔華：《曹植詠俠詩中「俠」的理想化傾向》，《湖北廣播電視大學學報》2011年第 9 期。

〔註21〕薛瑞兆、郭明志編：《全金詩》第四冊，第 40 頁。

〔註22〕薛瑞兆、郭明志編：《全金詩》第二冊，第 411 頁。

〔註23〕（金）元好問：《中州集》，第 491 頁。

閻治中，「性本豪俊，使酒任氣。」〔註24〕

高永，「為人不顧細謹，有幽并豪俠之風。」〔註25〕

元好問，「歌謠慷慨，挾幽、并豪俠之氣。」〔註26〕

胸間滌蕩著幽、并豪俠之氣，挾帶著漢胡長期雜處所形成的質樸剛勁的精神氣質，使金人詠俠詩形成一種新的特質。試看段成己《送婁郎中秀實北上》：

氣壓元龍百尺樓，搏空雕鶚正高秋。珥貂自屬封侯相，借箸咸推決勝籌。會記不勞談笑了，功名未肯等閒休。并州豪俠風流在，慚愧儒冠謾白頭。〔註27〕

游牧民族的自由奔放、粗獷豪邁，時刻流淌在金人的血脈之中，使金人詠俠詩不同程度地滲入了草原文明的倫理價值觀，以各種方式「胡化」的過程中形成一種新的特質，激蕩著另一種精神厚度。朔方在中原詩人眼裏無疑是淒涼苦寒之地，而段成己此詩毫無蕭瑟荒寒之感。在漢唐河朔雄偉的時空中，注入蒼茫遼闊的歷史感受，以幽并俠士喻婁秀實，以搏空騰飛、搏擊長空的雕鶚表現其豪氣衝天的風采。剛勁而沉鬱的詩行，呈現出一種彪悍、粗獷、強悍的霸氣。「并州豪俠風流在，慚愧儒冠謾白頭」，金代詠俠詩顛覆了魏晉以來傳統詠俠詩樂觀昂揚的理想主義色彩，展示出北方游牧民族文化極強的「邊緣活力」，為中國俠文學帶來一種新的精神氣象、新的審美基因。

為何金人詠俠詩不是從先秦古遊俠、甚至漢代遊俠寫起？為何元好問讚美「古來豪俠數幽并」，格外激賞劉琨、祖逖等并州少年？對傳統俠義題材做如此大幅度的改變，其中顯現著鮮明的時代烙印，這是俠文化傳承過程中適應新的歷史環境需要而出現的結果。

首先，從金代詩人所經受的文化記憶來講，元好問所處的金代與劉琨、祖逖所處的西晉末期，無論在區域文化特質，還是歷史背景等方面均具有相似性。兩漢以來，不斷與西北外族作戰，戰後基於「柔遠人也」的觀念，把投降的部落遷入關內，與漢族雜居。西晉初年，幽并地區逐漸成為廣泛的「雜胡化」地區。至西晉末期，并州匈奴五部之眾，人至萬萬。長期以來的

〔註24〕（金）元好問：《中州集》，第470頁。
〔註25〕（金）元好問：《中州集》，第449頁。
〔註26〕（金）元好問：《中州集》，第2742頁。
〔註27〕薛瑞兆、郭明志編：《全金詩》第四冊，第426頁。

漢胡雜處，使幽并文化在游牧文明漢化進程中得到重塑與改造，逐漸形成了粗獷悍厲、果敢勇猛的文化氣質。晉末「永嘉之亂」，劉琨都督并、冀、幽三州諸軍事，長期捍衛北方邊疆。宋金時期，幽并地區也是契丹、女真、蒙古等民族南下中原的主要通道。北朝時期和金代幽并地區相似的歷史背景和文化特質，溝通了金人與晉末士人的文化心理，使其具備了相近的思想觀念、思維方式，從而為金人搭建了祖逖、劉琨接受的橋樑。「適當其時」出現在這一轉折點上的祖逖、劉琨等「并州少年」形象，則為金人提供了充足的接受資源。

其次，從金代詩人的精神氣度來講，祖逖、劉琨等「并州少年」在胡漢雜居環境中形成的粗獷豪放、具有草原文化基因的精神氣度，較之荊軻、高漸離、豫讓等古遊俠更加契合元好問等金代詩人的精神氣質。元好問本是北方少民族之一的鮮卑族拓跋氏的後裔。拓跋部建立北魏王朝，成為鮮卑的核心。鮮卑本是起源很早的北方遊獵民族之一，有著粗獷質樸的民族文化心理：「男兒欲作健，結伴不須多，鷂子經天飛，群雀兩向波。」（《企喻歌》）〔註 28〕元好問係鮮卑後裔，深深植根於北方文化土壤之中。儘管他早已深受漢文化之濡染，但是北方民族那種質樸剛方、雄健粗獷的氣質仍然流淌在其血脈中。生長於雲、朔，北方的長風浩漠陶養了他慷慨豪宕的性格，鮮卑祖先遺傳的因子，使他對鄉土文化品格的體認，有一種濃鬱的「并州情結」，崇尚一種陶養著游牧民族氣質的剛勁質樸性格。史稱劉琨「與范陽祖納俱以雄豪著名」，〔註 29〕祖逖「為北州舊姓，……逖性豁蕩，不修儀檢，輕財好俠，慷慨有節尚。」〔註 30〕這樣，在胡漢雜居環境中形成的祖逖、劉琨等「并州少年」形象，更加契合元好問等金代詩人的理想人格模式。這就是祖逖、劉琨等「并州少年」而不是別的什麼人能在金源詩壇引起廣泛關注的主要原因。

再次，以金代詩人的審美旨趣而言，沐浴著北方民族淳樸剛健的民族精神，金代詩人格外崇尚壯美、天然的審美旨趣。從《論詩三十首》裏可以看出，元好問對壯美和天然兩種詩境，有一種先天的鍾愛。像曹植、劉楨的慷慨多氣，這些風格都符合元好問崇尚壯美、天然的審美旨趣，因而得到稱許。

〔註 28〕逯欽立：《先秦漢魏晉南北朝詩》，第 2152 頁。
〔註 29〕（唐）房玄齡：《晉書》，中華書局 1974 年版，第 1679 頁。（以下版本號略）
〔註 30〕（唐）房玄齡：《晉書》，第 1693 頁。

元好問對《敕勒歌》推崇備至：「慷慨歌謠絕不傳，彎廬一曲本天然。中州萬古英雄氣，也到陰山敕勒川。」〔註31〕同時，他批評「有情芍藥含春淚，無力薔薇臥晚枝。拈出退之《山石》句，始知渠是女郎詩。」〔註32〕認為孟郊詩專吟窮愁寒苦之態，缺乏豪邁之氣，秦觀的詩溫婉柔媚，似「女郎詩」。他特別推崇劉琨詩歌夾雜著草原風情的豪爽粗獷、雄放勁健特質：「曹劉坐嘯虎生風，四海無人角兩雄。可惜并州劉越石，不教橫槊建安中。」〔註33〕正是此種審美趣味，以元好問為代表的金代詩人對劉琨、祖逖的歌詠也就勢所必然了。

金人對劉琨、祖逖的歌詠，是金人在其時代、社會所形成的特定文化心理制約下，對傳統文化重新審視後作出的理性選擇。筆者如此論述，不是要否定傳統詠俠詩的審美價值，而是意在表明不同文化範式影響作家的思維模式、心理體驗和審美選擇。

（二）展現草原民族的豪健尚武，具有濃鬱的幽并地域特徵

幽并民風慷慨悲歌、好氣任俠，悲歌慷慨，具有既不同於中原、關隴，又不同於齊魯、江南的特點。幽并兒女對自小生長的幽并故鄉格外熟悉和熱愛，因此，該地特殊的氣候、風光、風土人情就成了幽并兒女矚目的對象。元好問《長安少年行》就典型地展現出草原民族的豪健尚武和幽并地區獨特的風土人情：

> 黃衫少年如玉筆，生長侯門人不識。道逢豪客問姓名，袖把金鞭側身揖。臥駝行橐錦帕蒙，石榴壓漿銀作筒。八月蒼鷹一片雪，五花驕馬四蹄風。日暮新豐原上獵，三更歌舞灞橋東。〔註34〕

《長安少年行》為樂府古題，唐人主要寫俠少年射獵遊冶、鬥雞走馬、任酒使氣的輕薄俠行，重在表現遊俠少年身上世俗享樂的生活色彩和自由浪漫的時代精神。然元好問此詩開篇即對此做形象而生動的概括介紹，臥著的駱駝身上裝滿了行囊，行李上蒙著錦繡的綢帶；蒙古牧民盛放鮮牛奶用的銀器，均可謂典型的塞上風情，以石榴作漿也是典型的草原民族生活習俗。八

〔註31〕郭紹虞：《中國歷代文論選》，上海古籍出版社1979年版，第215頁。（以下版本號略）。

〔註32〕郭紹虞：《中國歷代文論選》，第216頁。

〔註33〕郭紹虞：《中國歷代文論選》，第215頁。

〔註34〕薛瑞兆、郭明志編：《全金詩》第四冊，第80頁。

月飛雪，當指胡地的自然氣候；草原上成群結隊飛舞的蒼鷹也像飛雪一樣；五花驕馬同樣屬於北方少數民族的特有良駒；所有這一切，就像一幅幅真實生動的人情風俗畫，洋溢著一種塞上風情美。馬背上矯健的黃衫少年身背金鞭、側身作揖的形象，具有濃鬱的幽并地域的任俠特徵。相對於江南文士筆下對幽并地區描寫的荒涼、偏僻、苦寒，金人詠俠詩中那種自然親切的塞外風情和草原民族的豪健尚武，無疑為中國文學百花園增添了一朵新的奇葩。

金代詩人的生命深處潛藏著質樸剛健的基因和對故鄉的熱愛留戀，原本是氣候寒冷的幽并荒涼之地，蒼茫原野上飛舞的蒼鷹、漫漫風沙中臥著的駱駝，草原上縱橫奔馳的駿馬，中原人看來是那樣的遼闊、蕭條、空曠，在幽并詩人眼裏竟是那樣的熟悉和親切。金人詠俠詩無苦澀相，而多有奔放、從容之風度。為詩壇帶來了新的文化心態和審美視角，從而改變了中國文學的內在特質。「壯日里閭俠，臂彎雙角弓。繡韉金匼匝，貂袖紫蒙茸。」抒情身份的主客移位，使全詩氣質情調盡變，於曠遠遼闊中露出幾份田園詩的情調，其內在特質與傳統詠俠詩是迥異其趣的。我們不妨看作是幽并兒女以質樸自然的語言能力來改造中原文學的產物。再如李汾《雪中過虎牢》云：「蕭蕭行李戛弓刀，踏雪行人過虎牢。廣武山川哀阮籍，黃河襟帶控成皋。」這首詩描繪的是在大雪紛飛中奔走於虎牢關之情景，晉中高原寒冷、晦明莫辨，是那樣的真切、細膩。它一方面拓展了中原文人傳統的關隴、塞上題材格局，使廣袤的朔方之地融進了中國文學的版圖，另一方面，還以幽并人特有的質樸自然之氣改造著中國俠文學的內在結構，豐富了中國俠文學的審美內涵。

三、金人詠俠詩豐富了中國俠文學的審美特質

誕生在幽并大地上、并經金代各民族不斷創造和傳承的詠俠詩，以質樸性孕育開放性、以獨特性展示原創性、以民族性呈現無比絢麗的多樣性，融入到中華文學生生不息的歷史進程中，不但拓展了傳統俠文學的文化內涵，而且豐富了中國文學的審美特質。

（一）慷慨豪邁、沉雄悲壯的風格

金代詠俠詩的主體風格美感，可以概括為慷慨豪邁、沉雄悲壯。慷慨豪邁者，心胸豪邁、氣質粗獷，是其大要。沉雄悲壯者，意象之粗豪、抒情之直率是其大要。它是金代北方各民族粗獷彪悍之氣質和豪邁進取精神的外化，它具體形成了金代詠俠詩以豪邁、沉雄、悲壯為主的風格美感。

　　古代幽并燕趙之地，基於土地貧瘠、形勢阻絕、易於形成剛勇好鬥、尚力任強之習俗，對任俠風氣的產無疑具有推動作用。此地多民族雜居的人文環境以及中原王朝與獫狁、鮮卑、羌等周邊部族在幽并一帶的激烈爭奪，浸潤以久，又形成燕趙民風粗獷悍屬的尚武特質。故《隋書·地理志》云：「離石、雁門、馬邑、定襄、樓煩、涿郡、上谷、漁陽、北平、安樂、遼西，皆連接邊郡，習尚與太原同俗，故自古言勇俠者，皆推幽、并云。」〔註35〕這是幽并區域文化中長期習傳和內在積澱的文化基因。這種文化基因和長期身處遼闊、浩蕩、高寒的大漠塞外、黃土高原環境，就對金源詩人的審美心理產生重大影響。而彪悍尚武、慷慨豪邁的豪傑氣質，也使其更易對粗豪之景產生審美的衝動。這樣，古劍、長鯨、雕弓、白羽、雕鶚、并州少年、幽并豪俠、少年豪舉、擊筑悲歌等就成為金人詠俠詩中「佔據中心」的意象；劉越石枕戈待旦、祖逖聞雞起舞成為金人詠俠詩中最為常見的表現題材。這與金代詩人多生長在風土敦厚、崇直尚義的雲、朔地區，挾帶北方少數民族特有的氣質，普遍深受幽并豪俠之氣的習染密切相關，又與女真族入主中原、胡漢文化交融的時代精神相聯繫。特別是金源末期，金代詩人為詩歌創作灌注了王朝末世的憂患意識，又摻入漢胡融合的文化基因之後，金人詠俠詩便呈現出一種沉雄悲壯的風格美感：「君不見并州少年夜枕戈，破屋耿耿天垂河，欲眠不眠淚滂沱。著鞭忽記劉越石，拔劍起舞雞鳴歌。」〔註36〕社會的動盪使詩的時空錯綜，將浩浩北風、隴頭流水的肝腸斷絕，將燕趙大地的荊軻、高漸離等刺客俠士統攝於筆端，體驗著大漠的寒風、西北的酷寒。此種歷史興亡之感使元好問的詩作染上了一層濃鬱的悲壯風格。清人趙翼雲元好問「生長雲、朔，其天性本多豪健英傑之氣。又值金源亡國，以宗杜邱墟之感，發為慷慨悲歌，有不求工而自工者，此固地為之也，時為之也。」〔註37〕可謂的評。

　　再如王郁，為金末奇士，為人「尚氣敢為，好議論，與李汾、楊宏道、元好問等遊從最久」，〔註38〕對歷代興亡之事瞭如指掌。金庭南渡黃河，置大片北方土地不顧，倉惶遷都汴京，王郁慨然奮發，圖有所作為，然而卻壓抑不

〔註35〕（唐）魏徵：《隋書》，中華書局1975年版，第806頁。

〔註36〕薛瑞兆、郭明志編：《全金詩》第四冊，第84頁。

〔註37〕（清）趙翼：《甌北詩話》，人民文學出版社1963年版，第117頁。

〔註38〕薛瑞兆、郭明志編：《全金詩》第四冊，第517頁。

平，有志難伸，這位「以儒中俠自許」的慷慨激昂之士，只得借詩詞來澆心中塊壘了。其《長安少年行》云：「新月平康金步蓮，青雲親戚里玉連錢。誰家少年秋風裏，梁甫吟成抱劍眠。」〔註39〕這裡呼嘯寒風中「抱劍獨眠」的俠客形象，既表現了遊俠少年的豪情壯志，又交織著王朝末世的憂患意意識，飽和著抑鬱牢騷，滲透著激響悲音。高尚的人格強化了感情的力度，強烈的感情找到了表達自我的最佳形式，這就是金代詠俠詩之所以超邁於漢唐時期的主流詩風，具有一種興發感動的力量的精神源泉。

（二）倔強豪爽、率情任真之情感

自古以來，幽并燕趙之地一直是多民族雜居之地，漢、烏桓、鮮卑、柔然、契丹、女真、室韋、蒙古等多民族棲居於此。金代詩人天賦本多北方少數民族與漢民族相互融合所形成的豪健英傑之氣，加上生長在質直尚義的雲、朔地區，民族的、地域的和時代的因素交互影響，他們貴壯賤老，天性尚武，率真任情，觀念開放，較少受到封建倫理綱常的束縛，抒情頗真誠坦率，以倔強豪爽、率情任真而見長。如元好問《并州少年行》云：「我欲橫江鬥蛟鼉，萬弩迸射陽侯波。或當大獵燕趙間，黃羆朱豹皆遮羅。男兒萬馬隨撝呵，朝發細柳暮朝那。掃雲黑山布陽和，歸來明堂見天子，黃金橫帶冠峨峨。人生只作張騫傅介子。遠勝僵死空山阿！」〔註40〕萬弩迸射、大獵燕趙、擒虎捉豹，這些非凡的壯舉，處處洋溢著著一種倔強偏執、敢作敢為的英雄色彩，散發出崇高壯美的光芒，與江南詩歌形成鮮明的對比。所謂「幽并豪俠氣」實與北方游牧民族強悍勇武的民族個性密切相關。

（三）富有特色的民族語言

女真族沒有自己源遠流長的書面文學傳統，也不甚瞭解中原古代文士階層在維護封建社會中的作用，因此，金源統治者並不重視雅文學的教化功能和政治作用。金代諸宮調等俗文學的通俗易懂、重視娛樂等特徵，反而受到女真貴族的喜愛和支持。總體上看，金代文學呈現出俗文學的興盛局面。金人作詩雜以少數民族語言的現象所在多有，一些少數民族詞彙滲入詠俠詩創作中：「試手耕紆新事業，傳家弓冶舊規模。膝前癡騃憐文度，酒後粗狂憶阿奴。」（段成己《衛生行之少負俠氣，與余兄弟相遇於艱難之際。自抑惕

〔註39〕薛瑞兆、郭明志編：《全金詩》第四冊，第 518 頁。
〔註40〕薛瑞兆、郭明志編：《全金詩》第四冊，第 84 頁。

惴，常若不及，迨今十五年矣。家貧而益安，豈果有所學乎。不然，何其舍彼而取此也。生正月十六日誕彌日也，因賦詩以贈，為一笑樂，且以堅其志云》）〔註41〕此種外族語言的混入，自然使詠俠詩產生一種俚俗風味。

金源詠俠詩在語言上往往追求口語化與散文化，很少鋪墊，多衝口而出：「三十未有二十強，手內蛇矛丈八長。總為官家金印大，不怕百死向沙場。捉卻賀蘭山下賊，金鞍繡帽好還鄉。」〔註42〕通篇似散文化句式。再如「翩翩遊俠兒，白馬如匹練。朝出城南獵，暮趁軍中宴。北平有真虎，愛惜腰間箭。」（《獵城南》）〔註43〕這些詠俠詩語言明快顯豁、自然酣暢，形成了俚俗潑辣、詼諧幽默、口語化的語言特點，也是金源詠俠詩不同於傳統詠俠詩的顯著特點。

誕生於蒼茫、豪宕、遼闊的幽并大地上的金代詠俠詩，激蕩著幽并豪俠之氣，為異彩紛呈的中國俠文學史注入了新的生命，傳統詠俠詩也在金源時期漢胡互化的歷史進程中獲得了新的發展。金人詠俠詩在融合漢、女真、蒙等民族文學優秀傳統的同時，創造出本民族獨有的風格，表現出清剛曠健的草原文化氣息。金人在相對邊遠的地理空間拓展了中國俠文學的地理範圍，豐富、改造、拓展了傳統詠俠詩的精神結構，此正可謂金代詠俠詩不可忽視的文化價值和審美價值。

第二節　元代詠俠詩的社會文化背景、文化意蘊及詩美積澱

進入新世紀以來，俠文化及俠文學研究逐漸成為古典文學研究領域的「顯學」之一。不過，在「顯學」的光暈背後卻是令人遺憾的遮蔽——學界對元代雜劇、筆記小說中的俠文學現象關注較多，出現了一批學術成果，〔註44〕然對元代詠俠詩的研究至今仍是一片空白。楊鐮先生等主編的《全元詩》網羅

〔註41〕薛瑞兆、郭明志編：《全金詩》第四冊，第 432 頁。
〔註42〕薛瑞兆、郭明志編：《全金詩》第四冊，第 81 頁。
〔註43〕薛瑞兆、郭明志編：《全金詩》第四冊，第 82 頁。
〔註44〕如荊學義：《元代義俠雜劇的文化闡釋》，《江漢大學學報》1995 年第 5 期；馬麗麗《元代文學中的俠風義骨》，《和田師範專科學校學報》（漢文綜合版）2008 年第 1 期；周書恒：《元雜劇中的俠形象研究》，山西師範大學 2013 年碩士論文等。

元代一代文獻，收錄元代詩歌達 13 萬首之多。據筆者檢索《全元詩》，共有 38 位詩人創作了約 85 首詠俠詩，從統計可以看出，與唐、宋、明、清諸朝相比，元代詠俠詩數量較少，顯然處於低谷時期，然仍有一定的史學認識價值和文學審美價值。元代詠俠詩不僅藝術地反映了元代俠風的真實情況和遊俠風貌，而且上承唐宋俠風，下啟明清詠俠詩創作，成為中國俠文化史上不可或缺的一個階段。

一、元人詠俠詩創作的社會文化淵源

從作者身份來看，元代詠俠詩作者的民族身份亦格外獨特。「文學作品與它的作者有著密切的關係，文學型態是文人型態的文學表現。」〔註45〕元代詠俠詩的作者構成中，引人注意的是多個民族的眾多作家均投入到詠俠詩的創作中來。

一是劉因、楊維楨、王惲、侯克中、張弘範、張翥、曹文晦等漢族詩人。元代疆域廣大，原先各不相屬的眾多民族空前絕後地處在同一個同一國度中。族際間文化互動關係為各民族文化之間相互借鑒、吸收提供了便利條件。在各個少數民族接收漢文化的同時，漢族詩人的生活習俗難免會受到胡化影響，人格氣質、情感心態也會發生一定程度的變化。

二是郝經、馬祖常、余闕、耶律鑄等少數民族詩人。元代將蒙古人、漢人、南人以外的我國西北民族稱為色目人，色目就是各色名目之意。元末明初陶宗儀撰《南村輟耕錄》卷一「氏族」云：

> 色目三十一種：哈喇魯、欽察、唐兀、阿速、禿八、康里、苦里魯、喇乞歹、赤乞歹、畏魯兀、回回、乃蠻歹、阿兒渾、哈魯歹、火裏剌、撒里哥、禿伯歹、雍古歹、密赤思、夯力、苦魯丁、貴赤、匣喇魯、禿魯花、哈剌吉答歹、拙兒察歹、禿魯八歹、火裏剌、甘土魯、徹兒哥、乞失迷兒。〔註46〕

元太祖成吉思汗西征時，塔吉克人賽典赤‧瞻思丁率領千騎迎降，因此受到禮遇，入居中原後得到重用，地位在漢人和南人之上。元代建國後，色目人隨之遷至中原，努力學習漢文化，其文學才能得到發揮。其中，元代色目詩人群體有漢文作品傳世者超過百人，名家輩出。清人顧嗣立《元詩選》云：

〔註45〕李修生：《元代文學的再認識》，《文史知識》1998 年第 9 期。
〔註46〕（元）陶宗儀：《南村輟耕錄》卷一《氏族》，中華書局 1959 年版，第 13 頁。

有元之興，西北子弟，盡為橫經，涵養既深，異才並出。雲石海涯、馬伯雍以綺麗清新之派振起於前，而天錫繼之，輕而不佻，麗而不縟，真能於袁、趙、虞、楊之外別開生面者也。於是雅正卿、達兼善、迺易之、余廷心諸人，各逞才華，標奇競秀，亦可謂極一時之盛者歟！〔註47〕

元代色目人生活在中原，讀經習儒，寫詩以標奇競秀，極一時之盛。就現有的資料分析，元代詠俠詩少數民族作家主要有：

郝經，號觀夢道士，雖出生於中原地區，但祖先都為西域人。郝經之祖父郝天挺，《元史》本傳云其「出於（蒙古）朵魯別族，自曾祖而上，居安肅州。」〔註48〕陳垣先生《元西域人華化考》視其為華化之西域人，工於詩，又長於散曲創作，注《唐詩鼓吹》十卷行於世。郝經1260年赴南宋議和，被權臣賈似道秘密囚禁達十六年之久，時人稱之為南國蘇武。1276年宋崩潰之際，「會宋守帥賈似道以遣間使請和，乃班師。」〔註49〕郝經反對「華夷之辨」，推崇四海一家，主張天下一統。

馬祖常，「世為雍古部，居靖州天山。有錫裏吉思者，於祖常為高祖，金季為鳳翔兵馬判官，以節死贈恆州刺史，子孫因其官，以馬為氏。曾祖月合乃，從世祖徵宋。」〔註50〕後來，馬祖常重遊先祖曾活動的今甘肅、寧夏、內蒙、河北等地區，寫下了《河湟書事》《丁卯上京四絕》《河西歌效長吉體》等名篇。

余闕，字廷心，「唐兀氏，世家河西武威。父沙剌臧卜，官廬州，遂為廬州人。」〔註51〕余闕不僅留意經術，五經皆有傳注，文章氣魄深厚，篆隸亦古雅，著有《青陽集》傳於世，而且為人頗具俠氣，身死之日，為其殉死者達數百人，此與田橫客、葛將軍誕麾下士有何不同呢？即使生活在漢地、沐浴著中原文化氣息，余闕作為唐兀氏的尚武彪悍之氣似乎是與生俱來的。

耶律鑄，耶律楚材子，其母為漢人蘇氏，曾任中書省事，為元代名臣。

〔註47〕（清）顧嗣立：《元詩選》，中華書局1987年版，第1185～1186頁。（以下版本號略）。

〔註48〕（明）宋濂等撰：《元史》卷一七四《郝天挺傳》，中華書局1976年版，第4065頁。（以下版本號略）。

〔註49〕（明）宋濂等撰：《元史》卷一五七《郝經傳》，第3708頁。

〔註50〕（明）宋濂等撰：《元史》卷一四三《馬祖常傳》，第3411頁。

〔註51〕（明）宋濂等撰：《元史》卷一四三《余闕傳》，第3426頁。

《元史》稱其「幼聰敏，善屬文，尤共騎射。」〔註 52〕耶律鑄的祖父耶律履曾任金國尚書右丞，父耶律楚材為忽必烈重臣。作為契丹子弟，耶律鑄血管裏騰湧著先輩們勇猛剽悍的鐵血，形之於詩，自然有彪悍勇武之氣。

這些來自不同民族、具有不同生活經歷、生活背景的各民族詩人寫作詠俠詩，筆端自然呈現出不同民族的風情格調。色母作家將北方游牧民族質樸粗獷、自然率真的民族氣質注入詠俠詩中，使元代詠俠詩既本色盎然，又呈漢風，因而別具特色。

二、元人詠俠詩的文化意蘊

元代詠俠詩的內涵與元代特殊的社會文化背景密不可分。蒙古鐵騎是帶著奴隸制時代的野蠻習性進入中原地區的，元朝統治者在政治上始終奉行民族歧視、民族壓迫政策，他們將國民分為蒙古、色目、漢人、南人四等，蒙古人為第一等，南人最賤。在此種歷史文化背景之下，元代詠俠詩在內容上具有自己的獨特性。

（一）民族壓迫與詠俠詩的復仇書寫

在實際統治中，元代一些法令明顯是對漢人歧視的，如《元史‧刑法志》載：「諸蒙古人與漢人爭，毆漢人，漢人勿還報，許訴於有司。諸蒙古人斫傷他人奴，知罪願休和者聽。」〔註 53〕終元之世，民族對立情緒未見緩解，民族壓迫深重，社會一直激烈動盪。處於深重民族壓迫下的漢族詩人，極容易生發出一種以弱反強、不畏權勢的復仇心理。此種社會歷史文化背景，使元代詠俠詩中出現濃烈的復仇書寫。元初志士劉因的《白馬篇》就格外引人注意：

> 白馬誰家子？翩翩秋隼飛。袖中老蛟鳴，走擊秦會（檜）之。
> 事去欲名留，自言臣姓施。……非干復讎怨，不為酬恩思。偉哉八
> 尺軀，膽志世所希。惜此博浪氣，遇黃石師。代天出威福，國柄誰
> 當持？匹夫赫斯怒，時事亦堪悲。〔註 54〕

詩歌敘寫南宋時期軍校施全刺殺秦檜之事，據《續資治通鑑》載，紹興二年春正月，秦檜入朝，「軍校施全劫秦檜於道，執得，詰之曰：『舉國與金為

〔註 52〕（明）宋濂等撰：《元史》卷一四三《耶律鑄傳》，第 3464 頁。
〔註 53〕（明）宋濂：《元史》卷一〇五《刑法志四》，第 2673 頁。
〔註 54〕（清）顧嗣立：《元詩選》（初集甲集），第 160 頁。

仇，爾獨欲事金，我所以殺爾也。』」〔註55〕末尾「時事亦堪悲」一句將作者的關注點引入元代社會現實，異常明確地道出了劉因對施全刺殺秦檜正義行為的激賞。此時宋亡已近二十年，劉因仍有一種強烈的復仇心理，足見元代士人強烈的民族意識。

河北義士王著因刺殺忽必烈倚重之元朝著名權臣阿合馬而震動朝野，後被處斬。王惲作《義俠行》詩讚其疏財仗義，嫉惡如仇、為民除害之俠義行為和至死不悔的俠義氣節，可謂元代詠俠詩復仇書寫的代表性作品。阿合馬，回鶻人，元世祖時期權臣，《元史》卷二〇五《姦臣傳》載：「阿合馬在位日久，益肆貪橫，……凡有美婦而為彼欲者，無一人可免。……（至元）十九年三月，世祖在上都，皇太子從。有益都千戶王著者，素志疾惡，因人心憤怨，密鑄大銅錘，自誓願擊阿合馬首。……夜二鼓，……呼省官至前，責阿合馬數語，著即牽去，以所袖銅錘碎其腦，立斃。……著挺身請囚。……壬午，誅王著、高和尚於市，皆醢之，並殺張易。著臨刑大呼曰：『王著為天下除害，今死矣，異日必有為我書其事者』。」〔註56〕對於此事，詩人王惲寫《義俠行》以頌之：

> 君不見悲風蕭蕭易水寒，荊軻西去不復還。狂圖祇與螫蛛靡，
> 至今恨骨埋秦關。又不見豫讓義所激，漆身吞炭人不識。劌軀止酬
> 一己恩，三制裹衣竟何益。超今冠古無與儔，堂堂義烈王青州。午
> 年辰月丁丑夜，漢元策秘通神謀。春坊伐作魯兩觀，卯魄已褫魯夷
> 猶。袖中金錘斬馬劍，談笑馘取姦臣頭。九重天子為動色，萬命拔
> 出顛崖幽。陂陀燕血濟時雨，一洗六合妖氛收。丈夫百年等一死，
> 死得其所鴻毛輶。我知精誠耿不滅，白虹貫日霜橫秋。潮頭不作子
> 胥怒，地下當與龍逢遊。長歌落筆增慨慷，覺我鬢髮寒颼颼。燈前
> 山鬼忽悲嘯，鐵面御史君其羞。〔註57〕

俠客復仇主題，本是中國俠文化源遠流長的傳統，如先秦時期豫讓所踐行的「士為知己者死」的俠義精神，對中國俠文化基質的形成產生了深遠影響。從此詩可以看出，王惲記述王著刺殺權臣阿合馬，似《元史》一篇《刺客列傳》。其主要是對維護正義、為天下除害的復仇行為的歌詠，這與豫讓的「冀

〔註55〕（宋）李燾：《續資治通鑑長編》卷一二八，中華書局 2004 年版。
〔註56〕（明）宋濂等撰：《元史》卷二〇五《姦臣傳》，第 4563～4564 頁。
〔註57〕（清）顧嗣立：《元詩選》（初集乙集），第 464 頁。

知報恩」精神是不同的。王惲作《義俠行》詩不但為王著樹碑立傳，而且詩前
小序鮮明道出了作者之愛憎：

> 凡人臨小利害，尚且顧父母、念妻子。慮一發不當，且致後患。
> 著之心，孰為不及此哉？然所以略不顧惜者，正以義激於衷，而奮
> 捐一身為輕，為天下除害為重。足見天之降衷，仁人義士，有不得
> 自私而已者，此著之心也，何以明之？事之露，著不去，自縛詣司
> 敗，以至臨命，氣不少挫。而視死如歸，誠殺身成名。季路仇牧，
> 死而不悔者也。故以《劍歌》易而為《義俠》云。〔註58〕

這篇滲透著作者感情的激揚文字，將普通人「臨小利害，尚且顧父母、
念妻子。慮一發不當，且致後患」之患失患得心態與王著「義激於衷，而奮捐
一身為輕，為天下除害為重」作比較，顯示出一種疾風勁草般的道德崇高感。
除此之外，元人詠俠詩中的復仇書寫還有楊維楨《淮南刺客辭》《舒刺客並序
論》等。

為何元代詠俠詩中復仇情節如此之多，流傳的地域也非常廣闊，其強勁
的生命力源自何處？從華夏民族的文化心理分析，約有以下幾方面因素：

首先，它迎合了民族壓迫環境下民眾反抗異族統治的復仇心理，反映了
忠君愛國的民族情結。蒙元時代，異族入主中原，使民族矛盾空前尖銳。重
華夏輕夷狄的漢族民眾，既不願意也不甘心接受蒙古族的統治與壓迫，對元
代統治者懷有強烈的反抗情緒和復仇意願，這就使得古老的復仇行為又被賦
予了新的含義。一些俠義之士奮不顧身、以弱小的個體反抗強暴的勇氣和力
量在元代確有宣洩民族情緒、激勵民族意識、弘揚愛國熱情的重大意義。俠
客的復仇行為與當時漢族人民普遍存在的反元復宋的思想情緒是吻合的，正
好迎合了民眾的反元的心理。在民族壓迫環境下，歷史上俠骨留香、易水含
悲情結可謂元代文人寄意遙深的集體體驗。

其次，它成功地貫注了維護正義、伸張正義的道德精神，契合華夏民族
的價值取向。元代詩人在詠俠詩創作中將俠義之士捨生取義、勇於獻身的精
神揭示得淋漓盡致，藉以臧否人物，寄寓褒貶。如楊維楨《淮南刺客辭序》
云：「刺客，在春秋為翮、豹之書也。然有不為盜行著，如晉鉬麑、唐紇干之
流，其可例以翮、豹律之乎？五季之亂，有如張顥之所遣者，吾義其人，謂
鉬、紇之徒非歟？使可求死於刺，則顥不得而梟，吉祥不得而還矣。昔人論

〔註58〕（清）顧嗣立：《元詩選》（初集乙集），第465頁。

紀信誑楚存漢，開漢之祚四百年，論其功，宜在蕭、曹之上。今張刺客誑顥，而可求以討吳國之賊，其功又豈秦、章輩之下耶！」〔註59〕作者在對淮南刺客的評價中，成功地貫注了民族的道德化精神，其懲惡揚善的價值取向不言而喻，因而能夠久傳不衰、深深撥動大眾的情感神經。

再次，富有傳奇色彩的俠客復仇故事符合民眾的審美情趣，也成為詠俠詩歌詠的對象。普通民眾喜好聞聽朝野遺聞趣事，俠客在元代社會中以弱反強、刺殺窮凶極惡的惡霸、權臣中富有傳奇性的經歷和故事，正好為元代詠俠詩寫作提供了豐富的題材資源。在唐代，一些俠客因其傑出的事蹟，本身就是下層民眾家喻戶曉的風雲人物，其經歷頗有傳奇色彩，在當時社會上廣泛流傳，自然成為詠俠詩歌詠的對象。同時，一些雜劇中如《趙氏孤兒》等舞臺上演繹出的復仇故事，是那樣的入情入理，環環相扣，有血有肉，真切感人，反映的正是正義戰勝邪惡的道德力量，也成為元代詠俠詩的歌詠對象。如張弘範《跋張伯寧義士圖》:「刺襄豫讓不日死，立武程嬰冠青史。燕山義士張伯寧，千古英名高二子。」〔註60〕程嬰是《趙氏孤兒》成功塑造的感人形象之一，從此我們也可看到元代不同藝術形式之間的影響。

（二）思想多元與詠俠詩的多元取向

游牧文明的勢力強烈撞擊著元代社會的總體結構，有元一代統治者尚武輕文，科舉時興時廢，唐宋以來士大夫的文化優越感喪失殆盡，士階層的人生價值觀被強有力地改變；元代治法粗疏，對於各種宗教採取兼容並蓄的政策，蒙古薩滿教在宮廷和民間占支配地位，同時儒、道教、佛教，甚至基督教、伊斯蘭教等都可以自由傳教，僧人、道士、伊斯蘭教、答失蠻、也里可溫（基督教）大師同樣享受免除賦役的特權。各種宗教相互衝擊融合，構成了元代的多元文化奇觀；理學在士大夫階層產生普遍影響，如此等等。在如此思想文化背景下，元代詠俠詩內容呈現出前所未有的異彩紛呈和紛亂複雜，主要表現在對荊軻的歌詠和對傳統的任俠行為的反思與批評兩方面。

元代詠俠詩對古遊俠的歌詠對象有荊軻、豫讓、聶政、要離等，其中詠荊軻詩12首、詠豫讓詩3首、詠聶政詩1首、詠要離詩1首。此外，還有歌詠唐代虯髯客、女俠紅線的詩各1首。在晉唐詠俠詩潮中，「一些戰國遊俠被

〔註59〕（元）楊維楨:《鐵崖古樂府・鐵崖詠史》卷七，四部備要本。
〔註60〕（元）張弘範《淮陽集》，文津閣四庫全書本。

推崇為英雄人物來歌詠。其中，最值得推崇的是荊軻，從魏晉到隋唐，他都被詠俠詩人作為最高尚最值得仿傚的典型規範模式來反覆讚頌。」〔註61〕但在元代詠俠詩中對荊軻的評價，審視的視角、評判的眼光，當有數種之多：

一些詩人主要歌詠荊軻視死如歸、大義凜然的俠義精神。這些詩往往在歷史事實的基礎上，或歌詠其刺殺秦王場景，或鋪成易水送別的場面，或展示荊軻的俠義風采，或表現其勇武氣節，或抒發對千載知音的惋惜、憑弔之情等。元代釋善住《荊軻》歌詠荊軻以弱抗強的俠義氣節，讚揚其「壯氣幹牛斗，孤懷凜雪霜。易水悲歌歇，秦庭俠骨香」的俠義精神。元人李時行《易水》慨歎：「塞北時聞鐵馬嘶，薊門霜柳漸淒淒，……尊前不見悲歌客，易水東流何日西。」杜徵君《荊軻》中「悲風寒易水，俠氣小咸陽」之歎，都是從易水寒意象來體認荊軻的悲劇性格，禮讚荊軻敢於獻身的高貴人格。可見千載而下，荊軻重諾輕生、不畏強暴的道德人格在元代仍傳承不絕，最具代表性的傅若金《拒馬河》。詩云：

> 落日蒼茫裏，秋風慷慨多。燕雲餘古色，易水尚寒波。岸絕船
> 通馬，沙交路入河。行人悲舊事，含憤說荊軻。〔註62〕

荊軻以一弱小的個體反抗強暴的秦國，散發著不畏權勢的勇氣和力量，其高昂的意氣吐露，不願任人宰割的抗爭精神，書寫了千古遊俠的光輝形象。此篇詠荊軻詩寫得格調蒼涼、氣象渾成，在同類詩中戛然獨造。作者並未繪聲繪色地描寫荊軻臨行時的悲壯場面和刺秦王的緊張激烈場面，而是詩歌開始四句接連出現四個壯闊的意象：「落日」、「秋風」、「燕雲」、「易水，再輔之以「蒼茫」、「慷慨」、「古色」、「寒波」等形容詞，」營構出蒼涼沉鬱、雄渾壯大之景。「行人悲舊事，含憤說荊軻」，點出了後人對荊軻俠行的深沉喟歎，所有這一切最終交匯為一種深沉激越、蒼涼悲壯的情結，從而構成了元代詠荊軻詩的精魂──悲劇精神。

另有一些詩人對荊軻的俠行不以為然。如楊維楨嘲笑荊軻劍術拙劣：「丈夫萬人敵，拙計哂荊軻，昨夜西征去，生擒李左車。」（《劍客辭》）〔註63〕甚至出現了全面否定荊軻的詩歌，汪復亨《易州行》說荊軻是「智不如專諸刺王僚，忠不若豫讓圖趙襄。劫盟無曹沫之勇，剖腹無聶政之剛。」將荊軻的行為視為

〔註61〕陳山：《中國武俠史》，上海三聯書店1992年版，第141頁。

〔註62〕（清）顧嗣立：《元詩選》（二集戊集），第459頁。

〔註63〕《四庫全書》別集一六一《復古詩集》卷一，文津閣四庫全書本。

兒戲一般：「吁嗟荊卿兮，兒戲傀儡場。秦兵赫斯怒，家國更兩亡。」〔註64〕這樣的詠荊軻詩是以往所沒有的。究其原因，蓋因受多元思想影響，元代詩人「從以前權威順從型人格轉變為強調個性叛逆型人格，並在文學中充分表現了對傳統文化思想的叛逆」〔註65〕等相關聯。元代社會儒學在思想上的統治地位已不復存在，加之草原游牧文化和西域商業文化憑藉政治上的強勢地位向社會各個方面滲透，使得很多中土根深蒂固的重義輕利等觀念，都在很大程度上被動搖。元人詠荊軻詩的多元取向折射的元代社會思想的多元化。

「元代的中國是一個民族眾多，地域廣大的國家。元代的行政版圖，在中原之外還包括了西藏、東北、內外蒙古和西域等廣大區域。……蒙古族在入主中原之前，還處於各部落自行其是，以習慣法論斷民間糾紛，沒有文字法律的時代，這決定了蒙古族入主中原後，推行了一條寬刑法的路線。與宋代和明代相比，稱元代是一個無文字獄的朝代，一個寬刑法的朝代，一個比較淡化意識形態的朝代，大約是符合實際的。」〔註66〕多元文化的交流互滲帶來了人們價值觀的多元化，文網的寬鬆、思想的活躍使人們可以對事物從不同角度進行評判。對於傳統的任俠行為，元人也多有反思與批評，呈現判然有別、各自不同的理解。

元代社會國內矛盾與民族矛盾交織在一起，傳統儒家思想嚴重削弱，以中原儒家文化為代表的正統地位需要鞏固。在此歷史語境下，元代出現了對俠義行為、行俠規則全面系統整合的新的俠義觀念。如明代陳繼儒載元人羅春伯著有「任俠十三戒」，〔註67〕涉及傳統俠義行為的方方面面，突出俠義行為應該主持正義；忠君報國；施恩不受報；處理好孝與忠義的多重關係；色不親二、酒不染面；勤習武藝；堅守愛國情操、誠信人品、輕財重義等。〔註68〕說明中國俠的俠義觀念從先秦兩漢時期的「挾武犯禁」、「不軌正義「到中唐時期的「義氣相兼」，再到元代社會「儒俠互補」、「忠義雙全」俠義觀念的確立。儒家文化滋潤著俠的正義感，如元末詩人劉仁本《少年行》

〔註64〕（清）顧嗣立：《元詩選‧癸集下》，第 1695 頁。

〔註65〕李玲瓏：《論元代文學中的幾個「異質」》，《青海民族學院學報》2005 年第 4 期。

〔註66〕扎拉嘎：《游牧文化影響下中國文學在元代的歷史變遷》，《文學遺產》2002 年第 5 期。

〔註67〕《偃曝餘談》載明人羅春伯著有「任俠十三戒」。

〔註68〕王立、馮立嵩：《忠奸觀念與反面人物形象塑造》，《哈爾濱工業大學學報》2004 年第 4 期。

就堅守儒家詩教，傳達出一種全新的俠義觀念：

> 城中美少年，十萬當腰纏。朝擁紅姬醉，莫入花市眠。青春事
> 遊俠，白日行神仙。豪奢侈靡競誇詫，千金之裘五花馬。明珠的皪
> 珊瑚赭，錦囊翠被薰蘭麝。生來富貴無與倫，豈知耕稼識艱辛。一
> 朝世變起風塵，少年嬌脆無容身。城外惡少年，膂力如虎健。令人
> 出胯下，粗豪逞精悍。舞刀持槍乘世亂，掉臂橫行遮里閈。剽掠人
> 貲為己券，昔無擔石今百萬。結黨樹群肆欺誕，瞷室憑陵何所憚。
> 一朝黃霧肅清颷，大官正法施王條。驄突追呼行叫囂，少年浪跡無
> 遁逃。鉗錘束縛首為梟，鞭流腥血屍市朝。我作歌，歌年少，毋為
> 美誇毋惡暴。我作歌，歌少年，夜讀古書朝力田。作善降祥天則然，
> 生當亂世終得全。〔註69〕

詩歌首先分別對「城中美少年」與「城外惡少年」兩種俠氣、俠行作了
描寫，指出遊俠少年鬥雞走馬、豪奢侈靡、驄突追呼、縱情任性等種種作者
認為不符合規範的俠行。然後正面要求任俠行為應該「毋為美誇毋惡暴」、「夜
讀古書朝力田」，將儒家義理觀注入詠俠詩中，折射出元代士人儒俠合一的人
生情懷。

另外，在晉唐詠俠詩的一個主題即是描寫遊俠少年風流瀟灑、狂放不羈
的個性，五陵年少的輕薄俠行往往表現一種自由浪漫的時代精神。元代一些
詩人卻批評五陵年少不知稼穡之艱：「白雪肌膚白玉鞍，渾身俊氣許人看。若
知稼穡艱難處，肯把黃金鑄彈丸？」（張昱《五陵遊俠圖》）〔註70〕如此對任
俠行為的評論是元前詠俠詩所少見的。「少年行」作為常見的詠俠詩題，常用
來表現少年遊俠高樓縱飲的豪情，報國從軍的壯懷，勇猛殺敵的豪邁氣概。
然曹文晦卻在《少年行》中流露出濃鬱的及時行樂思想：「君不見西山日，又
不見西風樹。……回頭為語少年人，有酒莫負花間春。」〔註71〕這與傳統的
詠俠詩《少年行》是迥然不同的。元代有些詠俠詩還表現出濃鬱的歸隱思想，
如朱晞顏《簡楊仲弘院長歸思》詩云：「慷慨樽前撫劍歌，自憐俠氣半消磨。……
一春折盡刀頭夢，欲向玄真覓釣簑。」凡此，都說明元人詠俠詩紛亂複雜的
文化內涵。

〔註69〕（清）顧嗣立：《元詩選》（補遺庚集），第 651 頁。
〔註70〕（清）顧嗣立：《元詩選》（初集辛集），第 2057 頁。
〔註71〕（清）顧嗣立：《元詩選》（二集庚集），第 983 頁。

（三）民族融合與詠俠詩的西域風情

橫掃歐亞大陸的蒙古鐵騎建立了國土面積異常遼闊、民族成分異常複雜的元帝國。《元史·地理志》載：「自封建變為郡縣，有天下者，漢、隋、唐、宋為盛，然幅員之廣，咸不逮元。……其地北逾陰山，西極流沙，東盡遼左，南越海表。蓋漢東西九千三百二里，南北一萬三千三百六十八里，唐東西九千五百一十一里，南北一萬六千九百一十八里，元東南所至不下漢、唐，而西北則過之，有難以里數限者矣。」〔註72〕在此多民族文化大撞擊、大交流、大融合背景下，民族之間既有鬥爭，更有交流與融合。文化的融合，大大提高了各少數民族的文明程度，一些具有游牧民族血統的作家飽受中原漢文化的薰陶，有些還擅長以漢語言來寫作。傳統的華夷之辨觀念也一定程度的弱化，此種種因緣際會給元代詠俠詩創作帶來新的生機。

元王朝的疆域的空前擴大，昔日遙遠的西北邊塞成為元帝國版圖的「中心地區」；眾多民族文化的相互交融互滲，使元代詩人的視野空前擴大，西北地區的遼闊壯美之景，別有異趣且更能激發其新的審美衝動，成為元代詠俠詩經常描述的對象。

馬祖常先世為西域雍古部貴族，祖先長期活躍在蒼茫遼闊的大西北。即使多年生活在中原地區，然色目人的尚武彪悍之氣似乎是與生俱來的：「長安青雲士，任俠日娛遊。……銀桦薦海品，羊酪乞蒼頭。」（《擬古》）「羊酪」指西北民族日常生活中最為常見的羊乳類食品，屬於典型的西域風情描寫。張翥《前出軍五首》其五云：「京師少年子，膽氣乃粗豪。傾金售寶劍，厚價買名刀。白氈作行帳，紅綾製戰袍。」〔註73〕以白氈作帳篷，也是典型的草原風情，可謂中原詩人創作中難以見到的邊地民族真實生活的寫真。再如元末王逢的《壯士歌》：

> 明月皎皎白玉盤，大星煌煌黃金丸。壯士解甲投馬鞍，蒺藜草
> 深衣夜寒，劍頭飲血何時乾？〔註74〕

皎潔的明月像小小的玉盤一樣掛在天上，點點寒星也似彈丸一樣密布蒼穹，新奇的比喻寫盡了茫茫草原的蒼茫、遼闊和浩蕩，意境極其闊大恢宏。直可與《敕勒川》「天似穹廬、籠蓋四野」媲美。蒺藜是草原上常見的牧草，

〔註72〕（明）宋濂等撰：《元史》卷五八《地理志》，第 1345 頁。
〔註73〕（清）顧嗣立：《元詩選》（初集戊集），第 1333 頁。
〔註74〕《四庫全書》別集一六０《性情集》卷二，文津閣四庫全書本。

「蒺藜草深衣夜寒」既生動地描繪出茫茫草原的真實情景，更襯托出俠義之士的枕戈待旦的勇武形象。馬背上民族的豪縱、真率之氣灌注詩中，有力地改變著中原漢詩的審美特徵，它為中原漢文學吹來了新鮮的胡風。

楊維楨《春俠雜詞・其十二》更是塑造了一個來自西域的遊俠形象：

> 關右新來豪傑客，姓字不通人不識。夜半酒醒呼阿吉，碧眼胡
> 兒吹筆笛。〔註75〕

在古人地理概念中，以西為右，以東為左，關右即關西，指元王朝的西北地區。「阿吉」指燒酒，是草原民族對酒的稱謂。「姓字不通人不識」，是說西域俠客的語言與中土不同；「碧眼胡兒」可謂典型的西域胡人形象；「呼阿吉」、「吹筆笛」可謂典型的胡人生活方式與行為方式；詩人連用一系列富有西域特徵的意象和動作，盡顯西域俠客的粗豪氣概。將胡人形象與西北民族粗狂豪放的民風民俗完美結合在一起，別具魅力。

中國文學「沾泥帶水」，富有地理因緣。「空間的流動，往往可以使流動主體的眼前展開兩個或兩個以上的文化區域和文化視野，這種『雙世界視景』在對撞、對比、對證中，開發了人們的智慧。兩個世界的對比，可以接納、批判、選擇、融合的文化資源就多了，就能開拓出一種新的精神境界和思想深度。」〔註76〕元代詩人足跡、視野的空前擴大、對草原游牧生活有著真切、細膩的體驗，才能在詠俠詩中傳遞出草原文化特有的精神氣度，也給傳統詠俠詩注入了草原文化的新鮮血液。

三、元代詠俠詩的詩美積澱

在中國文學史上，元代文學有其特殊性和複雜性，這種文學上的特殊和複雜，實由元代文化的獨特與複雜所致。以文化類型而言，元代是草原文化、農耕文化、西域商業文明的多元衝突融合後形成的「多元一體」文化。以文化創造者而言，元代文化是包括漢族文士、江湖市民群體及眾多少數民族共同創造的。文學藝術的繁榮，離不開思想自由活動的空間。此種「多元一體」的文化形態對元代詠俠詩創作具有重大影響。元代詠俠詩所表現出的審美追求、藝術手法、情感特徵等，都有其獨至性。

〔註75〕（清）顧嗣立：《元詩選》（初集辛集），第 2000 頁。
〔註76〕楊義：《文學地理學的淵源和視境》，《文學評論》2012 年第 4 期。

（一）粗豪雄健之風格

元代詠俠詩的主體風格，可以概括為粗豪雄健。雖然一些富有特色的名家，其風格也不盡能以粗豪來包容，但就總體來說，說元代詠俠詩的抒情風格為粗獷豪放型，並無不當。粗豪者，粗獷也，豪壯也，心胸豪邁、氣質粗獷，是其大要。雄健者，雄壯也、勁健也，意象之粗豪、抒情之直率是其大要。它是元代各民族粗獷豪邁之氣質的外化，它具體形成了元代詠俠詩以粗豪、雄健、壯美為主的風格美感。

俠的存在是中國古代一種獨具特色的社會文化現象，古稱燕趙多慷慨悲歌之士，中土亦不乏聞雞起舞之人，流風餘韻，至元代不絕。史載元人張柔「少慷慨，尚氣節，善騎射，以豪俠稱。」〔註77〕劉哈剌不花「倜儻好義，不事家產，有古俠士風。」〔註78〕渤海人任速哥「性倜儻，尤峭直，……有古俠士風。」〔註79〕耶律伯堅「氣豪俠，喜與名士遊。」〔註80〕足見元代俠風之繁烈。有元一代，游牧文明對中原強力滲透，蒙古鐵騎將塞外野蠻精悍之血，注入中原文化頹廢之軀，舊染既除，新機重啟，遂能別創元人勇武、粗獷、精悍之俠風，進而影響其心性氣質和詠俠詩創作。加之元代市民江湖社會發達，綠林豪俠多充滿草莽英雄之粗獷氣概，這從元代水滸戲的繁榮可以明顯看出。今天可考的元代水滸戲多達 30 餘種，元人高文秀《黑旋風雙獻功》雜劇中李逵「我從來個路見不平，愛與人當道撅坑。我喝一喝骨都都海波騰，撼一撼赤力力山嶽崩」〔註81〕的形象，痛快酣暢地折射出宋元社會民間草莽英雄的俠肝義膽。凡斯種種，感蕩心靈，成為元代社會長期傳承和內在積澱的文化基因。這種文化基因和長期身處游牧文明與農耕文明衝突融合的文化環境，就對元人的審美心理產生重大影響。粗獷豪邁的尚武氣質，也使其更易對粗豪之景產生審美的衝動。這樣，以氣勢兇悍、威猛取勝的意象，如朔方、大漠、落日、鐵石、壯心、膽氣、猛虎、猛士、寶刀、匕首等，成為元代詠俠詩經久不衰的「佔據中心」的意象；飛、跨、騰、越、斬、鬥、走、破、射、馳等動詞的大量運用，更強化了雄健奔放之氣度。如張翥《前出軍五首》其五：

〔註77〕（明）宋濂等撰：《元史》卷一四七《張柔傳》，第 3471 頁。
〔註78〕（明）宋濂等撰：《元史》卷一八八《劉哈剌不花傳》，第 4306 頁。
〔註79〕（明）宋濂等撰：《元史》卷一八四《任速哥傳》，第 4235 頁。
〔註80〕（明）宋濂等撰：《元史》卷一九二《耶律伯堅傳》，第 4363 頁。
〔註81〕蔣星煜主編：《元曲鑒賞辭典》，上海辭書出版社 1990 年版，第 148 頁。

京師少年子，膽氣乃粗豪。傾金售寶劍，厚價買名刀。白氈作

行帳，紅綾製戰袍。〔註82〕

再如楊維楨《俠客詞》：

未許同交死，全身報國仇。太阿飛出匣，欲取賈充頭。〔註83〕

　　兩首詩描寫元代俠客的絕倫風采，其粗豪雄健之氣躍然紙上。這一方面是因為，壯大粗豪之景，能映照他們內心強悍粗獷的情感，將其鬱積於胸的彪悍勇猛之氣借著具體可感的意象來喧洩。另一方面也是因為，長期積澱而成的「集體無意識」，使他們不約而同地對「拙重、粗獷的世界」更具有審美選擇性，它最終形成了元代詠俠詩粗豪雄健的風格。「俠客雙鹿廬，鵝膏淬銛鍔。試舞出嚴城，群寇膽盡落。」（《俠客行》）〔註84〕淬乃古代鑄件工藝，指將燒紅的劍浸往水中又立刻取出來，用以提高劍的硬度和強度。「嘶——嘶——」的淬劍聲令人感到一種粗豪之氣撲面而來。

（二）自然率真之情感

　　元代詩人的審美心態往往較為單純，習慣於呈現自然的原態色彩、較少堆砌典故、遣詞造語亦本色自然，這與宋代詠俠詩的引經據典、以議論為詩形成鮮明對比，是它生成了元代詠俠詩自然率真的情感特徵。元人詠俠詩之所以有此種自然率真之情感，與游牧文化、市井文化雙重影響下的元代詩人創作心態、創作思路的變化是分不開的。

　　就創作心態而言，宋代黨爭不斷，士人喜同惡異，黨同伐異，在此背景下文人噤若寒蟬，有集體怔忡症，難以做到充分抒情。明代思想控制空前嚴厲，這種嚴酷的政策導致了明初雜劇題材的偏狹。而元代地跨歐亞大陸，「眾多民族統一在一個國家，使元代成為多種宗教信仰並行，多元文化共存的時代。這特殊的環境，加之蒙古族尚武輕文的傳統，決定了元代蒙古統治者在意識形態方面只能採取相對寬容的政策，允許各地區人們的宗教信仰之自由，允許不同民族在風俗習慣上各行其是。」〔註85〕總體而言，豪放、粗獷的蒙古族統一中國後，對思想領域的控制並不嚴格，元代成為中國歷史上宗教多

〔註82〕（清）顧嗣立：《元詩選》（初集戊集），第 1333 頁。
〔註83〕（清）顧嗣立：《元詩選》（初集辛集），第 1992 頁。
〔註84〕（元）陳基：《陳基集・夷白齋藁補遺》，文津閣四庫全書本。
〔註85〕扎拉嘎：《游牧文化影響下中國文學在元代的歷史變遷》，《文學遺產》2002 年第 5 期。

元、思想多元的時期。王國維《宋元戲曲史》曾說，元曲作家為了「摹寫其胸中之感想」，可以突破傳統的思想和寫作方法，而臻「關目之拙劣，所不問也；思想之卑陋，所不諱也；人物之矛盾，所不顧也」之創作境地。〔註86〕正指出了元代作家創作心態的相對單純性。生活在此種相對寬鬆文化環境下的元人，不再追求傳統抒情文學的「樂而不淫、哀而不傷」，他們可以毫無遮攔地盡情宣洩愛和恨，抒情絕少顧忌，以淺白直露、暢快淋漓而見長：

> 長衢若平川，輕車馳流波。上有都人子，明肌豔朝霞。芳塵揚遠風，白日耀舞羅。少年輕薄兒，調笑相經過。狎坐酌美酒，日暮酣且歌。千金罄一笑，豪右焉能加。時俗誇朱顏，美女悅春華。春華豈不好，遲暮當如何？〔註87〕

同樣抒發豪俠之氣，傳統詠俠詩則以用典精巧取勝：「疇昔國士遇，生平知己恩。直言珠可吐，寧知炭可吞。」（庾信《擬詠懷二十七首》其六）〔註88〕或者說，元代詠俠詩在自然真率之中形成自己的抒情深度。

就創作思路而言，在一個游牧文明「大水漫灌」的國度活動，在一個眾多民族相互交往、通婚、繁衍生息的遼闊大地上生活，元代各民族詩人自然不同程度地沾染了游牧文明的倫理價值和審美趣味，其創作思路也顯得比較單一。傳統中原文學講究「抒情宜隱」、「比興寄託」，馬背上縱橫馳騁的民族無需借「善女香草」來託喻什麼「忠貞之情」，無需借「臣妾自戀」來傳達什麼「政治上的失意牢騷」，這與元代社會思想多元、人們沒有此種特殊的社會角色有關。顧瑛《少年行》云：「儒衣僧帽道人鞋，天下青山骨可埋。若說向時豪傑處，五陵鞍馬洛陽街。」〔註89〕顧瑛筆下儒、釋、道合流的俠客形象，正是元代詠俠詩自然率真的表現。雖然元代詩人也用意象來營構詩的意境，但因缺乏「曲折遙深」的比興構思而顯得真率自然，有著自身情感的充沛投入：「朝博五侯家，夜宿杜陵花。繫馬垂楊下，聽歌到日斜。」（王偕《少年行》其一）〔註90〕「千金輕一擲，一諾敢忘身。買得青驄馬，橫行不避人。」（王偕《少年行》其二）〔註91〕元人詠俠詩中這種自然真率之情感，其實是

〔註86〕王國維：《宋元戲曲史》，嶽麓書社1998年版，第84頁。
〔註87〕（清）顧嗣立：《元詩選》（二集戊集），第440頁。
〔註88〕逯欽立：《先秦漢魏晉南北朝詩》北周詩卷三，第2368頁。
〔註89〕《四庫全書》別集一五九《玉山璞稿》，文津閣四庫全書本。
〔註90〕《四庫全書存目叢書・荻溪集》，天津圖書館藏清抄本。
〔註91〕《四庫全書存目叢書・荻溪集》，天津圖書館藏清抄本。

元代詩人淳厚質樸性格之外化。古人云「宋詩近，卻去唐遠；元詩遠，卻去唐近」，原因即源於此。但是換一個角度，在傳統詩歌創作中「比興寄託」已成套路的程序下，元人詠俠詩少此構思，反而鑄就了其自然本真的特色。

（三）雜劇、小說的影響與俠客形象塑造

在詠俠詩中通過形象塑造來展現俠義人物的精神風貌，本是中國詠俠詩的優秀傳統。然元代詠俠詩對遊俠形象的塑造不僅篇幅明顯拓展，而且已經具有敘事紀實特徵，元雜劇、話本小說等俗文學形式影響的痕跡頗濃，則是元前詠俠詩所不具備的，故此問題仍有論述的必要。在中國文學史上，文學的四種主要體裁：詩歌、散文、戲曲、小說，首次齊聚元代文壇。元代文壇不僅傳統詩、文等雅文學形式得到發展，雜劇、散曲等俗文學形式更是前所未有的繁榮。然而，學界對元代文學的研究卻存在明顯的誤區：一是重視雜劇、散曲等俗文學形式研究，相對忽視詩、文等雅文學研究。二是忽視文學各種體裁之間的相互借鑒對元代文學的影響。

元代戲曲、小說等通俗文學發達，陶宗儀《南村輟耕錄》卷二五記載宋金院本名目近 700 種。鍾嗣成《錄鬼簿》著錄元代雜劇作家 152 人，雜劇作品 450 餘種。賈仲明《錄鬼簿續編》載元明之際雜劇作家 71 人，雜劇作品 150 餘種。兩項合計留存至今的元代雜劇作家至少在 200 人以上，雜劇作品達 600 餘種。可見一時之盛。朱一玄、寧稼雨、陳桂聲編著《中國古代小說總目提要》〔註92〕著錄金元時期文言小說達 65 部，作家 60 餘人，宋金元時期話本小說 301 部（篇），作家 280 餘人。可見宋金元時期小說之長足發展。元代詩人身處俗文學繁盛的文化環境中，有些詩人同時還是雜劇、小說的作者，元代小說、雜劇等敘事藝術不可避免地影響到詠俠詩創作。「四種文體齊聚的元代文壇，詩文的抒情與戲曲小說的敘事，互相影響、認同，元詩所體現的敘事化特徵不但是詩境的擴展，也是元代文學與歷史文化的交匯點。雜劇風行天下，貫通南北，為傳統的詩歌提供了新的表現手法與切入社會生活的渠道。」〔註93〕具體而言，在俗文學環境中成長起來的元代詩人，從幼童時期起，元雜劇等俗文學形式對其思想觀念、思維模式、情志心態都產生了潛移默化的深度滲透，從而養成了其思維定勢和寫作習慣，對其從事詩歌創作影響甚大。

〔註92〕朱一玄、寧稼雨、陳桂聲編著：《中國古代小說總目提要》，人民文學出版社 2005 年版。

〔註93〕楊鐮：《元詩敘事紀實特徵研究》，《文學評論》2012 年第 2 期。

當他們以後從事詩歌創作時，雜劇、小說等通俗文學注重敘事的特徵便在詩歌中呈現出來，從而形成了元代詠俠詩以描摹人物、敘事紀實見長的特徵。

元代詠俠詩立足元代社會歷史現實，塑造了一個個形象鮮明生動的俠客形象，如郝經《義士人》塑造了奇偉高蹈、不慕榮利、救人危難、重義輕生之俠士形象；王惲《義俠行》中俠客王著刺殺忽必烈倚重之元朝著名權臣阿合馬，其嫉惡如仇、除暴安良之俠義行為令人難忘；楊維楨《舒刺客並序論》中「智如張子房，膽如趙子龍。……怒潮一卷石頭城，匕尖已帶乖龍血」的刺客形象異常生動；《大健兒》薛萬徹這一彪悍、正義的俠客形象為古代歷史文化提供了豐富生動的細節；王逢《義僧行》中大俠磊落之氣與凜凜之威令人感佩；等等。這些俠客群像，來源豐富，經歷傳奇，如一幅幅人物畫出現在讀者眼前，使元代詠俠詩充盈著生動感人的藝術力量。

詠俠詩主要展現俠客之風采，因此，遊俠形象的塑造便成為詠俠詩敘事紀實的中心和焦點。圍繞此一中心，元人詠俠詩以濃墨重彩描繪了行俠者的聰明才智、嫉惡如仇、英武果敢，從而塑造出光彩照人的俠客群像。為了凸顯俠客的人格之美，元人往往採取多種藝術手法，擇其要者，有如下幾點：

一是典型事蹟的敘寫。遊俠之士的經歷是豐富的，其事蹟也是多樣的。在人物性格風貌、精神氣質的展現中，材料的選取至關重要。元代詠俠詩善於抓住其神態，緊緊圍繞著俠客群體行俠仗義各異的「能」來展開，通過最典型的事例，表現其過人的俠氣俠節。如周巽《壯士歌》云：

> 君不見荊軻辭易水，飛蓋過秦宮。一去不復還，白日貫長虹。
> 又不見樊噲入鴻門，瞋目髮衝冠。立飲鬥卮酒，狂言敵膽寒。秦王
> 絕袖環柱走，沛公間行脫虎口。兩雄事異壯心同，擁盾何慚持匕首。
> 近代羽林如虎貔，黃金瑣甲元武旟。三石雕弓百發中，千鈞寶鼎獨
> 力移。時危此輩盡奔散，如噲如軻知是誰。落日高臺大風起，安得
> 守邊皆猛士。〔註94〕

詩人先是通過易水送別的場面描寫，凸顯荊軻蹈死不顧的人格精神和「白日貫長虹「的人格美。對於樊噲的描寫，則將其置於鴻門宴這一環境之中，通過典型環境中典型人物的描寫，表現其絕倫的俠義人格，寥寥數筆，形象傳神。「秦王絕袖環柱走，沛公間行脫虎口」兩句，句式凝練，有高度的概括力，通過這些矛盾的劇烈衝突，將荊軻、樊噲的勇武形象刻畫得淋漓盡致，

〔註94〕《四庫全書》別集一六０《性情集》卷二，文津閣四庫全書本。

令人過目難忘。再如楊維楨《淮南刺客辭》：

> 晉刺客不殺朝服臣，唐刺客不殺寢苫人，淮南刺客不殺幕府賓。
> 嗟此二三子，磊磊天下士。嗚呼，梟顒首，輾紀胸，淮南刺客可無
> 功。〔註95〕

此詩歌描寫不同時代刺客的風采，連用三個「殺」字，可謂善於抓住刺客典型的行為方式，通過俠義英雄行為來藝術地展現視死如歸的刺客形象，顯得崇高悲壯，有強烈的藝術感染力。

二是對比、渲染、襯托、細節描寫手法的運用。元人詠俠詩的作者往往採取對比、渲染、襯托等多種藝術手法，從其言行、舉止、神態等方面進行富有個性的描繪，將俠客之人格風采準確地表現出來。如張憲《俠士吟》將懦弱的儒生形象與彪悍的俠客形象進行對比：「俠客死傷勇，亦勝懦夫活。……儒夫視死重，俠士視死輕。我吟俠士詩，俠士為我起立。」〔註96〕來襯托出俠客的高大形象。其《刺客行》云：「俠客膽激烈，見義即內熱。每聞不平事，怒發目眥裂。方剔奸相喉，又斷佞臣舌。試看腰下劍，常有未凝血。」〔註97〕「怒發目眥裂」可謂典型的細節描寫，使俠客好抱打不平、嫉惡如仇之形象展現於讀者面前。再如梁寅《擬古十二首》其四云：「名都少年子，金多矜富強。連雲居甲第，峨峨擬侯王。外廄騈騏驥，侍女羅姬姜。豪貴相經過，綺席飛瓊觴。醉言氣凌人，歡樂殊未央。」〔註98〕梁寅筆下的俠客形象通過描寫其金多矜富、豪華居室、豔麗服飾、鬥雞走馬、歌舞豪飲等，渲染出俠少濃烈的貴族氣息，從而使俠義人物形象真實生動、栩栩如生。

如果說元代雜劇、小說等俗文學的敘事特徵有助於元人詠俠詩敘事紀實特徵的生成，那麼，元代雜劇、小說等俗文學的倫理內涵則影響了元代詠俠詩價值取向的生成。中國古代敘事文學的主要特徵是「借事抒情，事為情用，以情為體，以事為用」，〔註99〕元雜劇、小說中對黑暗政治的控訴、對公平正義的熱烈嚮往、對惡勢力的鞭撻等倫理價值取向，與千百年來傳統俠文化維護正義、反對強權、懲惡揚善的價值取向是一致的。這種價值取向積澱在元代詩人的心靈深處，促使他們在詠俠詩創作中，自覺不自覺地注入其價值觀，

〔註95〕（元）楊維楨：《鐵崖古樂府·鐵崖詠史》卷七，四部備要本。
〔註96〕《四庫全書》別集一五六《玉笥集》卷三，文津閣四庫全書本。
〔註97〕《四庫全書》別集一五六《玉笥集》卷三，文津閣四庫全書本。
〔註98〕（清）顧嗣立：《元詩選》（補遺），第868頁。
〔註99〕郭英德：《明清傳奇戲曲文體研究》，商務印書館2004年版，第39頁。

臧否人物，寄寓理想。張憲筆下就記述了一個惡少被斬的故事：「中原惡少稱新李，八尺長軀勇無比。鐵槍丈二滾銀龍，白面烏騅日千里。攻州劫縣莫敢攖，烏羊渾脫縵胡纓。輕車壯士三十兩，戰則為陣屯為營。殿前將軍不敢搏，羽林孤兒甘受縛。……土岡無樹著伏兵，……賊顱已逐青萍缺。」〔註100〕可見，元代詠俠詩在塑造了大量嫉惡如仇、光明磊落、行俠仗義的遊俠形象的同時，也鞭撻了遊俠群體中的一些惡少和敗類，彰顯著元代詩人的主體精神和價值取向。

（四）俚俗本色之語言

蒙古族沒有自己源遠流長的書面文學傳統，也不甚瞭解中原古代文士階層在維護封建社會中的作用，因此，元代統治者並不重視雅文學的教化功能和政治作用，元雜劇、散曲等俗文學的通俗易懂、淡化意識形態和重視娛樂等特徵，反而受到元代蒙古統治者的喜愛和支持。總體上看，元代文學呈現出俗文學的興盛，「文學革命，至元代而登峰造極。其時，詞也，曲也，劇本也，小說也，皆第一流之文學，而皆以俚語為之。」（胡適《吾國歷史上的文學革命》）〔註101〕元人作詩雜以少數民族語言的現象司空見慣，一些蒙古語詞彙滲入詠俠詩創作中：「關右新來豪傑客，姓字不通人不識。夜半酒醒呼阿吉，碧眼胡兒吹筆笛。」〔註102〕「阿吉」指燒酒，是典型的蒙古族語言。此種外族語言的混入，自然使詠俠詩產生一種俚俗風味。同時，隨著元代散曲、雜劇的興盛，其通俗化、口語化的語言形式也深刻影響了詠俠詩的語言。元代詠俠詩在語言上往往追求口語化與散文化，極情盡致，很少鋪墊，多衝口而出：「齊國壯士儕要離，念母與姊生慈悲。繼而母死姊同尸，烏乎丈夫一死泰山重，胡為輕付市井兒。」（《聶政篇》）〔註103〕通篇似散文化句式。再如「風蕭蕭，易水波，高冠送客白峨峨。馬嘶燕都夜生角，壯士悲歌刀拔削。」（《易水歌》）〔註104〕詩中語言明快顯豁、自然酣暢，形成了俚俗潑辣、詼諧幽默、口語化的語言特點。

總之，元代詠俠詩是北方游牧文明與中原農耕文明交融互滲所留下的一

〔註100〕《四庫全書》別集一五六《玉笥集》卷三，文津閣四庫全書本。
〔註101〕姜義華主編：《胡適學術文集・新文學運動》，中華書局1993年版，第4頁。
〔註102〕（清）顧嗣立：《元詩選》（初集辛集），第2000頁。
〔註103〕《四庫全書》別集一六一《鐵崖古樂府》卷一，文津閣四庫全書本。
〔註104〕《四庫全書》別集一六一《鐵崖古樂府》卷一，文津閣四庫全書本。

項時代性成果，又受到元代江湖、綠林世界草莽英雄氣的滌蕩和元雜劇、小說等俗文學形式的薰染。元代詠俠詩雖然不是中國俠文學的大國，但卻蘊含著異常豐厚的文化內涵，有著自身獨特的審美特質，是源遠流長的中國古代俠文學不可或缺的一個歷史階段。

第三節　西夏文學考論

西夏王朝（1038 年～1227 年）是以古代羌族的一支——党項族為主體，包括漢族和其他少數民族建立的封建割據政權。西夏國雄踞北中國塞外，東盡黃河，西至玉門，南接蕭關，北控大漠，也是一個東西佔地兩萬餘里的政權。西夏國先後與北宋、遼、金等政權相處，夾乎大國之間，與宋、金等先後有多次戰爭，或依附遼侵宋、或援遼抗金，實行靈活的外交政策。西夏國有自己獨立的語言和文字，在天文、地理、史學、文學、醫藥等方面都有一定的進步和特色。西夏文學作為中國文學的重要組成部分，它拓展了中國文學地圖的地理板塊，豐富了中國文學的內涵，自然值得我們深入探討。

一、西夏文學的數量和分類

党項族遠在吐蕃統治時期，就已用藏文記錄本民族古老的傳說。西夏建國以後，夏景宗元昊領導創制文字。「党項族的語言文字，是在長期的社會生活中逐漸產生、形成的。……西夏語言和藏語比較接近，屬於漢藏語系，與彝、傈僳、納西等族同屬一種語族。」〔註105〕夏崇宗、仁宗兩朝文治在漢文化的強烈影響之下，文學亦一改前期簡樸，純厚風格，獲得長足發展。西夏文學，僅近人根據零星文獻輯佚，就有《西夏文綴》二卷，《藝文教》一卷，《西夏文存》一卷，《外編》一卷等。明人李維楨撰《西夏始末記》《西夏錄》《經略西夏始末記》《平夏紀事》《平夏疏錄》《安夏錄》《入夏錄》七種及《西夏書事》等史料中，亦保存有較多的詔諭、敕制、哀冊、官告、表、奏、疏、碑銘、頌、偈、記、塔記、幢記、祭文、墓誌銘等。西夏詩歌的代表作如《大詩》《月月娛詩》《夏聖根讚歌》《新修太學歌》等目前都已獲解讀。在俄羅斯科學院東方研究所聖彼得堡分所收藏的一部佚題詩集，至今尚無法破譯。20

〔註105〕鍾侃、吳峰雲、李範文等著：《西夏簡史》，寧夏人民出版社 2001 年版，第123 頁。（以下版本號略）。

世紀初，俄國探險家科茲洛夫在內蒙古額濟納旗境內的黑水城佛塔裏掘得西夏時期的文獻及大量藝術品，此即後來享譽海內外的俄藏黑水城文獻。此外，尚有流散英國、日本、美國、法國等國家者。黑水城文獻種類繁多，僅漢文文獻就包含「農政文書、錢糧文書、俸祿與分例文書、律令與詞訟文書、軍政與站赤文書、票據、契約、卷宗文書、書信、禮儀、儒學、文史文書、醫算曆學、符占秘術、堪輿地理文書、佛教文獻、圖畫、印章及其他文書。」〔註106〕可見西夏文獻亦是數量豐富。此外，西夏尚有大量的民間口頭歌謠及民間俗曲。如俄藏 7987 號《五更轉》殘葉，已成功譯出，顯於出西夏民間文學和唐五代敦煌文學間的某種聯繫。按照通行的分法、譯詩、譯經不在文學之列。中原典籍《詩經》《孟子》，唐於立政撰的《類林》，宋陳祥道撰的《論語全解》，宋呂燾卿的《孝經傳》、宋陳樂《孟子傳》，佚名《經義雜抄》都有西夏文譯本。這樣大規模的譯經工作，必定要有專門機構組織眾多學者參與才能完成，無疑連集名和作者均不見的亦不會是少數，由此，我們推測西夏文壇並不寂寞，也不乏輝煌之處。

二、西夏文學的歷史建構

文學作為社會文化現象的折射，文學的產生、發展、演進與和當時的政治制度、文化背景、作家生活、社會技術、廣大的讀者群體等等都有千絲萬縷之聯繫。因此，理順了一代文學和上述諸方面的關係，那麼，一代文學的藝術發生和歷史建構情況也大致可知了。

（一）西夏文學和西夏王室貴族

雖然早期的西夏帝王對百姓施行不文而治，但帝王后妃及貴族階層卻皆習文，且不乏以文見長者。西夏帝王，始終以吸收和推廣漢文化為中心內容，宋代一些失意文人常「舉子不第，往投於彼，元昊或授以將帥，或任之公卿，推誠不疑，倚為謀生。」（《續資治通鑑長編》）〔註107〕如元昊遣使上表給宋朝上的表，先煊耀其先祖功德，「祖繼遷，心知兵要，手握乾符，大舉義旗，悉降諸部。臨河五郡，不旋踵而歸；沿邊七州，悉差肩而克。父德明，嗣奉世基，勉從朝命。真王之號，夙感於頒宣；尺土之封，顯蒙於割裂。」要求宋朝予以冊封，最後說「魚來雁往，任傳鄰國之音，地久天長，

〔註106〕張蓓蓓：《黑水城漢文文學文獻輯考》，蘭州大學 2014 年博士論文，第 2 頁。
〔註107〕（宋）李燾：《續資治通鑑長編》卷一二四。

永鎮邊方之患。」〔註108〕結構謹嚴，一氣呵成，有勢不可擋之勢，堪稱一篇雄文，可見西夏文學的感染力！崇宗乾順作有《靈芝頌》一首，其中有「俟時效祉，擇地騰芳。」四言一順、二句一韻，句法整齊，鏗鏘有力，頗見對中原《詩經》的借鑒之功。北宋慶曆元年（1041 年），西夏王朝的張元隨元昊進攻北宋，大敗宋軍後，揮筆作詩曰：「夏竦何曾聳，韓琦未足奇，滿川龍虎輦，猶自說兵機。」〔註109〕詩作表現橫戈馬上、氣縱風雲的豪情，令人過目不忘！張元尚有詩作《詠雪》云：「五丁仗劍決雲霓，直取銀河下帝畿。戰死玉龍三百萬，斷鱗殘甲滿天飛。」〔註110〕張元從中原投奔西夏的，位至國相，既有中原漢文化修養，又受到党項羌彪悍勇武民族氣質的濯蕩，故氣宇非凡，詩作堪稱千古絕唱。

（二）西夏文學與教育

西夏皇帝非常講究文學的政治教化功用。認為國之復興無一不是革行儒教，崇尚詩書。於蕃學外特建國學，挑選貴族子弟，由官府供給食廩，設置教授。西夏統治者熱愛漢文化，推崇、嚮往中原禮樂文明。西夏國統治者都非常重視史書的鑒戒作用，在中央政府不僅設有史館，還有專門的起居、實錄文吏。《宋會要輯稿》卷六二記載，西夏首向北宋索取過「九經」及「正義」。由此而生的便是大規模的翻譯，並注意古今重點及成敗得失，為治世之鑒。如李元昊時期對大量漢文化經典進行了翻譯。據吳天墀先生的考證，西夏王朝翻譯的漢文化經典書籍，留存至今者即有《論語》《孟子》《孝經》《貞觀政要》《六韜》《類林》《黃石公三略》《孫子傳》《十二國》《德行集》《慈孝記》等。〔註111〕西夏王朝大力推崇教育，隨著教育程度的相對提高，西夏出現了一些能文之士，現存者如《掌中珠》《文海》《文海雜類》《月月娛詩》等。黑水城西夏文書中亦保留數量較多的漢文學文獻，有小說、歌辭、詩、散文等，《新雕文酒清話》《劉知遠諸宮調》《太子出家歌辭》《創業開基顯朱梁》等文本在中國文學中具有不可或缺的重要地位。西夏的書寫方式也具有自己的特點，近幾十年來，考古工作者對西夏墓進行發掘，出土了大量的有關書寫的

〔註108〕 （元）脫脫：《宋史》卷四八五《李元昊傳》，第 13995～13996 頁。
〔註109〕 龔世俊：《西夏書事校證》，甘肅文化出版社 1995 年版，第 173 頁。（以下版本號略）
〔註110〕 《嘉靖寧夏新志》，寧夏人民出版社 1985 年版，第 345 頁。
〔註111〕 吳天墀：《西夏史稿》，四川人民出版社 1982 年版，第 226 頁。（以下版本號略）

文物，如發現的西夏施經願文，書寫紙張潔白、細密、柔軟，質量上乘，完全可以和宋代紙張媲美，可見西夏的造紙技術達到了很高水平。西夏不僅有傳統的雕版印刷技術，宋代的活字印刷技術亦傳至西夏，如武威亥母洞寺遺址出土的西夏文佛經《維摩詰所說經》，便是泥活字印刷品的代表性文物。可見，西夏接受漢文化是較為全面和迅速的。另外，西夏還有羊皮書，顯然是從中亞地區流傳過來的，體現了党項人書寫工具的多樣化。宋人葉夢得《避暑錄話》云「凡有井水飲處即能歌柳詞。」〔註112〕殊不知，講的正是西夏地區柳永詞的傳播與接受情況。從中可見，西夏普通民眾對漢文化的熱愛和熟悉程度。這些都為西夏文學的發展奠定了一個較為良好的基礎。

（三）西夏文學與佛教

西夏民眾崇佛，佛教文化可謂西夏社會最重要的文化現象。西夏統治者廣建寺院，「近自畿甸，遠及荒要，山林溪谷，村落坊聚，佛宗遺址，只椽片瓦，但彷彿有存者，無不必葺。」（《涼州重修護國寺感通塔碑》）〔註113〕如今，行走在絲綢之路甘肅段，敦煌莫高窟、瓜州榆林窟、酒泉文殊山石窟、張掖大佛寺（西夏國寺）、武威天梯寺石窟、永靖炳靈寺石窟、寧夏海原天都山石窟等等，都有西夏時期開鑿的洞窟。折射出西夏佛教之盛。西夏國主李元昊既「曉浮屠法」，又通曉漢文化、識漢字，在他統治期間，加速吸收中原佛教文化。「元昊時期規定每年四孟朔日，即各季第一個月的初一為聖節，下令官民禮佛。這實際上是用行政命令的手法使全民歸依佛教。通過這樣全民性的佛事活動，把佛教推上了更高的地位。」〔註114〕感受是文學的審美主體的重要活動，而佛教講究以心會心、不立文字，重在內心的感悟和妙悟體驗。「和尚們講究心的純潔，注重領悟和感受，還往往借助想像的力量，在有無之間達到精神上的滿足。文學的深層審美結構就是思與境諧的神韻境界，天人合一是最高的審美理想，往往通過外部環境的描述，意象的構建，體現心靈之趣和自由之情，因此，詩文之心和佛徒之意往往會產生共振和切合。」〔註115〕如聶鴻英先生翻譯的西夏文《五更轉》漢語譯文：「四更夜，空行始呼

〔註112〕（宋）葉夢得《避暑錄話》。
〔註113〕王其英主編：《武威金石錄》，蘭州大學出版社2001年版，第69頁。
〔註114〕史金波：《西夏佛教史略》，寧夏人民出版社1988年版，第56頁。（以下版本號略）
〔註115〕黃震云：《遼代文史新探》，中國社會科學出版社1999年版，第64頁。

人。喚起瑜伽母，饒益眾有情。跏趺坐，內外尋心不可得，細細察見此理深。五更夜，身心俱翻騰。禪定與相鬥，方救眾生苦。天帝釋，淨梵等亦無此想，其中此心最難成。」〔註116〕此種虛實相間，情由境出的佛家空靈玄妙亦是文學追求的審美佳境，詩歌意境空靈玄妙、美不勝收。由此可見佛教對西夏文學影響之深。

三、西夏文學的藝術風格

西夏文學的文本雖然流傳至今的相對較少，並不多見，且有些是漢語文獻、另一些則是西夏文字，但畢竟是縱橫數千里，歷時百餘年的文學文本，有著自身獨特的審美價值。概括而言，西夏文學的基本風格走向比較清晰，且有著自己的獨特性，在整個中華文學地圖中別具民族風情。

（一）由拙野質樸到繁富華美的文學演進軌跡

党項族崛起於唐末五代軍閥混戰之際，最初只是一些原始性的簡約、真率、質樸的民間歌謠和朝廷應用性文書。北宋仁宗天聖九年（1031年）西夏國以來，李元昊「為了把他的政權建立得更加鞏固和具有充分獨立性，在充分顧及党項封建地（牧）主階級利益的同時，還特別注意調和蕃、漢地（牧）主階級的矛盾。」〔註117〕元昊開始了全面、系統的文化建設，西夏文學由此迎來了新的發展階段。首先，李元昊創立了西夏文字，使之系統化、規範化、成十二卷，並下令大力推廣。由於西夏國主能夠「曲延儒士，漸行中國之風」〔註118〕在中原漢文化的不斷傳入、深刻影響之下，西夏文學中原來拙野、質樸之風格漸行漸遠，表現出明顯的過渡痕跡。西夏崇宗乾順時期，按受御史中丞乾元禮之意見：「士人之行，莫大乎孝廉。經國之模，莫重於儒學。昔元魏開基，同齊繼流，無一不是革新儒教，崇尚詩書。」〔註119〕經過一段時間的積累，党項族統治集團中許多人對中原經典有頗高造詣。史載西夏野利仁榮「多學識，諳典故」；党項大族岡氏「聰慧知書，愛行漢禮」，表現出與漢文化的仰慕之情。西夏仁宗李仁孝（1140年～1193年）執政的五十年中，更是

〔註116〕引自徐希平：《中原與邊陲、書面與民間文學互動之範例——西夏〈五更轉〉源流及最早作者伏知道創作簡論》，《中原文化研究》2021年第6期。
〔註117〕吳天墀：《西夏史稿》，第30頁。
〔註118〕（宋）李燾：《續資治通鑒長編》卷五。
〔註119〕（元）脫脫：《宋史》卷四八六《夏國下》，第14007頁。

極力推廣漢文化，漢文化在西夏迎來新的發展，當時西夏各州、縣學校生員多達 3000 人，堪稱彬彬之盛，大備於時。人慶四年（1147 年），西夏仁宗李仁孝又立唱名取士法，更加重視人才的選拔。西夏統治者對教育的普及與重視，經過較長時間的積澱，終於碩果累累，人才輩出，西夏文學亦為之而變得繁富華美起來。入西夏與北宋軍隊大戰於好水川，大敗宋軍後，張元揮筆題詩曰：「夏竦何曾聳，韓琦未足奇。滿川龍虎輩，鈗睚說兵機。」〔註 120〕已是地道的五言詩，其間對諧音等修五章手法，已運用十分嫻熟，躊躇滿志，具有很高的文學水平，足已成宋文之敵國。

（二）質樸平實，因時事造文

西夏的應用公文較為豐富，因為政府的運行、國事民生，總要經過政府機關的流轉才能實現。故西夏文皆根據需要寫作，除了一些詩序之類以外，皆是當時政治、經濟、文化諸生活的活動工具。西夏文從實用出發，注重真善、直質現存的西夏文詔諭、敕制、哀冊、書狀、碑銘等皆是應用性文體。西夏國散文多產生於戰爭、外交場合，皆根據需要寫作，是當時政治、軍事活動中不可缺少的工具，有著鮮明的因時事造文的特徵。北宋寶元二年（1039年），西夏遣使上表曰：

> 臣祖宗本出帝冑，當東晉之末運，創後魏之初基。遠祖思恭，當唐季率兵拯難，受封賜姓。……臣偶以狂斐，制小蕃文字，改大漢衣冠。衣冠既就，文字既行，禮樂既張，器用既備，吐蕃、塔塔、張掖、交河，莫不從伏。稱王則不喜，朝帝則是從，輻湊屢期，山呼齊舉，伏願一埈之土地，建為萬乘之邦家。於時再讓靡遑，群集又迫，事不得已，顯而行之。遂以十月十一日郊壇備禮，為世祖始文本武興法建禮仁孝皇帝，國稱大夏，年號天授禮法延祚。伏望皇帝陛下，睿哲成人，寬慈及物，許以西郊之地，冊為南面之君。敢竭愚庸，常敦歡好。魚來雁往，任傳鄰國之音；地久天長，永鎮邊方之患。至誠瀝懇，仰俟帝俞。〔註 121〕

《文心雕龍·章表》云：「章以謝恩，表以陳情。……文舉之薦禰衡，氣揚采飛；孔明之辭後主，志盡文暢。」〔註 122〕「表」此種文體要求感情上要

〔註 120〕 龔世俊：《西夏書事校證》，第 173 頁。

〔註 121〕 （元）脫脫：《宋史》卷四八五《夏國上》，第 13995～13996 頁。

〔註 122〕 （梁）劉勰著，祖保泉解說：《文心雕龍解說》，第 436～439 頁。

「委婉周詳」，言辭上須「繁約適中」。該文頗為注重修辭，採取極為恭敬、謙卑的語言，然在謙卑的與語氣之下卻支撐著西夏國不可小視的國力和統治階層上升的強烈欲望，無形中折射出党項羌族的彪悍勇武之氣。

（三）優美生動的意境描述

西夏文學在人物形象的塑造上往往用樸質的語言，粗獷的勾勒手法，以簡約、粗獷的筆墨，寥寥兩三句便活脫勾勒出一系列生動傳神的人物、景物、意境和事件，賦予特定的文化含義。如描寫李之昊時說：「性雄毅，多大略，善繪畫，能創製物始。圓面高準，身長五尺餘。少時好衣長袖緋衣，冠黑冠，佩弓矢，從衛步卒張青蓋。出乘馬，以二旗引，百餘騎自從。曉浮圖學，通番漢文字，案上置法律，常攜《野戰歌》《太乙金鑒訣》。」〔註123〕只用了區區20餘字，寫出了魁梧的身姿，不力自武，不怒而威，寫出了党項人的勇武之氣，清剛朗勁風格十分明顯。

西夏文學在表現人物內心感情世界方面頗具匠心，文思獨運、技巧高超，達到了很高的藝術水平。如甘肅省武威市出土的西夏文《五更轉》寫本，共存文字16行，滿行14字。文獻首尾俱全，現據梁繼紅女士翻譯文，節錄如下：

> 夜一更，至心等持做。寶座過殊勝，顯榻上坐時。諸事觀，心乃狂遇□象如，過此心者降伏可。
>
> 夜二更，暫坐寒不覺。三界觀皆妄，心外境不有。此物覺，世界耽心何險要，此心獨有守護當。
>
> 夜三更，休息少游形。大獅子形象，右被左服臥。急起思，身乃高臥情何行，此心煩種撫慰當。
>
> 夜四更，空行人呼起。喚瑜伽起可，有情饒益做。跏趺坐，內外心尋可得無，此理深深查可見。
>
> 夜五更，身心嬉鬧以。定斗施做當，眾生苦方救。天帝釋，淨梵等亦此思無，此心皆中獲得難。〔註124〕

《五更轉》是唐至西夏時期隴右地區民間文學的詩體形式，迄今有敦煌文獻《五更轉》、俄藏西夏文《五更轉》、武威市出土西夏文《五更轉》等。它

〔註123〕（元）脫脫：《宋史》卷四八五《夏國上》，第13993頁。
〔註124〕梁繼紅：《武威藏西夏文〈五更轉〉考釋》，《敦煌研究》2013年第5期。

們雖然在形式上存在差異，然同源性是明顯的。武威市出土的「西夏文《五更轉》是西夏少數民族在唐五代敦煌民間文學的基礎上，用自己的語言文字編創的西夏民間文學作品。」〔註125〕可見西夏時期民間文學的創造活力。細讀文本，我們不難發現此組套曲在在文化上具有多元特徵，既有濃鬱的佛教文化氣息，《五更轉》描寫的是西夏民眾一更至五更不同時間佛教修行時的心態變化；從出土地點來看，它出土絲路重鎮涼州，又具有典型的隴右文化特徵。

甘肅武威市出土的雙語民族石刻《涼州重修護國寺感通塔碑銘》，正面是漢語文字，背面是西夏文，可謂西夏文中具有代表性的篇章：

> 五色瑞雲，朝朝更復金光飛；三世諸佛，夜夜必繞聖燈現。一節畢已，先地道得心歡喜；七級悉察，福智人得佛公到。天下黑首，苦樂二種福求處；地上赤面，勢立並立是柱根。……施捨殊妙，三輪體空義皆解；志心堅固，二邊不執證彼岸。王座堅彌，如東方修竹永生長；神意盛醒，如銀坡金海常起派。作作有利，對意對力方可獲；算算因熟，供佛供法求可得。〔註126〕

塞上荒遠的西夏國竟能出現如此通篇洋溢著文采的筆墨，顯示出中國文學「邊緣的活力」。全文既描寫了佛塔的建築之美，又摻入有關佛塔的美妙傳說，行文吸收了漢語言的表現手法，顯得工整凝練，具有一種整飭有度的美感。雖鋪成辭采但極少用典，藻飾也不繁密，有著一種流暢單純明麗之美，呈現出未被繁密文化典故遮蔽的天然感覺，這種天然感覺在整個中國文學中具有獨特的藝術魅力。

總之，西夏文學吸收了中原地區文學的優秀傳統，以党項族文化精神作為價值取向，和中原文化、佛教文化有機融合，表現出清剛、曠健、朗勁的氣息，在中國文學地圖中具有一種不可替代的標本作用。

〔註125〕梁繼紅：《武威藏西夏文〈五更轉〉考釋》，《敦煌研究》2013 年第 5 期。
〔註126〕史金波：《西夏佛教史略》，第 249 頁。

第五章　器物美學與中國文論

　　越來越多的學人認識到，中國古代文學理論發生、演變的歷史語境不同於西方，中國古代文論的獨特性不是西方文論所能完全涵蓋的。20 世紀以西方文學觀念來審視中國文論時，實際上將其肢解了。中國文論「失語症「不僅是一個理論問題，更是事實問題。十多年來，「失語症」作為術語和概念已經廣泛地被接受和使用，成為中國文學理論的一個關鍵詞，正好說明了當前文學理論尤其是古代文論研究的尷尬局面。

　　新世紀的中國文論研究，要從中國本土的、活生生的審美實踐出發，尋找具有東方民族詩性智慧的本土審美經驗。器物美學的研究對象包括書畫、玉器、青銅器、陶器、骨器、水晶器、玻璃器等。〔註1〕每一種器物的產生與發展，直接關係著人類的生產經驗的出現與積累，也直接關係著審美意識的產生與發展。人類最初的審美意識就是在創製、改進器物的過程中滋長起來的。另一方面，國人在斟酒迎客、茶香溢屋、把玩器物等日常生活中體味美的同時，激發出獨特的審美體驗。因此，器物美學與中國文論研究可以促使目前的中國文論研究向本土化、民族化回歸，重視極為特殊的東方式美學存在的原生態形式。

〔註 1〕 許明：《從純粹形而上的建構到對審美器物的重視》，《理論學刊》2012 年第 9
　　　　 期。

第一節　陶藝與文藝：陶器製作與中國古代文論關係初探

　　陶器是人類第一次按照自己的意志，利用天然物創造出來的嶄新器物，也是人類藝術的第一大傑作。魏晉以降，大量有關製陶的術語、范疇，被移用到文學批評領域，成為文學審美、批評中的「語言模子」和「思維模子」。〔註2〕此種極為特殊、有趣的文學現象是如何形成的？其中奧秘又何在？歷來尚無人作專題、深入的研究。本文首次將這一文學批評現象開發出來，意在中國古代文論研究格局的改良，期待學界的批評。

一、陶由器物製作到文學批評領域的蹣跚步伐

　　「陶」由具體的製陶工藝進入到抽象的文學批評領域，並不僅僅是機械的移植、借用，而是意味著某種知識體系的建構、某種思維方式昇華、某種概念的釐清與邏輯思考的展開，蘊藏其中的，是一個漫長時代的思想風雲和學術思考，是中國文學理論由萌芽至成熟的蹣跚步伐。

　　「陶」最初是燒、製陶器之意。《說文》云：「陶，從阜匋聲。」〔註3〕春秋時代典籍中的「陶」，都用作本意，如《詩經·綿》云：「陶復陶穴，未有家室。」意為「有陶窯一樣的地室，陶室一樣的洞穴。」〔註4〕如《墨子·節用中》云：「凡天下群百工，輪車鞼匏，陶冶梓匠，使各從事其所能。」〔註5〕《墨子·耕柱》云：「昔者夏后開，使蜚廉折金於山川，而陶鑄之於昆吾。」〔註6〕這裡，「陶鑄」、「陶冶」也是具體的製造器物之意。可見春秋時代，「陶」還僅侷限於陶瓷製作等先民的生產活動，尚未上升到社會精神領域。

　　戰國時期，莊子以其天才般的詩性智慧，將「陶」由具體的製陶技藝引入精神領域，用來描述一些抽象的精神活動，《莊子·逍遙遊》云：

　　　　瞽者無以與乎文章之觀，聾者無以與乎鐘鼓之聲。豈唯形骸有

〔註2〕「模子」一詞，見溫儒敏、李西堯編《尋求跨中西文化的共同文學規律》，北京大學出版社1987年版第11頁。是由美籍華裔學者葉維廉先生提出，他認為，人類的認識有其認知結構，存在「一個思維模子或語言模子。」

〔註3〕（漢）許慎：《說文解字》，第306頁。

〔註4〕陳子展：《詩經直解》，第869頁。

〔註5〕王煥鑣：《墨子集詁》，上海古籍出版社2005年版，第522～523頁。（以下版本號略）

〔註6〕王煥鑣：《墨子集詁》，第993～994頁。

　　聾盲哉？夫知亦有之。……之人也，物莫之傷，大浸稽天而不溺，
大旱金石流、土山焦而不熱。是其塵垢秕糠，將猶陶鑄堯舜者也，
孰肯以物為事！〔註7〕

　　何謂「陶鑄堯舜」？唐代成玄英疏曰：「翼善傳盛曰堯，仁聖盛明曰舜。
夫堯至聖，妙絕形名，混跡同塵，物甘其德，故立名諡以彰聖體。然名者粗
法，不異秕糠；諡者世事，何殊塵垢？……將彼塵垢鍛鑄為堯，用此秕糠誕
植作舜。」莊子筆下的「陶鑄堯舜」，意思是說從那些塵垢秕糠之中，也能陶
鑄出仁聖盛明之德。在莊子看來，製陶作為具體技藝的製陶過程與精神層面
人格、性情的變化之間有一種奇妙的類比關係。雖然莊子的論述稍嫌籠統，
但借「陶」來類比抽象的精神領域的變化，這已經邁出了一大步，標誌著中
華先民認識水平、思維觀念的突破。

　　語言觀念的變化本質上反映人類思維和文化觀念的演進，任何語言和
話語形式的轉換，反映的必然是社會意識的轉換。「陶」從具體的技能操作
上升到抽象的精神領域，本質上講是對原來意義的「偏離」，而這一「偏離」
卻使「陶」這一符號的能指與所指從原來固定的、機械的「製陶」中解放出
來，其意義在更廣闊的精神領域得到拓展。應該說，「陶」的比喻世界——
陶鑄性情，是一個比生活世界——製陶，更為生動、更為豐富、也更為完美
的詩意世界。

　　莊子對「陶」符號意義的創造性拓展，給後人以無窮的啟迪。在秦漢批
評家手中，「陶」已廣泛運用在社會精神領域，「陶」的內涵得到不斷的深化
和拓展，如：

　　　　《廣雅》：「陶，化也。」〔註8〕

　　　　《爾雅》：「鬱陶，繇、喜也。」〔註9〕

　　　陶養：《揚子·方言》：「陶，養也。秦或曰陶。」〔註10〕「陶」、
「養」同義，均指對人格的培育和涵養。

〔註7〕陳慶惠：《老子莊子直解》，浙江文藝出版社 1998 年版，第 55 頁。（以下版本
　　　　號略）

〔註8〕（清）王念孫撰：《廣雅疏證》，江蘇古籍出版社 2000 年版。

〔註9〕鄒德文、李永芳注解：《爾雅》，中州古籍出版社 2013 年版，第 86 頁。（以下
　　　　版本號略）

〔註10〕（漢）揚雄撰、（晉）郭璞注：《方言》，中華書局 2016 年版，第 161 頁。

陶化：《淮南子·本經訓》：「陰陽之陶化萬物，皆乘人氣者也。」〔註11〕陶化即化育之意。

陶冶：《淮南子·道應訓》「天地之間，六合之內，可陶冶而變化也。齊國之政，何足問哉！」〔註12〕《論衡·無形篇》：「以陶冶言之，人命短長，可得論也。」〔註13〕「陶」指養成、化育、娛情養性之意。

陶育：《三國志·吳志》：「陶育聖化，致明英偉。」〔註14〕陶育即造就、培育之意。

鬱陶：宋玉《九辯》：「重無怨而生離兮，中結軫而增傷。豈不鬱陶而思君兮，君之門以九重。」〔註15〕

可見，秦漢時期「陶」已經廣泛運用於社會精神領域。本來一門具體的生產技藝，通過先民的審美創造，上升到活生生的精神、品格的娛情養性，「陶」也具有了一種神秘的美。秦漢批評家有對於「陶」的深刻認識，也有對於「陶」的精細描述，可惜沒有在文學領域對之給予明確闡述。

魏晉是「文學自覺的時代」，隨著人們對文學本質更加明晰的認識，劉勰、鍾嶸等批評家終於將「陶」由精神領域引入到文學批評實踐中，「陶」成為富有中國特色的文學批評范疇：

晉·張茂先《鷦鷯賦》：「陰陽陶蒸、萬品一區。」〔註16〕

《晉書·郭璞傳》：「陰陽陶蒸、變換萬端。」〔註17〕

《文心雕龍·徵聖》：「夫作者曰聖，述者曰明。陶鑄性情，功在上哲。夫子文章，可得而聞，則聖人之情，見乎文辭矣。」〔註18〕

《文心雕龍·神思》：「是以陶鈞文思，貴在虛靜，疏瀹五藏，

〔註11〕（漢）劉安：《淮南子》卷八《本經訓》，嶽麓書社2015年版，第63頁。（以下版本號略）

〔註12〕（漢）劉安：《淮南子》卷一二《道應訓》，第109頁。

〔註13〕（漢）王充著、黃暉校釋：《論衡校釋》，中華書局1990年版，第59頁。

〔註14〕（晉）陳壽：《三國志》卷六四《諸葛恪傳》，中華書局1982年版，第1441頁。

〔註15〕（梁）昭明太子編、李善注《文選》，第1050頁。

〔註16〕（梁）昭明太子編、李善注《文選》，第431頁。

〔註17〕（唐）房玄齡《晉書》，中華書局1974年版，第1908頁。

〔註18〕（梁）劉勰著、祖保泉解說：《文心雕龍解說》，第26頁。

澡雪精神。」〔註19〕

　　《詩品》:「《詠懷》之作,可以陶性靈、發幽思。言在耳目之內,情寄八荒之表。」〔註20〕

　　　　張茂先《答何劭二首》:「洪鈞陶萬類,大塊稟群生。」〔註21〕

　　無論是「陶鈞文思」、「陶染所凝」,還是「陶性靈、發幽思」,劉勰、鍾嶸等魏晉批評家用「陶」來評論作品、品評作家,顯然有著明確目的:一是強調構思的艱難性,就猶如將泥土置於熔爐中煆燒一般,須經歷烈火般的燒煉過程;二是強調文學作品對讀者情感、人格影響的質變性。「陶」這種技藝通過哲人的觀審而呈現出的特性成為魏晉文學批評家思考文學現象的基礎之一,「陶」,是構成中國古代文論概念的最基本的「隱喻的結構」,即「本喻」。

　　「隱喻不同於屬於修辭領域的比喻,不是用來表述已經形成的思想,其本身就是一種認知力量,對思想觀念的形成起一種引導性的作用。」〔註22〕魏晉文學批評家筆下的「陶」,絕非文學修辭中的一般「比喻」,而是一個「語言模子」或「思維模子」,它已經內化為古代文學批評的思維和概念之中,成為中國古代文論「概念體系」(conceptual schemes)的一個面向。魏晉批評家不但為古代文學批評生產出一種新的話語范疇,也為人類提供了一種觀察和認識藝術世界的全新的方法。製陶,這一中華先民基本的生產方式,也走向中華民族詩性思維的深處,成為其洞悉藝術世界、探索藝術奧秘的一種方式。

　　通過以上對「陶」的解讀,可以看出由陶瓷上升到文學領域的清晰脈絡。製陶不僅是不但是生產、生活必需,也孕育了古代先民的詩性智慧,在中華先民的靈魂深處,形成了比較豐富的審美、加工、創作經驗,因而成為文學活動的原型標本,規范、影響了後來的文學批評、創作和鑒賞,以此為基礎,形成了富有民族特色的文學觀念。直到今天,這些古老的文學觀念仍然是我們文學活動中最常用的術語之一。著名陶藝家呂品昌在《從陶回眸》中說:

〔註19〕　(梁)劉勰著、祖保泉解說:《文心雕龍解說》,第520頁。
〔註20〕　(梁)鍾嶸著、周振甫譯注《詩品譯注》,中華書局1998年版,第40頁。(以下版本號略)
〔註21〕　(梁)昭明太子編、李善注《文選》,第763頁。
〔註22〕　〔美〕艾蘭著、張海晏譯:《水之道與德之端——中國早期哲學思想的本喻》,上海人民出版2002年版,第1頁。(以下版本號略)

「我的整個創作方式實際上就像作品在窯內燒造那樣。」〔註23〕鑒於此,我認為,以陶論文,比西方文論更貼近中國文學的實際,也更能體現中國文學批評的獨特氣質。

二、以陶喻文:中國古代文論的原創性特色

陶藝是泥與火的藝術,「陶鑄」、「陶冶」、「甄陶」本來都是製陶用語,古人將豐富的製陶經驗運用到文學批評中來,援陶論文,就是深刻地認識到陶藝與文藝之間「異質同構」,具有某種妙不可言的相似性。諸如「陶鑄性情」、「陶冶性靈」、「甄陶國風」等變成了文學批評的經典論述,形成了富有民族特色的批評話語。概括而言,有以下幾點:

(一)借「陶」論述作家才性氣質與文章體貌的關係

援陶論文的第一種情況是借陶來類比作家人格與風格間的關係。劉勰《文心雕龍·體性》云:

> 然才有庸俊,氣有剛柔,學有淺深,習有雅鄭,並情性所鑠,
> 陶染所凝,是以筆區雲譎,文苑波詭者矣。〔註24〕

「陶染」在陶藝中是指不同泥性、不同火性的作用所產生的不同風格的陶器,劉勰用「陶染」來論述作家「情性」的形成,認為有什麼樣的才性學養,便有什麼樣的文章體貌,「各師成心,其異如面。」作家人格與文章風格的關係,劉勰之前已多有論述:孟子有「浩浩然養吾浩然之氣」的養氣論,司馬遷論屈原「其志潔,故其稱物芳。」曹丕《典論·論文》亦云:「夫文以氣為主,氣之清濁有體,雖在父兄,不能以移兄弟。」〔註25〕但六朝以前學者論才性氣質,重在天賦,而劉勰將其歸之於才、氣、學、習四方面,才、氣即先天的稟賦,學、習則指後天的薰陶,既肯定「才有庸俊,氣有剛柔」,更強調「學有淺深,習有雅鄭」的後天因素,這就比前人更進一步。特別是劉勰強調經「陶染」之功對作家「情性」、人格產生的質變性影響,顯示出魏晉批評家對此問題日益成熟的深刻理解,正如黃侃所云:

> 言性非可力致,而為學則在人。雖才性有偏,可用學習以相補

〔註23〕 參見《自然樸素、渾然天成——陶藝創作中的自然美》,《文藝研究》2007 年第 10 期,第 142～143 頁。

〔註24〕 (梁)劉勰著,祖保泉解說:《文心雕龍解說》,第 539 頁。

〔註25〕 郭紹虞主編:《中國歷代文論選》(四卷本)第一冊,上海古籍出版社 2001 年版,第 158 頁。(以下版本號略)

救。如今所習紕繆，…縱姿淑而無成。貴在省其所短，因其所長，加以陶染之功，成器服之美。…性習相資，不宜或廢。求其無弊，惟有專練雅文，此定習之正術，性雖異而可共宗者也。」〔註26〕

借助「陶染」這一術語，劉勰準確而深刻揭示了文學創作的內在規律，「陶」這一凝聚了審美意義的語言，凝結著古代賢聖的詩性心智，復活了藝術的生命，催生了人們的心智，引領東方民族走向藝海的澄明之境、自由之路。劉勰不但從由「土」變成「陶」的過程中建構了思考法的模型，而且還從「陶」這種物質的特性與品質的沉思中直接或間接地建立起中國文學批評的原型之一。無論當時還是後世，劉勰的這一論述均得到廣泛傳承，如《顏氏家訓·文章》：「至於陶冶性靈，從容諷諫，入其滋味，亦樂事也」。〔註27〕杜甫也說：「陶冶性靈存底物，新詩改罷自長吟。」〔註28〕

（二）借「陶」來論述文學作品的教化、影響

批評家還常用「陶」來論述文學作品潛移默化地滋潤讀者心靈，影響讀者的價值觀、審美觀，乃至影響社會風氣的過程。如何平叔《景福殿賦》云：

納賢用能，詢道求中。疆理宇宙，甄陶國風。雲行雨施，品物咸融。〔註29〕

這裡的「陶」即陶育、化育之意，指文學影響社會風氣的改變。文學的審美教育功能，乃中西方文論所共識。中國古代文學理論自從其誕生之日起便強調文學必須為政治教化服務的品格。這一品格在其後的發展中，不斷得以強化，從而形成了古代文論中十分顯著的政教功用論傳統。如「詩言志」這一中國詩學「開山綱領」的提出，便有著極其濃重的政教功用性質。《毛詩序》將詩的政教功用進一步明確化、系統化，提出「風，風也，教也；風以動之，教以化之。……先王以是經夫婦、成孝敬、厚人倫、美教化、移風俗。」〔註30〕此後，中國古代對文學一個重要的評價標準就是看其是否具有「教化」之功用。在古人眼裏，文學作品也如製陶一樣從極其艱苦的勞

〔註26〕黃侃：《文心雕龍劄記》，上海古籍出版社 2002 年版，第 100 頁。（以下版本號略）

〔註27〕北朝·顏之推：《顏氏家訓》，上海古籍出版社 1997 年版。

〔註28〕（清）仇兆鰲：《杜詩詳注》，中華書局 1999 年版，第 1511 頁。（以下版本號略）

〔註29〕（梁）昭明太子編、李善注《文選》，第 355 頁。

〔註30〕郭紹虞主編：《中國歷代文論選》（四卷本）第一冊，第 63 頁。

動創造中得來，文學對社會風氣的改變、對人精神境界的提高、心靈世界的淨化、道德情操的培養也如將泥土燒製成陶器，是對人格內在的、本質的飛躍和昇華。可以說，製陶的過程給了先民以深刻的啟迪，是古人提煉、創作、批評文學作品的原型標本。文學創作和批評是燒製陶器在先民詩性智慧中的變形發展，兩者之間類似「比」的關係。正是這種相似、類比的關係，使古人在製陶過程與文學的教化功用之間找到了某種內在的同一性和聯繫性。應該說，以陶比喻文學的教化作用，顯示出古人對文學社會功用的深刻理解。

（三）借「陶」來闡釋文學創作活動

宋代江西詩派黃庭堅曾用「陶冶」一詞來闡述其詩歌理論，他在《答洪駒父書》中云：

> 自作語最難。老杜作詩，退之作文，無一字無來處。蓋後人讀書少，故謂韓杜自作此語。古之能為文章者，真能陶冶萬物，雖取古人之陳言入於翰墨，如靈丹一粒，點鐵成金也。〔註31〕

所謂「點鐵成金」，即要求取古人「陳言」經過詩人的陶冶、錘鍊而「自鑄偉詞」。對於「江西詩派」的「點鐵成金」之法，後世批評者頗多，如金人元好問云「論詩寧向涪翁拜，不作江西社里人。」王若虛云「魯直論詩有脫胎換骨、點鐵成金之喻，世以為名言。以予觀之，特剽竊之黠者耳。」〔註32〕郭紹虞先生更是批評黃氏「以借鑒代替創造，以因襲平湊代替推陳出新，帶有片面追求形式的傾向。」其實，黃氏強調的「陶冶」之功，作詩就像將陳泥置於窯內燒煉成陶器那樣，產生出全新的、質變的藝術境界。由於疏忽了「陶」之妙及其在黃庭堅詩論中的核心地位，影響到我們對「江西詩派」詩論的正確理解。

三、「陶」與詩體形式

在中國古代文藝批評中，「笵」是一個內涵非常豐富而且使用率頗高的一個術語，在文學、繪畫、音樂、書法等批評中均有運用。「笵」的本意是製陶時用的模子，或稱托子、印托。段玉裁《說文解字注》：「以土曰型，以金曰

〔註31〕郭紹虞主編：《中國歷代文論選》（四卷本）第二冊，第316頁。
〔註32〕（金）王若虛：《滹南遺老集》卷四○《詩話下》，臺灣新文豐出版公司1984年版，第256頁。

鎔，以木曰模，以竹曰笵。一物材別也。」〔註33〕魏晉以來則廣泛用於文學批評領域，形成富有民族特色的批評話語，對古代文學批評、文學創作活動有深遠影響。

（一）借「笵」來指代文學經典

「笵」是製陶的模子和標準，在人類文化構成中具有核心意義和根本意義的文學經典則是文學的「標準」；生產陶器需要模子，文學活動也有其相應的「模式」，兩者具有一定的類比性，故「笵」又被嫁接到文學領域，代指文學經典，古人也經常借用「模」、「笵」來品評文學作品。如《文選》卷四十六引袁宏《三國名臣傳序》云：「風軌德音，為世作範。」〔註34〕這裡的「範」，即表率、模範之意。《文心雕龍·風骨》：「鎔鑄經典之範，至紕繆而成經矣。」〔註35〕劉勰將文學中的「經典」和「範」等同，是借「範」來指代文學經典的典型批評話語，從而奠定了這一術語在文學批評中的中心地位。劉勰還多次用「範」來闡釋其文學理論，如《文心雕龍·定勢》：「是以模經為式者，自入典雅之懿。……符檄書移，則楷式於明斷；史論序注，則師範於核要；箴銘碑誄，則體制於弘深。」〔註36〕《文心雕龍·事類》：「觀夫屈、宋屬篇，……至於崔、班、張、蔡，遂捃摭經史、華實布濩，因書立功，皆後人之範式也。」〔註37〕都是指文學創作中應該遵循的範式。盛唐時張說將王灣的「海日生殘夜，江村入舊年」親題於政事堂，「每示能文，令為楷式。」〔註38〕顯然是作為盛唐時期的文學經典和創作範式來提倡的。雖然從陶藝之「範」到文學批評中的「經典」經歷了十分漫長、複雜的審美歷程，但其中脈絡仍是清晰可見的。

（二）創作範式

古人不僅從審美觀念上崇尚「陶」，也從陶瓷製作技藝中獲取了許多文學創作的靈感。中國傳統的一些詩體形式，如迴環詩、迴文詩、頂真詩等，追源溯流，和陶瓷工藝美術不無關係，下舉數例略作說明。

〔註33〕（清）段玉裁：《說文解字注》，中華書局 2013 年版，第 193 頁。
〔註34〕（梁）昭明太子編、李善注：《文選》，159 頁。
〔註35〕（梁）劉勰著、祖保泉解說：《文心雕龍解說》，第 555 頁。
〔註36〕（梁）劉勰著、祖保泉解說：《文心雕龍解說》，第 590 頁。
〔註37〕（梁）劉勰著、祖保泉解說：《文心雕龍解說》，第 731 頁。
〔註38〕傅璇琮主編：《唐才子傳校箋》，中華書局 1997 年版，第 147 頁。

1. 迴環詩

古人製陶時，往往在圓形陶器上依其外圓表面雕文刻詩、描圖設畫，這種「環形構圖」方式給古代民間文學的創作以很大啟示，如漢代民歌中有一首《江南》：「魚戲蓮葉東，魚戲蓮葉西，魚戲蓮葉南，魚戲蓮葉北。」〔註39〕《木蘭辭》：「東市買駿馬，西市買鞍韉，南市買轡頭，北市買長鞭。」〔註40〕如此重複的句式，似乎在表達上沒有必要，其實，這種「東→西→南→北」的創作模式恰好是民間文學、民間創作很常見的「環形思維」形式，由此也可看到製陶工藝對民族審美思維形式的深刻影響。

2. 迴文詩

「迴文詩」是中國文學獨有的詩歌形式，吳兢論及「迴文詩」時說：「右回覆讀之，皆歌而成文也。」「迴文詩」字句迴環往復，利用詞序的變化而造成一種周而復始，首尾迴環的妙趣。迴文詩的創作，最早可溯至晉代蘇伯玉妻作在圓形陶盤上的《盤中詩》（圖21）。《滄浪詩話·詩體》：「《盤中》，《玉臺集》有此詩，蘇伯玉妻作寫之，盤中屈曲成文也。」〔註41〕朱存孝《回文類聚》亦認為「蘇伯玉妻《盤中詩》，為迴文肇端。」〔註42〕據《玉臺新詠》載：「伯玉被使在蜀，久而不歸，其妻居長安，思念之，因作此詩。」〔註43〕蘇伯玉妻工詩，巧妙地隨物賦詩、依圓構思，全盤共 167 個字，從盤心「山」字順、逆迴環閱讀，可得三言、四言、五言、六言、七言詩數千首。《盤中詩》以確鑿的實物證據充分證實了陶藝構圖中的「環形思維」對文學創作的深遠影響。

在《盤中詩》的影響下，歷代文人競相模仿，不乏此類詩意盎然的作品。晉代蘇惠所作的《回文璇璣圖詩》堪稱中國文學的奇觀。清代同治年間御窯製茶壺上即刻有一首「迴文詩」：「落雪飛芳樹幽紅雨淡霞薄月迷香汗流風舞鈍花」。雖僅 20 個字，但從每個字開始讀，均可得五言詩一首，如從「雪」起讀，可得五言詩如下：

> 雪飛芳樹幽，紅雨淡霞薄。月迷香汗流，風舞鈍花落。〔註44〕

〔註39〕逯欽立：《先秦漢魏晉南北朝詩》，第 256 頁。

〔註40〕逯欽立：《先秦漢魏晉南北朝詩》，第 2160 頁。

〔註41〕（宋）嚴羽著、郭紹虞校釋：《滄浪詩話校釋》，人民文學出版社 1961 年版。

〔註42〕（清）朱存孝《回文類聚補遺》，影印文淵閣四庫全書本。

〔註43〕（陳）徐陵編、穆克宏箋注：《玉臺新詠箋注》，中華書局 1985 年版。

〔註44〕黃永武：《字句鍛鍊法》，臺灣商務印書館 1995 年版。

詩藝與陶藝相得益彰。今天，迴文詩、迴文詞、迴文楹聯已成為我國文學百花園中的一朵奇葩。

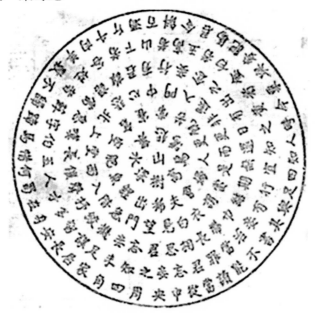

圖 21：盤中詩

3. 頂真詩

頂真詩的特點在於各句上接下頂，用前一句的結尾來做後一句的起頭，使鄰接的句子頭尾相連、上遞下接的一種詩歌形式，頂真的修辭方法能起到流暢如行雲的藝術效果，造成一種生動、整齊的美感。這種文學創作方式應該與陶器製作技藝有密切關係，因為花瓶、茶壺、陶盤等圓形陶器上雕繪詩詞，無論倒、順閱讀均可成文，故可巧妙地將上下句中相同的字合併，以便最大限度地利用空間，還可造成一種「陌生化」效果。如李白的《白雲歌送劉十六歸山》便是頂真詩中的佳品：

> 楚山秦山皆白雲，白雲處處長隨君。長隨君，君入楚山裏，雲
> 亦隨君渡湘水。湘水上，女蘿衣，白雲堪臥君早歸。〔註45〕

以上幾類詩歌形式，可以說都得益於製陶過程的啟示。陶藝和文藝相互借鑒、相互發明構成了中國文學的奇妙景觀，陶瓷是形成富有民族特色的文學創作、修辭范式的重要原型和構思模子之一，將陶瓷作為文學創作的「思維模子」之一是不會辱沒文學的。

〔註45〕（清）彭定求等編：《全唐詩》，第 1711 頁。

（三）術語範疇

在我國古代文論中，大量原先與陶器製作有關的術語，後來被應用到文學活動中，成為文學活動中的經典術語，如：

創作行為：磨練　陶煉　刻　畫　繪　雕繪　鈞陶　陶冶　陶蒸

文章標準：模式　模範　軌範　典範　形式　模型　規則　典型　範式
　　　　　楷式　范　型　模

作品影響：陶染　陶醉　陶瀉　陶冶　陶鑄　薰陶　陶養　陶育　陶化

這又從一個側面見證了陶藝和文藝、製陶與作文間的密切關係。由此可見，陶瓷與文學間有著千絲萬縷的密切聯繫，已成為民族文學不可或缺的審美、批評話語，離開陶瓷，中國文學批評倒真的會陷入「失語症」。

四、「陶」與中國古代「文」觀念

陶作為「思維模子」，對於我國古代文學觀念的生成還具有原初的發生學意義。我國「文」、「文章」等觀念的原始發生點竟是彩陶。秦漢以後，諸如「文」、「文章」才逐漸被借用來品評文學作品。解讀這些符號，可以窺探到隱藏其中的諸多審美因素。《說文》云：「文，錯畫也，象交文。」〔註46〕有學者認為「文」觀念淵源於原始紋身或絲織物，這當然也成一說。〔註47〕同時，不可否認的是，中國是世界上最早燒製彩陶的家，製陶過程不可避免地會對中華先民的思維產生一定影響，比甲骨文更早的陶文中已有多次出現「文」的符號，都是線條相交之形，明顯和彩陶紅、黑兩種線條有關係。1974年，考古工作者在青海柳灣馬家窯文化遺址——馬廠類型墓葬出土的彩陶上，已發現有「×」、「〰〰」的符號，學界公認是比甲骨文更古老的「文」字。〔註48〕至於「紋」，則是取「文」後來的衍生意。《春秋左傳正義》曰：「青與赤謂之文，赤與白謂之章。」〔註49〕如果「文」的原初意義是絲織品，絲織品色彩繁多，古人不可能將「文」只集中在「青」、「赤」兩種顏色上。

〔註46〕（漢）許慎：《說文解字》，第 185 頁。

〔註47〕古風：《絲織錦繡與文學審美關係初探》，《文學評論》2007 年第 2 期。

〔註48〕見崔旭升編《簡明甲骨文字典》，安徽教育出版社 2001 年版，第 130 頁，又見王玉哲著《中華遠古史》，第 124 頁。1974 年，青海柳灣墓葬屬馬家窯文化遺址，出土的彩陶上的象形符號，學界多認為是我國目前發現最早的「文」字象形。

〔註49〕（清）阮元校刻：《十三經注疏》，第 2108 頁。

更準確的說，「青與赤」正代表原始彩陶的紅、黑兩種線條。「青與赤謂之文」便是指彩陶上紅、黑兩種線條相交而成的圖案。彩陶作為中華文明曙光初現時的藝術品，其豐富的顏色、精美的花紋、富有表現力的線條，本身即具審美屬性，可謂中華民族「文」觀念的原始發生點。陶文中多次出現的「文」符號「〰〰〰」，後來也在甲骨文中大量出現，這是「文」觀念的進一步確立。當然，後來包括陶瓷、絲織品、原始紋身在內的各種形式的「紋」，一直強化著先民關於「文」的認識，在此基礎上，形成了愈來愈豐富、系統的文學觀念。

　　文章：段玉裁《說文解字注》云：「彣，䟴也。……䟴，有彣彰也。」〔註50〕段氏認為，「文章」本應作「彣彰」，實為精闢之論。而『彣彰』均與「彡」有關，因此，如何正確解讀「彡」符號便成了理解「文章」意義的關鍵。《說文解字注》云：「彡，毛飾、畫文也。」〔註51〕段氏認為「彡」是畫文（花紋），所論極是，但釋為「毛飾」，則未免牽強。《周禮·考工記》曰：「青與赤謂之文，赤與白謂之章。」「毛飾」色彩豐富而豔麗，怎麼只會是青、赤、白三種顏色呢？而中華大地上目前出土的彩陶如大地灣彩陶、半坡彩陶上等，絕大部分是紅（赤）、黑（青）、白三色。上述證據，使我們認識到「彡」作為一概括性的符號，就是指彩陶上的紅、黑、白三色。「彣彰」就是赤、青、白三色交繪而成的原始彩陶上的彩繪，這應是「彣彰」的本意。作為文學的「文章」應從「彣彰」引申而來，即文章也像彩陶一樣雕繪滿眼。另外，彩陶是人類藝術的第一大傑作，與彩陶相比，絲織技術的成熟要晚許多。在絲織技藝成熟之前的漫長的彩陶文化時代，難道先民的詩性智慧就只能是一片空白嗎？這也從一個側面說明彩陶線條的豐富變化，色彩的明快豔麗，對我國古代文學觀念的生成的影響。由此可窺探到由彩陶→「文」、「文章」→文學觀念的演變線索，彩陶無疑是我國「文」、「文章」觀念形成的原初啟蒙者。

　　中國古代文論在本源上就不同於西方，欲探究中國古代文論的發生、發展，要求我們轉變思維方式，真正釐清傳統文化的真貌，才有可能弄清中國文論的建構從哪裏開始。中華先哲對文學的思考並不借助於概念和邏輯，而

〔註50〕（清）段玉裁：《說文解字注》，中華書局 2013 年版，第 429 頁。（以下版本號略）
〔註51〕（清）段玉裁：《說文解字注》，第 428 頁。

是「近取諸身，遠取諸物」，其中對陶這種物質、對製陶技藝的觀審、想像和沉思便是其中之一，由製陶工藝所提供的意象成為中國文論思想的一個原型。援陶論文，這樣的文學批評在世界上也獨樹一幟，富有民族特色，可謂「瓷國」的傑作。本文意從一個新的視角審視具有中國特色的文學觀念，為中國古代文論研究提供一種新的思考。

第二節　《文心雕龍》對「陶」審美模子的具體運用

深入考察中國古代文論範疇的生成，會發現一種頗為獨特的文學批評現象：古代文學批評家常常以「陶」作為審美模子，援陶論文，將一些難以言說的文學活動闡釋得通幽入微、酣暢淋漓，形成了富有民族特色的批評話語。關於此問題的研究，上節筆者已經提出了「陶」審美模子的理論觀點。本節是在此基礎上的個案研究，即論述魏晉文學批評家對於「陶」審美模子的具體運用問題，從而更進一步證明我的觀點。

一、《文心雕龍》中對「陶」審美模子的運用情況

「陶」本是燒、製陶器之意，春秋時代典籍中的「陶」，都用作本意。後來逐漸由陶器製作上升到文學批評領域，如陶冶性情、陶鑄世風、陶性靈、發幽思等。其演變、發展的脈絡，在《陶藝與文藝——陶器製作與古代文論關係初探》一文中，筆者有詳細論述。「陶」由作為生產實踐的陶器製作技術逐漸進入到作為藝術活動的文學批評領域，絕非簡單的概念借用，而是魏晉時期文學自覺、文學理論成熟的表現之一，是中華民族詩性智慧的飛躍與昇華。

由於劉勰對於「陶藝」與「文藝」之間的關係有著明確的認識，故《文心雕龍》這一文學批評巨著一個顯著的特點，是頻繁運用「陶」思維模子來論述紛繁複雜的文學問題。據筆者對《文心雕龍》全書的統計，共有33篇涉及「陶」思維模子、達57次之多。可見援陶論文是《文心雕龍》進行文學批評的重要方式之一。茲將《文心雕龍》〔註52〕中「陶」審美模子的運用情況統計如表三所示：

〔註52〕除非另有說明，以下統計均引自（梁）劉勰著、祖保泉解說：《文心雕龍解說》。

表三：《文心雕龍》中「陶」審美模子的運用情況統計

原書序號	篇　名	運用次數	用　　例
1	《原道》	3	熔鈞六經，必金聲而玉振，雲霞雕色，有逾畫工之妙。雕琢性情。
2	《徵聖》	1	陶鑄性情，功在上哲。
3	《宗經》	2	據事制範。揚子比雕玉以作器。
4	《正緯》	2	採其雕蔚。神龜見而《洪範》耀。
6	《明詩》	1	雖各有雕采，而辭趣一揆。
8	《詮賦》	2	寫物圖貌，蔚似雕畫。此揚子所以追悔於雕蟲。
9	《頌讚》	1	範《駉》《那》，雖淺深不同。
11	《銘箴》	1	始範《虞箴》，作《卿尹》《州牧》二十五篇。
12	《誄碑》	1	劉陶誄黃，並得憲章。
14	《雜文》	1	甄別其義。
16	《史傳》	1	甄序帝勣。比堯稱典。
17	《諸子》	1	辨雕萬物，智周宇宙。
20	《檄移》	1	文不雕飾，而意切事明；隴右文士，得檄之體矣！
19	《詔策》	1	勸誡淵雅，垂範後代。
23	《奏啟》	2	立範運衡，宜明體要。甄毅考課。
24	《議對》	1	並前代之明範也。
25	《書記》	1	言所以散鬱陶，托風采。
26	《神思》	1	陶鈞文思，貴在虛靜。
27	《體性》	2	情性所鑠，陶染所凝。故童子雕琢，必先雅製，沿根討葉，思轉自圓。
28	《風骨》	2	若夫鎔鑄經典之範。雕畫奇辭。
29	《通變》	2	多略漢篇，師範宋集。夏歌「雕牆」。
30	《定勢》	3	熔範所擬，各有司匠。史論序注，則師範於核要；是以模經為式者。
31	《情采》	4	心非鬱陶，苟馳誇飾。夫能設模以位理，擬地以置心。辯雕萬物。綺麗以豔說，藻飾以辯雕。
32	《鎔裁》	1	規範本體謂之熔。
35	《麗辭》	1	而皋陶贊。

38	《事類》	2	奏陶唐之舞，聽葛天之歌。因書立功，皆後人之範式也。
40	《隱秀》	1	雕削取巧，雖美非秀矣。
41	《指瑕》	1	是不聞執雕虎之人也。
45	《時序》	3	昔在陶唐，德盛化鈞。驕爽以雕龍馳響。集雕篆之軼材，發綺穀之高喻。
46	《物色》	3	鬱陶之心凝。模山范水。如印之印泥，不加雕削。
47	《才略》	3	皋陶六德，夔序八音。師範屈宋，洞入誇豔。無勞甄序。
49	《程器》	1	是以樸斫成而丹雘施，垣墉立而雕杇附。
50	《序志》	3	弘範《翰林》。以雕縟成體，豈取騶奭之群言雕龍也。

綜合上表統計結果，《文心雕龍》中對於「陶」審美模子的運用，有以下幾種情況值得注意：

（一）劉勰對前人思想資源的繼承

在劉勰之前的文獻典籍中，已經存在將「陶」運用於精神領域的現象，如《孟子・萬章上》：「鬱陶思君爾。」〔註53〕《爾雅》卷二《釋詁下》曰：「鬱陶、繇、喜也。疏：鬱陶者，心初悅而未暢之意也。」〔註54〕這是較早地將「陶」引入精神領域。劉勰在《文心雕龍・物色》中就引用了這些話：「是以獻歲發春，悅豫之情暢；滔滔孟夏，鬱陶之心凝；天高氣清，陰沉之志遠。」〔註55〕戰國時期，莊子云「塵垢秕糠、陶鑄堯舜」，〔註56〕也將「陶」由具體的彩陶製作技藝引入到社會精神領域。劉勰在《徵聖》中說：「陶鑄性情，功在上哲。」〔註57〕從這些引用情況可以得出兩點結論：其一，在劉勰之前的文獻典籍中，明確運用「陶」審美模子論文的情況並不多見，上文所列舉的幾條材料，也基本上是劉勰所能見到的材料，說明劉勰在《文心雕龍》撰寫中有意識地搜集了這方面的材料。其二，運用「陶」思維模子來論述文學現象，並非劉勰本人的獨創，而是源於其對先賢思想的繼承、吸收和發展。《文心雕龍》一書中運用「陶」思維模子來論述文學活動，一方面來自對春秋戰國秦漢時期先賢思想資源的借鑒，同時，也與魏晉六朝文學的自覺及劉勰本人獨特的文學思想相關聯。

〔註53〕楊伯峻、楊逢彬注譯：《孟子・滕文公下》，第156頁。
〔註54〕（清）阮元校刻：《十三經注疏》，第2577頁。
〔註55〕（梁）劉勰著、祖保泉解說：《文心雕龍解說》，第905頁。
〔註56〕陳慶惠：《老子莊子直解》，第55頁。
〔註57〕（梁）劉勰著、祖保泉解說：《文心雕龍解說》，第26頁。

（二）劉勰對前人思想資源的發展創造，建立起「援陶論文」的理論體系

《文心雕龍》之所以能成為中國文學批評史上的高峰，重要原因之一是劉勰在繼承前人思想資源的同時，又發展、創新了前人的思想。劉勰通過對先秦諸子、秦漢批評家思想資源的積極吸收與借鑒，終於建構起「援陶論文」的理論體系，在古代文論中有著深遠的影響。

首先，在關於文學風格的論述中，劉勰借「陶」論述作家才性氣質與文章風格的關係，這在《文心雕龍‧體性》中有著深刻、精到的論述：

夫情動而言形，理發而文見。……才有庸俊，氣有剛柔，學有淺深，習有雅鄭，並情性所鑠，陶染所凝，是以筆區雲譎，文苑波詭者矣。〔註58〕

「陶染」本來是陶藝術語，指陶器製作過程中因為泥性、火性的不同所致的陶器不同的風格。劉勰卻將「陶染」引入到文學批評領域，來論述文學風格的形成與作家個人才性的關係。認為作家因為才智、氣質、學識及思維定勢的不同，使得其各自的文章風格迥然有別，「其異如面」。人格與風格的關係，是文學理論中的一個重大問題，劉勰之前已有諸多先賢論述：孟子「吾善養吾浩然之氣」〔註59〕的論述，開古代文論「養氣論」的先河；魏晉時期，曹丕《典論‧論文》更對「文氣論」有系統闡釋：「夫文以氣為主，氣之清濁有體，不可力強而致。……雖在父兄，不能以移兄弟。」〔註60〕但劉勰之前的學者論作家才性氣質與文學之關係，重在作家的先天稟賦等因素。劉勰則既強調才、氣等先天稟賦，又重視學、習等後天因素，這就比前人更為全面、深入。特別是劉勰強調作家「情性所鑠，陶染所凝」，其人格、性情產生了深刻的質變，文學創作方能臻「筆區雲譎，文苑波詭」之境，即是準確而深刻揭示了文學創作的內在規律。

劉勰這一精闢的論述對後世文論有著深遠影響，如北朝顏之推《顏氏家訓‧文章》云：「至於陶冶性靈，從容諷諫，入其滋味，亦樂事也」。〔註61〕宋代黃庭堅亦云：「古之能為文章者，真能陶冶萬物，雖取古人之陳言入於翰

〔註58〕（梁）劉勰著、祖保泉解說：《文心雕龍解說》，第 539 頁。
〔註59〕楊伯峻、楊逢斌注譯：《孟子》，第 47 頁。
〔註60〕郭紹虞主編：《中國歷代文論選》（四卷本）第一冊，第 158 頁。
〔註61〕（北朝）顏之推：《顏氏家訓》，中華書局 2007 年版，第 141 頁。

墨，如靈丹一粒，點鐵成金也。」〔註62〕明顯可見對劉勰觀點的繼承。直到民國年間，黃侃《文心雕龍敘說》對「體性篇」解說道：

> 言性非可力致，而為學則在人。雖才性有偏，可用學習以相補救。如令所習紕繆，……縱姿淑而無成。貴在省其所短，因其所長，加以陶染之功，成器服之美。……性習相資，不宜或廢。求其無弊，惟有專練雅文，此定習之正術，性雖異而可共宗者也。〔註63〕

黃侃對「陶染」模式的闡釋，強調其是「定習之正術」，不同才性、氣質的作家可以「共宗」的人格修養模式，是對劉勰的深刻理解，於斯亦可見，劉勰建立起的「援陶論文」理論體系對於當代文學理論仍然有著豐富的借鑒意義。

其次，在文學的社會功用方面，劉勰借「陶」來論述文學作品潛移默化地滋潤讀者心靈，影響讀者的價值觀、審美觀，乃至影響社會風氣的過程。這在《文心雕龍·徵聖》中有明確的論述：

> 夫作者曰聖，述者曰明，陶鑄性情，功在上哲，夫子文章，可得而聞，則聖人之情，見乎文辭矣。〔註64〕

所謂「陶鑄性情」，是指文學作品對讀者的情操氣質、精神層面的深刻影響。文學的審美教化功能，是先秦詩論的根本命題，漢儒出於功利的目的，又將其納入儒家規範的軌道，形成了漢代儒家文論重「美刺」、重「教化」的價值取向。《毛詩序》云：「風，風也，教也；風以動之，教以化之。……先王以是經夫婦、成孝敬、厚人倫、美教化、移風俗。」〔註65〕這種儒家功利主義的文學觀在《毛詩序》中被固化下來，成為古代文論中對文學創作要求的一個基本思想。在古代批評家看來，文學作品對社會風氣的改變、對人情志心靈的教育作用，正如將粗糙的泥土燒製成精美的陶器一樣，是對閱讀者人格、情性等深刻的、本質的變化。可以說，中華先民陶器製作的過程給了古代文論家深刻的思想啟迪，是其論述文學作品教化功能的原型標本。以「陶」來論述文學對人精神氣質的陶冶、陶鑄之功，顯示出劉勰對文學思想啟迪功用的深刻理解。

〔註62〕郭紹虞主編：《中國歷代文論選》（四卷本）第二冊，第316頁。
〔註63〕黃侃：《文心雕龍敘說》，第100頁。
〔註64〕（梁）劉勰著、祖保泉解說：《文心雕龍解說》，第26頁。
〔註65〕郭紹虞主編：《中國歷代文論選》（四卷本）第一冊，第63頁。

再次，在文學創作方面，劉勰還常借「陶」來闡釋複雜的文學創作活動。《文心雕龍‧神思》系統論述了複雜的文學創作活動：

> 是以陶鈞文思，貴在虛靜。……積學以儲寶，酌理以富才，研閱以窮照，馴致以繹辭。〔註66〕

作家從觀察生活中積累的素材，經過「陶鈞」，經過不斷醞釀、錘鍊才能形成完整的作品。所謂「陶鈞文思」，意思是作文就像將陳泥置於窯內燒煉成陶器那樣，產生出全新的、質變的藝術境界。由「陶」演化出的「陶冶」「陶鑄」「陶鈞」等術語，在《文心雕龍》中大量使用，給後世文論以深遠影響，成為古代文論中常見的論述文學活動的範疇。杜甫「陶冶性靈存底物，新詩改罷自長吟」〔註67〕文論觀點、宋人魏慶之「作詩者陶冶物情，體會光景，必貴乎自得。蓋格有高下，才有分限，不可強力至也」〔註68〕之理論主張，探源溯流，實瓣香於劉勰。

二、《文心雕龍》中從「陶」演化出的文論術語

借助「陶」審美模子來闡釋紛繁複雜的文學活動，是《文心雕龍》文學批評的重要特點之一。同時，《文心雕龍》中有許多文論術語也是從陶器製作技藝中演化而來的，具體情況如表四所示。

表四：《文心雕龍》中從「陶」演化出的文論術語統計

原書序號	篇　名	用　例
1	《原道》	熔鈞　雕色　雕琢
2	《徵聖》	陶鑄
3	《宗經》	範　雕玉
4	《正緯》	雕蔚
6	《明詩》	雕采
8	《詮賦》	雕畫　雕蟲
9	《頌讚》	範
11	《銘箴》	範

〔註66〕（梁）劉勰著、祖保泉解說：《文心雕龍解說》，第520頁。
〔註67〕（清）仇兆鰲：《杜詩詳注》，第1511頁。
〔註68〕（宋）魏慶之：《詩人玉屑》，影印文淵閣四庫全書本。

14	《雜文》	甄別
16	《史傳》	甄序
17	《諸子》	辨雕
19	《詔策》	垂範
20	《檄移》	雕飾
23	《奏啟》	立範　甄毅
24	《議對》	明範
25	《書記》	鬱陶
26	《神思》	陶鈞
27	《體性》	陶染　雕琢
28	《風骨》	範　雕畫
29	《通變》	師範　雕牆
30	《定勢》	熔範　模經
31	《情采》	鬱陶　設模　辯雕
32	《鎔裁》	規範　熔裁
35	《麗辭》	陶
38	《事類》	範式
40	《隱秀》	雕削
41	《指瑕》	雕虎
45	《時序》	雕龍　雕篆
46	《物色》	鬱陶　模山范水　雕削
47	《才略》	師範　甄序
49	《程器》	雕枿
50	《序志》	範　雕縟　雕龍

　　除去各篇的重複文字，我們發現在《文心雕龍》中由「陶」話語引出的文論術語計有：熔、鈞、雕、陶、鑄、範、甄、模、熔鈞、雕色、陶鑄、雕畫、師範、甄序、鬱陶、模山范水、範式、規範、鬱陶、設模、熔範、模經、陶染、陶鈞、明範、立範、甄毅、垂範等，這些術語成為《文心雕龍》中文學批評的基本用語。

　　技術與藝術是兩個迥然不同，但又密切聯繫、相輔相成的概念，在人類的生產實踐中，技術創造本身孕育著豐富的藝術創造，技術美中潛隱著藝術美的基因。從遠古製陶工藝到「陶」審美模子再到「文論術語」的演化，經過

了一個漫長的、複雜的演化過程。蘊藏在其背後的，是中華民族詩性智慧的逐步發展與成熟。儘管這一演化過程是那樣悠遠而微妙，然《文心雕龍》一書仍然保留了從遠古陶器製作技藝到文論術語演化過程的蛛絲馬跡：

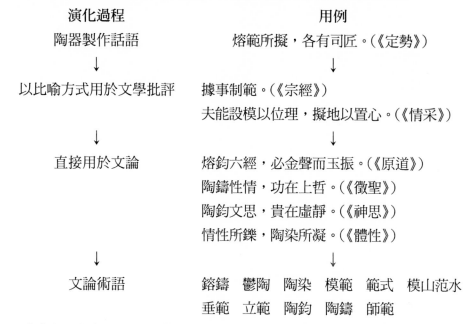

演化過程	用例
陶器製作話語	熔範所擬，各有司匠。（《定勢》）
↓	↓
以比喻方式用於文學批評	據事制範。（《宗經》） 夫能設模以位理，擬地以置心。（《情采》）
↓	↓
直接用於文論	熔鈞六經，必金聲而玉振。（《原道》） 陶鑄性情，功在上哲。（《徵聖》） 陶鈞文思，貴在虛靜。（《神思》） 情性所鑠，陶染所凝。（《體性》）
↓	↓
文論術語	鎔鑄　鬱陶　陶染　模範　範式　模山范水 垂範　立範　陶鈞　陶鑄　師範

由「陶器製作話語」→「以比喻方式用於文學批評」→「直接用於文論」→「文論術語」的演化過程，是一個漸進的、由具體到抽象的思維昇華過程。本文將此一「演化過程」揭示出來，我們才能看到其中嬗變的軌跡，否則，當讀者面對諸如鎔鑄、鬱陶、陶染、模範、範式、模山范水、垂範、立範、陶鈞、陶鑄、師範、規範之類的文論術語時，無論如何也不會立即想到它們與陶器製作之間竟有著千絲萬縷之關係，因為，在長期的歷史演化過程中，這些範疇已從製陶技藝中剝離出來，褪盡了其具體的操作工藝色彩，而成為中國古代文學理論「概念體系」（conceptual schemes）的一個有機組成部分。

三、從「陶」演化出的文論術語看劉勰的批評個性

《文心雕龍》全書以「陶」為審美模子進行文學批評的話語中，雕出現21次、範14次、陶11次、模5次、熔4次、鑄2次、甄4次，其中「雕」、「範」、「陶」出現頻次尤高。仔細分析這些術語，原來一些久被忽視的文論現象及劉勰獨特的文學批評個性得以彰顯。

（一）「鎔鑄經典之范」──宗經思想

　　陶器製作要解決制範、修整、爐溫高低等多個技術環節。《說文解字注》云：「以土曰型，以金曰鎔，以木曰模，以竹曰笵，一物材別也。」〔註69〕可見「笵」的本意是製作陶器時用的模子，又引申為法則、標準、模範。製作精美的陶器首先需要精準的模子，人類文學活動中也有其遵循的「範式」；正是兩者之間存在一定的類比性與相似性，故「笵」又被魏晉文論家嫁接到文學領域，代指文學經典。劉勰在《文心雕龍》中常借用「模」、「笵」來論述文學經典、創作標準，形成了「模式」、「模型」、「範式」、「範型」等文論術語。如《文心雕龍·事類》云：「至於崔、班、張、蔡，遂捃摭經史，華實布濩，因書立功，皆後人之笵式也。」〔註70〕崔駰、班固、張衡、蔡邕等，均是漢代飽學能文之士，他們作文時恰當地採摭經史語句，劉勰認為是「後人之笵式」。在《定勢》篇中，劉勰又強調「模經為式者，自入典雅之懿。……符檄書移，則楷式於明斷；史論序注，則師笵於核要。」〔註71〕認為只有以古人經典為標準，才能寫出典雅之文。就不同文體而言，檄移等文體，旨在「宣露於外，皎然明白也」，〔註72〕故應以明確決斷為準則；史論等文體，旨在「舉得失以表黜陟，徵存亡以標勸誡」，〔註73〕故應以核要為準則。這些論述，均借「笵式」、「模式」、「楷式」、「師笵」來指代文學經典，不難發現劉勰文論思想中有著鮮明的「宗經」思想。

（二）繡虎雕龍──美文思想

　　《文心雕龍》一書中，「雕」出現達 21 次之多，如「雕龍」、「雕蟲」、「雕虎」、「雕畫」、「雕琢」、「雕縟」、「雕削」、「雕采」等均是，劉勰對「雕」是如此情有獨鍾，以至於將自己的著作命名為《文心雕龍》，足見劉勰文論思想中有著濃厚的美文意識。

　　「雕龍」一詞，出典於戰國時代的騶奭，後來成為古代文論的術語範疇之一。《文心雕龍·序志》闡釋其寫作思想時云：

　　　　夫文心者，言為文之用心也。……古來文章，以雕縟成體，豈

〔註69〕（清）段玉裁：《說文解字注》，第 127 頁。
〔註70〕（梁）劉勰著、祖保泉解說：《文心雕龍解說》，第 731 頁。
〔註71〕（梁）劉勰著、祖保泉解說：《文心雕龍解說》，第 590 頁。
〔註72〕（梁）劉勰著、祖保泉解說：《文心雕龍解說》，第 406 頁。
〔註73〕（梁）劉勰著、祖保泉解說：《文心雕龍解說》，第 295 頁。

取駟爽之群言雕龍也。〔註74〕

這裡劉勰已經很清楚地說明了「文心」「雕龍」之內涵：所謂「文心」者，乃「言為文之用心」；「雕龍」則是「因自古以來之文章以雕縟成體。這就是說，他在撰述之時，是分從構思與美文兩方面著手而進行探討的。」〔註75〕這個分析是有道理的。問題是，劉勰為何以「雕龍」來論述文章的美感？「雕」，同「彫」，《說文》：」彫，琢文也。」〔註76〕本意是在木、石、骨、陶器土胚、陶器上刻鏤、裝飾。中國古代科技史上，製陶技藝、玉器加工形成了歷史悠久、技藝精湛的雕刻工藝。時至今日，各種雕刻工藝，如牙雕、玉雕、木雕、石雕、泥雕、面雕、竹雕、骨雕、冰雕、玻璃雕、硯雕等，是中國工藝美術中一項珍貴的藝術遺產。

雖然作為雕刻技藝的「雕龍」與撰構美文是兩種異質媒介藝術，但區別中存在著聯繫，聯繫中存在著相似性，有一種異質同構的關係。「雕」作為一種技藝，秦漢時期已廣泛運用於玉器、陶器（包括一般陶器、畫像石、磚等）的製作中，漢畫像石（磚）裝飾性圖案的大量出現，表明漢人在圖像意識方面不僅僅注意圖像的實用，已開始意識到圖像自身的裝飾性、精巧性和審美作用。對應於漢畫像石（磚）對圖像自身「麗」與「巧」的關注，漢賦無論在結構還是文采上，均具有濃厚的裝飾性特點，駢文則講究對仗的精巧。漢魏文人用「麗」的頻繁和對「麗」自覺使用，以及後世學者多用「巨麗」、「壯麗」、「侈麗」來評價漢賦的辭麗；用「駢四儷六，錦心繡口」來評價駢文之精巧，表明「麗」作為漢賦的特徵、「巧」作為駢文的特徵得到普遍認同。漢畫像石、漢賦、駢文等藝術形式在構「像」形式方面表現出來的相似性，使劉勰自覺借鑒雕刻技藝來論述文學修辭，以「雕龍」來論述撰構文章。劉勰的美文思想，一方面源於漢魏晉之際漢賦、駢文兩種當時主要文類的發展，同時，也得益於漢魏時期傳統雕刻技藝的長足進步。

一個文論家的批評個性，往往通過其習慣使用的「術語」或「話語」而不經意地得以彰顯。借鑒製陶技藝及其演化出的文論術語，援陶論文就是劉勰獨特的文學批評個性。古人陶器製作的生產經驗，鎔鑄成劉勰鮮明的文學創新精神，促使他以系統的理論總結，發展、豐富了古代文學批評理論。長

〔註74〕（梁）劉勰著、祖保泉解說：《文心雕龍解說》，第 994 頁。
〔註75〕周勛初：《〈文心雕龍〉書名辨》，《文學遺產》2008 年第 1 期。
〔註76〕（漢）許慎：《說文解字》，第 185 頁。

期以來，學界不乏對遠古審美觀念、遠古藝術的研究，但未能就遠古工具製作與中國文論之間的關係進行全方位透視。本文關於《文心雕龍》中「陶」審美思維模子的解讀，無疑為當前古代文論研究提供了一種新的思考。

第三節　玉與中國古代文論關係探討

　　近十多年來，「失語症」逐漸成為中國文學理論的一個關鍵詞，說明了當前中國文學理論尤其是古代文論研究的尷尬局面。「進入 21 世紀中國美學需要突圍、需要創新。創新的要訣在於尋找獨特的審美文化的自有密碼，而不是刻舟求劍地運用別人在自己經驗之上提升的理論，特別是所謂放之四海而皆準的普適性理論來解釋不同文明的審美實踐。」〔註77〕中國素有「玉石王國」的美譽，中華民族在長期的把玩玉器、治玉技藝中，獲得了豐富而獨特的審美體驗，並以此為「思維模子」構建了富有東方特色的文學批評體系。那麼，這種世界上獨一無二的文學批評現象是如何形成的？就是本文要著重解決的問題。

一、中國傳統文化中的「玉」之美

　　「對玉的愛好，可以說是中國的文化特色之一；三千多年以來，它的質地、形狀和顏色一直啟發著雕刻家、畫家和詩人們的靈感。」〔註78〕在中華文化中，玉以其特有的美麗光澤溫潤內質和文化內涵使它成為一種超自然物品，全面、深入地滲透到中華文化中，逐漸被賦予了越來越多的社會文化內涵。早在新石器時代晚期，中華大地上就出現了諸如紅山文化、良渚文化等治玉、使用玉器的年代。先秦以降，「以蒼璧禮天，以黃琮禮地」的祭祀制度為歷代封建帝王所傳承不絕，佩玉成為士階層的普遍風尚，玉的種類和形式日趨繁複多樣，玉的製作技藝也不斷進步、更為精巧。「君子比德於玉」，中華民族無論貧富、貴賤，皆視玉為情操和道德的化身。國人對玉是如此種愛，「玉」也就成了一切美好事物的象徵，以「玉」為美的修飾詞在漢語中比比皆是。

　　玉器的發明和生產，深潛在先民意識裏，形成了比較豐富的審美經驗。

〔註77〕許明：《從純粹形而上的建構到對審美器物的重視》，《理論學刊》2012 年第 9 期。

〔註78〕〔英〕李約瑟：《中國科學技術史》，科學出版社 1976 年版，第 437 頁。

這些審美經驗經過歲月的積澱，便又形成一種審美心理定勢，即產生了一種「玉美」（包括玉的色彩美、音樂美、沁色美、質地美等）的思維模子。《說文解字》曰：「玉，石之美。有五德：潤澤以溫，仁之方也；鰓理自外，可以知中，義之方也；其聲舒揚，專以遠聞，智之方也；不撓不折，勇之方也；銳廉而不技，潔之方也。」〔註79〕《辭海・玉部》解釋「玉」為「溫潤而有光澤的美石。」〔註80〕《辭源》「玉」字條說：「玉，美石，比喻潔白美善。」〔註81〕「瓊」字條又說：「瓊，美玉，比喻美好的事物。」〔註82〕顯然，上述諸書是將「玉美」作為審美模子來看待的。這個「玉美」既是一個「語言模子」，又是一個「思維模子」，也就是說，中華先民以「玉美」作為審美模子和參照系，對其他審美對象進行審美思維和言說，這一點可從古今漢語中找到大量例證。先看「玉」字例：

1. 玉人：喻人容貌如玉之美。《太平廣記》卷四八八唐元稹《鶯鶯傳》：「待月西廂下，迎風戶半開。拂牆花影動，疑是玉人來。」

2. 玉葉：樹葉的美稱。晉代陸機《浮雲賦》：「金柯分，玉葉散。」又喻帝王貴族的後代，《全唐詩》卷五一六：「金枝繁茂，玉葉延長。」

3. 玉實：常作為果實的美稱。晉代陸機《瓜賦》：「發金榮於秀翹，結玉實於柔柯。」

4. 玉堂：宮殿的美稱。唐杜甫《進雕賦表》：「今賈馬之徒，得排金門，上玉堂者甚眾矣。」

5. 玉沙：沙土的美稱。唐曹唐《曹唐仙子洞中有懷劉阮》：「玉沙瑤草連溪碧，流水桃花滿澗香。」

6. 玉山：喻品德儀容之美。《世說新語・容止》：「嵇叔夜之為人也，巖巖若孤松之獨立；其醉也，傀俄若玉山之將崩。」

7. 玉泉：泉水的美稱。漢王充《論衡・談天》：「河出崑崙，其高三千五百餘里。……其上有玉泉華池。」

8. 玉茗：茶之上品。陸游《劍南詩歌》卷六《眉州郡宴大醉……

〔註79〕（漢）許慎：《說文解字》，第10頁。
〔註80〕《辭海》，上海辭書出版社1979年版，第12頁。
〔註81〕《辭源》，商務印書館1983年版，第2027頁。（以下版本號略）
〔註82〕《辭源》，第2079頁。

宿石佛院》:「釵頭玉茗妙天下,瓊花一樹真虛名。」

9. 玉戶:以玉裝飾的門戶。楊雄《甘泉賦》:「排玉戶而颺金鋪兮,發蘭蕙與穹窮。」

10. 玉除:玉階。曹植《贈丁儀詩》:「凝霜依玉除,清風飄飛閣。」〔註83〕

事實上,在漢字中,除「瑕」字之外,與「玉」相關的字幾乎都有美好之意,如瓊、瑤、瑾、璠、璧、璿、璋、璆、環、璐、璽、珠、璣等等。以上所舉數例中,樹葉、果實、廳堂、茶、泉水、門戶、臺階、沙、山等均以「玉」來名之,就是因為這些事物或精巧秀美、或人們珍愛有加。在這裡,人們運用對「玉」的審美經驗為思維模子,對於樹葉、果實、廳堂、茶、泉水等事物進行審美觀照。「玉美」作為中華民族的審美模子、思維模子,不僅在自然審美和社會審美方面有著大量運用,也進入文學批評領域,成為中華民族獨特的審美體驗和審美習慣。例如:

1. 雕龍:古人以「繡虎雕龍」來比喻文學創作。劉向《別錄》云:「騶奭修衍之文飾,若雕鏤龍文,故曰雕龍。」〔註84〕梁代劉勰對「雕龍」一詞亦格外傾心,名其文論著作為《文心雕龍》。

2. 玉札:對別人書信的敬稱。皮日休《懷華陽潤卿博士》:「數行玉札存心久,一掬雲漿漱齒空。」〔註85〕

3. 玉版:指珍貴的典籍。《史記·太史公自序》:「周道廢,秦撥去古文,焚滅《詩》《書》,故明堂石室金匱玉版,圖籍散亂。」〔註86〕

4. 玉潤:指歌聲婉轉優美,文字流暢明快。唐代張文琮《詠水詩》:「方流涵玉潤,圓折動珠光。」〔註87〕

此外,與「玉」有關的詞語,如「如圭如璋」、「雕章琢句」、「鏤玉雕瓊」、「瑕不掩瑜」、「白璧微瑕」、「金科玉律」、「金相玉質」、「璞玉渾金」、「金玉良言」等,也經常出現在文學審美批評中。這表明中國古代文學中確實存在一個「玉美」的文學審美模子。古代文論家借助「玉美」審美模子,將一些難以

〔註83〕《辭源》,第 2027~2037 頁。
〔註84〕(南朝)裴駰:《史記集解》,中華書局 1959 年版,第 2348 頁。
〔註85〕(清)彭定裘等編:《全唐詩》,第 7079 頁。
〔註86〕(漢)司馬遷:《史記》卷一三〇《太史公自序》,第 3319 頁。
〔註87〕(清)彭定求等編:《全唐詩》卷三九,第 504 頁。

言說的文學活動闡釋得通幽入微、酣暢淋漓，形成了富有民族特色的批評話語。數千年的中華玉文化猶如一條長鏈，完整地傳承著具有中國特色的審美經驗和審美實踐。近年來，雖有一些論著點綴性地將「玉」作為說明性材料、或作為舉例來論述中華美學，但將「玉美」審美模子作為中國文論一種新的可能的理論創新點提出的專文尚未出現。

二、玉由器物製作到文學批評領域的演進脈絡

玉器既是禮器，也是一種物質產品。玉器的加工與生產直接關係著人類的生產經驗的出現與積累，也直接關係著審美意識的產生與發展。人類最初的審美意識就是在創製、改進和使用生產工具、玉器的過程中滋長起來的。在一定意義上，玉器的加工可以說是審美意識的母體。當著生產工具脫離了實踐，轉化為具體認識功能的物品時，玉製品不僅以它特有的堅實、溫潤、稀有和美觀，突出了它與生產實用之物的區別，也突出了人們對神的高度虔誠。……人們對玉的體驗和認識便完全籠罩在祀神的迷霧中。」〔註88〕隨之而產生了古代玉文化。從考古發掘來看，迄今為止我國最早的玉器出現於內蒙古赤峰市興隆窪文化遺址和遼寧阜新市查海文化遺址中（兩處遺址距今約7000～8000年），共出土玉器數十件。從玉器加工形狀之精巧、生產工藝之精細來看，遠古先民的玉器加工水平已比較發達，中華原始審美觀念已經十分發達了。

玉既具有溫潤無瑕的自然屬性，又具倫理屬性；兩者的結合，形成商周時期獨特的玉文化觀念。周王朝實體之玉主要應用於祭祀活動，發揮著溝通天人的通神作用，是周人向天祈福的重要媒介。同時，作為象徵意義的玉被廣泛應用於贈送、定情等社交活動之中，成為先民傳情達意的工具。如《詩經・衛風・木瓜》云：「投我以木瓜，報之以瓊琚。……投我以木桃，報之以瓊瑤。匪報也，永以為好也！」〔註89〕這裡，玉和情的結合是其象徵功能的進一步發展演化。「以玉喻德」則完全從玉的象徵意義出發，成為構建周人人格特徵的重要憑證。《詩經・秦風・小戎》：「言念君子，溫其如玉。在其板屋，亂我心曲。」〔註90〕《詩經・召南・野有死麕》：「林有樸

〔註88〕于民：《春秋前審美觀念的發展》，中華書局1984年版，第20頁。
〔註89〕陳子展：《詩經直解》，第196頁。
〔註90〕陳子展：《詩經直解》，第379頁。

－215－

楸，野有死鹿。白茅純束，有女如玉。」〔註91〕所謂「溫其如玉」、「有女如玉」，已經將玉的自然屬性與道德屬性完美的結合起來，「玉」獲得了更深層次的審美意蘊。

「君子比德於玉」，春秋時期，在周王朝日益衰微的背景中，儒家賦予玉的道德象徵意義，成為君子人格的象徵。孔子對玉的道德倫理內涵有完整的論述：

> 子貢問於孔子曰：「敢問君子貴玉而賤碈者，何也？為玉之寡而碈之多與？」孔子曰：「非為碈之多故賤之也，玉之寡故貴之也。夫昔者，君子比德於玉焉：溫潤而澤，仁也；縝密以栗，知也；廉而不劌，義也；垂之如隊，禮也；叩之其聲清越以長，其終詘然，樂也；瑕不掩瑜、瑜不掩瑕，忠也；孚尹旁達，信也；氣如白虹，天也；精神見於山川，地也；圭璋特達，德也；天下莫不貴者，道也。《詩》云：『言念君子，溫其如玉。』故君子貴之也。」〔註92〕

玉，質地堅硬縝密、色澤皎潔冰瑩、性情溫澤細潤、聲音清越舒遠，此種特徵被賦予道德、人格的內涵。孔子認為玉具有仁、智、義、禮、樂、忠、信、天、地、德、道十一種品德，並以此作為評價、判斷人們行為的標準。千百年來，國人崇玉、佩玉，視玉為珍寶，顯現出中國玉文化獨特的精神氣度：玉之可貴，在於其冰清玉潔的人格節操，金相玉質的內在修養，溫潤雅潔的無私品德，化為玉帛的友愛風尚和寧為玉碎、不為瓦全的民族氣節。

「中國人的語言，推理中已習慣採用這種思維方式，使它成為傳統思維的一種特徵或定勢。」〔註93〕儒家「以玉比德」，在玉的倫理學裏滲入了儒家修辭學的話語力量，這種對玉文化的創造性拓展，給後人以無窮的啟迪。兩漢時期，玉文化不斷向精神領域拓展：

> 《淮南子・氾論》：「若玉之與石，美之與惡，則論人易矣。」〔註94〕

> 《新書・道德說》：「能象人德者，獨玉也。象德體六理盡見於玉也，各有狀，是故以玉效德之六理。」〔註95〕

〔註91〕陳子展：《詩經直解》，第62頁。
〔註92〕楊天宇撰：《禮記譯注》，上海古籍出版社1997年版，第1099頁。
〔註93〕張岱年：《中國思維偏向》，中國社會科學出版社1991年版，第109頁。
〔註94〕（漢）劉安等編：《淮南子》，第182頁。
〔註95〕（漢）賈誼：《賈誼集》，上海人民出版社1976年版，第143頁。

　　《論衡·量知篇》:「骨曰切,象曰磋,玉曰琢,石曰磨,切琢磨,乃成寶器。人之學問知能成就,猶骨象玉石切磋琢磨也。」〔註96〕

　　《論衡·驗符篇》:「金玉之世,故有金玉之應。……金之與玉,瑞之最也。金聲玉色,人之奇也。」〔註97〕

　　《楚辭章句·序》:「《離騷》之文,……所謂金相玉質,百世無匹,名垂無極,永不刊滅者矣。」〔註98〕

　　漢代士人將玉與人格、才行、道德聯繫起來論述,顯示出漢代玉文化向精神領域滲透的軌跡。然兩漢士人所謂「以玉效德」,還是承先秦士階層而來。王逸《楚辭章句序》以「金相玉質」論《離騷》,仍然著重論述的是屈子人格。

　　「玉美」觀念與文學審美之間發生普遍聯繫,契機是魏晉時期的人物品藻。《世說新語》中諸多篇什是以玉來比擬魏晉士人高華清朗的瀟灑風度:

　　《世說新語·容止》:「魏明帝使後弟毛曾與夏侯玄共坐,時人謂『蒹葭倚玉樹。』」

　　《世說新語·容止》:「嵇康身長七尺八寸,風姿特秀。……山公曰:『嵇叔夜之為人也,岩岩若孤松之獨立;其醉也,傀俄若玉山之將崩。』」

　　《世說新語·容止》:「裴令公有俊容儀,脫冠冕,粗服亂頭皆好,時人以為『玉人』。見者曰:『見裴叔則,如玉山上行,光映照人。』」

　　《世說新語·容止》:「驃騎王武子是衛玠之舅,俊爽有風姿。見玠,輒歎曰:『珠玉在側,覺我形穢。』」〔註99〕

　　魏晉名士以玉來品評人物,更多地觸及到精神審美範疇。「中國對人格美的愛賞淵源極早,到《世說新語》則登峰造極了。」〔註100〕「中國美學竟是出發於人物品藻之美學。美的概念、範疇、形容詞,發源於人格美的評賞。」〔註101〕

〔註96〕 (漢)王充著、黃暉校釋:《論衡校釋》,第546頁。
〔註97〕 (漢)王充著、黃暉校釋:《論衡校釋》,第838頁。
〔註98〕 郭紹虞主編:《中國歷代文論選》(四卷本)第一冊,第150頁。
〔註99〕 (南朝)劉義慶:《世說新語》,浙江古籍出版社1998年版,第225～258頁
〔註100〕 宗白華:《美學散步》,上海人民出版社1981年版,第210頁。(以下版本號略)
〔註101〕 宗白華:《美學散步》,第210頁。

在熱衷於人物品藻的氛圍中，一些最契合魏晉名士精神風貌的詞語，諸如「璞玉渾金」、「玉樹臨風」、「玉山光映」、「珠玉在側」等等，反覆出現、頻繁使用，便成為固定的審美意象，為「玉美」進入文學世界開具了便捷的通行證。

在中國文學批評史上，第一個將「玉美」作為文學批評範疇來運用的是曹植。其《與楊德祖書》云：「昔仲宣獨步於漢南，孔璋鷹揚於河朔，偉長擅名於青土，公幹振藻於海隅，德璉發跡於此魏。……當此之時，人人自謂握靈蛇之珠，家家自謂抱荊山之玉。」〔註102〕曹植以「靈蛇之珠」、「荊山之玉」指王粲、陳琳、劉禎、應瑒、楊脩等人的文學創作，可以看作是「以玉論文」的標誌。陸機《文賦》，共7次出現「玉美」模子：論謀篇布局則「理扶質以立幹，文垂條而結繁」；〔註103〕論佳句則「石韞玉而山輝，水懷珠而川媚」；〔註104〕論文章之病則「混妍蚩而成體，累良質而為瑕」；〔註105〕論辭意之美則「理樸而辭輕」、「瓊敷與玉藻」；申言序文則「顧取笑乎鳴玉」。〔註106〕明顯是將「玉美」作為文學審美模子來思考文學現象的。

昭明《文選》中不乏以玉論文的例子，《文選·序》云「若賢人之美辭……冰釋泉湧，金相玉振。」〔註107〕鍾嶸《詩品》亦存在大量以玉論文的現象：論當時文人之盛，則「抱玉者聯肩，握珠者踵武」；〔註108〕論曹植、王粲等的創作，則「篇章之珠澤，文采之鄧林」；〔註109〕論謝靈運之詩，則「譬猶……白玉之映塵沙，未足貶其高潔也」；〔註110〕論謝惠連之詩，則「才思富捷，恨其玉蘭夙凋」；〔註111〕論謝朓之詩，則「一章之中，自有玉石」；〔註112〕論劉駿之詩，則「雕文織采，過為精密」；〔註113〕論鮑令暉、韓蘭英之詩，則「玉階之賦，紈素之辭，未詎多也」。〔註114〕至劉勰《文心雕龍》，「玉美」作為文

〔註102〕郭紹虞主編：《中國歷代文論選》（四卷本）第一冊，第165～166頁。
〔註103〕（梁）昭明太子編、（唐）李善注：《文選》，第523頁。
〔註104〕（梁）昭明太子編、（唐）李善注：《文選》，第524頁。
〔註105〕（梁）昭明太子編、（唐）李善注：《文選》，第525頁。
〔註106〕（梁）昭明太子編、（唐）李善注：《文選》，第525頁。
〔註107〕（梁）昭明太子編、（唐）李善注：《文選》，第3頁。
〔註108〕（梁）鍾嶸撰、周振甫譯注：《詩品譯注》，第48頁。
〔註109〕（梁）鍾嶸撰、周振甫譯注：《詩品譯注》，第48頁。
〔註110〕（梁）鍾嶸撰、周振甫譯注：《詩品譯注》，第48頁。
〔註111〕（梁）鍾嶸撰、周振甫譯注：《詩品譯注》，第68頁。
〔註112〕（梁）鍾嶸撰、周振甫譯注：《詩品譯注》，第71頁。
〔註113〕（梁）鍾嶸撰、周振甫譯注：《詩品譯注》，第88頁。
〔註114〕（梁）鍾嶸撰、周振甫譯注：《詩品譯注》，第95頁。

學審美批評的概念異常醒目起來。《文心雕龍》50 篇中，「玉」出現 25 次，「理」出現 43 次，幾乎每一篇都涉及「玉美」審美模子。而且形成一群以「玉美」為核心的系列範疇群，如傾昆取琰、珠玉之聲、思理、貫珠、聯璧、玉潤、瓊珠、瑰奇、探珠、雕琢、玉牒、珠玉、韞珠、玉屑、琢磨、瑾瑜、取瑕、瓊珠、文理、經理、情理、神理、紋理、倫理、平理、名理、正理、公理、理贍、事理、切理等。蕭統、鍾嶸與劉勰相映成趣，共同表徵了六朝文學批評領域「援玉論文」的文論風格與批評個性，標誌著「玉美」審美模子在文學批評領域的最終確立。

通過以上對「玉」的解讀，可以看出傳統玉文化上升到文學批評領域的清晰脈絡。從傳統玉文化逐漸過渡到古代文學批評領域的「玉美」審美模子，折射的是異常鮮活的、中國本土的審美經驗與審美實踐，是華夏民族自身獨特的審美思維和審美習慣，援玉論文，比西方文論更貼近中國文學的實際，更能體現中國文學批評的獨特氣質，也是中國文論能與西方美學平等對話的立足點與基石。

三、以玉喻文：中國古代文論的原創性特色

「玉美」作為文學審美模子和思維模子，對於我國古代文學觀念的起源具有發生學的意義，或者說是中華文學觀念的原始啟蒙。諸如「瑰麗」、「璀璨」、「瓊瑤」、「玉屑」、「雕琢」、「切磋」、「鏤玉雕瓊」等術語，早先是用在言說有關玉的話語裏。秦漢以後，這些術語才逐漸被移用在對文學作品的審美評價中，成為中國文學批評的經典論述。

（一）借理玉技藝論述作家才性氣質的形成

借鑒玉器加工技藝來論述文學的首先是「雕琢」術語範疇。「雕琢」一詞，源出先秦《考工記》，本是玉器加工的基本工藝，雕，通「琱」，本意是治玉。《考工記·總目》云「刮摩之工：玉、櫛、雕、矢、磬」，〔註115〕謂治玉工也。琢，本意是加工玉石。《說文》云：「琢，治玉也。」〔註116〕《爾雅》：「雕，謂之琢。」〔註117〕「雕琢」作為理玉術語，早在春秋戰國時期便有應用，《孟子·梁惠王下》：「今有璞玉於此，雖萬鎰，必使玉人雕

〔註115〕（清）孫詒讓撰、鄒其昌整理：《考工記》，人民出版社 2020 年版，第 25 頁。
〔註116〕（漢）許慎：《說文解字》，第 12 頁。
〔註117〕鄒德文、李永芳注解：《爾雅》，第 226 頁。

琢之。」〔註118〕由於玉的硬度很高，須用雕、琢、磨、碾、鑽等方法，才能成為精美的玉器。在眾多治玉的工藝中，雕琢無疑是最重要的工藝之一。

由璞玉渾金雕琢成精美玉器和由懵懂頑童培養成高尚健全之人格，二者有深度的相通、相似之處，因而古代先哲常借「雕琢」、「琢磨」來論述作家才性氣質與文章體貌之關係。《文心雕龍‧體性》云：

> 夫才由天資，學慎始習，斫梓染絲，功在初化，器成採定，難可翻移。故童子雕琢，必先雅製，沿根討葉，思轉自圓。八體雖殊，會通合數，得其環中，則輻輳相成。故宜摹體以定習，因性以練才，文之司南，用此道也。〔註119〕

劉勰以「雕琢」來論述作家人格、氣質、性格的形成，認為經過艱苦的後天培養會引起人們人格、思想、性情的變化，正如粗糙的璞玉經過艱苦的雕琢才能成為精美的玉器。劉勰特別強調「雕琢」對作家人格精神的質變性影響，如「器成採定，難可翻移。」故「童子雕琢，必先雅製」，強調了「雕琢性情」、歷練人格對作家的重要意義，顯示出魏晉文論家對此問題的深刻而準確的理解。與「雕琢」類似的範疇還有琢磨等。古人強調「玉雖有美質，在于石間，不值良工琢磨，與瓦礫不別。」〔註120〕古代蒙學經典《三字經》云：「玉不琢，不成器。人不學，不知義」，〔註121〕都是強調個人先天的稟賦僅僅是人格形成的基礎，個體人格的形成尚需像加工玉器那樣，經過艱苦的歷練而後形成。

劉勰所謂「雕琢性情」，不只是籠統地將涵養人格，還包含著因材施教的問題。田自秉在《中國工藝美術史》中云：

> 玉雕的高度技巧，在於「套裁」和「巧色」。套裁就是在設計上，充分利用刻製器物的餘料，再刻成器體的部件。如有的玉瓶上，一對對連環相對的鏈條，長短相稱，大小一致，而又與器體連結成一個整體；展開之後，使人感到它比原材料的體積要大得多。原來這鏈條的材料，是從瓶腹內挖出來的。巧色則是巧妙地根據玉石裏外不同的色澤，表現不同的形象，去瑕顯瑜，因材施藝。〔註122〕

〔註118〕楊伯峻、楊逢斌注譯：《孟子‧梁惠王下》，第43頁。
〔註119〕（梁）劉勰著、祖保泉解說：《文心雕龍解說》，第544頁。
〔註120〕（唐）吳兢撰、謝保成集校：《貞觀政要集校》，中華書局2003年版，第37頁。
〔註121〕（宋）王應麟編：《三字經》，新疆青少年出版社1996年版，第18～19頁。
〔註122〕田自秉：《中國工藝美術史》，東方出版中心1985年版，第367頁。

　　玉工水平的高下決定玉器的品位，好的玉工能因材施藝，充分利用玉器本身的材質、形狀，達到構圖精美和諧、工藝精雕細刻而又渾然天成的藝術效果。劉勰看來，玉器加工需要「因材施藝」，作家才學等方面的後天培養也應該像玉器那樣因材施教，「摹體以定習，因性以煉才」。或者說，玉器加工（雕琢）是作家人格培養（雕琢性情）的原型標本，正是這個「雕琢」審美模子，規範和影響了劉勰的文學批評。直到今天，我們還在講述著這種古老的文學觀念：「人有了細節的雕琢，生命的樂章才會更華美！」〔註123〕可見，古代先哲在對「雕琢」理玉工藝的沉思中建立起中國文學批評的原型之一，它比西化式的涵養人格（Cultivate personality）更為深刻、準確地道出了人格歷練的艱苦性。

　　世界上任何一門科學都要借助一整套系統化的術語或範疇來思考和表達，「不是比喻性語言的通常的意義，或者以具體意象再造抽象觀念的用法，而是觀念最初抽象化時的具體根基。換言之，『本喻』是具體的模型，它內在於抽象觀念的概念化之中。抽象觀念來源於類比推理的過程中，而不是用比喻類推來說明已經形成的觀念。」〔註124〕事實上，當讀者面對諸如「雕琢性情」、「雕章琢句」、「反覆琢磨」、「切磋技藝」、「雕潤文章」之類的文論話語時，怎麼會想到它們與玉器製作之間竟有著千絲萬縷的關係呢？在長期的歷史演化過程中，這些範疇已從治玉技藝中剝離出來，褪盡了其具體的操作工藝色彩，而成為中國古代文學理論概念體系的組成部分。

（二）借理玉技藝闡釋文學創作活動

　　天然渾樸的璞玉，畢竟色澤單調、粗糙無比，其所蘊含的色彩美、沁色美、溫潤美等潛力尚未開掘，還需經過玉工艱苦的雕琢才能成為清雅高潔的美玉。由璞玉製造出精美瑰麗的美玉，其間滲透著多少艱辛的勞動！正如雕琢玉石一樣，粗糙的文字也需經過仔細的斟酌修飾才能達到洗練完美，因而魏晉批評家又常借治玉技藝來闡釋文學創作活動，由治玉技藝嫁接而來的琢磨、雕龍、雕蟲、雕飾、雕縟、雕潤等術語逐漸成為古代文論中常見的範疇。

　　王元長《三月三日曲水詩序一首》：

〔註123〕冷成問：《素質教育與教育藝術》2008 年第 6 期。
〔註124〕〔美〕艾蘭著、張海晏譯：《水之道與德之端——中國早期哲學思想的本喻》，
　　　　　第 15 頁。

儲後睿哲在躬，妙善居質，內積和順，外發英華，斧藻至德，琢磨令範，言炳丹青，道潤金璧。〔註125〕

《文心雕龍·情采》：

夫能設模以位理，擬地以置心，心定而後結音，理正而後摛藻，……乃可謂雕琢其章，彬彬君子矣。〔註126〕

《文心雕龍·明詩》：

子夏監絢素之章，子貢悟琢磨之句，故商、賜二子，可與言詩。〔註127〕

《文心雕龍·序志》：

夫文心者，言為文之用心也。……古來文章，以雕縟成體，豈取騶奭之群言雕龍也。〔註128〕

《詩品》評劉楨之詩：

其源出於《古詩》，……貞骨凌霜，高風跨俗。但氣過其文，雕潤恨少。〔註129〕

所謂「琢磨令範」，即研修經典之意；「雕琢其章」、「雕潤恨少」都是指對詩文立意、布局、章句、文辭的修飾，是典型的文學創作活動。琢磨、雕龍、雕飾、雕潤等作為文學創作手法，是與質樸之文相對而言的。中國古代文論一直注意文章布局、辭采的修飾，雕琢便是將質樸之文加工成美文的重要手段。「古來文章，以雕縟成體。」就是將「玉美」作為審美模子參照，從而提煉出美文、美詞。這便是古人大多喜歡以「雕龍」或「雕蟲」來指代文學創作的深層原因。它作為「集體無意識」深潛在騷人賦家心裏，並不為人們所察知而已。

作為實用工藝技術的玉器加工與精神領域的為文作詩雖然分屬不同的門類，但在藝術思維和審美方面卻頗具相似性。古人往往從容遊走於多個藝術領域，他們對各種藝術門類之間的溝通有著格外細膩而敏銳的藝術感覺。這種在長期玉器加工實踐中形成的思維定勢積澱時間長久以後，便又形成一種審美經驗定勢，對其從事文學創作、文學批評影響甚大。從藝術思維來看，

〔註125〕 （梁）昭明太子編、（唐）李善注：《文選》，第1414頁。
〔註126〕 （梁）劉勰著、祖保泉解說：《文心雕龍解說》，第613頁。
〔註127〕 （梁）劉勰著、祖保泉解說：《文心雕龍解說》，第102頁。
〔註128〕 （梁）劉勰著、祖保泉解說：《文心雕龍解說》，第994頁。
〔註129〕 （梁）鍾嶸撰、周振甫譯注：《詩品譯注》，第37頁。

琢磨、雕龍、雕飾、雕潤等範疇由治玉移植到文學領域，是中國文學自覺的體現，表明魏晉文論家對於雕琢「美文」的重視，它和漢魏以來「尚麗」的時代思潮是一致的。

　　以上分析了琢磨、雕龍、雕飾等文論範疇的正面部分，它還有負面的部分。作為理玉工藝的一種，「琢磨」這種工藝本身不可避免地具有某種弱點。事實上，魏晉以後，正面肯定「雕章琢句」的文學批評觀在中國文論中並不占主要地位，古代文論家論及文學創作，在「雕琢」與「平淡」之間往往存在某種對立：一些詩人重視錘鍊之功，強調「苦吟」。如杜甫云「為人性僻耽佳句，語不驚人死不休。」〔註130〕賈島「兩句三年得，一吟雙淚流。」〔註131〕宋代江西詩派強調「奪胎換骨」、「點鐵成金」等。另外一些詩人如李白不尚「雕琢」之功，認為「一曲斐然子，雕蟲喪天真。」〔註132〕提倡「清水出芙蓉，天然去雕飾。」〔註133〕

　　宋代以後，隨著注重自然、崇尚平淡的風氣在詩壇逐漸占主流地位。詩論家往往強調去雕琢而尚平淡，提到雕飾、雕縟更強調對其限制，即使不得已而用雕琢，也要簡化、淡化到最低程度。宋人俞文豹《吹劍錄》即云：「此豈舒箋點翰，雕章琢句者所能出此！」〔註134〕更有詩論家對尚雕琢的江西詩派等提出尖銳批評：「蘇、黃用事押韻之工，至矣盡矣，然究其實，乃詩人中一害。」〔註135〕張戒不僅不滿蘇、黃的「用事」、「押韻」，就連「聲律」和「鍥刻」也看作一種不好習氣：「自漢魏以來，詩妙於子建，成於李杜，而壞於蘇黃。」〔註136〕幾乎否定了雕琢的價值。這種觀點在明清仍多為文論家所肯定，如時人崇尚歸有光「不事雕琢而自有風味。」清人趙翼《甌北詩話》則云：「詩之不可及處，在乎神識超邁，飄然而來，忽然而去，不屑屑於雕章琢句，亦不勞勞於鏤心刻骨，自有天馬行空，不可羈勒之勢。」〔註137〕均主張詩文應以平淡天真為主。

〔註130〕（清）仇兆鰲：《杜詩詳注》，第810頁。

〔註131〕（清）彭定求等編：《全唐詩》卷五七四，第6692頁。

〔註132〕（清）王琦：《李太白全集》，中華書局1977年版，第133頁。（以下版本號略）

〔註133〕（清）王琦：《李太白全集》，第567頁。

〔註134〕（宋）俞文豹：《吹劍錄》，影印文淵閣四庫全書本。

〔註135〕郭紹虞主編：《中國歷代文論選》（四卷本）第一冊，第374頁。

〔註136〕郭紹虞主編：《中國歷代文論選》（四卷本）第一冊，第375頁。

〔註137〕（清）趙翼：《甌北詩話》，影印續修四庫全書本。

　　隨著詩歌藝術的發展，詩家注重自然、平淡、天真的同時，琢磨、雕飾、雕潤等藝術形式美也被引入詩論中。宋人葉夢得《石林詩話》曰：「詩語固忌用巧太過，然緣情體物，自有天然工妙，雖巧而不見刻削之痕。」〔註138〕強調作詩須精心雕飾，又貴無雕琢之痕，無疑是執中之論。宋葛立方《韻語陽秋》卷三云：

　　　　作詩貴雕琢，又畏有斧鑿痕。……李商隱《柳詩》云：「動春何限葉，撼曉幾多枝。」恨其有斧鑿痕也。〔註139〕

　　「文章本天成，妙手偶得之」與「語不驚人死不休」是並行不悖的。所謂「吟安一個字，撚斷數莖鬚。」言為詩當以雕琢為本。在「雕章琢句」與「自然平淡」之間適當取捨而臻渾然天成之境，才是佳途。

　　琢磨、雕龍、雕飾等文論範疇具有正、負兩面內涵，並不影響我們關於「玉美」審美模子的總體認識。雖然古代文論家對「雕琢」與「平淡」各執一詞，但美玉與美文的相互借鑒、治玉技藝與為文作詩的相互啟發構成了中國古代學批評的奇妙景觀卻是不爭的事實。

（三）以「玉美」來論述詩文的風格體貌

　　古人把玉之美看作美的最高典範和原型，將其審美經驗廣泛地用到文學審美批評中來，這樣的情形大約從秦漢時期就已開始，如上例所舉王逸評論屈原的例子。魏晉以後，「玉美」模子用例就更多了，鍾嶸多次以玉美來立論，諸如「謝詩如芙蓉出水，顏詩如錯彩鏤金」；〔註140〕「篇章之珠澤，文采之鄧林」。〔註141〕劉勰在《文心雕龍》中運用得最多：「落落之玉，或亂乎石；碌碌之石，時似乎玉。」〔註142〕「譬爻象之變互體，川瀆之韞珠玉。」〔註143〕「理圓事密，聯璧其章。」〔註144〕「玉潤雙流，如彼珩佩。」〔註145〕劉勰以後，也有人屢屢以玉美言文章的風格體貌，文學史上不少詩歌流派如「玉臺

〔註138〕　（清）何文煥輯：《歷代詩話》，中華書局1981年版，第431頁。（以下版本號略）
〔註139〕　（清）何文煥輯：《歷代詩話》，第504頁。
〔註140〕　（梁）鍾嶸撰、周振甫譯注：《詩品譯注》，第66頁。
〔註141〕　（梁）鍾嶸撰、周振甫譯注：《詩品譯注》，第29頁。
〔註142〕　（梁）劉勰著、祖保泉解說：《文心雕龍解說》，第861頁。
〔註143〕　（梁）劉勰著、祖保泉解說：《文心雕龍解說》，第775頁。
〔註144〕　（梁）劉勰著、祖保泉解說：《文心雕龍解說》，第683頁。
〔註145〕　（梁）劉勰著、祖保泉解說：《文心雕龍解說》，第684頁。

體」、「西崑體」都以美玉來命名。唐代張說評論初盛唐之交時期的文士創作云：「李嶠、崔融、薛稷、宋之問之文，如良金美玉，無施不可。……王翰之文，如瓊懷玉斝，雖爛然可珍，而多有玷缺。」〔註146〕也是以玉論文的經典論述。司空圖《二十四詩品》論「典雅」：「玉壺買春，賞雨茅屋。坐中佳士，左右修竹。」〔註147〕論「清奇」：「晴雪滿竹，隔溪漁舟。可人如玉，步屧尋幽。」〔註148〕以玉來特指一種脫俗的清雅氣質。西蜀詞人歐陽炯更是借「玉美」來闡釋「花間派」之詞風：「鏤玉雕瓊，擬化工而迥巧；裁花剪葉，奪春豔以爭先。」〔註149〕在古人看來，美文與美玉，兩者在審美上具有一定的相似性，因而才以「玉美模子」來論述文學之美。

（四）術語範疇

「玉美」作為古典文論的核心概念有很強的包容性和派生性，它的基本含義就像是五顏六色的色彩中的原色，向不同方向發展即得到新的色彩，顯示出極強的派生能力。據不完全統計，漢語言的字、詞、成語中，與「玉」相關的多達五、六百個，涉及文學活動的創作行為、作品性狀、作品結構、風格流派等方面面，如：

　　創作行為：琢、理、雕、鏤、刻、切、磋、琢磨、雕琢、雕龍、雕蟲、雕飾、雕繢、雕潤、鏤刻、鏤玉雕瓊、金科玉律、鏤冰雕瓊、金玉良言、拋磚引玉、葬玉埋香、他山之石，可以攻玉。

　　作品性狀：瑳、瑠、琜、瑩、瑕、瑛、璞玉、瓊瑤、珪璋、玉璧、玉琮、玉容、玉音、璀璨、瑤章、瑰麗、瑰奇、玉屑、字字珠璣、瓊枝玉葉、金相玉質、懷瑾握瑜、崑山片玉、珠圓玉潤、冰肌玉骨、冰壺玉尺、珠圍翠繞、珠磐玉敦、玉粒桂薪、金瓊玉漿、瓊漿玉液、珠玉濺霧、良金美玉、金聲玉振、玉葉金花。

　　作品結構：珠聯璧合、金聲玉振、白璧無瑕、白玉微瑕、瑕不掩瑜、璞玉渾金。

　　風格流派：玉臺體、西崑體、玉茗堂四夢、玉燕堂四種曲、玉獅堂十種曲。

〔註146〕（後晉）劉昫：《舊唐書》卷一九〇上《文苑傳上》，第5004頁。
〔註147〕（清）何文煥輯：《歷代詩話》，第39頁。
〔註148〕（清）何文煥輯：《歷代詩話》，第39頁。
〔註149〕李一流校注：《花間集校》，人民文學出版社1981年版，第1頁。

　　此外，國人還以「寧為玉碎、不為瓦全」比喻人的情操，以冰清玉潔、玉質金相形容人的內在修養等等，都說明「玉美」概念已深深鐫刻於華夏民族的靈魂深處，成為華夏民族

　　具有普遍意義的詩性智慧。

　　人類的審美實踐不可能千篇一律，各個不同的文化存在體都有各自審美思維、審美實踐、審美經驗的獨特性，不同的文化存在體關於審美的理論都是對屬於自己審美實踐的總結。「全人類應具有的『普世性』特徵如審美心理的共同性等，是熔化在特殊的理論表述之中的。……一個文化母體所產生的理論，不容置疑地具有自己的獨特性和原創性。」〔註150〕奇怪的是，這個本來簡單的常識性問題卻常常為學界所忽視，國人在西方強勢文化的擴張中幾乎喪失了自己獨立思考的能力。中國玉文化代表著一種古老的文明，一種審美文化精神，一種集體無意識的審美原型心理。它無論對古代文學審美觀念、文學創作，還是文學批評等都產生了潛移默化的作用。

〔註150〕許明：《從純粹形而上的建構到對審美器物的重視》，《理論學刊》2012 年第
　　　　　9 期。

參考文獻

一、古籍著作

1. 楊伯峻：《孟子譯注》，中華書局 1960 年版。

2. 陳子展：《詩經直解》，復旦大學 1983 年版。

3. 董楚平、俞志慧：《楚辭直解》，浙江文藝出版社 1997 年版。

4. 王煥鑣：《墨子集詁》，上海古籍出版社 2005 年版。

5. （宋）朱熹：《詩集傳》，中華書局 2011 年版。

6. （漢）司馬遷：《史記》，中華書局 1959 年版。

7. （漢）應劭著、王利器校注：《風俗通義校注》，中華書局 1981 年版。

8. （漢）許慎：《說文解字》，商務印書館 1963 年版。

9. （漢）揚雄撰、（晉）郭璞注：《方言》，中華書局 2016 年版。

10. （漢）劉安：《淮南子》，嶽麓書社 2015 年版。

11. 逯欽立編：《先秦漢魏晉南北朝詩》，中華書局 1960 年版。

12. （北魏）酈道元：《水經注》，時代文藝出版社 2001 年版。

13. （梁）蕭統編、（唐）李善注：《文選》，巴蜀書社 2002 年版。

14. （梁）劉勰著、祖保泉解說：《文心雕龍解說》，安徽教育出版社 1993 年版。

15. （梁）鍾嶸著、周振甫譯注《詩品譯注》，中華書局 1998 年版。

16. （後晉）劉昫：《舊唐書》，中華書局 1975 年版。

17. （唐）房玄齡：《晉書》，中華書局 1974 年版。

18. （唐）釋道世玄惲撰：《法苑珠林》，文淵閣四庫全書本。

19. （唐）魏徵：《隋書》，中華書局 1975 年版。

20. （唐）李吉甫：《元和郡縣圖志》，中華書局 1983 年版。

21. （唐）林寶撰、岑仲勉校記：《元和姓纂》，中華書局 1994 年版。

22. （宋）歐陽修等：《新唐書》，中華書局 1975 年版。

23. （宋）歐陽修著、李逸安點校：《歐陽修全集》，中華書局 2001 年版。

24. （宋）沈括：《夢溪筆談》，上海書店出版社 2009 年版。

25. （宋）黃庭堅：《豫章黃先生文集》，四部叢刊本。

26. （宋）計有功：《唐詩紀事》，上海古籍出版社 1987 年版。

27. （宋）王欽若：《冊府元龜》，中華書局 1960 年版。

28. （宋）王溥：《唐會要》，上海古籍出版社 2006 年版。

29. （宋）洪邁：《容齋隨筆》，上海古籍出版社 1978 年版。

30. （宋）僧惠洪撰：《石門文字禪》，影印文淵閣四庫全書本。

31. （宋）惠洪：《冷齋夜話》，影印文淵閣四庫全書本。

32. （金）元好問：《中州集》，中華書局 1959 年版。

33. （元）陶宗儀：《說郛》，涵芬樓排印本。

34. （元）脫脫：《宋史》，中華書局 1977 年版。

35. （元）脫脫等：《金史》卷，中華書局 1987 年版。

36. （元）楊維楨：《鐵崖古樂府》，四部備要本。

37. （明）胡應麟：《詩藪》，上海古籍出版社 1958 年版。

38. （明）胡震亨：《唐音癸籤》，上海古籍出版社 1957 年版。

39. （明）宋濂等撰：《元史》，中華書局 1976 年版。

40. （清）勞格、趙鉞著，徐敏霞、王桂珍點校：《唐尚書省郎官石柱題名考》，中華書局 1992 年版。

41. （清）趙鉞、勞格撰，張忱石點校：《唐御史臺精舍題名考》，中華書局 1997 年版。

42. （清）仇兆鰲：《杜詩詳注》，中華書局 1979 年版。

43. （清）董誥等編，孫映逵點校：《全唐文》，山西教育出版社 2002 年版。

44. （清）彭定求等：《全唐詩》卷，中華書局 1960 年版。

45. （清）顧嗣立：《元詩選》，中華書局 1987 年版。

46. （清）王鳴盛：《十七史商榷》，上海古籍出版社 2013 年版。

47. （清）張之洞撰、范希曾補正：《書目答問補正》，上海古籍出版社 2008 年版。

48. 鄒德文、李永芳注解：《爾雅》，中州古籍出版社 2013 年版。

49. 唐圭璋編：《全宋詞》，中華書局 1980 年版。

50. 謝思煒：《白居易詩集校注》，中華書局 2006 年版。

51. 陳尚君輯校：《全唐文補編》，中華書局 2005 年版。

52. 李時人編校：《全唐五代小說》，陝西人民出版社 1998 年版。

53. 曾棗莊、劉琳主編：《全宋文》，上海辭書出版社、安徽教育出版社 2006 年版。

54. 傅璇琮主編：《唐才子傳校箋》，中華書局 1997 年版。

55. 傅璇琮等主編：《全宋詩》，北京大學出版社 1998 年版。

56. 傅璇琮：《唐詩論學叢稿》，京華出版社 1999 年版。

57. 鄒同慶、王宗堂：《蘇軾詞編年校注》，中華書局 2002 年版。

58. 郭齊箋注：《朱熹詩詞編年箋注》，巴蜀書社 2000 年版。

59. 薛瑞兆、郭明志編：《全金詩》，南開大學出版社 1995 年版。

60. 閻鳳梧、康金聲主編：《全遼金詩》，山西古籍出版社 1999 年版。

二、近人、近人著述

1. 魯迅：《魯迅全集》，人民文學出版社 1981 年版。

2. 陳寅恪：《金明館叢稿二編》，上海古籍出版社 1980 年版。

3. 林語堂著、宋碧雲譯：《蘇東坡傳》，臺北市遠景出版事業公司版。

4. 郭紹虞主編：《中國歷代文論選》，上海古籍出版社 1979 年版。

5. 張維：《隴右金石錄》，中國西北文獻叢書編輯委員會編《中國西北文獻叢書》第 183 卷，影印民國三十二年（1943）甘肅省文獻徵集委員會校印本。

6. 李澤厚：《美學三書》，天津社會科學出版社 2003 年版。

7. 甘肅省文物考古研究所：《秦安大地灣——新石器時代遺址發掘報告》，文物出版社 2006 年版。

8. 張光直：《考古學專題六講》，文物出版社 1986 年版。

9. 周紹良主編：《唐代墓誌彙編》，上海古籍出版社 1992 年版。

10. 霍松林：《霍松林選集》，陝西師範大學出版社 2010 年版。

11. 郁賢皓：《唐刺史考全編》，安徽大學出版社 2000 年版。

12. 郁賢皓、胡可先：《唐九卿考》，中國社會科學出版社 2003 年版。

13. 孫映逵主編：《全唐詩流派品匯》，北嶽文藝出版社 1998 年版。

14. 趙超：《中國古代石刻概論》，中華書局 2019 年版。

15. 郎樹德：《彩陶》，敦煌文藝出版社 2004 年版。

16. 郭廉夫、丁濤等主編：《中國紋樣辭典》，天津教育出版社 1998 年版。

17. 陳友琴編：《白居易資料彙編》，中華書局 1962 年版。

18. 溫儒敏、李西堯編：《尋求跨中西文化的共同文學規律》，北京大學出版社 1987 年版。

19. 於民：《春秋前審美觀念的發展》，中華書局 1984 年版。

20. 張思溫：《積石錄》，甘肅民族出版社 1989 年版。

21. 杜曉勤：《二十世紀隋唐五代文學研究》，北京出版社 2001 年版。

22. 中國人民大學新聞系編：《新聞學論集》，中國人民大學出版社 1981 年版。

23. 葉春華：《新聞採寫編評》，復旦大學出版社 1996 年版。

24. 蔡銘澤：《新聞學概論新編》，暨南大學出版社 1999 年版。

25. 寧志新：《隋唐使府制度研究（農牧工商編)》，中華書局 2005 年版。

26. 沈松勤：《北宋文人與黨爭》，人民出版社 1998 年版。

27. 鍾侃、吳峰雲、李範文等著：《西夏簡史》，寧夏人民出版社 2001 年版。

三、國外著作

1. 〔德〕馬克思、恩格斯：《馬克思恩格斯選集》人民出版社 1972 年版。

2. 〔德〕馬克思、恩格斯：《德意志意識形態》，人民出版社 2019 年版。

3. 〔英〕李約瑟：《中國科學技術史》，科學出版社 1976 年版。

4. 〔美〕蘇珊・朗格：《情感與形式》，中國社會科學出版社 1986 年版。

5. 〔美〕艾蘭著、張海晏譯：《水之道與德之端——中國早期哲學思想的本喻》，上海人民出版 2002 年版。